JN002433

空気の日記

23人の詩人が綴ったコロナ禍のリレー日記365日

はじめに

『空気の日記』は、東京・南青山のスパイラルが主宰するウェブマガジン『SPINNER』の連載として、詩の活動体であるoblaat（オブラート）が呼びかけた二十三人の詩人による輪番日記です。二〇二〇年四月一日から二〇二一年三月三十一日の一年間続けられました。

　コロナ禍ですべての社会活動が急停止し、私は通勤を地下鉄から自転車に切り替えていた時期でした。帰宅で坂を漕ぎながら詩人に何ができるか考えているとき、この企画を思いつきました。翌朝、すべての知り合いの詩人にメールで呼びかけて、同時にタイトルロゴのデザインを発注しました。詩人からは続々と参加表明があり、発案から五日後には連載を開始していました。

　メールの呼びかけ文はこんな感じ。

「未曾有の事態なので様々な出来事は記録されていきますが、人々の感情の変化の様子をしっかり留めておくべきではないかと思いました。そこで、詩人のみなさんと手分けして『空気の日記』をつけていきたいと思いつきました。その日の出来事とその時の感情を簡潔に記していく輪番制の日記です。せっかくなので詩のかたちで書けるといいなと思います。空気の叙事詩。」

　締切はその日の夜中十二時。事前の書き置きの詩は不可で、とにかくその日の空気をその日のうちに記録するルール。毎晩深夜に届く詩は、減速した生活の中での発見や、生存確認のような切実さを孕んでいて、特別なレンズをとおして一年間の本質を眺めたような感じでした。

　そしてこの日記は、普段明かされない詩人たちの日常の記録でもあります。コロナ禍で変わったこと、変わらなかったこと、詩人のリアルライフの中に感じていただければ幸いです。

松田朋春

『空気の日記』発起人、オブラート代表世話人

目次

4月1日（水）　東京・世田谷　松田朋春

玄関先の
古紙回収のトイレットペーパーが盗まれた
志村けんが亡くなって三日目
追悼番組を見て笑った
これからどうなるのだろう
都立高校の新学期はもう一ヶ月伸びるそうだ
学校に行かない子供たちは着替えもしない
加害者になるなという声が大きくなり
都知事は夜の酒場に行くなといい
カラオケとライブハウスに行くなという
当事者には処刑の宣告に聞こえるのではないか

新型コロナウイルスの致死率は2〜3％とされていて
これは騒ぎがはじまった当初と変わらない
変異したのは我々で
遠くの2〜3％と
すぐそばの2〜3％では
こんなにも違うのだ

ことしの桜は早々と咲き
ふしぎと散ろうとしない
全世帯にマスクを2枚ずつ配ると
マスク姿の首相が発表した

4月2日（木）　静岡・用宗　さとう三千魚

今朝も
スマホのアラームが鳴り
5時に目覚めた

すぐ
腕を伸ばす

アラームを止める
しばらくそのままで

天を見ている

それから
女と犬のモコを起こさないよう
そっと

布団をずらす
ベッドを
抜けだす

トイレから戻ると

すぐに
本の部屋の窓を開けて
空気を
入れかえる

昨日の
4月1日の夕刊に
「世界の死者　4万人越す」
と見出し

新型肺炎の死者だろう

その夕刊に
谷川さんの「からっぽ」という詩が載ってた

詩は
からっぽの
平らな皿にのせた
空気か

窓を開けて
朝の風を入れた

志村けんが亡くなって日本人には新型コロナウイルスの怖さが浸透した。すぐに関係している小学校の休校が決まった。

4月3日（金）　北海道・札幌　三角みづ紀

毎朝　起きる　とどこおりなく
洗濯機がまわって
食器を洗う手が
とても　乾燥している

ほら　部屋のなかで
わたしたちは常に凝視している
いや　そうじゃなくて
ほんとうにちがう、うるさい

失せた食欲と
ずいぶん乗っていない地下鉄
飛行機に乗ったのは
たしか一カ月まえで

検討したり　意向を示したり
方針をかためたりするあいだ

ようやく雪解けて
かるくなった足が
町へ向かわない
明日からも　静かな週末

次第に
こころがちいさくなるから
植物に水を与えて　触れる
きみたちはつよい

4月4日（土）　沖縄・那覇　白井明大

どうして部屋が散らかってても平気なの
、て

週末の朝から昼にかけて
ぼくとうたの怠惰にして割とおだやかだった
春休みの日々を
家族会議にかけることになって

きみは眼鏡ごしに
しごくまっとうな怒りと疲れを目に浮かべ
リビングの真ん中に
夕べからずっと積まれてる洗濯物を
見たり見なかったりしている

畳むのは
うたの仕事ではあるけれど
仕事部屋の畳の床に
本や資料や書類を積んでは崩れさせっぱなしで
今週も約束の掃除機をかけ忘れた
ぼくとよく似て
気が向いたらやるのは
言われるまでしないのと同んなじだから

きみだけが心底から
土曜日の家を

気持ちのいい空間に変えたいと願ってる

ぼくはといえばこの島の先行きが気が気でなくて
四月の今日の清明からはじまる
シーミーという親戚ぐるみ島ぐるみの供食の慣らいが
願わぬ結果を招きはしないか案じていたら

今年のシーミーは中止です
、て従妹から連絡が届いてた

それぞれ得意な家事をしようと
どうにか会議が
笑い交じりにまとまった後で

シーミー…清明祭。二十四節気の清明の時期に、家族や親戚で墓参りをし、ごちそう（御三味《ウサンミ》）を供えた後に墓前で広げて宴をする沖縄の行事。

4月5日（日）　東京・本郷　田中庸介

Society 5.0 が攻めてくる

すべてがアイティー化された情報化社会

きょうからはじめましての講義はバーチャル化
体育実技もバーチャル化
期末試験もバーチャル化

すべてはバーチャル空間に移されまして
Zoom, Zoom, Zoom, ……

春一番に
解体される大学
概念としての大学
が残るか

Zoom ソフトウェアによるバーチャル講義
についての Zoom によるバーチャル講義をやりましょう
情報システムエンジニアはものすごいハイテンション
学部から学部へと飛び回る

まったく
すごい風が吹いている

3つございます Google メールアカウントはこのように使い
分けます

ログイン間違えると所定の機能が発揮できません
Zoomでも出席をとる方法があるんですって
え、知らなかった、そうなんですか、教えてください
そうしてPowerPointの画面をボタンは送信する、これ

ウイルスの脅威はフィジカルの最たるものなのに
ますますバーチャル化する観念
その地平。空間。事物。

連携する、
すごく楽しい、
だが
コンセント一本ぬかれたらすぐに終わってしまう
Society 5.0
（バックアップ電源はありますけどね）

それは
呼吸がとまったら
まっさきに終わってしまいそうなおれたち、
おれたちのつむぐ
思想も

この春のはかなさの
ほろ苦い
タケノコのような
比喩
として

「Society 5.0とは、AIやIoT、ロボット、ビッグデータなどの革新技術をあらゆる産業や社会に取り入れることにより実現する新たな未来社会の姿」（経団連）。勤め先の大学では、第一に授業のオンライン化が急がれた。

4月6日（月）　東京・調布　山田亮太

私は宣言するだろう。
望まれた休暇と労働のために。
適切な距離を保ったまま
息を止めるひとりのために。

4月7日、緊急事態宣言が発出される。

4月7日（火）　福岡・博多　石松佳

春のニュースが流れる執務室はしんとして
みな少し俯き
静止しているように見えた
窓を開け放っていたので
航空機の音
それから鳥の鳴き声が聴こえてきた
羽のあるもの
誘惑をする
＊
飛行機雲が見えない
けれども
先日買った古本が
ポストに届いていた
『在りし日の歌』の復刻版だ
中也の帽子は
羽のようだから
この空にみずから飛び立つことだろう
＊
子どもの頃
空気の色が透明だから
透明のことを「空気色」と呼んでいた
決して目に見えることはないが
春は羽ばたき
遊歩道に
花びらを散らして
たくさんの証拠を残した

4月8日（水）　大分・耶馬溪　藤倉めぐみ

軒下でメジロが動かずに丸まっていた
夕方にはいなくなっていたから
気絶していたのかもしれない

鳥が巣を作るとへびが寄るんよね
それがいやなんよ
女たちがそう話していたのを思い出す
鳥みたいな音色だった

目の前のことに触れたくて
今年初めての山椒を摘んだ
まだ棘すらも柔らかくて
冷たくて甘い香りは
少し気取ってからんでくる

水洗いして絞った後の手は
しばらく冷たいままだった

のどを固くする時間が増えて
大きい誰かの正しさを
窓の向こうの散りゆく桜に乗せる
風に浮かんだ花びらは
空一面にシャボン玉のように広がって

ああ
泡よりも早くて、かすかなことが
息をのむだけで残ってしまう
あの一粒たちが残ってしまう

山桜はピンクの膨らみで
山をぼふぼふと爆発させる
春は山笑うと言うけれど
本当に笑っているね
山に笑われているね

始まりの前に
積み重ねた問題に向かうきみと
隣り合う

きみは相変わらずため息をつき
頭を掻きむしり
硬直もするけれど
それでも逃げなかった

わからなさを繰り返しても
きみは泣かなくなって
わたしは怒らなくなった
わたしたちは育っていると思う

一粒になるよ
あの桜の花びらのように
一粒になるよ
そこからじゃないと
わたしたちは手もつなげない

4月9日（木）　八ヶ岳

覚 和歌子

「世界同時瞑想」に与してみる
祈りの力は信じない
知っているだけ

こういう時は連帯する
日記の列に連なるように

初めて演歌を作詞する
未練と怨念または男気　その様式美
限界突破してサバイブする※

遠ざけてきた肌触りの先に
会いたい自分がいる

スーパームーンは十六夜
コロナちゃんという眩しい名前の子どもたちに
事後のさいわい　あらんことを

氷川きよし「限界突破×サバイバー」

4月10日（金）　横浜・久保山　四元康祐

三十四年ぶりに帰国して、二週間の自主隔離を送っている。ミュンヘンの妻とFaceTimeで話すのが、唯一の社会的接触である毎日。

スマホの小さな窓越しに
妻のいる部屋を望む
天窓から明るい光が射しこんでいる
私はいない

夥しい死の王冠に取り囲まれて
笑い声を放つ老夫婦
共に仰ぎ見た月はどこにあるのだろう？
虚幌に倚りて妻に手を振る

もっともそういう生活は、ミュンヘンでの日常とさほど変わらない。詩を書いている間はいつだって自主隔離だ。

感染者数が増えるにつれて
別の国になってゆく
その国が元の国よりマシかどうかは
死者にしか分からない

この国では変化は常に外部より齎される
黒船、敗戦、大地震……
外からやってきて内に巣食う
思想では動かないがウイルスには飛び上がる

大声で喚き散らす人々を映し出す
蛇の目、花の目、魚の目
最も残酷な四月にも
止まぬ生殖

右眼で地上を愛惜しながら
左眼で星々の瞬きの奥を弄る男が
斜めに傾いだまま横断歩道を跛行してゆく
有料レジ袋ははち切れそうだ

散歩に出かける。緊急事態が出ても緊張感はまるでない。公園には家族連れがウヨウヨしている。みんな幸福そうだ。いつの間にか、ウイルスの目で見ている自分に気づく。

若者の喉から吐き出されて
春風に舞う
犬を抱いた女の胸の奥にひそんで
七曲の坂を上がる

石油コンビナートの丸いタンクのてっぺんの
赤く錆びたところに引っかかって
海を見ている　……死は
消滅とは違うと思う

「虚幌《きょこう》に倚りて」は杜甫の五言律詩「月夜」からの引用

4月11日（土）　東京・神楽坂

ジョーダン・A・Y・スミス

全ての全てが懐かしくなった日から
従来の日常を捨て
他人の日記を書くようになった。
そして、その人に
僕の日記をつけてもらうようになった。
新世界の毒の空気を
シンプルな言葉で彩る実験。

その日記によると、ある日僕は、

外を眺めていたら一番星が輝いていた。
そのままずっと見つめていたら一つ流れ星が流れた。
願う前にはもう消えていた。
仕方ない、
今日も空には綺麗な月が浮かんでいる。
流れ星には滅多に出会えないけど、
お月様には出会える。

だから今日もお月様に一つ、
大切な願いをそっと込めて、
眠りについた。

そして、僕の頭の中には
こんな日記が落ちてきた
今日は夢の中で、目が覚めた。
つまり、夢の中の夢だった。
夢の中の夢から起きて、
ベッドの隣に置いてある日記を手に持ち、
自分の親指で文字を書き出した。
指先から溢れてくる文字を
半分しか読めなかったけど、
その中「海」か「苺」が浮かんでいた。

それで、実際に目が覚めて、
その夢から日常の現実に戻ったら、日記を見た。
この文字がもうすでに書いてあった。
今は何が夢なのか、何が現実なのか、
わからない。
けれど、
何れにしても、
海に行って苺を食べたいと思う……

とか。

こういう風に
一枚一枚を交わしているうちに
他人は僕の夢に入り込んできた。
「地獄とは他人のことだ」とはいうけれど、
自宅隔離の二人、
お互いの架空の内面を探って
よく分かったことは
地獄とは自我である
地獄とは自粛である
そして、他人は楽園になれるのだ。

夢の中で
僕らが何をしていたのかを
今度身を以て会う時に
細かく伝えるのだ。
その時にもまた、
その時までの全ての全てのことを
懐かしくする。

４月12日（日）　神奈川・江の島

永方佑樹

不信をおし隠し
従順が都市を訪う
四月
秩序をさぐる
うろたえが日ごと増す
孤立したひとびとの　群れ

七日
緊急事態宣言が出て※
国道１３４号線の車音もすこし冷えた
おかげで波の音が聴こえる
それが安眠に結びつくことはないが
人の絶えた浜で
人の絶えた江の島を眺める
縁起によれば
およそ千五百年前の
今日と同じ
十二日
天女が十五童子をしたがえ現れ
江の島をつくったのだという
それからいったいどれだけの人が
島に呼ばれてきたのだろうか
つい先月の
三月の三連休も
島へと繋ぐ弁天橋は
にぎやかな群れで混み合っていた
したしく呼気を触れ合わせ
ひとびとが笑顔で渡ってゆくのを
やさしい風景の快復なのだと
わたしもここでながめてた、その微笑の
誤謬への加担

禁制の集会に行くかのように
息をするのも恥じ入りながら
スーパーにこっそり出かけてく
二〇二〇年四月のわたしたちよ
今はきっぱりと訣れよう
戒厳のはじめの週末は
誰かを刑罰に処しながら
君は買ってきたインスタントラーメンを
家でせっせと作るが良い
わたしは米を炊くとしよう
買い置いたカレーをあたためたり
Netflixでもながめながら
ひとりで黙々と食うとしよう

そうして荷重を増やしながら
気配を伏せてゆく孤立の耳に
際立ってゆく地球の音とともに
わたしたちは聴かねばならない
不安ですら利害に結ぶ我々だから
命の文法も意味で整えてしまうから
我々を生かすもの
我々を殺すもの
拘束し
解放し
愛するものを自らを
駆り立てしずめるあらゆるものを

※　4月7日、新型コロナウイルスの感染が都市部で急速に拡大している事態を受けて、政府は新型コロナウイルス対策特措法に基づく「緊急事態宣言」を行った。対象は東京、神奈川、埼玉、千葉、大阪、兵庫、福岡の7都府県で、宣言の効力は5月6日まで。

4月13日（月）福岡市・薬院

渡辺玄英

ウイルスは私に感染されました
ムスーのウイルス、顔のないウイルスが私に冒されていく
窓の向こうには散る桜（２０２０年4月13日の散る桜の花びら
吹雪いている　こごえるほど吹雪いている
（あなたが私を怖れていることはわかっている

白い花びら一片ひとひらも私に感染して色褪せていく
自然の景観はこれほど容易に表情を変えるのだった
その内側を荒々しく喰いちらしているのは私だ
私は容易に色褪せていく私の夢を見ている
（私が私を怖れていることはわかっている

光の冠をもつウイルスも急激に色褪せていく
生はけっして輝いているばかりではない
暗い部屋で息をひそめる生もあるではないか
私に感染されているのだから時は意味を失う
（それはヒトの作り出した概念だから
世界は容易に色褪せてくずれていく

もう昨日までの街の喧騒はどこにもない
校庭に子らの声も途絶えている
（ときおり名のない草がゆれる
こうして世界は終わりました

たかが世界が終わっただけです
わたしはここで元気に増殖してます

ウイルスに大騒ぎの世界だが、ウイルスはただ自己に忠実なだけだ。そう考えると、人類側主観の世界観が相対化される。世界が閑散として、時が止まったようだ。大学やイベント類も停止したので、仕事の大半が無くなった。

4月14日（火）　東京・つつじが丘　河野聡子

数字だけを眺めるのが好きだ。積みあがっていく数がいい。日々変化する数。気温、為替、金利、ゴールド、日経平均、原油、大豆、トウモロコシ、コーヒー、放射線量。最近これに感染者数、死亡者数が加わった。毎日眺める数は雄弁で、世界の多くを物語るから、余計なものはいらない、言葉もいらない、数字に語らせていればいい。街を歩く人の数、電車に乗る人の数。いつもの山手線は３００％だがいまの山手線は１００％だと聞けば、３００％の時に窒息しかけていた人について想像する。知りたい数字はたくさんある。調布駅や虎ノ門の交差点でビッグイシューを掲げていたおじさんの現在の販売額はいったいどうなっただろう。

数字にとっては私がどこにいようがたいして関係のないことだ。ストロングゼロのアルコール度数はどう考えても高すぎるし、はたちのころにストロングゼロが存在しなかったことに私はいま、心の底から感謝している。当時ストロングゼロがあったなら、私の存在はいまごろゼロだ。あのころ酒というのはつつましく、せいぜい形容詞で「大きい」と語るくらいだった、つまり大五郎とかビッグマンとか。しかしおや、大五郎には「五」が入っているではないか！　４リットルのくせに。24歳のころは毎晩、ストロングでもゼロでもない４リットル20度を、同じ寮の友達と湯のみでお湯割りにして飲んでいた。適切な濃度の液体を多量に摂取した人体は、自分の本やＣＤを他人の部屋に忘れ、そもそも持ち込んだことすら忘れて翌日笑われることになる。あのころは毎日、タクトタイム60秒、または72秒、または56秒で複写機を組み立てていた。腰曲げ３秒ルールの世界だった。

３秒以上腰を曲げてはならない。人体は３秒以上の腰曲げに向かない。タクトタイムより２秒早く工程を完了すれば、この２秒は永遠に等しい退屈となる。退屈のあいだに３分の歌をうたう。計算が合わないが、そういうものである。有線のデイリーチャート20曲、今はきっとSpotifyにとってかわったことだろう。５本の指はテーピングでかちかちになり、強張った筋肉の痛みをゆるめるために毎晩サロンパスを貼った。

うっかり入院でもしようものならその月の収入はゼロになり、その後国民年金保険料に悩むことになるのだった。私は今年48歳で、あれから数えて倍になった。今日、私に1円を給付し、明日2円を給付し、あさって4円を、その次の日は8円を。倍に倍にしていって、私が生きた年数だけくりかえしてもらえないものだろうか。何しろお札というものは物質的には紙であり、言葉と同様、記号としての意味しかないのだと、みんなよく知った方がいい。重要なのはモノだ！　物質だ！

しかし、ほんとうに？

一時期、お札がただの紙に見えてしまうときがあった。ある人にその話をすると「脳の機能がおかしくなっているかもしれないから、気をつけた方がいい」といわれ、それ以来私はお札がただの紙ではなくお札と感じられるか、ときどき自分に確認することにしている。しかしお札でもコインでもないマネーというのは、結局ただの数なのだ。お札をつくるにはパルプとインクと深遠な技術が必要だが、マネーにそんなものはいらない。必要なのは流通経路だ。通じさえすればいい。マネーは言葉とよく似ている。交換可能で、変幻自在で、グローバルに世界をかけめぐる——かけめぐる？　ウイルスよりも速く？　ウイルスは純情報体だ、彼らは複写を続ける情報である、マネーのように。言葉もまたそうである。そしてここに同じような言葉ばかり再生産する私がいる！　私！　私！　私……だが、私は同じような言葉や同じようなモノの再生産を愛している。人類だって結局、同じようなものの再生産だが、私はそこに微小な差異を見出して愛する。同じようなものバンザイ！

悲しいことに、同じようなものは、同じものではない。

4月15日（木）東京　文月悠光

今朝、マスクをなくしてしまいました。
そのお徳用使い捨てマスクはなんと
2日しか使っていませんでした。

前回、薬用石鹸で洗った使い捨てマスクは
毛羽立ってゴワゴワで、耳のゴムは伸び切っていましたが
顔が少々かゆくなる以外、問題なく使えました。
むしろ誇らしいとさえ感じました。
なのに、使用済みとはいえ新品同様
しゃんとしたマスクを道に落とすなんて。

家を出るとき、上着の左ポケットに入れたのを
「確かに見た」と彼も証言。
ただ起き抜けで、扱いが雑だったのは否めません。

「帰り道、もし落ちてたら拾う？」
彼の質問に、コンビニまでの道中
わたしは深く頷きました。
「でも知らない人のマスクかもしれないよ」

ここ数日だけで、
道に落ちているマスクを何度目撃したことか。
チャック付きの小袋のなか、
指人形みたいに丸まったその姿。
迷子を見過ごすより　うんとくるしかった。
お年寄りも多い、緑ゆたかな住宅街です。
なんとか届けてあげたかった。

もう一方の右ポケットから
iPhoneを取り出して起動。
画面の中の〈どうぶつ〉がきょうも
落としものを探して！　と催促します。
マスクをなくして傷心のわたしが
「しょうがないなぁ」をタップすると、
アバターのわたしはさっそく
〈ワサワサの森〉へ分け入っていきます。

「落としたのは金のマスク？　銀のマスク？」
それは、ただひとつ
わたしの低い鼻にフィットした
わたしの頬を守る白い天使。
それを一体どう証明しろというの？
呆然と仰いだ民家の窓に、
マスクをしたテッドのぬいぐるみが
悠々と佇んでいます。

森に落ちていた一冊の本は
詩集ではありませんでした。
感染症をモチーフにした
ＳＦ小説でもありません。

どうぶつの森に
パンデミックが訪れる前夜、
ついに見つけました。
「キャンプ場に　届けに行こう！」

わたしはいつか
ティーナという名の白い象に
詩を読んであげたい。

4月16日（木）　東京都・高田馬場　　鈴木一平

二度寝して、両方とも夢を見る。一度目は職場で、上半期の実績を報告する夢。目が覚めて、それを夢だと認識する前に眠りに入ったせいか、次の夢でも仕事をしていた。そのうち、さっき伝えたのは夢の実績だったと気がついて、急いで正しい数字を上司に告げると、正しさの感覚だけが、二度目の夢から覚めたあとも残り続けた。

午前中は実績資料の作成。異常値が出たので、勘で直す。上司に報告後、入浴。昼すぎに取引先と電話。直近の売上を共有したあと、ベランダに集まってくる鳥の話で盛り上がる。その流れで実家の話になり、電話口で伝えられる言葉から、先方の家のようすを組み立てる。

このあいだ取り壊しがはじまって、バラバラになった木材の画像が両親から送られてきた。天井裏の梁が真っ黒になっている。雨もりを受けて腐ったのか、もともとそういう仕様だったのか。たずねると、屋根が茅葺きだった頃の煤だといわれる。慶応4年から記録がつけられた。１５０年近くのあいだ、柱まわりを残したまま屋根をすげ替えて、改築をくり返してきたという。茅葺きの屋根は10年ごとに取り替えられて、トタン屋根なら20年ごとに塗り直されるらしい。一度だけ、屋根が黒から赤へ塗り直されるのを見たことがある。地震のときは玄関があたらしく建て直された。家はさまざまな部分からできていて、それぞれがちがう寿命を生きている。細胞のように代わる代わる中身が交換されていくなかで、骨組みだけはいちばん早くここにいて、最後まで同じ場所に立っていた。

夜、プロパーの人に激詰めされる。むかしは外にお風呂があって、よく薪割りを手伝わされたと父から聞いた。庭の隅にコンクリートで埋められた空き地がある。作業スペースかなにかとおもっていたそこは、父にはいつか風呂場だった名残りとして眺められていた。薪はいまでも離れの奥に積んである。

4月17日（金）　埼玉・飯能　宮尾節子

郵便配達夫は

花が咲いているでしょう
詩を書いているのよ

誰も訪ねて来ない山の奥とか
谷底で
お天道様のほか
誰も見る人がいないのに——
花が咲いているでしょう
春になれば

詩を咲いているのよ
そんなふうに——

蜜蜂の翅音に似た
バイクの音が山道を這い上がる
ちらちら見え隠れする姿に

あんなところまで郵便配達夫は、
と村人は驚いた
手紙には触れずに

郵便配達夫は、知っていた
読めるところだけ読んで——
言葉の先には人が住んでいることを

＊＊＊

ドミノ倒しのようにイベントが軒並み中止や延期になり
そうだこの機会にと部屋の片付けやずっと見つからない
探し物をしている。

上の詩も片付け途中で見つかった古い詩、
どこに出すつもりだったろうか
あるいは捨てるつもりだったか。

捨て猫のような、郵便配達夫の詩の
最後の連の、最初の行を最後に
まわして、敗詩復活をしてみた。

芽吹きの季節となり、見渡す限り奥武蔵の山々は
新鮮な緑で盛り上がる、サラダ鉢のようで
目が美味しい。
水も空気も、とびきりだ。

でも、
人も恋しい。
おーい。

4月18日（土）　東京・神宮前　　川口晴美

薄い空から耐えきれずあふれこぼれる
予感のように咲き急いだ桜の花が
あたりをあかるませ
それからあわてて覆い隠そうとするように雪が
降り積もった3週間前の週末
あのとき

4月はまだきていなかったのに
もう4月のことはあきらめなくてはならないだろうと
できるだけやわらかな鉛筆を用意した
それからずっと
二重線を引く日々
お気に入りの手帳に書き込んであった項目を
ひとつひとつ二重線で
消していく
予定仕事約束あいたい
キャンセル延期中止はなれて
幻の
半透明の膜にくるまれて
もっとやさしくもっともっと隔てられるため
開いて閉じるたびにあきらめの二重線は擦れて日を跨ぎ
やわらかく膨らんでゆく
濡れた雛鳥の羽根それとも破滅の蕾
そうですよね仕方ないですよねまたあらためて
生き延びて会いましょう
そうして生きて
いる
けれど
わたしの予定だったはずのものはあっけなくなくなって
わたしはどんどん薄く軽くなって
いったいどこにいるのか

黒く毛羽立つ二重線に連れ去られ
消えた4月の
どこにもいないのかもしれないわたしが
手を洗って洗って洗って
マスクをつける
今日は雨
離れるためのきりとり線のように
おびただしい二重線が降り注いでいました
それでも雨音は届いて
ここにいる耳を縁取っていくから
雨のあがった夜
穂崎円さんと平田有さんがツイキャスで
何年も前のわたしの詩を朗読してくれたのを聴きました
おぼえのあることばが別の声で飛び立って
わたしのなかへ戻ってくる
迎える
ちょっとだけ泣いて
友だちと飲むつもりで3月に買い置いたスパークリングワイ
　ンを
ひとりきりであけました
はかない光の泡が
知らないことばの粒のように蕾のように浮かびあがり
混じりあってわたしのなかへ
降り注いでいきます

「3週間前の週末」…3月29日（日）の東京は雪で、この日にコメディアンの志村けんさんが新型コロナウイルスによる肺炎で亡くなったのだった。

4月19日（日）　東京・世田谷　　松田朋春

天気が良いので
犬の墓参りに出かけたが
墓地も自粛要請だという

スーパーから帰ってくると着替えをするようになった
多摩川の土手も人が多すぎると感じる

ずっと家族と一緒にいる
うちとけている
階段をのぼる音で誰だか分かる
みたいな会話
猫は自由にでかけてゆく

どうせみんなが感染しなくちゃ終わらないんだから
さっさと済ませたほうがいい
致死率はインフルエンザ並み
高齢者を隔離して
仮設病院をどんどん作って
キャパシティを確保して
普段の仕事に戻ろう
みんなで医療ボランティアをやろう
そうでないと
社会が痛んで死ぬ人が増えるよ
人の行き来が断たれれば
世界中を疑心暗鬼が覆うようになるよ
と言いたいが
言えない

世の中が急速に回復するイメージと
停滞が続き分断が定着するイメージが
交互にやってくる

4月20日（月）　千葉・市川　　柏木麻里

雨にとざされていると
この林は
ただでさえ最近
おとぎ話めいてきたというのに

なおさら
木こそが世界の霊長であるという
彼らの優しい確信を伝えてくる

中に入ってしまえば
それはもうおとぎ話ではない
ほんとうのこと

切り株のあかるい色をした切り口から
紫陽花のやわらかな若葉から
人が退いた分だけ
見たこともない顔をあらわした雀たちから
はじまっているのは
まちわびていた
ほんとうのこと

ノアの方舟に
窓はあったのだろうか
人も動物も
みずみずしい目をみはり
雨を眺めながら
洪水の後を待ったのだろうか

今日はいつか
古代と呼ばれるようになる

遺跡ははじめから遺跡ではない
この早く来た初夏の緑色世界の中で
新しいほんとうが生まれようとしていることを
わたしはおぼえていられるだろうか

「散歩」という言葉の意味が、それまでとは違ってきた頃。自分の暮らすエリアの外にも広がる、静かな逼塞、閉塞の気配。人間が後退し、それ以外のものが大きくなる。すべてを一歩一歩、新しく生きている感じがあった。

4月21日（火）　東京・杉並　峯澤典子

じぶんと
すべてのひとの
あいだに
空気をじゅうぶんに挟んで
買い物をする

去年と見た目はなにも変わらない

野菜や卵をかごに入れ
レジへ向かう途中
空っぽの棚がふいに現れる

そのたびに
なにもない棚の
見えないはずの
空気がふくらみ
息が
す、と　とまる

消えてしまったものと
これから消えてゆくものを思いだせるように
ひと月まえと　昨日と　おなじ場所で食事をすませ
おなじ町に住みながら　しばらくは会えないひとと
LINEで少しおしゃべりをし

離れたまま　つながり
近づいては　また離されるわたしたちの
一日の終わりから
あふれだし
胸の　まだ見えない一か所に折りたたまれてゆく
無色透明の　さざなみ　のようなもの

からだの奥深くに入りこむまえに
もどかしさ　や　さびしさ　といった
ひとつの言葉のなかに
いそいで収めようとしても
さらさら　さらさら　あふれてくる
この消えない波を
ひとときの眠りの岸へと返すために
なにを　すればいい

月が満ちるのを　息をひそめて待つように
ただ　湯を沸かし
ちいさな子の
陽と風の匂いのする　まだやわらかな髪を
念入りに洗う

今日も
それ以外には

4月22日（水）　神奈川・横浜　新井高子

ある日、だァるくなって
足がむくんでしびれて、心臓の止まるもんもあって、

ある村に、ひとりでて、ふたり、さんにん
　きゅうも、じゅうも、
だアもの、
疫病《はやりやまい》と思うさねえ
塩まいて、歌うたって、悪い神さま、追ッぱらおうとして、
にじゅう、さんじゅう
そうして、ごじゅうで、
そうして
ある日、
気付いたってえ
米ぬか
　だって、
脚気《カッケ》だったのさ
白いごはんを食べるようになって、

ある日、だるくなって
　咳がでて熱がでて、心臓の止まるものもあって、
ある町に、ひとりでて、ふたり、さんにん
　きゅうも、じゅうも、
だもの、
疫病《えきびょう》と思うよねえ
手を洗って、マスクして、悪いウイルス、追いはらおうとし
て、
にひゃく、さんびゃく

そうして、ごまんと、
そうして
ある日、
気付くのさ
●●
　だって
いつだかしれない未来に
あのころは◯◯ようになって、って、

わかってたかもしれないねえ、
その村でも
うすうす気付いてるかもしれないよねえ、
この町でも

ねえ、

つづいていますか
町や村は

遠い、
その朝も

本ばかり読んでいた。疫病の歴史を開くと、精神病も脚

気もかつては「はやりやまい」だった、と。のちのちパラダイムチェンジが起こったとき、コロナはどう見えるのか。

4月23日（木）東京・深川　カニエ・ナハ

夜中の3時ごろ起き出して散歩に出る、マンションのエレベーターが1階でひらくとふいに、懐かしいにおいがかすかに鼻先をかすめて、えっと、これは、あの、しろい、あの花のにおいのほそい糸を、たぐるように誰もいないまちを、2、3分あるいていくと、ビルとビルとにはさまれた、ほそながい、ちいさな公園の入り口の、黄色い「円」の字型のバーのかたわらの足もとの右がわのところ、闇のなか街灯に照らされて、白く浮かび上がっている、ジャスミンの花が、

セブンイレブンのにおいのしないセブンイレブンで、外国人の店員さんに、紙パックの牛乳1本買うのにバックヤードからわざわざ出てきてもらうの申しわけないな、ごめんなさい、とおもいながら、透明のアクリル板とマスクとで二重に隔てられていて、アクリル板が灯りを反射して顔がてらてらと光っていてよく見えない、いつもよりもより隔てられてしまった気がする、どこの国から来て、どうしてこのまちで深夜にコンビニで働いてますか、ひるまはなにしてますか、きいてみたい、きっかけがない、てか日本語とっても上手ですね、おつりがないようにぴったりわたす、ありがとうございます、ごめんなさい、

おめでとうございます、今日お誕生日だった森山直太朗さんの5、6年前の曲に「コンビニの趙さん」があり、昔から愛聴している。2、3年前スパイラルで詩の朗読というかパフォーマンスのイベントを、（直太朗さんの協同制作者で、詩人の）御徒町凧さんがされたときに、打ち上げにもぐりこんで、どのアルバムもだけどとりわけ「レア・トラックス」というアルバムが、その歌詞たちである詩たちがいかに素晴らしく、わたしが感銘を影響を受けたかということをお酒のいきおいも手つだって熱っぽく、わたしは御徒町さんに語ったのだった、目の前のひとのシャツのボタンが取れかかっていて気になる、ほぼただそのことだけをうたった「取れそうなボタン」とか、いつものカフェの隅っこで店員さんが食べてるまかないが気になって食べたくなってしかたないことをうたった「まかないが食べたい」とかの素晴らしさについて。昔、一時期「直ちゃん倶楽部」に入っていて、コンサートにも通っていたのだった、その日はじめて会った、要するにただのファンであるわたしに気さくに話しかけてくれた御徒町さんやさしかったなあ、うれしかったなあ、

昨日の朝ドラで、直太朗さん演じる音楽教師が、主人公が内密にと云った、国際作曲コンクールで受賞したことを、またたくまにもらしてしまう、もらさないと話がすすまないので、誰かがこの役目をになわねばならなかった、しかたなかった、つまりは取れそうなボタンだった、そんなことをおもっているあいだもずっとその物語が流れるテレビ画面には右90度に倒されたL字型にニュースの文字が流れつづけていて気になる。朝の7時半から、あるいは夜の23時からやってるＢＳでの放送で見ればそのL字型はないのだけど、家の前におおきな樹木がある、雨がふるとその樹木の葉っぱが垂れこめて、葉っぱの角度が変わり、それがＢＳのパラボラアンテナに影響して、画面にあたかも葉っぱそのもののように、モザイク模様が現れる。風が吹くと、葉っぱが揺れ、画面のモザイク模様も揺れる。ときどき、ベランダに出て去年の夏から置きっぱなしの虫とり網をふりまわして、葉っぱをふり落とすと、画面のなかのモザイクも落っこちてきて、

いまこの文章を打っているＰＣから顔を上げると、いくつかの山が見える。それはサント＝ヴィクトワール山で、家にあるいくつかの図録からかき集めて、それらの頁をひらいてある、コートールドのサント＝ヴィクトワール山、デトロイトのサント＝ヴィクトワール山、チューリヒのサント＝ヴィクトワール山……。いまとある仕事の勉強のため先日から読んでいる、建築家としての立原道造について詳細に研究されて書かれた種田元晴著『立原道造の夢みた建築』（鹿島出版会、２０１６年）をひもといていくうちに、中盤の第三章にて、道造の描いた、浅間山を背景にしたある建築図がどうやらセザンヌのサント＝ヴィクトワール山をもとにしているらしい、という記述に出会った、おなじころ、別のとある仕事の勉強のために読んでいた『新潮』２０２０年5月号、『文學界』２０２０年3月号に、それぞれに掲載されている山下澄人さんのそれぞれの短篇小説に、どちらもセザンヌが出てくる、きっとそのこと自体セザンヌへの、サント＝ヴィクトワール山の連作へのオマージュなのかもしれない。わたしも寄稿している『ユリイカ』２０２０年3月号青葉市子特集にも山下さんが寄稿されているけど、そこにはセザンヌのことは出てこなかった、そこではセザンヌではなく「あおばさん」が出てきて、山ではなく海が出てくる。とにかく、それで家の中のサント＝ヴィクトワール山をかき集めてみた、サント＝ヴィクトワール山を描くセザンヌの筆触は、ちょうど雨の日のわたしの家のＢＳを映すテレビ画面に現れるモザイク模様に似ていて、

「あ！　これいいね」

と、先月7つになり今月小2になったもののまだ授業のはじまらない女の子が覗きこんできていう。

「どこがいい？」

「ぐしょうとちゅうしょうがまざってるところ」

「ほかには？」

「ここの、ふでのタッチ」

「あとは？」

「このブルー」

それからこれ見せて、といって、机の下にもぐりこんでわたしの足もとでサント＝ヴィクトワール山ののってる画集の頁をくっていて、

べつの仕事でメールのやりとりをしている、中原中也記念館のＳ原さんの前の職場が立原道造記念館で、要件のついでに道造について最近おもったり考えたりしたことをわたしが報告すると（ながい追伸！）、いまはなき道造記念館のまだ残っているホームページにて道造の墨画ならびにその画賛が見られるとのことで、ＵＲＬを送ってくれて、その道造の墨画にはおおきなランプと、その下にちいさな椅子がある、そのよこの余白の空間に道造による墨字が浮かんでいて、

願ひは……
あたたかい
　　洋燈の下に
しづかな本が
　　　よめるやうに！

「さむくない？」と足もとでまだ画集をめくりつづけている女の子に声をかけると、「だいじょうぶ！」と答えて、それからサント＝ヴィクトワール山に戻って行って、

「国内の死者　３００人超える（クルーズ船除く）」

（ＮＨＫ）

4月24日（金）　東京・小平　　田野倉康一

陽が差し込んでいる
酷く、陽が差し込んでいる
書斎の
しずかなしずかなレンゴクで
世界は一度、漂白される

もし
詩人であることが事故だというのなら
今ほど詩人があふれた時はない
すでに
あらゆる人とのあいだに
はてしない距離を
抱える者を詩人と呼ぶのであれば

杉並区都市整備部狭あい道路整備課狭あい道路係ヒラ
田野倉康一は本日、勤務日である
二分の一出勤で昨日は自宅待機
今はシートを張ったカウンターの横で
測量屋さんや不動産屋さんと
図面を囲んで濃厚接触
「こんなときに役所まで来いと言うのか」
となじられながら
でも人の財産にかかわることですから、と
今日も濃厚接触はつづくよ

杉並の街にこんなに猫が多かったとは
やっと出られた現場調査で
人よりもたくさんの猫と話す

詩人であり詩人でないものは、僕は
きはくになっていく空気のなかで
一向に減らない厖大な距離を
ただ、もてあましても
いる

田野倉の勤務先である杉並区役所は緊急事態宣言下、二分の一出勤となっている。それでも現場には行かなければならないし、狭あい道路事前協議を申請してくる業者もさほど減ってはいない。まだ、窓口のアクリル板も設置されていないし（仮のシートが張られたばかり）、デスクの間にパーテーションもないし、内線電話、コピー機などは共有のままだが、なぜかクラスターが発生したという話も聞かない。

4月25日（土）　静岡・用宗　さとう三千魚

昼前

マスクをして

女と
スーパーに行った

野菜と肉と白子と若布とお煎餅と
お稲荷さんと

買った

ホワイトホースも買った

スーパーに
マスクをした人たちはいた

花屋で

白い花の紫陽花の鉢植えを買った

お稲荷さんと
紫陽花は

義母の仏前に供えた

もう母の日か

午後から
英会話のレッスンをして

夕方
犬のモコを連れて散歩した

風が強かった

外は
まだ明るかった

近所の橋本さんの奥さんと立ち話をした
今日も風が強いわね

と

言われた

わが家に布マスクはまだ届いていない
西の山に日は落ちた

山が

濃く青い

4月28日・29日・30日に美学校で予定されていた香港民主化運動を支援するイベント「Happy Hong Kong 2047」が延期となった。代わりに4月29日19時49分から香港、日本、タイ、ブラジルで同時に香港に向けてイベントを行うことになった。私も用宗海岸でロウソクを灯し自作の詩を朗読した。

4月26日（日）　北海道・札幌　　三角みづ紀

朝焼けが　まぶしい大安の日
病院から電話がかかってくる

六時間後に亡くなって
うつくしい顔をしている
血のつながっていない彼
ちいさなお葬式の支度をする

お線香の香りを絶やさないよう
そばに座ってぼうっとしていた

白い布のしたで
もう呼吸はないから
微動だにしない
ひどく喉が渇く部屋にて
ちっとも減らない数を
毎日、かぞえているけれど
おじいちゃんは老衰で死んだので
かぞえられない数だ

砂糖菓子みたいな骨を
やけどしないように拾う
いのちが小さい箱におさまって

死後の世界が
あっても　なくても
かまわない

4月27日（月）　沖縄・那覇　　白井明大

島では
おやつが
一日二回あって

じゅうじちゃーと
さんじちゃー
、ていう

ちゃー　は
お茶のこと
十時のお茶と
三時のお茶

いま
午後三時で

昨日
消毒用のアルコール代わりになる
六十五度の泡盛を
蔵元の直売所で買った
帰りにジミーに寄ったとき
君が見つけた
イギリスのチョコウエハースを

袋から出して
さんじちゃーにしよう
、てしたら

お父さんはそれでおわりね　、て
隣りで見てる
うたに言われた

全部で六つ入ってて
昨日の夜に一こ食べて
いままた一こ食べるから
あとは
お母さんと
わたしのぶん

うたには
トッポも
コアラのマーチもあるのに
それはそれ
これは三人で三等分、て

なんだか腑におちない
お菓子の法則を
指折り数えてのひらに乗せて
うたが自分のぶんのウエハースと
コアラのマーチを
持ってったあと

テーブルの上には
ふたの開いた
空箱がぽっかり置かれたまま

ジミー…沖縄の老舗スーパー。Jimmy's。

4月28日（火）　東京・西荻窪

田中庸介

自宅待機して自分と向き合う
それには
To-Doリストが良いよ、スマートフォンに記入すると
パソコンでも見られます、予定表ともリンクできます、ウェ
　ビナーも立ち上がります
Things to do
それもこれもあれもやりたい
やるべきであろうことを
毎時毎時に切れ間なく書き込む
Things to do
が15項目に積み上がる

15時間働いても終わらないよ
終電もないから
誰にも歯止めがかけられない
封鎖されたキャンパスからZoomの講義を発信する
掲示板とウェブチャットで双方向コミュニケーション
はいどうぞ
Zoomで簡単に盛り上がるリアルタイムアンケート
それから瞬時に採点される小テスト
はいどうぞ

申し込んであったドイツの光学ウェビナーが自動で立ち上が
　る
申し込んであった雲仙のエコウェビナーが自動で立ち上がる
封鎖された
その学園都市の本社
朝の光
あの奥の部屋のあの顕微鏡装置のあの白い大きな蓋があいて
ヤッホウ
なじみ深い
ミラーやフィルターやパルスレーザーやシャッター
それらが
リアルタイムで
画面いっぱいに顔を出す

雲仙では
奥津さんのおくさんが
土用のときには緑茶とうめぼし
そしてゴボウ
遠くの部屋にある遠くの機械の内臓部分
すべてが一つになっているソフトウェア
そして遠く遠く
甘いものは控えめにしましょう
あなた自身のために

どうか
血を
攻撃してくるウイルス、能力不足、そしてあれもこれもの〆切
とつぜんZoomは落ちて終了し、瞬時に学生にホスト権限を奪われてしまう
ログインできないトラブル、いつまでも終わらぬセッション
すべては煙のように
Spotifyでジャズをきこう
もう誰も起きていない
もう誰にも奉仕したくない
もう誰のためでもなくて
深夜の
ちいさな
自分に戻る
セッション

4／8から61まで東京大学は学内を「レベル3」（制限－大）に指定し、キャンパスから学生の姿が消え、教職員も在宅勤務が推奨された。

4月29日（水）東京・調布　山田亮太

熱海に行ったのだった。

海外からの観光客のすっかりいなくなった静かな街をゲストハウスのスタッフと歩いて、いつまで続くかわからないけれど、ゴールデンウィークは厳しいでしょうね、でもほらインバウンドは難しくても国内旅行なら

ロシアに行くはずだった。

ウラジオストクからハバロフスクまでシベリア鉄道で移動する、仕事以外で海を渡ったことのない私が初めて計画した海外旅行に備えて、ガイドブックを買って、キリル文字の読み方を勉強して、今回のツアーは催行されない感じでしょうか、先行きが不透明なところかと思いますが、この時期の海外渡航に不安も感じており

家にいろ。

元通りのにぎわいも落ち着いたころもいつかやってくる保証はない。

できるだけ多くの怒りと疑いを心にたくわえ、私は家にいろ。


成田国際空港における四月二十四日～五月六日の出入国

者数は１２７２０人（対前年比　約99・０％減）（東京
出入国残留管理局成田国際支局が五月十三日に発表した
速報値より）。

4月30日（木）　福岡・博多　　　　石松佳

昨夜、クラシック・ギターの弦を張り替えた
十年近く前に買って
少しだけ弾いて
すぐに飽きて
それから
ずっと部屋に置いていたものだ
ずっと部屋にいるのだから
今夜
また弾いてもいいと思えた
子どもの頃は毎日弾いていた曲
今弾くと
喪失しているはずなのに
指は憶えていた
記憶とは
指から伝わる感覚のことではないか
この季節に触れ
わたしは
何を忘れ
何を憶えているのだろうか

5月1日（金）　大分・耶馬溪　藤倉めぐみ

元気ですかと尋ねて
元気ですと聞いても
重みを持ってしまうのは私の視線で
人の声は砂のように溜まるのに
人の視線は岩のように積まれていくことを知った

私が変わったことなんか
毎日飲むコーヒーが
もっといい豆に変わって
コーヒーの味なんか分からないのに
多分美味しくなったんだろうなぐらいのことで

それでも緑を
迫りくる緑を
のみこもうとするだけ
はじいてしまうようで

思うままにすることの
何を思いたいのか分からないまま負荷をかけ
背中を骨に張り付けて
太ももの水を抜いていく

4月から様子見をしていた蚊も
いよいよもって血を吸うようになった

症状として下痢発熱。
喉の違和感がたまに。
37度を越えると発汗。
味覚と嗅覚は今のとこ平気。
あなたも気を付けて。

便りから6日目
上下する熱を過ぎても
君は部屋から出られないまま
新しく届いた椅子を組めないでいる

5月2日（土）　東京・目黒　覚 和歌子

玄関先の切り火がいらなくなってひと月
夫はすっかり鰐である
好物のKindleを前足で支え
ふとんの奥に日がないちにち充実している

胴のかたちを巣穴に残して
鰐は時どきいなくなる
今朝は上がり框にかしいでわだかまっていた
振り向いてイッテキマスを
言いたいのだね

平たい尻尾をかかとでずずずと送り出す
緑の多い日陰を選んで歩くんだよ
子どもが近寄ってきたら敷石にまぎれてね

クール便です
宅配のお兄さんが引戸の前で後ずさる

熊本産の早生西瓜は陶然と甘く
先割れスプーンをひるがえすうちに
「トレインスポッティング」93分が終わっていた
西瓜の残りを切り分けたら
友だちを廻って配ってこようか
時分どきが来る前に

引戸を開けると
隣家の生垣の終わるあたりに
平たい尻尾がまだあった

夫は落語家の入船亭扇辰。寄席、落語会などイベント興行が続々中止に。

5月3日（日）　横浜・久保山　四元康祐

他のみんなが日記をつけてくれるので
僕は安心して
日々の網目をすり抜けてゆく極微の切れ端にかまっていられる

母の眼の縁ぎりぎりに
ステロイドの軟膏を擦りこむ指の腹の感触や
腹部エコー検査報告書に印刷された
父の内臓の艶やかに濡れたモノクロームの光沢なんかに

交番の入口の「本日の交通事故」によれば
昨日県下で死亡したのは一名
コロナの死を他のすべての死からことさら区別してみせるのは
生者の勝手な都合というものだろう
その刹那にはどんな物語も一つに交わる

見えないジャイアント・パンダに引かれて
横断歩道を渡ってゆけば
王様ペンギンを二羽連ねたあの子が目だけ光らせて立ってい
る
社会的距離とやらに隔てられると
なんだかいつもよりも色っぽく見えてくるのが不思議
みんなが生き延びることに必死でいてくれるので
僕は安心して
日々の連なりからはみ出てしまう巨大なものを眺めていられ
る

隣の婆さんがついにホームへ引っ越す朝がやってきて
軽トラックが坂の下へと沈んでいった
その後にぽかーんと残された
空の青さなんかを

5月4日（月）　東京・神楽坂

ジョーダン・A・Y・スミス

Zoomのどこでも窓を通して
家内修羅場、
ドメスティックサーカス、
無人島へズームイン
デジタル背景で
　場所の意味を消そうとする駒たちと
　　会議のチェスボードで
I'm unraveling
　—fine—
I'm Time/
traveling

去年の季語は
　夏の肌
ムダ毛
キレイ
ワキ汗対策

今年の季語は
　ない。空っぽな広告の枠

俳句、零時、ｈｉｃｒａｚｙ

ラン乱イラン欄違乱いらん、蘭
　選船千線専戦せんといて
　　チョー長朝町長蝶々よ、超

孝行高校や航行煌煌
1湾1ワンワン1腕、no one won、no王

耳と耳を
ずっとつけ続けているヘッドフォンから
解放させないと
次第に大きくなってきた音は
サイレンなのか、ほぼ静かになった一日の残影なのか、
区別できない。

上記の断片に希望の小雨をぱらつく
医療と薬学が脱線してゆく糸に辿り、
何と
水星では「一日」は
地球の58・6日だそう……

5月5日（火）　神奈川・江の島　　永方佑樹

ひと月におさまらない忍従※
それでも私たちは
弛緩した生をやめない
労りは営みに敗北し続ける
かぞえられた死は
数でしかなく
意識させられる空虚を
ひとびとは批評でばかりうずめて
自身のためにしか泣けない
わたしたちの上を
季節が古《ふ》り去ってゆく
そうして繰りかえし
たどりかえす悔いを
予見しながら模してゆく
あなたが
言葉などをしる前に
算数などをおぼえる前に
樹がくれのしたに
微笑とともに隠した
ちいさな手のひらに
あの日たしかに受け取った
ひどく単純で変わらない
千年まえの祈りが
まあたらしい節句に呼ばれ
きょう
子らにひとしく
おとずれる

政府の対策本部は「緊急事態宣言」の対象地域を全国としたまま5月31日まで延長することを正式に決定。そのうえで、安倍総理は5月14日をめどに専門家に感染者数の動向を分析してもらい、可能だと判断すれば31日を待たずに宣言を解除する考えを示した。

5月6日（水）　福岡市・薬院　渡辺玄英

今日という日が終らない
明日はどうすれば始まるのか
手を洗っても洗っても拭えない汚れがあり
蛇口から流れつづける今日という一日が
ずっと水飴状に透明な均質さで引き延ばされていく
夜の息苦しさの底でわたしはかすかに発光している

洗っても洗っても夢は汚されていった
溺れるように今日の渦に耐えていたが誰の夢なのかは分かり
　はしない
今日もいくつかのドラマで何人かの人が殺された
何人かの犯人がいて何人かのわたしが目撃した
何人かのわたしが今日も何人かのわたしを殺めると
それは輪郭を失ってまた最初から始まるのだった
肺呼吸がすたれていってタバコから煙がのぼらなくなった
陸に這いあがって進化の過程に入っていたがまだ夜だった
絶滅した男たちの細かな癖に気づいていたのはわたしだけか
　もしれない
右の人差し指で顎のあたりを掻く何気なく
この仕草をわたしは今日何度となく繰り返していた
その手は汚れている洗わなくては

夜明の時刻になっても
それから30分過ぎても
ついに夜は明けなかった

生活サイクルが激変した。巣篭りと一日一度の散歩だけ。未明の三時頃に起きて、仕事しながら夜明をむかえる。夕方から夜まで、複数の刑事ドラマを見る。こんなに毎日、人が殺されていたのだ。出口が見えない。

5月7日（木）　東京・つつじが丘　河野聡子

高校一年生のときに読んだカール・セーガンの本のおかげで、

プトレマイオスのイメージはずいぶんひどいものになってしまった。プトレマイオスは占星術の親玉であり、彼の悪影響によって地動説という科学的推論が広まるさまたげとなり、人はいまだに星占いを信じている、そんなことをカール・セーガンが書いていたかどうかはまったくさだかでないけれども、その後二十年以上、私はプトレマイオスという人についてこれ以上の事柄を知らなかったし、ヤフーのデイリー占いでさそり座が十二位だとがっかりする人生をおくっている。

一年前に思うところあって地図に関する歴史を調べた。驚いたことに、最初にプトレマイオスに再会したのである。ここに登場するプトレマイオスは二十年以上にわたり私が抱いていた非科学的な印象とは真逆の人であり、地図製作に科学的方法を導入した人物として、しかし実際のところ実像はほとんどわかっていない人物として紹介されていた。実像がほとんどわかっていないにもかかわらず千年単位で影響できるというのはいったいどういうからくりなのか。

ともあれこれは、星占いをチェックするときはヤフー占いだけでなく、めざましテレビや京王線八幡山駅からみえる電光掲示板も比較検討すべし、という事実をあらためて思い出させる出来事だった。朝の京王線に乗るときは各駅停車をえらび、かつ車両を注意ぶかく選択しなければならない。すると八幡山駅で特急通過を待つあいだ、窓のすぐ外の電光掲示板でデイリー占いを確認できるのだ。しかし私は三年以上朝の電車に乗っていないから、この知識もプトレマイオス同様まちがっている可能性は高い。知識はアップデートするべきものだ。正体のわからないウイルスのようなものはなおさらで、幸いCovid-19は頻繁にこのことを思い出させてくれる。ウイルスの変異を時間経過で示したうつくしいグラフとGIFアニメ、赤いドットの散った感染者マップを眺めながら、今年の三月に買った地政学地図が今後数年で書き換えられるのを予想する。

5月8日（金）　東京　　文月悠光

日焼け止めとマスクで過ごした2週間の後に
今朝、ひさびさに化粧をした。
これが正解なのか、わからないまま
わずかな粉と液体で毛穴を埋めて
投げやりに口角を上げる。
頬と共に持ち上がるベージュピンクが
ぽってりと重い。
（今までよく、こんなことをして暮らしていたな）
素朴なつぶやきが口をついて出る。

肌をうっすら窒息させ、
微笑みながら社会へ潜っていく。

お化粧は、不要不急ですか。
しようがしまいが、わたしの勝手でしょうか。
けれど、うっかり溺れてしまうことのないように
「必要」と「急務」をしずかに飲み込んできた。
今まで、こんなことをして暮らしてきた。

立て続けに3件のSkypeやZoom打ち合わせ。
2件目の後、珈琲を淹れていると、
よそいきの声ひさびさに聞いた、という指摘。
カーテンの仕切り越しに
「よそいき」をしまっていたのだ。
化粧ポーチにクローゼット、声帯の奥から
わたしの「よそいき」を取り出して埃を払う。
リップクリームもすっかり欠けはじめていて
ご無沙汰だった「よそいき」の自分に戸惑っている。

カーテンの仕切りの奥から　まだ
「よそいき」の声は響きつづけている。
窓のない台所で　わたしは
アジの開きと目玉焼きを二つ焼いて
黄身が崩れなかった方にラップをかけた。

わたしたち、オンライン会議まみれの（非）日常で
「よそいき」を脱げない誰かのために
ふわりとラップをかけてあげる。

5月9日（土）　東京都・高田馬場　鈴木一平

昼食を買いに外へ出ると、向かいのアパートの駐車場で、女の人が電話をしながらしずかに泣いていた。会話もなく、ときどき鼻をすすって、向こうの言葉を噛みしめるようにちいさくうなずいている。見ないふりをして通りすぎながら、あれは人が死んだときの泣き方だと、わけもなく納得していた自分におどろく。当時は祖母の一周忌と重なって、そういう目でものを見るようになっていたのかもしれない。ちょうど去年の今ぐらいの時期で、年号が変わる前のことだった。
午前中は洗濯と爪切り。先日は排水溝が詰まり、水の問題に悩まされたものの、今回は滞りなく終わる。足の爪からにおいが消えていた。やり残した仕事を進めた結果、資料の体裁が崩れはじめたので、部屋の掃除に移行する。すこし前になくしていたスマートウォッチが見つかり、身体のデジタル化に取り組む。体温（36.3）と合わせて脈拍（72）や血圧（126-66）、呼吸数（19）を計測し、同期に報告。体温から今日の感染者数（東京都、36人）を引くと0.3になるね、といわれる。全部足すと289.3-229.3（253.3-193.3）になる。瓦礫が取り除かれて、まっしろな更地の上に基礎が組み上が

り、いくつもの細い棒に支えられながら、あたらしい家のかたちが浮かび上がってくる。実家から、裏山に生えていたもみの木の画像が届いた。建て替えのついでに切り倒す話になったという。裏山の木のなかでもいちばん背が高く、おそらく家が建つ前からそこにいて、枝から枝へ、たくさんの鳥が鳴きながら飛び移っていた。もみの木は元気そうに見えて、内側が空洞になりやすく、すこしの衝撃でも倒れる可能性がある。暗闇のなかで広がっていく、空っぽの幹の内側について考えた。小さい頃に閉じ込められた蔵のなかを思い浮かべる。耳をすませると、居間のテレビから楽しそうな声がときどき聞こえた。

クレーン車を使うのにちょうどいい場所がなかったので、根本から一気に切ることにした。まわりに酒と塩をまいて、業者の人がチェーンソーの電源を入れると、刃が踊るように回りはじめる。しばらくして、あたりの杉の枝がバラバラと音を立てて散らばり、空が明るくなった。草の上に開かれた木の断面には、幹のかたちを鏡のように写した年輪が、ぎっしりと詰め込まれていた。

5月10日（日）　埼玉・飯能　　宮尾節子

「そんなことするんだ」

ことばにすれば、そんな感じです。

奥さんが看護師さんの、会社員の男性が
上司に言われたそうです。
「きみが会社を休むか、奥さんが辞めるか」

自粛警察なるものが町に出現したそうです。
他県ナンバーの車には疵がつけられました。
自粛しない（本当は規定を守って自粛営業
していた）店には石が投げ込まれました。

全国に非常事態宣言が出てから
（そんなものでるんだ）
人間に異常事態現象が起きています。
（そんなことするんだ）

「隣り組がいちばんこわい」
戦時中のひとの言葉です。
「夏蜜柑より正義感がこわい」
今日のわたしの言葉です。

もうひとつ。

＃検察庁法改正案に抗議します、という

ハッシュタグのツイートが火の付いたように
ひろがって、瞬く間にトレンド入りしました。
(反対します、でなく、抗議します、がたぶん吉)

そのあとに又怪奇現象です。２００万ツイート数
あたりから
眼の前で見る見るツイート数が減り始めたのです。

大急ぎで、月が欠けるみたいに。
「そんなことするんだ」

「だれもしろとは、いってない」
(いつも、これだが)

月が欠けても、(あのね)
お天道様が見ているよ。

5月11日（月）　東京・神宮前　　川口晴美

渋谷区の防災放送が聞こえる
連休中ずっと午前と午後に１回ずつ聞いていたから
幻聴かもしれない
教科書を読んでいる女の子みたいな声で
トウキョウトの緊急じたいセンゲンという音が
空の耳にぼんやり滲んで広がって
英語でも繰り返し
ぷりーずステイホーム
頭の中に聞こえるけれど
エッセンシャルな買い物だよと言い訳して
外へ出ればちゃっかりスーパーを越え先へと歩く
通り抜けた商店街のあちこち
雑貨屋の軒先やシャッターを閉めた店の脇で
お祭りの屋台に並べるみたいにマスクが売られている
最初に見かけたとき50枚３５００円だった箱が
２３００円になった
ドラッグストアやスーパーじゃないところにいるのを
野良マスクと頭の中で勝手に呼んでいる
ツイッターで誰かがそう呼んだのを見たのだったかも
ことばは感染する
野良は増える
布マスク2枚はこないだ届いた
配布はまだほんのわずからしいから幻かもしれない
使う気にも捨てる気にもなれなくて
とりあえずテーブルに置いたまま
今日は晴れ
3月末から頻繁に低空をゆくようになった飛行機が

また頭上近くの青空を横切って
落ちてきそうに
きれい
交差点のビルの壁面には
外出の自粛をうったえる都知事の女性の巨大な映像
ディストピアSFのなかにいるみたいだなっておもう
それならきっとわたしは次のシーンで
爆撃かゾンビに襲われるかして倒れ
あっけなく死んでいくモブキャラだ
でもこれは現実なので
とりあえずまだ生きている
タイトルは知らない
帰宅するとテーブルの端に
白々と2枚の布マスクが
余白のような光を集めている

渋谷区では4月9日~5月6日に防災行政無線放送が日に1、2度あった。内容は「こちらは、防災しぶやです。東京都に緊急事態宣言が出されています。感染症の拡大防止のため、不要不急の外出はお控えください」×2の後「This is the public announcement of Shibuya City Office. To prevent the spread of coronavirus, please stay home except for essential needs.」×2。

「3月末から頻繁に低空をゆくようになった飛行機」…3月29日から羽田空港への離着陸飛行ルートが変更。それまで海の上を飛んでいた飛行機が市街地の上空を行くようになり、渋谷でも轟音とともに低空をよぎる機影が頻繁に見えるようになった。

5月12日（火）　東京・小平　田野倉康一

平穏
万年床に寝そべり
セスナ機のエンジン音を遠くに聞く
幽囚の光の中
言葉の一切は断たれ
行く先のすべては
打ち捨てられている

新緑はしずかに萌え
カタカナの海で
音もなく声もなく
おぼれてゆく
ものたちの

平穏
おだやかなひのひかり

休日である。外出自粛と言われなくても出る気になれない。

5月13日（水）　千葉・市川

柏木麻里

午前のニュースから聞こえてきた
銀座というのが崖の名前に思えてくる

そこへ行けないことはわかっている
でも、なんで行けないんだっけ

一番可能性が濃いのはそれがもう失くなってしまったから
通り過ぎた信号の色みたいに、そう点滅する
それとも銀座とは
アトランティスとかパンゲアとか
宝の在り処を×で記した
だれにも解読されない
端のめくれた茶色い地図にしかない場所なんだったっけ
ううん、それはあるんだけど
今日もにぎわって、明るく平らな
ガラスのように澄んだ几帳面な四角い灰色の敷石を
靴がいそがしく渡ってゆくのだけど
こことは時空が違うのです
だからわたしは行けないんです

ほんとはもうないんでしょ
もう世界は全部崖の名前になってしまって
パラレル宇宙の任意の時代と場所の
博物館のガラスケースに収まってしまったんでしょ
今年はやけに葉が茂ってお化け楓みたいになった
楓のそよぐ
ここしか
もうほんとうは世界ってないんでしょ

ステイ・ホームの日々を重ね、日常を彩っていた街が失くなったような気がした。しかしまだ、すべてはファンタジーめいている。世界全体を包む危機、現実感を支えるために手に触れられる場所が、どこにもないからだろう。

5月14日（木）　東京・杉並

峯澤典子

昼も夜も
お互いに距離を保ったまま
ネットでつながった部屋が
無数の星のように浮かぶ
街の片隅で

二か月前までは
近くの学校の蔦の壁に沿って
緑の小道を抜け
ピアノの教室に向かっていた子は
今日も　どこにも出かけずにパソコンをひらき
オンラインのレッスンを受けはじめる

先生のなめらかな指の動きから
ときどき　すこし遅れて　音が届く
その響きは
水中で聞く　浜辺のかすかな歓声のようで
歩いて十分ほどの教室が
どこか遠い外国に思えてくる

今日いちにちのあいだに
パソコンのマイクが拾わなかった　ちいさな声と
メールの文字にならなかった　ことばは
誰にも　どこにも　届かないまま
どんな夜の水底へと沈んでゆくのだろう

ピアノのレッスンのあと　半袖の子は
窓からの風がもう冷たくないことに気づく
とくにいまは　夕方を過ぎると
外の通りから　人の気配が消えるから
ふたりでベランダに　折りたたみのテーブルと椅子を出した

空の薄いみずのいろが　菫のいろに染まりはじめたとき
あ、いちばんぼし、と　はしゃいだ声があがり
テーブルのうえの蝋燭が揺れた

たしかな音にも
ことばにもまだならない
ほんのちいさな炎の　あたたかい息が
それぞれに切り離された
夜の水底から水底へと渡るように
誰にも聞こえないまま
すこしだけ遠くへ　流れていった

5月15日（金）　神奈川・横浜　新井高子

なぜ欧米でそれは疎《うと》んじられたのか
カタカナ語がないからさ
オペラ座の怪人の仮面も
どろぼうの覆面も
ぜんぶ、maskだもの、
かけたくなかったんだよ、マスクだって

なぜこの島でおかみのそれは躓《つまず》くのか
じつは仮面だからさ
まつりのお面も
にんじゃの覆面も
じぶんの気持ちだもの、
かけたくないよ、アベノマスクなんて

お能に
癋見《べしみ》という面があるんだって
口を固くむすんでなにも言わない仮面だって
折口信夫によると
それは、しじまの面、
かみに従わない沈黙の精霊のかお

god（神）も、ruler（支配者）も
ひとしく「（お）かみ」と呼んだニッポンの土俗感覚、
えらいと思いませんか
なにも言わせない覆面なんか
もらいたくないさ、
おかみさまに

じぶんで仮面する、
　　　わたしたちは
手作りで、闇市で、朝から並んで、
　宅急便のおじさんも
なわ飛びのよっちゃんも
陣痛がはじまったお母さんも

世界じゅうの
おどろく数が、
おどろく数の
精霊よ
精霊たちよ、

おいで、おいで
歩いておいで

目を、

光らせて

マンションのエレベーターに着用を求めるチラシが「If you have a mask」と、英語でもあった。義姉に手作りマスクをもらった。アベノマスクは届いてさえいなかった。

5月16日（土）　東京・深川　　　カニエ・ナハ

「5月16日／しばたさん　えびすリキッドルーム／・ハーヴィン・アンダーソン@ラットホール／・白髪一雄@ファーガスマカフリー／・河鐘賢（ハ・ジョンヒョン）@BLUM&POE／・塩見允枝子＋植松琢磨@ユミコチバアソシエイツ／・松崎友哉、長沼基樹、大野陽生@ハギワラプロジェクツ」と書かれている、原文は手書き文字、去年の手帳である。表参道でラットホールギャラリーとファーガスマカフリーの展示みて、てくてく歩いて原宿へ、駅前のBLUM&POEに寄って、ＪＲの竹下口から山手線に乗って新宿へ、新宿駅から都庁方面へ新宿中央公園を抜けて、てくてく歩いていって公園前のユミコチバアソシエイツで展示見て、塩見允枝子さんの作品集買って、そこから初台のほうへあと5分くらい歩いてハギワラプロジェクツへ。ハギワラさんとすこしお話しして、わたしのつぎの打ち合わせの時間がせまってきてあわててとびだして、オペラシティを小走りでかけぬけてって初台駅で電車に乗った。

オペラシティを小走りでかけていく。２０２０年2月28日のこと。打ち合わせが14時から渋谷で、それまでに谷中と初台の展示を見たい。もうあとがない。スカイザバスハウスが開廊するのが12時、スカイザバスハウスから初台まで駅までの徒歩を含めて50分くらい。逆算していく。まず11時50分に根津駅に着くようにして（なので、11時20分くらいに家を出て）、根津駅ホームからスカイザバスハウスまで徒歩、というか小走りで10分、スカイザバスハウスに10分、スカイザバスハウスからオペラシティまで徒歩（小走り）と電車とあわせて50分、となると、初台での滞在時間がおよそ35分間、ＩＣＣの青柳菜摘さんの展示（数回目、見納め）15分、企画展（「開かれた可能性―ノンリニアな未来の想像と創造」）15分、初台駅ホームからＩＣＣへの移動に往復計5分。初台駅から渋谷の打ち合わせ場所まで20分。これで待ち合わせ5分前に着く。オペラシティアートギャラリーの白髪一雄展は、後日。おそらくまもなく臨時休館になるけど、まだあと会期残り3週間あるから、きっと再開されるはず、と考えつつ、オペラシティアートギャラリーのエントランスを横目に見つつ、駅へと急ぐ、予定の電車の発車時刻まであとおよそ１分半。

…と、だいたいいつもこんな感じで時間があるとき隙間を埋め尽くすように、分刻みで駆けまわっていたので、いまあらゆる展示が閉まっていて正直ほっとしている自分もいて、その癖して、結局そのまま再開されることなく会期が早期終了となってしまった白髪一雄展の図録をポチる、開会3日で閉まってしまったままの近美のピーター・ドイグ展の図録をポチる、まだ展示が始まらない現美のオラファー・エリアソン展の図録をポチる、…まではまだ良いとして、勢いあまって、過去に訪れた展示の、そのとき完売になっていたか、重たかったか、もち合わせがなかったかで買いそびれてずっと気になっていた図録たちまで、さかのぼってポチりはじめる。２０１０年Bunkamuraザ・ミュージアムのタマラ・ド・レンピッカをポチる、２０１１年ブリヂストン美のアンフォルメルをポチる、２０１２年新美のセザンヌをポチる、２０１３年都美のターナーをポチる、２０１４年西洋美のホドラーをポチる、…などなど。

いまファン・グリスの、何点かの図版のページが机の横にて開かれている（手もとにある図録だと、・ノルトライン＝ヴエストファーレン展に1点・デトロイト美展に1点・フィリップス・コレクション展に1点・コルビュジエのピュリスム展に8点・アーティゾンの開館記念展に1点）、かれはキュビスムにおいてピカソ、ブラックに続く「3人目の画家」と呼ばれていた、とのこと、3人目でもじゅうぶんに名誉なことであるが、しかし「3人目」ということばの廻りに漂うそこはかとない哀愁があり、また比較的若くして亡くなってしまった（１９２７年5月11日に、40歳で）こともあり、それはさておき作品において、ピカソのブラックのキュビスム絵画のおおむねくすんだ沈んだ色彩にたいして、ファン・グリスのキュビスム絵画は明朗なあざやかな色彩で、また木目のテクスチャの描き方など繊細に具象で、分断されたレタリングやら壜やら楽器やらはどこか愛らしく、全体としての抽象とそれら具象のディテールとのバランスが絶妙に素晴らしく、先ずぱっと見に目に心地よく、かつよく見るとキュビスムらしい実験も試みられていつつ、目を彷徨させられつつ悦ばせられつつ、ピカソのブラックの「やったるで」感が希薄であるぶん、ある種の余裕や優雅さが感じられる、「3人目」ならではの強みが魅力があるとおもう。しかし、

いつまでつづくのファン・グリス
心労でふえてしまうよ白髪一雄
されどパンデミックはタマラ・ド・レンピッカ
ひととの距離をジョージア・オキーフ
まちにはだれもオラファー・エリアソン

夜、恵比寿リキッドルームで柴田聡子inFIREのライブをみ

る。たくさんのひと、すごい熱気。昼間、表参道へ行く前に銀座線銀座駅でいったん降りて、駅前の和菓子屋あけぼの（芹沢銈介がパッケージをデザインしている）で買った、トートのなかの「銀座メロン」（今回のツアーアルバムのなかの一曲「東京メロンウィーク」にちなんで）がつぶれないか心配。こみあった電車のなかでも心配していた、ずっと心配している。この日のライブはあとでライブアルバムになって、あれはスパイラルでクリスマスのころに柴田さんがトーク＆ライブをした（いま、手帳で確認すると２０１９年12月６日20時〜）、そのすこし前にリリースされたのだった（いま、Spotifyで確認すると２０１９年10月23日）。

「じぶんがそこに居たライブのライブ盤を聴いてると、映画『魔女の宅急便』のいちばんおしまいのあたりで、キキにデッキブラシを貸したおじさんみたいなきもちになります。」
「やめてよバーサ。までも目に浮かびます。」

カラーテレビの中の白黒テレビで大群衆が大歓声を上げている。……

　いつまでつづくのこのキキは
　やめてよバーサ
　あのデッキブラシはワシがかしたんだぞ
　かしましいニュースがウルスラ

　やめてよバーサ
　いつまでつづくのこのジジは
　かしましいニュースがトンボ
　あのデッキブラシはワシがかしたんだぞ
　　やめてよバーサ

「落ち込むこともあるけれど
　私、この町が好きです」

こもってるあいだに今年のたんぽぽが綿毛になって飛んでってしまった。

いつも行くばら苑のばらが刈られてしまった。
ふじの花が落っこちてしまった。
てっせんが枯れてしまった。
あじさいが色づきはじめてしまった。
くちなしが薫りはじめてしまった。

ジブリ映画『魔女の宅急便』より引用・参照箇所あり

「新たに60人の感染確認　国内感染者は1万6329人に」（朝日新聞デジタル）

5月17日（日）　東京・世田谷　松田朋春

スーパーもガーデニングショップも
ほんとうに大勢のにぎわいで
大気は理想的にここちよく
何かの間違いではないかと思うくらい
すべては健康的だ

高一の娘に
夏服が届いた
まだ入学の制服も着ていないのに
長男は毎日のように
自転車で遠乗りに出かけていく
巣篭もりが平気な次男は
もうすぐ学校がはじまるといって
ため息をつく

家族は
猫ばかりなでている
ニューノーマルという言葉は
古くも新しくも感じる
名刺の束に
つよい違和感がある

5月18日（月）　静岡・用宗　さとう三千魚

雨が

降る
前に

モコと散歩にいった

夕方
近所を歩いてきた

大風が近づいているのだという

帰ると
TVニュースで

検察庁法案　今国会見送りという

この国の首相が
誠実に国民に説明を尽くすと言っている

わたし
今日

チェット・ベイカーを聴いてた

Almost Blue を聴いてた

Almost
Almost

Almost
Blue

チェット・ベイカーが歌っている

ほとんど
ほとんど

ほとんど

ブルー

そう　歌っている

今日
仕事はなかった

Almost Blue を聴いてた

布マスクが届いていない

近所の団地の10階に住むおばさんにコロナに良いと聞いたビタミンDと膝に良いというグルコサミンを届けた。玄関のドアの前でおばさんと立ち話をした。おばさんの話はいつまでも終わらなかった。最近、誰とも話していないのだろう。

5月19日（火）　北海道・札幌　三角みづ紀

ねむれない日々が定着し
ぼくはずっと怒っている

ぼくはずっと不安のなかにいる

旅にでられなくって
レーズンやキウイで
酵母をつくって
パンを焼いていて
これはわたしの身体です
これを受けて食べなさい

見送られたものは
いつまで見送られるのか
手をふって
笑顔で見送るのか

ぷつんと糸がきれた四肢が
宙ぶらりんになって落下する

そう、昨夜の話。スーパーマーケットからの
帰り道に、痩せこけたキタキツネに出会った
でも、野生のいきものに食物を渡せないので
いつか人類全員でみごろしにするのかなって。

わたしの身体を受けて食べてほしい
キビタキのさえずりで満たされていく

今日は月に一度の古紙回収だった

5月20日（水）　沖縄・那覇　　白井明大

すーまんぼーすー
沖縄でいう
梅雨

の
晴れ間は
もう夏日で

市役所の前で
ヘイトスピーチをする人がいるから
そんなことはやめろ

と
カウンターがあると聞いて
ひさしぶりに町に出かけた

カウンターに集まった
人がいて

慣れないまま
辺りに
立っていると

いつもなら
もう来てるはず
というヘイトスピーチの
人が現われない

まま
時間が過ぎて
おひらきになった

ぼうっと
する
家に帰って
まだ

外の日を
ひさしぶりに浴びた

まま
立っていたせい

肌が日に赤くなっている

人は
いる

のに
いない
人は

いない
のだろうか

実体が
ないものを
憎しみとして
抱え込むのは
空洞をこころに
抱え込むようなもの
で

誰かを差別したい
という気持ちの
今日の昼のやり場のなさに

そのまま
つゆと消えればいいのに
そしたら
まただんだんと

ひなたに立って
家に帰って
ぼうっとするくらいには

人になれるし
戻れる

うちに

カウンター…近年那覇市役所前で横行していた人種差別などのヘイトスピーチ街宣を止めるためのカウンター行動が、この日はじまる。以来、沖縄カウンターズをはじめ有志の活動により阻止継続中（2022年4月末現在）。

5月21日（木）　東京・西荻窪　　田中庸介

深夜に
ことばが立ち上がる

論文の直しというのはとげぬきのようなものだと思う
(1) はーい賛成
(2) 反対

どちらですか

深く呪われている
北のみずうみの底に
燃えあがる陽炎のような何かがある

どうせ自分は大したことはない
自分はじつにスゴイもんだよ
この二律背反の気迷いの中から
薬草の根っこのような
熱い本質を引っこ抜く

まずは文法がめちゃくちゃ
図表の番号がめちゃめちゃ
話の筋がどこかに行って
図の縦横があわさっていない
あきらかに入れるべきことが欠けている

表面の雑草を刈るように文法を直していく
するといま見えてくる地肌の粗さ、それを遠くからトングで
　つかんでこね回す
ぴたっと当てはまるとかちっと音が出るよ、
最後まで行ったら、はい、鋸でまっぷたつ
ハサミでじょきじょきとプリントアウトを切ってセロテープ
　とホチキスで貼り合わせる
そしてコピーをとって
写メをとって
メールで転送

返ってきたらすぐにプリンターで打ち出す
ハサミで切り刻む
のりでとめる
またスキャンして
メールで送ろう

沼のように深い絶望が
身体のゆがみとなってことばの水面を泡立たせる
ついまた見落とされる全体の構成
背骨のバランスがとても悪い
錯誤、混乱
そこまで自己批判しなくていいのに

ものすごくものすごく
悲観的な考察

それを
ひとつずつ
ご供養する
ように

のしかかられた肩の重みが
すこしずつ
楽になる
ように

在宅勤務のために買った
白い
プリンタ用紙、
こうして
誰かの
とげを抜こうとして
きょうは
全部
使い終わった

統合失調症の分子機構に関する大学院生の論文を他の研究者たちとなんとか完成させ、海外の学術雑誌に投稿した。雑誌の査読プロセスにも遅れが生じ、通常一か月で返事が来るところが二か月かかるようになった。

5月22日（金）東京・調布　山田亮太

名前と顔写真を公開し暴力の手口を克明に記した
一連の騒動が起ってから3ヶ月後
死に目に会えなかったし葬儀にも出席できなかった
手作りの雑貨やアクセサリーをオンラインで売って
キャパシティをオーバーしていたから引き留める人はいなかった

もとより欠陥だらけの制度だ
みんなさして年齢が変わらない10代の少年たち
眠りたいときに眠り起きたいときに起きる
カメラはズームし口元を映し出す
くちゃくちゃと過剰に音を立ててサンドイッチを頬張り
得られた金の使途を3つに分ける

1辺の長さが20㎝ほどの立方体のボックスを指定の段ボールに箱詰めしていく
午前と午後で1枚ずつ使用する
「ねえ、ちょっと近くない？」
「ほら、2メートル」
入場時の検温義務もなければ席と席を隔てるパーティションもない

黒い手袋をはめた手で赤い花柄の手に触れる

致死性を跳ね上げる凶悪な変異
鳥のくちばしのようなものがついた奇妙な黒い仮面
顔面を含めた全身が完全に黒く覆われる
取引の最中で素顔から感情を読み取られるのを避けるため？
さまざまな憶測が流れたが真の理由を明らかにしない
握りこぶしほどの大きさの真紅の球体と十字状に組み合わされた木片
その二つが一本の紐でつながっている
力を加えると球は空中を回転し木片の持ち手部分で絶妙な均衡を保って静止する

脅迫的な懇願を前に断るという選択肢はない
大人数をひとつの部屋に押し込め順繰りに歌を歌わせる
連携したブースの音声と映像はモニターから確認できる
マイクに向かって宣言すると四方の壁が点滅し画面は無数に分割される

大げさな身振りで頭を抱え肩を揺さぶって問い詰める
本名を隠すためにお互いを番号で呼んだ
「きっと奴の時計が狂っていて、1時間進んでいるんだ」
忠誠心が試されているのだ

鎧のように重厚で派手なドレスに身を包んだ女
カウンターに身を乗り出してとぼけるような表情を至近距離
　から見つめる
店内をぐるりと見渡し威喝するような目で睨みつける
異例の速度で商用化を承認されもっともはやく市場に出た
人間の利害とは無関係に自律して存在すべきもの
起動して最初に見た人物を親だと認識する
停止させることはできない破壊するしかない

2人に帰る場所などない
外で寝るのは心細い
衣服や身体に付着したウイルスを死滅させる
「多数の研究論文によって効果が証明されています」
「専門家会議でも認められています」

巨大な球体が天井から吊り下がっている
球体は緑色にぼんやりと光っている
それ以外の明かりはない

球体を挟んで向かい合わせに座っている
堅すぎず柔らかすぎもしない適度な弾力性のある椅子
緑色の光に照らされたお互いの顔だけが見える
人差し指を左目の下に当てる
指を下に引っ張りベロを出す
球体はゆっくりと青に変わる
やがて白くなり輝度が高まる
あなたの顔がはっきりと見える

ここまでに2万円ほど課金した
これは猫を救うための行為でもあるのだ
ベンチの両端に座る
本気の殺意がないと起動しない
小声で耳打ちする
人々は新しい生活様式に則しているかどうかを互いに監視し
　あい
それに反した行動をとる者を法の埒外で私刑に処す
私たちは過大な労働と移動の負荷から解放された

1階の事務所から2階の自宅へと移動する
「俺たちはどうだ？ まともな人間か」
3人が一斉に手を挙げた
帰宅するなりポストにあるものを見つける
「おい、たいへんだ！ 届いたぞ」

それを右手と左手に1枚ずつ持って掲げる

4人の人間がテーブルを囲んで睨みあっている
暗号めいた言葉がときおりつぶやかれる
私たちが葬り去ったはずの制度や価値観
与えられた様式を遵守するのではなく思考によって自ら決定
　していくこと
4人は手元のブロックを熱心に幾度も並べ直す
決死の覚悟でひとつのブロックをテーブルの上に置く

5月23日（土）　福岡・博多　　石松佳

街に少しずつ
音が戻ってきた

車
バス
喋り声
キャッチボールの乾いた音
庭の水遣り
けっして大きな音ではないが
今の身体には
繊細に聴こえてくる

街は
小さな生き物のように
ゆっくりと
手探りで
息遣いを取り戻そうとしているのか

昔　糸電話をすると
あなたの声が
震えながら
糸を通して
紙コップを通して
伝わってきたことを
思い出した

5月24日（日）　大分・耶馬溪　　藤倉めぐみ

自然がいいなんて少しも思っていなかったのに、草とりは世界を変えるよという母の言葉に習って恐ろしく生命力が強く、どんどん増殖してくキクイモを大量に抜いた。こうしないと畑の栄養を根こそぎもっていくからだ。トマトとナスとオクラとサツマイモとゴーヤを母とともに植えた。彼女も私も連日1歳になったばかりの甥っ子の動画をよく見る。

次に会ったときは一緒に散歩ができるね
お正月に会ったときは立ったばかりだったのに

食べることが大好きな彼は
本を読んでも、おいしい
階段をのぼっても、おいしい
本当に食べるときは叫ぶように、おいしいを放つ。遠い都市に住む彼の頬に触れる機会を2回見送ってまた新たな算段をつける、そんな未来に足をかけている。

世の中はハッシュタグでいっぱいで、春先からの刻一刻は、刻刻一刻刻という違うビートで刻まれている。おもちゃをとりあげられ、適切なスパーリングがようやくできて、足がもつれたりしているけれど、それでも青く立上がることに胸はすくし、サンドバッグにつまった濁りきった泥はもう下ろしてほしいと思う。

おうちもステイホームも
とっくのとうにいやになったから
今日のトレンドの「さよなら」で
さよなら払う裏腹な世さ
と回文を作る。

5月になってから我が家のドアの前に毎日カエルが来る。今日もその子に挨拶して、今日も立ち尽くしてしまう。そっと触れる皮膚は冷たくて骨の感触がよく分かる。無関係な小さい君が安らいでいることが喜びで、少し頭を傾けてほほえんでいるような姿をとどめようとする。

夏の皮膚を大事にしたくなって、マスクをしないという選択肢を持ってお肉をまとめ買いした。散歩もした。露わになれず出口を失ってニキビを持った肌に従う。芥川龍之介の『羅生門』に出てきた下人はニキビから手を放して少年を通過したけれど、私はニキビそのものを仕方なしとすることに倣えずに顔を覆わなかった。

ツイッターにて「#さよなら安倍総理」のタグ付きツイートがトレンドになる。

5月25日（月）　東京・目黒

覚 和歌子

師匠が鰐となるからには
弟子もあとを追うしかなく
27才男子は青い小さなトカゲになった※

弟子に準備ができたとき 師は現れる
（とチベット仏教ではいわれる）
控えめで機敏な気ばたらき
いるような いないような動作音
そつなく掃除買い物皿洗いする四肢を
ときどき柱の途中に貼り付けて
トカゲは一点を見つめている
寄席の再開が見通せないまま
鍛えようもない技量と度胸
埋めようもない余白の真ん中で

せめて五月晴のアスファルトを
鰐の散歩について行く
（あ、指が腹が乾いちゃう）
いちにちごとにまだまだ陽がのびるだろうから
真打座布団までは 気が遠くなるほどの
ソーシャル ディスタンス

弟子に準備ができたとき 師は現れる
ヒトに準備ができぬまま コロナせんせいは現われた
今夜 緊急事態宣言は全面解除
けれど何度でも現れる　顔と名前を変えて
明るみに出したい自分に
ヒトが目をつぶる限り

今年は5月いっぱいが母の日だそうれす※
小さいトカゲは
ピンクのカーネーションを一輪 差し出した

※　三番弟子、入船亭辰ぢろ。江戸落語における前座、二つ目、真打の序列中の前座。
※　イベント中止に伴っての生花店救済措置。

5月26日（火）　横浜・久保山

四元康祐

男は空気を恐れている
酸素はいい　人工呼吸器の管の先から
直接肺に吸い込める酸素なら

大気もいい　エベレストの山頂に
かかってる薄いのでも
だが空気はだめだ　疫病すら
包み込んでしまうこの国の真綿の空気は

男は空気を憎んでいる
空《くう》になら身を捧げたいと思っているのに
この国の空気は空っぽにはほど遠く
ぎっしり気分が詰まっている
ねっとり肌に纏いつく
全員で吸っては吐き出し吐いては吸い込み
それでいて目だけは合わせない

腫瘍は69ミリに達しているそうだ
それでも本人は気づかないものなのかと男は驚く
時間の問題ですと医師が言う
閉ざされた空間が内側から炸裂する光景を
抗体のように肚に収めて

男は空気に包まれている
こんな時こそ人々は言葉を求めています……？
言葉とウイルスの見分けがつかない
最後まで営業し続けたパチンコ屋に二拝二拍手一拝
窓際に聳えるペーパータオルの白い円柱の
表面の凹凸が翳に沈むまで
彼の手は無闇に宙を掻いている

5月27日（水）　東京・京島と神楽坂

ジョーダン・A・Y・スミス

　事実真実果実
せいかくに
み　の　る
くにかせい
み　の　る
　事実真実果実
布団フォトンポテト
　おこす
　こうし
ひかり　と　ひかり
　　の
　衝　突
おちつき
まどろみ
ZZZZZZZZZZZZZZ

？？？？？
　事実真実果実
…
データの流れに従って
水がヒノキに滴る
　庭の欠片
　煙の石榴
黙示録　ではないが
　一応、調べておこう
　ゾンビって
　泳げるんだっけ

5月28日（木）　神奈川・江の島　　永方佑樹

唐突に解除された宣言※
はじまりを着込み出す
日常に放り出された我々の
警戒に慣れ尽きたまなざしは
禁を破る人の姿を
今やたやすく見つけ出すが
この瞬間も
果たして弾圧は続くべきか

いつだって
法は私たちの外側で
断りなく制定され
施行されるものなのだし
「正解がわからない」と言いながら
いつも怒りに満ちている
我らの秩序はこれからも
整然と守られてゆくから
引き続き
計量を続けていかねばならない

批評の側でいるために
間違わないでい続けるため

隣人たちが
軽はずみな一歩をはじめてゆくのを
口々に
あげつらっては静止を強い
もしくは前進をうながしたりして
目まぐるしく翻る世界の声に
加担しては権威を与える
そうすることで見極める
裏付けを手にしてようやく
仕組まれた日常へと

統制に手を引かれた真似事を
誰もがしはじめる

> 5月25日、政府は対策本部を開き、東京、神奈川、千葉、埼玉の1都3県と北海道の緊急事態宣言の解除を決めた。これにより、4月7日に出された宣言は約1か月半ぶりに全国で解除された。一方、都道府県をまたぐ移動は引き続き自粛を要請。異なる県ナンバーの車を見つけてはSNSにアップする等、「自粛警察」と呼ばれる動きが加速した。

5月29日（金）　福岡市・薬院　渡辺玄英

馬鹿野郎、みんなコロナで死んでしまえ！（などと口にしてはいけない
オレの中のコーモリが騒ぐ（という事はあり得ないかもしれない
オレの中のオオカミが吠える（という事もあり得ないかもしれない
ここは誰のものでもないだだっ広い街だ（というがホントは分からない
誰のものでもないびっくりの青空だ（というがホントだろうか
風が吹きぬけたら爽快だ（というが気のせいかもしれない
胡坐かいてやがるぴよすけは殲滅だ！（などと書いてはならない
みんなみんな死んでしまえ！（などと間違っても書いてはならない

馬鹿野郎、もう世界の半分はくたばった！（などと口にしてはいけない
ねずみに血を吐かさせてくたばった（という事はあり得ないかもしれない
おかげで世界は真っ二つだ（というのも嘘にちがいない
だけど風は吹きぬけていく爽快だ（というがホントだろうか
オレの中でねずみが血を吐きウイルスは爆発する（などという事は気の迷いかもしれない
オレの中で遺伝子がざわめく（などと遺伝子を見たこともないくせに
祭りは終わりだ（などと言うと傷つく人がいるから言ってはいけない
あとは遺伝子と模倣子だけがくるくる踊る（という事はありえない
みんなみんなくたばってしまえ！（などと書いては絶対にいけない

殺セ殺セと囁くのはオレだ（などと酷い事を書いてはいけない
おまえが生まれる前から耳元で囁き続けている（のは当然嘘に決まっている
いくら耳をふさいでもオレ達はちゃんとここにいるゾ（それは気のせいだ
耳の奥の巻貝の化石が罅割れているゾ（それも気のせいだ
もうすぐ世界は脱色されて　太陽は輝く（ホントにあるわけないだろう
おまえは今はヒトのふりをしているがおまえではない（意味不明な事を言うな
もうすぐおまえはオレ達の中に還ってくるゾ

コロナ禍で人類の基盤が揺らいでいる。仮にだが、人の遺伝子情報の中に蝙蝠や狼と共通する部分があるとしたら、その部分がざわめく瞬間があるのではないか。世界の閉塞感が新しい視点を開くかも。

5月30日（土）　東京・つつじが丘　河野聡子

今日はワインを一滴も飲まなかった。
今日はコーヒーも一杯も飲まなかった。
今日は音楽を聴かなかった。
今日は映像を見なかった。
今日は運動をしなかった。
今日はインターネットを見なかった。
今日はまったく涙が出なかった。
今日は一度も怒らなかった。
今日は宅急便がひとつも来なかった。
今日は部屋を片付けなかった。
今日は起きてすぐに着替えて顔を洗って歯を磨いた。
今日は本をたくさん読んだ。
今日はなんでもかんでも楽しくこなした。
今日は体によいものを楽しく食べた。
今日の犬は昼まで寝ていた。
今日は自分以外の誰かの役にたつことをしなかった。
昼過ぎに犬を起こすと、吠えて、歩いて、丸くなって、寝た。
レモンの木に小さな実がついていた。
鳥がベランダを訪れている。
今年はアゲハの幼虫をみかけない。
犬と鳥とレモンの木は夜を枕に眠りにつく。

5月31日（日）　東京

文月悠光

ウイルスに怯えていた人々が
家のドアを飛び出し、声を上げ始めた。
画面越しに燃えさかる炎に
Twitter社のアイコンが青色から黒に変わる。
見えないウイルスの脅威が
「人間」を炙り出した。

地球に蒼いヘルメットを被せてあげたい。

札幌の友人にようやく2枚の布マスクが届く。
「ひとまず汚れ破れなしでよかった」と
確かめる様がせつなくて、タイムラインを撫でた。

わたしたちの口を覆うために
白いヘルメットが配られる。
マスクは風のように軽く、
わたしたちが閉ざす口は重い。
マスクを装着するたび、その落差に戸惑う。
両耳に紐をかけて、
白い不安を吊り下げていた。

飲食店を営む東京の友人は
「来てね、とは敢えて声をかけない」
「人の恐れは唯一無二だから」と口にする。
LINE画面で「口にする」文字は
離れていても近しい。
言葉に身体がついてくる。

降りそそぐソーシャルディスタンス。
思いやりの距離だとか、不要不急だとか
宣言だとか、解除だとか、気の緩みだとか
そんなものより唯一無二の
尊い声がここに響いている。

木立のなか、膝をかかえれば
むせるような土の匂いと
濃くなっていく初夏の緑。
息継ぎをせよ。
生き延びるため、治りかけの傷口から
何度もばんそうこうを剥がしたことを思い出す。
汗に濡れたマスクを剥がして
ひととき　深呼吸する。

6月1日（月）　東京都・高田馬場　　鈴木一平

堀井一摩『国民国家と不気味なもの』（二〇二〇年、新曜社）によると、山県有朋は明治天皇への意見書「社会破壊主義論」（一九〇八年）のなかで、「社会主義」を《国家社会ノ存立ノ根本》に対する《病毒》と形容している。《今其ノ病根ニ向テ救治ノ策ヲ講スルノ急務ナルト同時ニ其ノ形体ヲ具スル者ニ対シテハ国家社会ノ自衛ノ為ニ最モ厳密ナルノ取締ヲ為シ此ノ病毒ノ瀰漫ヲ防キ之ヲ禁圧根絶セサルヘカラサルナリ》。

山県は《病》という修辞を用いることで、「社会主義」が国体という巨大な政治的身体に外から入り込み、その全体性を蝕む排除すべき対象であることを仄めかしているが、同書はこの語が選ばれた背景として、貿易により国外からもたらされたコレラの蔓延を指摘している。「伝染病」と「危険思想」の喩的な重ね合わせは、単なる修辞の問題にとどまらない。同書の指摘をさらに続ければ、医療行政は厚生省設置の一九三八年まで内務省の所轄であり、当時のコレラ対策は警察を主体として行われていたという。警察はコレラ患者に対して強制的な隔離措置や監視を行い、文字通り彼らを「犯罪者のように」扱っていたらしい。つまり、防疫対策と「危険思想」対策は、構造的にも認識的にもきわめて類似していたというわけだ。

「社会破壊主義論」の提出から翌々年の一九一〇年、大逆事件が起きる。明治天皇暗殺計画の疑いによる「社会主義」者らの大検挙は、宮下太吉が爆発物取締罰則違反の疑いで連行された五月二十五日に始まる。三十一日には松室致検事総長が事件を刑法第七十三条（大逆罪）に該当すると認定し、六月一日には幸徳秋水と管野須賀子が逮捕される。最終的に逮捕・起訴された人数は二十六名にのぼり、うち二十四名が死刑判決を受けた（実際の執行は十二名）。なお、当時は社会主義・無政府主義が厳密なかたちで区別されておらず、「社会主義」という語は両者を含意する。

ところで、スーザン・ソンタグは『隠喩としての病』（一九八二年、みすず書房）のなかで、特定の思想や人種に対して「共通の悪しき敵」のイメージを付与するために《病》の喩を用いるのは、とりわけ《全体主義》的な国家において見られる傾向であると述べている。代表的な例として、彼女はアドルフ・ヒトラーがユダヤ人に対して用いた《結核》の比喩などを挙げているが、果たして《病》という喩にふさわしかったのはどちらの方なのか。そう考えると、山県によって《病毒》と呼ばれた「社会主義」者よりも深刻な《病》に陥ったのは、その後の大日本帝国だったといえるだろう。病名は「超国家主義」と呼ばれる。そこでは国民全員が天皇を頂点とした国家のもとに結びつけられ、個々人の精神が「億兆一心」を体現すべく一点に集約されていく、という形式が取られる。その感染規模は「社会主義」をはるかに越えており、たとえば大逆事件の同時期に誕生した口語自由詩についても例外ではなかった。第二次世界大戦期において発表された口語自由詩は、戦意昂揚詩と呼ばれる病的な熱を帯びた形式を伴い、敗戦を契機として無症状化したものの、その後も一定の間隔を置いてたびたび類似の症状や、それに対するアレルギーのような反応が確認されている。

ここで《病》という語は、制作者が抱えるゆらぎや複数性を単一的なものへと収束させる判断や表明の形式が持つ力であり、それらによって可視化された精神を意味する。とはいえ、病の比喩に基づく詩史の解釈は、状況そのものを詩の制作主体として中心化するタイプの認識と、そのつどの制作に内在する倫理的・能動的な思考の軽視を招きかねない。加えていえば、そこには解釈者自らの思考が「病んでいない」ことへの無根拠な確信が付随している。

前日に遅くまで原稿を書いていたため、始業の八分前に起床し、間に合う。五月の実績資料の作成。同僚との共有不足で、まったくおなじ資料を二人でつくっていたことが判明。次回からは事前に担当部分を決めておくことにしたものの、どちらがそれについての相談を切り出すかも、決めておく必要があったような気がする。

資料を上司へ提出し、入浴。大家に家賃を払いにいくと、一日遅れただけなのに若干の小言をいわれる。隣の部屋の人が先々月から長野の実家に帰っていて、家賃を払うためだけに東京へ来ているという。隣人の気配がなかったのはなんとなく感じていて、その頃から謎の虫を部屋のなかで見かけるようになった。正体を突き止めようとウェブ検索を駆使したが、該当しそうな虫の名前とその名前で出てくる画像が一致せず、ゴキブリ用の駆除スプレーをかけるといなくなるので、ゴキブリの仲間だと判断する。先月から急に虫の数が増えた。原因はいくつかあるとおもう。大家がアパートの周辺に食べ物を撒くようになり、そのせいでハトやスズメやネズミ、やたらとでかいカエルが家の近くをうろついている。食事を買いに外出すると、階段の近くでカエルを踏んでしまったり、脂のようなものでギトギトに毛羽だったハトに追いかけられたりした。

夜、キーボードを伝って謎の虫が手首に這い上がろうとしてきたので、近所のスーパーでバルサンを二つ購入し、焚く。時間まで近所を歩き回っているうちに、知らない公園を発見する。すべり台が赤いテープでぐるぐる巻きにされていて、乗り越えた跡のようなものがテープのたわみと劣化具合で確認できる。職場から電話があり、資料の内容について確認が入る。外出をとがめられたので理由を話すと、煙で追い出しても根本的な解決にならないといわれる。となりの駅まで歩いてしまう。横断歩道を渡り終えたとき、うしろから大きな声の人がやってきて目の前の人の視界を隠した。頃合いを見て家に戻り、具合がわるくなる。

6月2日（火）　埼玉・飯能　宮尾節子

わたしの命の
ぎりぎりまで

つらいことや
悲しいことや

わたしを苦しめる
ことが

あると
いいな。

そしたら
植木屋さんが
伸びた枝に鋏をいれるように

そしたら
コックさんが
自慢の料理の腕をみせるように

そしたら
お医者さんが
新たなウイルスと格闘するように

そしたら
お巡りさんが……
皆が皆そんな人ばかりでないように

そしたら
カリフォルニアオレンジが
最後の一滴までオレンジであるように

祈りを甘くしながら
与えられた仕事の腕を発揮できるから。

第二波、
第三波にそなえて

＊＊＊

きれいですね、
きれいなもんか。

お花、
あ、花ね。

スナックに持って行くの
オープンしたから持って行ってやんの。

少しずつ
ひるのまちの扉がひらき
少しずつ
よるのまちに灯がもどる。

写真撮ってもいい？
うん、いいともさ。

2020年5月27日　米ミネソタ州ミネアポリスで、警察に拘束された際に地面に押さえ付けられた黒人男性が死亡した。

6月3日（水）　東京・神宮前　川口晴美

ゆめの
てのひらがわたしに触れた
汗に湿った指がやわらかく動いて
頬をなぞり唇へ
わたしのマスクはどこかに消えてしまったから（夢だから
とてもこわい
どうしてこわいとおもわなくちゃいけないんだろう
おもいだせなくて（夢だから
体の遠くで鳴り響く叫びに似た警告を
踏みにじって触れあわせる唇から
うつくしい蜘蛛の糸のように唾液がつながって
死へと近づいていく
すりる
きもちよかった
うそだけどね

目が覚めて手を洗う
てのひらを泡だらけにして擦りあわせて30秒
ハッピーバースデーを2回分だっけ
でも「Mad World」のハッピーバースデーしか出てこない
Happy birthday,Happy birthday
それからなんだっけ（Adam Lambertの歌声で思い出す
The dreams in which I'm dying are the best I've ever had.
もう長いこと他人に触れてなどいないてのひらは
おかしくも悲しくもなく
さっぱりと洗いあげられる
きのう東京アラートでどこかが赤くなったらしいけど

なんのことかひとつもわからない
さあ
今日もきれいにくるった世界へ
生まれ出ていこう
うそだけどね

コンビニのレジのひとは
ゆめのなかみたいに透明なビニールに隔てられ
わたしたちはすべて汚れているという前提で
紙幣や硬貨と
パッケージされた食べ物や飲み物を
受け渡して（ありがとう
生きていく（おやすみなさい
今夜
どこにもいないこいびとが
訪れたときのためにあの透明なビニールがほしい
両側からてのひらをあわせて
それぞれの唇のかたちに透明を歪ませて
口づけをしよう
すてき
かもしれない
うそだけどね
わたしたちが透明に隔てられていなかったことなんて
きっとこれまでに一度もなかった

テレビの向こうで話されていることも
告げられる数字もすべて
うそにきこえる
うそだったね
うそなんだね
隔てられて触れあわないままここに
いる

新型コロナ感染症予防としては当初から手洗いが推奨されたが、ＣＤＣ（米国疾病対策予防センター）は手洗いしながら「ハッピーバースデーソング」を2回歌い切ることを時間の目安としていた。4月から5月にかけ、数多の芸能人が楽しげに30秒かけて手を洗っている啓発動画をＳＮＳにアップした。

6月2日、東京都は感染状況の悪化の兆候が見られるとして初めて「東京アラート」を発令。警戒を促すためにレインボーブリッジと東京都庁が赤くライトアップされたが、それ以外の変化はなかった。

6月4日（木）　東京・小平　　田野倉康一

中央線にふつふつとあふれてくる
しずかなひとなみ
あかるいあさの
ひかりのなかで
皆、
目だけでものを言う

あさはしずかな電車のなかで
マスクを忘れたおじさんが
目だけで刺されまくってる

あけはなたれた窓からは
風
みずいろの風が
人と人との近くて遠いすきまを
ただ、ふきぬけてゆく

あらゆることが
あらゆるものが
遠い

未来だ

6月5日（金）　東京・表参道　柏木麻里

二ヵ月ぶりに電車に乗り、三ヵ月ぶりに美容院へ行き、いつぶりか分からないくらいに、素敵なお店におずおずと入り、飲茶を食べた
街を歩く人の数はもうふつう
少しだけ怖いのは感染のことではない
人々は、もうしっかりと鎧のように属性を着て歩いている
学生服、ネクタイ、バックパック、ゆるいワンピース
私だって同じ
朝、なんとなく「社会」を意識した頭で服を選んだら、何を着たらいいのかちょっとわからなくなった
ついこの間まで、散歩で出会う人々は、みな「おうち服」を着ていた
少し離れて歩き、ぴったりくっついているのはいろんな年代のカップルばかり
あらためて生物としての番《つがい》を、遠くから川縁の道で確認した
でも今日、街では人々がひとりずつを背負ってひとりで歩き、属性をちゃんと着込んで、とりつくしまのない顔で歩いていく
そこに感じるほんの少しの威圧感と臆病さを、私はこれまで我慢していたのだろうか

電車に乗る人々、街を歩く人々はもう以前のよう
でもマスクだけが
呪いにかかった絵本のように
そこだけがまちがった絵のように
服装も属性も別々のみんなにつけられている
まちがった絵本の中で、ほんらいなら笑いを誘うレイアウトであったかのように

飲茶を食べたお店の内装は居心地が良く、気持ちが引き立つくらいに適度にきらびやかで、けれども、ここにも慣れない感じがつきまとう
お店だと頭ではわかっているのに、誰かの家の居間にいるような奇妙な気分
家以外のいったいどこでありうるだろうか、こんなに燦々と日が降り注ぎ、外の木々が「安心していいよ」とそよぎ、私が寛いでものを食べるのは

お店の入り口でも、注文を取る人も、とりわけ丁寧に、いやむしろうれしそうな顔で迎えてくれて、きっと人が怖いだろうに申し訳ない気持ちで不思議になる
けれど立場を変えて考えてみると、マスクをして次々とやってくる人々は、生き残った人々であり、お店を忘れずにまた来てくれた人たちに見えるのだろうと思った
私が迎える側なら、きっと次々にとことこやってくる人々は、一人一人であることを超えて、胸をきゅっと摘まれるような愛おしい「景色」に見えるだろう
それは鏡になって、生き残った自分と場所をしみじみと感じさせるのかもしれない

久しぶりに食べる「外の味」の複雑さに、細胞がこまかくなる
これは生姜とにんにくが入っている、そこまでは分かる、でもその後ろからやってくるこれは何？
辛かったのに、喉を通ってしばらくすると口の中が突然甘くなるのは何？
文化という言葉が、饅頭を噛む頭の後ろの方に、ゆらゆら浮かぶ
でもさらにその後から形容しがたい気持ちがわいてくる
それは後ろめたさのようで、もう少し白けたような、おやそんなものがいたのか、と思うような感情
家のごはんは自分が作っても夫が作っても、すみずみまで何でできているか食べながらわかる
それに比べてこの飲茶は文化を感じさせるのだけれど、これ、ときどきでいいなと思う
そして私はそんなふうに思う人だったかなとも訝しく
細胞はここまでこまかくならなくていいのかもしれない
もっと、餅米とお水でできているお餅のように呑気でいいの

かもしれない

午後早い地下鉄はとても空いていて、いろんな電車の内装が
新しく変わっていた
オリンピックにやってくる世界各国の人々を乗せようとはり
きっていたのなら
事情を知らない車両も
新しいシートも床材も
がらんとしてまるで何か悪いことをしたので
当たるはずのよいことを、働いてよろこばせるはずだったこ
とを罰として取り上げられたように
ぼおっと空虚なままで
不憫だ
説明してあげたい
あなたがたが悪いのではない

> 緊急事態宣言後、初めて電車に乗って街へ出た。以前は当たり前の光景であった、制服やスーツ姿が、役割という武装に見えた。「人間」のあり方、感じ方の、一つのターニングポイントであったのかもしれない。

6月6日（土）東京・杉並　峯澤典子

雨の月がはじまり
夏の薄いカーテン越しに
登校する子どもたちの声が聞こえるようになった朝
しばらく閉まっていた花屋を覗いた

ひさしぶりに目にする
さまざまな色から
赤でもピンクでも紫でもなく
赤でもピンクでも紫でもある花をえらんだ

陰　陽
白　黒
必要　不要
緊急　不急

一輪の花でさえ
そんなふうにはほんとうは分けられない世界で
息をしている

まだ春がくるまえのこと
急ぎの用事でもないのに
話すこともないのに
ひとと会って
いっしょに歩いた

雨あがりの
とくべつにきれいな緑のなかを

赤でもピンクでも紫でもなく
赤でもピンクでも紫でもある
移ろう花びらのような
やさしい沈黙を交わして

今夜は満月
けれど曇りのち雨
満ちた月は空に現れない

それは
ない　のではなく
まだ見えないだけのひかり

さまざまな輝きと
沈黙を
吸いこんで　ひらく
六月の花を
そばに置いて

急ぎの用事でもないのに
話すこともないのに
もっと会っていたかったひとに
メールをした

「こちらはまだ曇っています。
そちらの窓からは
見えないはずの月が
見えますか」

6月7日（日）神奈川・横浜　新井高子

できるだけしずかなところで
つぶやいてみてください
タマシイということばを、

舌が口蓋をたたく「タ」
むすんだ唇をあける「マ」
タマというとき
口のなかの小鼓の音が
下りてくようじゃありませんか、喉という深井戸を
できるんですよ、
間《マ》が、からだのおくに

タマ、タマ、タマ、
くりかえすほど、腹という沼にたまる響きたち
それを魔《マ》と呼ぶひとだって、あったでしょう

そうして
小声でいってみてください
そのタマを、
のせてください
歯のすきまから漏れる「シイ」に

タマ、タマシイ、
タマ、タマシイ、
白い息に包まれて
こんどは汲み上げられていくでしょう、沼の魔が
のぼっていくでしょう、
そうして
口から
尾をひくよ、けむりのように

タマシイは
うごくもの、
うごいていくもの

〝息ができない〟

そのいまわで
うごくもの、
うごいて、

ひろがるもの

ミネアポリスの事件、ジョージ・フロイドの最期のことば「I can't breathe（息ができない）」。世界じゅうに広がったその声は、コロナという呼吸器疾患の象徴でもあるような。

6月8日（月）　東京・深川　　カニエ・ナハ

マリー・ローランサンの２０１４年三鷹市民ギャラリーでの展覧会の図録が、家の図書室のどこかに埋もれてしまっていて、もう何年も行方不明である。表紙が鏡のような銀で、とても目立つのだけど。この鏡の銀は、ローランサンの絵画に特徴的なフレームにちなんでいるとおもわれる、ことをおもいだしたのは昨秋、横浜美術館で見たオランジュリー美術館

コレクション展で、ひさしぶりにローランサンの絵画を何点か見たときで、鏡であるフレームは、しかし経年により一部腐食していて、絵画自体はそれほど褪色等しているように見えない、相変わらず、良い意味で夢のように淡くくすんだ優美さと夢のように淡くくすんだ哀しみとを湛えた鏡のようだ、しかし、その夢のフレームのほうの鏡は現実の時間に着実に侵蝕されている鏡で、その前にローランサンの絵画を見て記憶に残っているのは、２０１６年東京都美術館のポンピドゥー・センター傑作選展で、ここに1点出ていた。１９０６年から１９７７年まで、おのおのの年に描かれたポンピドゥー・センター所蔵の絵画1年につき一点ずつが展示される、というコンセプトも、それをうまく会場構成に落としこんだ田根剛さん等による特異な会場デザインも印象的だったが、ローランサンは１９４０年の絵画として出ていた。五年後、１９４５年には絵画がなく、ブランクとして真っ黒な壁が、図録では真っ黒なページがある。そのことを、最近のニュースでおもいだしていた。ローランサンの鏡のフレームは、図録では省かれている（その代替であるかのように、三鷹のローランサン展の図録では表紙が鏡になっているわけだが）。ところで、その三鷹のローランサン展に行った正確な日付を私はおもいだすことができるのだが、それは２０１４年10月31日で、その日はローランサンの誕生日であって、しかもあなた（とわたしは記す。なぜなら6年前のわたしなどもはや〈あなた〉であるからだ）が行ける距離にてローランサン展が開かれていたのだから、あなたはそこを訪れたのだった（ちなみにローランサンの忌日は6月8日）。しかし、あなたには不思議だったことに、その展覧会場は、その日がローランサンの１３１回目の誕生日であるにもかかわらず、観客はほぼ、あなた一人しかいなくて、こんなに空いている美術館は何かがおかしい、と、あなたは訝しんでいる、つまり、誤って何かの拍子にフレームから鏡の中に迷い込んでしまったのではないか、などと。ローランサンの夢の鏡のフレームに、いくつにも分光された、あなたばかりが映っていて。そう、意外にも、再開となったら殺到するのではとおもっていたのだが、東京ステーションギャラリーも東京都現代美術館もガラガラで（このふたつが、あなたの家から最寄のふたつの大き目の美術館だ、自転車で行ける）、密というのであれば、スーパーとかコンビニとか公園のほうがよっぽど密なのであった。この2、3か月のあいだ、絵画というものの、実物を見ずに（あなたが所有している、家の壁に架けてある何点かは別として）、複製された図版ばかり延べ何千点だかと見てきて、当然あなたの絵画を見る視点なり視線なりはリブートされているとおもうのだけど、やはりマチエールそれからサイズ、そしてフレームということに、まずあらためて、あなたの意識はゆく。〈目の触覚〉〈視線の触覚〉とでもいうべきものが存在し、実物の絵画を走査する視線が、それを擦過し、感知する。視線の触覚にざらざらとした触感が残る。それがなんだというわけではないが。翌日、目覚めると、あなたの右目は充血していた。それは今日も未だ残っている。同様に映画館にも早速にあなたは駆けつけてしまったわけだが、ジム・ジャームッシュ「デッド・ドント・ダイ」初日、あなたの見た回の観客はあなたを含めて5名ほどで、ソーシャル・ディスタンスは保たれているであろうわけだが、左4、5席空けたとなりの席のおじさんがマスクのうちがわでとはいえ咳ばらいをすると劇場にそこはかとない緊張がはしり、あ、アダム、あぶない！　すぐそこにゾンビが！　やがて右後ろのおじさんのいびきが聴こえだすと、あれは眠っているんじゃない……、じきにゾンビとして目覚めようとしている！　……などといった、スクリーンの中のホラーとは別種の現実のホラーが劇場内に二重写しになっており、それはそれで新種の3‐D映画として面白がれなくもないわけだが、それにしても映画館とはかくもノイズの多い場所であったのだった、そういえば！　とあなたは気づく。そういえば昨秋も、あなたは映画館のノイズのために、同じ映画を3回も見るハメに陥ってしまったのだった。一度目はあなたの体調がすぐれず途中寝てしまい、二度目はあなたのうしろの席のおばさんがポップコーンを食べる音が二時間強の間止むことなくあなたは（神経質なあなたは）全く映画に集中できず、の旨を終わったあと劇場係員の人にあなたは（神経質なあなたは）伝えるとおなじ映画をもう一度見られるチケットを心優しげな係員のひとにあなたは貰って、そして三度目にしてあなたはようやくその映画をちゃんと見ることができたのだった……、それでそんなこともすっかりあなたは忘れていて、こんど2ヵ月振りだかに映画館で映画をあなたは見て、映画館ってやっぱりいいよね！　ってあなたはおもえるものと期待していそいそと映画館に駆けこんだのだけど、蓋をあけてみればそんなことは全くなく、映画館ってノイズが多い！　ってあなたはおもって、人それぞれだもんね、しかたないよね！　って、あなたは。映画館で、むかし、いまはもうない浅草の汚ったない映画館で、リバイバル上映の「寅次郎　あじさいの恋」を見たことがあったのね、昼間からお酒片手に…のおじさんたちが、なんと、オープニングのテーマ曲がはじまると、大合唱するのね、それから、寅さんが失敗すると「だめだよ、寅さん！」とかスクリーンの寅さんに向かってつっこみを入れて、等々みんなやりたいほうだいだったけど、めちゃくちゃ楽しかったんだ。むかしは映画を見るのって、みんなああいうかんじだったのかな。ああいうのだったらうるさくっても全然いいんだけどね。それからあとね、いろいろおもいだしたからついでに云わせてね、タランティーノの「デス・プルーフ」って映画（2007年くらい？）、公開初日（9月のあたまくらい？）に新宿武蔵野館で見たんだけど、あれ、エンドマークが出た瞬間拍手喝采が起こったんだよね、まあ、映画の中の悪役がさ、数年前のハーヴェイ・ワインスタインみたいになったってわけ（そういえばあの方、服役中なのにコロナにかかっちゃったらしいけど、無事なんだろうか、そもそも、あのひとのこの数年置かれてる状況ってもう全然無事じゃないよね！）あとはね、恵比寿ガーデンシネマが２０１０年だかに一度休館になったでしょ、その閉館前一番最後の回にリバイバル上映の「スモーク」見たんだけど（これも毎年クリスマスがくるたびに、もう十回は見た映画なんだ。クリスマス映画といえば「スモーク」だよね！）、そのときも終わった瞬間拍手喝采がおこったんだよね、あれは映画そのものっていうより、劇場へ向けての拍手だったとおもう。あの回も満員だったな、満員の映画館に万雷の拍手…、それらは映画館ならではの良い思い出として、あなたに残っていて、それらをおもいだすとやはり映画館っていいな、映画館を守らなくては！　とかあなたはおもうのだけど、しかし、おおかたは先日のジャームッシュのゾンビ映画の際のあなたのごとく、となりのおじさんのいびきがうるさいだの、うしろのおばさんのポップコーンがうるさいだの、そんなんばかりなのである。また、ひさしぶりに割引なしの正規料金１９００円を支払ってあなたは見たわけだけど（レイトショー上映がないので！）、「自分への投資」込み、ということにでもしなければ、とても採算がとれないな（Netflixが月々１２００円だもんね）、などとあなたはおもったのだった。それでジャームッシュの新しい映画の話のつづきで、クロエ・セヴィニーをあなたは久しぶりに見て、そうだあの、むかし、ほら、ヴィンセント・ギャロの映画でクロエ・セヴィニーがでてくる、あの映画めちゃくちゃ好きだったんだけど、あのギャロの乗ってる車のフロントグラスの窓の汚れ！あの汚れが！　あの汚れなんだよ！　それで、あの映画のエンディング近くで、タイトルにある〈ブラウン・バニー〉が出てくる、いや出てこない？　ん…？　出てくるヴァージョンのエンディングもあったけれど、公開されたものでは出てこないものになったんだったっけ？　そういう話を当時、映画雑誌（いまはなき「日本版プレミア」とかだったかな？）で読んだのだったとおもう、〈ブラウン・バニー〉が出てきたか、出てこなかったか、あいまいにあなたはなっていて、でもその映像をあたまの中で再生できるから、出てきたのかもしれない、それとも雑誌の記事で読んであたまの中でつくりあげられた映像がいまあたまの中で再生されているのかもしれない、あなたの。ジャームッシュの新作のゾンビ映画では、墓場から、雑草のようにゾンビがニョキニョキ生えてきちゃってさ（向こうの席で、またおじさんの咳！）、「足並みそろうと全滅しちゃうので。」っていう、こないだ見た、石川佳奈さんのオンライン個展のタイトルと、その内容のことをおもいだして、ずっと考えていたのだった、あなたは。

石川佳奈さんの先日のオンライン個展「足並みそろうと全滅しちゃうので。」は（タイトルはある雑草学者の言葉から、とのこと）、当初5月に北千住BUoYのギャラリーで展示する予定だったのを急遽オンライン展示に再編成したとのこと。３つの映像作品で構成されている。１つ目の映像では、東京とか銀座とか北千住とか、東京の各所で、足もとで誰にも顧みられることなくひっそりと道端のアスファルトの隙間とかから生えている雑草が、人の手（石川さんの手だろうか）でむしられる。その様子を雑草の目の高さ（つまり人間にとっては超ローアングル）でとらえる、そのあまりにもささやかな行為には（当然）無関心に、周囲を行き交うひとたちの〈足並み〉が映し出される。それがロケーションを変え執拗にリフレインされる。絵画のマチエールを感知する目の触覚の存在をあらためて感じたことをさっき書いたが、石川さんの作品を見ていて感受したのは、ごくかすかな痛覚のうずき、それから幻のようにかすかな嗅覚の震え。

先日あなたは、夜中にあなたの街をでたらめに散歩をしているとき、角を折れるとふいに、廃墟のような古い木造の家が解体されている途中の現場に出くわす。突然鼻を刺するどい匂いに刹那、恐怖のようなものを感じる。植物が伐られるときの匂い、あれは痛みが匂いとなって発されているのだとどこかで読んだ記憶があるけど、あれに似ている。また一つあなたの街から雑草である建築がむしられてしまっている。それで石川さんの作品で雑草がむしられるとき（それはむしられているのであって、伐られているのではないのだが）痛みの匂いを発しているように、嗅覚がそれをモニターごしに嗅ぎ取ろうとしていたのだとわかった。むしる手とむしられる雑草とが交錯する一瞬に、植物は人間であり、人間は植物である、と錯覚する。それを錯覚するあなたもまた、束の間、その二者に同一化している、あなたもまたむしる人間とむしられる雑草とが一体になったものとなりそれを感知する視線の触覚があなたであり、幻覚する嗅覚があなたである。また、石川さんの、むしるまでにいくぶん、ときにさんざん、逡巡しているようにみえる、その長いような短いような奇妙なアイドリングの時間に、雑草とコミュニケーションを（あるいはディスコミュニケーションを）交わしている異形の空間が立ち上がっている、ように見える。これは、昨年一月にスパイラルのエントランスで展示されていた、石川さんの前の個展「触りながら触られる」に通じているように、あなたは感じた。ここでは手と雑草の関係が、「触りながら触られる」の人a（女性）と人b（男性）の関係と相似であるように、ふりかえってあなたは感じている。

それにしても、むしられるとき雑草がもっとも雑草として立ち上がりわたしに迫りくる！　と、眠りしなにこの雑草と手の映像のことを回想していたときふと巨大な雑草にあるいは巨大な手に覆われるイメージにあなたは襲撃される。

2つ目の映像では部屋に持ちかえられた雑草がミキサーで分解されて濾されて紙になる。それは外の川べりの広場へともちだされ、草のうえに放置され、じきに風にさらわれて空へ放たれて川へと落下する。そのとき、どこまでが植物でどこからが紙なのか、あるいはどこからが植物である紙で、どこからが風なのか空なのか、どこからが紙でも風でも空でもある植物でどこからが紙でも風でも空でも植物でもある川なのか、わからなくなるような心持が、あなたはした。そしてそれらとあなた（たち）との境界はどこなのか。紙に問われる（映像）。いずれにせよもはやほとんど川である雑草は東京を脱出する。

3つ目の映像で、公園に生えているなんでもない雑草をむしっていいものかどうか確認をとろうと役所に電話を石川さんがしている、電話にでた女の人が確認するために電話を保留にする、その保留音のチープなレット・イット・ビーのBGMが流れている間、石川さんがむしった雑草から紙をつくる子どもたちとのワークショップのダイジェスト的な映像が流れる。あらゆる子どもたちを見るときわたしたちは自分たちのなかの子どもたちをそこに二重写しに見ている、という視点がある（ならば、あらゆるものはジョンかポールかジョージかリンゴかに分類することができる、というレトリックも成り立つ。）同様に、あらゆる雑草を見るときわたしたちは自分たちのなかの雑草をそこに二重写しに見ていて、あらゆる雑草がむしられるときわたしたちのどこかがむしられている、そしてあるいは、雑草は巧みに企んで石川さんと子どもたちの手をかりて変身し脱出しようとしているのかもしれない、とあなたはレット・イット・ビーを聴きながら、石川さんと共に役所の女の人を待っている間、ぼんやりと考えている。

あなたの家の中に雑草のように日々、本が増えていって今日、今、あなたが見たいマリー・ローランサンの画集が雑草に埋もれて見つからない。ローランサンが亡くなったときアポリネールからの手紙を胸に抱いて埋葬されたのだった。アポリネールはそのずいぶん前にスペイン風邪で亡くなったのだった。アポリネールがスペイン風邪で亡くなったとき枕元にはローランサンが描いた彼の肖像画が架かっていたのだった。美術史がかつてあまりにも男だらけだったので、ローランサンの画集は大変貴重なのだが、男どもの雑草に埋もれてマリーの画集が見つからない。そういえば、レット・イット・ビーの歌詞にはマリーがでてくる。ポールの若くして亡くなったお母さんの名前であり聖母でもあるのだったっけ。ジョンもまた、お母さんを早くに亡くしたのだったっけ。そして、じぶんが亡くなる日アニー・リーボヴィッツのカメラの前で胎児のようにしてヨーコさんに抱きしめられてそれから数時間後に亡くなったのだったっけ。ジョンが亡くなった日にパール・ハーバーが奇襲されてたくさんの男たちがそれぞれのマリーをおもいながらあるいは叫びながら亡くなっていったのだったっけ。息ができない……、ママ……って。あなたは。奇襲のように雑草がむしられて、感覚がいつまでもざわざわ

とささくれだっている静電気で微動している、いまは電源の
落ちているまっくろいモニター

「世界の感染者　24時間で最多の13万6000人」（NHK）

6月9日（火）　東京・世田谷　松田朋春

赤い都庁は問題がウイルスから人間側に移ったことの警報で
これから大きくなる綻びを予兆しているのだろう
だれにも解除できないこの状態は災禍というより
百年に一度巡ってくる不思議な季節のようだ

蚊は刺し
装いは軽くなっても
日に焼けた子はいない
マスクは街にあふれている
みんな機械としか話してないのに

6月10日（水）　静岡・用宗　さとう三千魚

朝

女は
白いクルマで
仕事に行った

モコを抱いて
見送り

家の
前の道路の

側溝の
蓋の

隙間の

苔と
ヤブタビラコに

水を
やる

それから
庭の

金木犀と南天にも

ホースで
水をやる

ほとんど

毎日
そうしてる

アメリカでは
黒人の若者が

「I can't breathe」

そう
言って
死んでいったという

香港では

「いまはとっても怖い、
すごく怖いです。
でも、だからこそ、声をあげることは、今やらなければい
けない。
私たちは、絶対に沈黙しません。
抗議の声を上げ続けます。*」

そう
周庭は

言っている

答えのでない問いの前で若者たちも
大人も

いま
生きようと

してる

夕方
午後からの雨は止んだ
ポストに布マスクが届いていた
宛名はなかった

＊Agnes Chow 周庭のTwitterより引用

やっと我が家にも国が支給した「布マスク」が二枚、届いた。マスクには昭和の懐かしい面影があった。このマスクを各戸２枚配布するのに国民の税金が４６６億円も使われたのかと思うと悪い冗談に思えた。

6月11日（木）　北海道・札幌　三角みづ紀

とつぜん夏がきて
雨が降る日々が訪れて
季節の配列が行方不明

二ヶ月ぶりの地下鉄に乗って
あの庭で待ち合わせた
はまなすの花の咲く庭

つよい日射しのなかで
ぼくたちが笑っている
そうして　こわくなる

「誰か、もう大丈夫だって言ってよ」

大切なものが
目に見えないならば
大切なものに
ころされてしまいそうだ

しろくて滑らかな
石に向かって
おなじく滑らかな足で
少女が駆けていく
現実よりもおそい速度で

花言葉は　悲しくそして美しく
ぼくは悲しさを求めていない

6月12日（金）　沖縄・那覇　白井明大

遅くに眠って
まだいつもなら物音に気づきもしない
時間のはずなのに
朝
電子音で耳だけ起きる

熱を測っているのは
リビングにいるんだろう
きみで

毎朝
仕事に出る前に
測っては　平熱を確かめなくてはいけないのは

いってきます

、て声がして
うたが出かけていくところへ
起きなくちゃ
ふとんから出て
玄関へ向かう
ドアのわきに
消毒スプレーがあって
シュッてしていきな
、て言ったら
うんとも言わないでドアを開けると
マスクをして
出かけて行った
もう暑いのに　今日梅雨明けした、て
さっきニュースが入って
知った

学校で
あの子はまじめに気をつけてるから
もうコロナめんどくさい　、て文句言いながら
だから家では楽にさせたげて
、てきみが言う

朝ね
暑い　て起きて
熱測ってみたら三十七度もあって
きみが話してくれている
もういちど
水飲んでから測ったら三十六度五分だった

、て

二人が出かけていく
ほんの短い間に何が起きてるか
寝てるとふだん何も知らなくて

たまたま今日にかぎって耳にできたのは
暑い　てぼくの耳も
いつもよりずいぶん早く
動きはじめたからなんだろう

南風が吹く
梅雨明けの白南風が
鉦を鳴らして夏を呼ぶ
カーチーベーが来るより早く

風も鉦も知らせない
息苦しさを
呼ぶ声のずっとしないままでいて

カーチーベー…島言葉で、夏至の頃に吹く南風。夏至南風。

6月13日（土）東京・西荻窪　田中庸介

人体発生学の講義5回と神経解剖学の集中講義12回
ことしはすべてZoomでやることが決まった
ところが！
すず1歳が40度の発熱5日間
ものすごく不機嫌でぐずりまくり
ひょっとして例のあれだといけないので
大学に出られない
そこで自宅から講義する

自分のバーチャル背景にはハワイの波打ち際が流れているから
どこから講義しても悟られないはず
台湾料理の紙箱弁当を食べてから
パワポの画面を繰りだしながら説明する
そして毎回10問のブラッシュアップテスト　自動採点されますから感想も書いてね
ところが侵入してくる1歳女子の泣き声、4歳女子の喚き声
感想「難しいです」
感想「わかりやすかったです」
感想「お子さんの声にほっこりしました」

赤ん坊の神経は頭のほうから少しずつ髄鞘化が進んでいく
つまりだんだんしっかりしてくるということ
一年になるとそれが完成し
きょう、下の子が
やっと立つことができました
おめでとう

大学の先生とお父さん
それに基礎医学の研究者、ときどき詩人
赤子は突発性発疹と診断される、そして治る
シームレスに相互乗り入れする
人生をひとことで説明するのは難しい、
難しいからこそ面白いのだ、六月の雨は
いつまでも解かれない秘密のように降りつづく
ふりほどけない
いくつもの関係性が
毎日毎日
ぼくらの上に積もってゆく

明晰に
歳を重ねつつある人々の心には
うつくしい毛糸玉のような
小さな塊がある
それが編み物をするときのように
くるくる解けながら
回っている

右回りなのか左回りなのか
誰にもわからない
そんな毛糸玉を
ぼくも持ちたい

杉並区は四月から保育園を閉鎖し、特別の事情のないかぎりしばらく自宅で二人の子を育てることとなった。しかし幸いにもオンライン講義は評判がよく、大学のホームページにグッド・プラクティスとして掲載してもらった。

6月14日（日）　東京・調布　山田亮太

前後2週間のからだを背負って歩く。
息切れして早く家に帰りたい日曜日の午後。
私もあなたも等しく弱い命を持った人間である。

6月15日（月）　福岡・博多　石松佳

湿度が高く
マスクをしていると
少し息苦しい
これは多分
空気に
自らの呼吸に
溺れる感覚だろう
春は桜を見ることはなかったが
梅雨に入り
紫陽花は体温があるかのように
上手に咲いている
今　物事を
見つめている
直喩の目のことを
もっと知りたい

6月16日（火）　大分・耶馬溪　藤倉めぐみ

春の季節の外を忘れていたからか夏の甘みが鼻に鮮やかだ。これこそが草いきれ。雨の後の強い日差し、田植え直後の整列した苗を見ても私は弱りの中にたたずんで、ああ、この力の入らなさは怒りなのだなと思う。

どうせという言葉に触れてしまった。見知らぬ君は、怒っているのに、どうせという言葉に吸い込まれて、君はそれを吐き出してしまった。君は意志を示すことすらしないと、怒ったまま言う。そうさせたのはあなたよりも先に放り出されたわたしたちなのか。

熟しきった梅のぷわんぷわんとした匂いや小さなアマガエルの午睡を通り過ぎて、窓辺につるされた七夕飾りを見る。
「やきゅうせんしゅになりたいです」
ねがいごとはいつだって光り輝くものだと知る。まだ願いの書き方が分からない私は面と向かって息を吐き、息を吸う。態度を示せますようにと。

有象無象を抱えた境界線は
夕暮れから青が滲んで
虫が高らかに鳴きだす
夜風が　声が
溶ける
夜は黒くならずに青くなって

虫の声に重なって
青が濃くなるほどにカエルの声も響きだして
音が空と土を繋いでいく

青いまま　青いまま
溶けあって
山並みも川音に溶けあって星が浮かぶ頃になると
ぽっ　と
あれは蛍

星がおりたんだね
魂がゆれたんだね
躍りあってるね
その境目が夏だね
命の溶けた境目が夏なんだね
混ざりあうことが夏なんだね

6月17日（水）　八ヶ岳　　覚 和歌子

高座は楽しいなあ
ベランダで伸びをしていた鰐がつぶやいた
麻に変わった襦袢をたたみながら

青いトカゲがうれしそうにする
指先の球を 陽にみちみちさせて

寄席が再開しても 忙しさにはほど遠く
男たちは 爬虫類とヒトを往き来している

鉢植えの時計草が 日にひとつずつ咲く
四つ目が咲いて
近所から惣領弟子が朝ごはんを食べに来る※
（それは半月の一度のしきたり）
すでにトカゲでやってくるあたり 師匠を心得て

おかみさんブルーインパルス見ましたか※
綺麗だったね 空飛ぶものはずるいんだよ
つい愛でちゃいますね 意味そっちのけに
猫とおんなじだね
北を怒らせたビラって 何書いてあったんですかね※
詩だったんだよ

銀のトカゲは 青よりふたまわり肉が厚い
みっしり詰まった声で 失われた高座をとりかえす
散歩させながら稽古してると息子がふてくされちゃって
おさんどんの合間に配信ライブって
切り替え困難じゃないですか

十二年かけて上澄みの個性を洗い晒したあと
本性だけが残って 輪郭をつくって
いくつかのトロフィーを 背中のいぼいぼに積み上げて
縦書きの末尾に連なる きみ

じゃ行きます 幼稚園、短縮営業なんで迎えに
一緒に出かけようか
戻りつつある日常に逆らって 私も山に入る※
トカゲたちの膚は
明日からの雨が濡らしてくれる

※ 一番弟子、当時二つ目の入船亭小辰。
※ 5／29自衛隊ブルーインパルスが医療従事者に感謝のデモ飛行。
※ 6／16韓国のビラ散布後、北朝鮮が南北共同連絡所を爆破。
※ 八ヶ岳南麓のアトリエ。

6月18日（木） 福岡市東区　四元康祐

福岡に父を見舞う。入居している施設はいまだに家族といえども外部の者は訪問禁止なので、父が病院の外来検診に出かける時が唯一会うことのできるチャンスである。空港から（感染を避けるべく）自転車で施設まで駆けつけ、一緒にタクシーに乗り込んで病院へ行き、仲良く並んで熱を測られて、まずは採血と採尿から。検査結果が出るのに時間がかかってすみません、と看護師は詫びるのだが、むしろその方が親子二人でのんびりコーヒーなど啜れて有難いのだ。小一時間ほど経って、主治医の手が注意深く父の腹部をまさぐり、痛みは？と問うその声を完全に鼓膜がなくなっている耳元に口を押し付けるようにして僕が伝えると、父は短く「いや」と答えた。隣の薬局で大量の薬を分包してもらい、再びタクシーを呼んで施設まで戻ってその入口でお別れ。再び自転車に跨って、近所のスーパーでブドウを買ってきて施設の人に預けてから、炎天下空港へ。

*

君は思いきり吹き出してしまう
憑かれたように感染者と死者の数を数えつづける
定時のＮＨＫニュースを聞いて　君の口から
吐き出された飛沫が
ゼウスの隠れた雲みたいに近づいてきて

僕の顔に黄金の夕立ちのように降りかかる……と思いきや
ぴたりと宙で静止するのさ
いまやどこのレジにも窓口にも垂れかかる透明なビニールカーテン！

いつからそこにあったのだろう？
表面は乾いているのに濡れたような光沢を帯びている
垂直にそそり立った湖水
それが不意に波立って君は危うく溺れかける

ごめん、うっかり後ろのドアを開けたんだ
滑走路の端の柵の上に
張り巡らされた鉄条網のトゲが真昼の星々みたいに輝いているよ
真新しいドローン禁止の看板が

引き止めるふりをしながらこっそり片目で唆してくる
あの空の青の裏側でなら
好きなだけ釣り糸を垂れていられるって
一瞬のチヌのアタリにこそ永遠は宿っていたのだと
なのに君は、AEONから買って来た巨峰の房を差し出したまま
ビニールの向こうに突っ立っているね
必死で目をつむって……マジすか、
念力で僕の口中にその果肉を送りこもうだなんて？

6月19日（金） 東京・西ヶ原と神楽坂

ジョーダン・A・Y・スミス

安全性に救われる人間の命
安全性に押し殺される人間の心
命勝負と心勝負の間の勝負
三ヶ月でほぼ決まった
遠くに死んだ
お金持ちの偉いさんの庭で
旧古河の古池に
霊的な負担を投げ
別次元にドボン
薔薇を嗅ぎ比べる
架空の薔薇賞委員会の
　滑稽に厳しい審判
　　点数をつけながら
　　　少しずつ心を裸にする

たまには

愛着しているものでも
洗えるように
脱がないと

雨が降るのかなと言いながら
　雨の降らない日に
　初恋か恋心
　春芳か朝雲
　どっちの香りの方が良いか
　どっちの香りの方が強いか
そろそろ自分の鼻で
決めたい
というか
生の空気を吸って
悩みたい
昨日と明日の余韻の間で

6月20日（土）　神奈川・江の島

永方佑樹

私たちはすぐに回想を忘れる
素知らぬ速度で
混雑し出した列車や
観光客の人出の中を
楽しみをおぼえて歩いている
県外移動も解禁されて※
性懲りのない忘却の
先頭を争い進み出す
私たちは
ウイルスなど効かない
昔日を取り戻した気になったりもするけど
コンビニに入れば透明なビニールの
シートに隔てられた店員との距離に
不安が形を取り戻して
外に出ると
すごく暑い
私の血管は
暑くなるとすぐにふくれて
偏頭痛がキリキリ痛むから
人目を避けて
マスクを外す
すると
海の匂いがした
音も、光も
景色が荒々しさを取り戻していって
生きていた
世界も私も

※　6月19日、政府はこれまで、東京など1都3県や北海道との間で慎重に行うよう求めていた都道府県をまたぐ移動について、「新たな感染は一部の自治体にとどまっている」として、全国で緩和した。

6月21日（日）　福岡市・薬院　渡辺玄英

昨日まで地球の夢を見ていた
ちょうど雨期がはじまり
一日中溺れるように雨の音ばかりきいていた
骨は真っ白で　さらに透明でなくてはならない
（生きていればそうなる（さりさりと
今夜の新月の闇のなかを雨水が循環している
あのころ水の惑星は地球だった（眠りの岬をめぐり
はるかむかしの蜃気楼の都市の夢を見ていた

雨の匂いとか空気の震えとか
見えないものを受信している
ふと窓に目をあげると
窓に映る机上のガラスの花瓶さえ
前世のすがたを思い出そうとしている
どこかへ漕ぎ出そうとして
（さりとて花はなく、水は枯れはてて

雨につつまれると
電話の声は水の被膜におおわれて聞こえるという
昨日までの地球から届くあなたの声は
漂泊してすでに途切れがちだ（った
（衛星軌道（から地平線の（かなたに沈む（玻璃の浮舟
「いとはかなげなるものと明け暮れ見出だす小さな舟に乗りたまひて……」
水没した記憶のようにGPSは現在地を表示しない
そのとき過去の私がふいにマップに点灯する

古典を読む時間が増えた。大学は遠隔授業。「ここ、どこ?」って感覚。外部のリアリティが変容し、ゼンブが夢といえば夢みたい。ゼンブが嘘といえば嘘みたい。見えないはずのものが見え、滅亡した地球の事を思い出す。

6月22日（月）　東京・つつじが丘　河野聡子

インターネット諸行無常。
このアカウントはベン図や数直線や二次関数や、真っ白の床の上でたっぷりペンキを含んだ刷毛で、描くことができます。おめでとう、11年前の今日、あなたはこのアカウントを開設しました。あなたのアカウントの中心からはキノコの傘が広がっている。わたしの菌糸はあなたのキノコをめざしている。雨がやむと傘がひらき、胞子がポコッと飛びだして、ほかのキノコの上におちる。枯れるキノコ。消えるキノコ。一度消えてよみがえるキノコ。眠るキノコ。ひとりで立っているキノコはさびしい。森でキノコをみつけた時、とてもたのしい気持ちになるのは、キノコがキノコというくせに樹ではなく、虫でもなく、ねずみでも、ねこでも、いぬでもなくて、小さな家や洞窟に似ているからです。キノコは故郷に似ている。たしかに昔は、湿ってしっかりした、いい匂いのする木に菌糸をのばして、ちゃんと立っていたはずなのに、いつのまにか摘みとられて、赤ずきんのカゴに入っている。狼に食べられた赤ずきんのカゴは家の床に落ちて転がり、七人の小人のひとりに拾われ、白雪姫はおばあさんがくれた毒林檎をカゴに入れてひとくちかじり、ガラスの棺に入ってしまう。眠る美女は誰にもリプライを返さずに、ワーカホリックの王子様が起こしにくるまでそのままでいます。たくさんのキノコがポコポコと暗い森の底に菌糸をのばし、田舎道で点滅する信号機のように光っています。わたしの菌糸。あなたの菌糸。最近、あなたの胞子が降ってこないのですが、お元気ですか。あなたがどこの誰なのかわたしはまったく知らないから、たずねるのも憚られるけれど、あなたの言葉の胞子をときどき摂取できると、わたしはほっとするのですが。雨がやむ。胞子の傘がひらく。森に太陽がのぼり、しずみます。今日は２０２０年6月22日。夏至はもう過ぎました。

6月23日（火）　東京　　文月悠光

慰霊の日だった。
一年前に「平和の詩」を読み上げた、
白い制服の少女の声は、まだ耳に残っていた。
「2メートルの間隔を空けて式典会場で黙祷する参列者」の写真を見た。
沖縄戦。黒のかりゆしウェア。
去年は立ち止まることのなかった光景が
「2メートル」
人との〝距離〟で鮮明に立ち上がる。

3月頭、友人の結婚式に出席するため、初めて沖縄へ行った。
シャトルバスは貸し切り状態、海辺のホテルの客は少なかった。
那覇空港行きの電車でようやく　見知らぬ人と隣り合わせた。
同じ車両に揺れる、マスクの下の素顔はわからないけれど
漠然と不安なのは皆同じだろう。

「シャボン玉を吹いてみましょう」と提案されたので
想像のストローから細く息を吐くと、
顔よりも大きなシャボン玉ができた。
ぷるぷると輪郭をふるわせながら水色の空へのぼっていく。
わたしたちの震える現実を載せるにふさわしい、
シャボン玉の舟だった。
「評価せずに気持ちを味わいましょう」
だけど、大人になるほど難しい。
正しさを勝手に判定して
あなたに伝える言葉さえ推敲してしまうのは、
もはやどうしようもない習慣なのだ。

朝食前／昼食後／夕方／夜その1／夜その2／夕食後／就寝
　前
とにかく薬が増えた。
カバンの裏ポケットにも、炊飯器の横にも。
あらかじめ決められた服薬時間。
おかげで規則正しい生活ができる。
まだ飲み慣れない漢方薬は、
舌の上に置く瞬間の
ざらつきだけを味わってみる。
線路に置き石をした少年のニュース。
「実験で置いた」
その理由があまりに素朴だったから。
少年よ　わたしも
わたし自身から脱線がしたくて、
ポケットに小石をあつめて
時折、その重さに笑ってしまうんだ。

6月24日（水）　東京都・飯田橋　鈴木一平

いつもより早く目が覚めたので、遠くのコンビニで揚げあんぱんとエナジードリンクを買う。家に戻ると、公園のベンチのひじ掛けに食べかけのリンゴと食パンが置いてあった。コンビニに行くときはなかったとおもう。こしあんと炭酸の食べ合わせが悪かったのか、胃をやられる。シャワーを浴びてすこし眠り、スーツに着替えたあとで家を出る。東西線へ。アパートの前に飲み物をこぼしてできたような、うっすらと白い線が引かれてあって、近くを通りがかる人がそれを踏み越えるたび、あたりに散らばっていた虫の脱け殻がひとつに集まった。
母親が勤めている病院の駐車場に熊が出る。親とはぐれたらしい小熊だった。小熊は車と車のあいだを隠れるように渡って、薬局の脇にある茂みのほうに消えていった。昔、友だちの家に遊びにいく途中、坂道で熊とすれちがったことがある。地元の熊は体毛が固くバサバサしていて、強いにおいがいつまでも消えずにあたりに残る。同じ年、妹の同級生が神楽の稽古の帰り道で小さな熊に追いかけられた。それから一〇年後、実家の近くにある美術館でやっていた岡崎乾二郎展を観に行って、人間の理性や芸術についての講演を聞いていたとき、窓の向こうをふつうサイズの熊が歩いているのを見た。帰りに警察が来る。道沿いの竹やぶが破壊されていた。裏手の山には崖をのぼるカボチャの蔓や四角く掘られた穴があって、金色のトンボが何匹も飛び交っていた。

仕事終わりに会社をやめた先輩と食事。職場を出て駅に向かう途中、同期から仕事が嫌すぎる、三歳になりたい、と連絡がくる。道のあちこちで、割れた石が花のように咲いている。おたがいに暗いことを言い合っているうちに、窓のなかで抱き合っている人の姿が通りから見えた。ワンタンとビール。先輩が待ち合わせに三〇分ほど遅れる。店が閉まったあと、地下の喫茶店に移動。赤ワインのグラスを倒されて下半身が真っ赤になり、先輩の家で洗濯してもらう。シャワーを借りて、大理石の床みたいな石鹸で体を洗う。豆菓子とビール。韓国語のパッケージで味の説明が読めず、甘いことだけがわかる。寝室に天井近くまで背が伸びている木があって、先輩がテレビに話しかけると、焚き火の動画が流れはじめた。タバコをもらうと急に酒が回り、気持ちわるくなってきたので目をつぶる。翌朝、頭痛で目を覚ます。寝間着に借りたTシャツと下着、着替えを入れる用のトートバッグをもらって、代わりに昼食代を出す。親子丼。その頃になって、先輩がずっと斜め向かいの席についていたのに気がついた。駅の改札口で別れたあと、焚き火の光に照らされながら眠っている自分の写真が送られてくる。

前回の「日記」で引用したソンタグの著作について、大学の後輩から指摘が入る。調べなおすと、該当箇所では《人種》についての記述があまり強調されていない。というより、《人種》をめぐる問いとして解釈するのは、すこし強引だったとおもう。《結核》についても同様で、ソンタグがユダヤ人に対する病の比喩も、そのあとで述べられる《癌》のほうが（ナチス・ドイツによって用いられた語として）適切だった。いわれたとおり、たしかにミスリードだったと答えると、

――おつかれさまです。結局、鈴木さんも《病気》だったんですよ！　といわれる。話の流れで、今回から書き上げた「日記」とメモを知り合いに送り、添削してもらうことになった。

6月25日（木）　埼玉・飯能　宮尾節子

マスクがあまったら
このポストに入れてください。

そして
マスクがほしいひとは
自由にもっていってください。

まちの郵便ポストのそばに
マスクポストができました。

買い過ぎてあまったマスクや
色とりどりの手作りマスクが
（おばあちゃんも大活躍して）
ポストにたくさん集まりました。

もう、だいじょうぶ。

ワクチンを開発したいのですが
お金と研究者の人手が足りません、と
呼びかけたら

「わたしは何にもないけど
お金だけは一杯あるんですよ」と
世界中のお金をもっているひとから
たくさん寄付が集まりました。

「わたしはお金はないけど
研究だけは自信があるんですよ」と
世界中から研究者もたくさん集まりました。

もう、だいじょうぶ。

3人寄れば文殊の知恵
といいますが――なんと
世界中の知恵が一堂に集まったものだから
（今回ばかりは世界中のどの国も
他人事ではなかったからです）
あっと言う間に
ウイルスを退治する画期的な
ワクチンが発明されたのでした。

もう、だいじょうぶ。

以前なら
内緒にして、ひと儲けしたいなという
気持ちも（ふつふつ）わきましたが
以前なら
肝のところは、わたしの発見だよと
自慢したくて（もやもや）もしましたが。

今回ばかりは、ぜんいんが
「はやく、ワクチンを」ただ
その思いひとつで、がんばったのでした。

なので
「できた！」と声があがったときは
世界中でたくさんの拍手がわきおこりました。
（黒い手も白い手も黄色い手も
兵士たちも銃を置いて、喧嘩していた若者も
振り上げた拳をひらいて、大きな拍手です）

これは
誰のワクチンでもない、みんなのワクチンだ。
そうだ、異議なし！
ということで、ぜんいん一致で、話がまとまり
世界中で、いっせーのせで
無料でワクチンが配られることになりました。

すると、誰もが
マスクの時のように、長蛇の列になることもなく
われ先にと、おたがいを押しのけ合うこともなく

あなたからどうぞ、いえいえ
あなたのほうが大変そうだから、どうぞお先にと
ひととして、あたり前のことができるのでした。

ひとがひととして
あたり前のことができるようになった頃。
ひとでなしウイルスと呼ばれたおそろしい感染症も
だんだんと世界から収束しはじめました。

みぎだひだりだ、きただみなみだと、さんざん
いがみ合ったり、ののしり合ったりした人びとが
満ち欠けをわすれた白い月のように
大きなマスクの下で隠されていたのは、そうだ
この笑顔だったんだと、にわかに気づいたとき。

大切なのは、あなたと
戦うことではなくて、あなたと
助け合うことだったと、やっと知ることができました。

なので
今までは、殺し屋ウイルスと呼んでいたけど
あれは、ほんとうは
愛のウイルスだったねと、わらって囁きあいました。

（マスクのないくちで）
おしまい。

＊＊＊

きょうは、昼間から
そんな夢を、みてました。

一年で、一番晴れない日が
6月25日、の今日だそうです。
そして、なんと
あしたが、晴れ女でゆうめいな、あたしの誕生日です。

めでたし、めでたし。

6月26日（金）　東京・神宮前　　川口晴美

じゃ映画館のロビーで18時にね
そんなふうに待ち合わせしたのはいったいいつ以来
こんなことになる前は友だちと映画館や劇場へ行くのは
日常だった
ひとりでも出かけた
最後に映画館で観た映画は三池崇史監督の『初恋』で
3月19日
舞台がどんどん延期になったり中止になったりしていたから
映画もそのうちだめになるだろうと思って
そのまえに映画館で観たいと思って
歯医者の定期検診帰りにひとりで駆け込んだのだった
ひとが次々と豪快に死んでいく物語になんだか元気が出て
ひとりで笑っていたら
隣の席の知らないひともふるふる笑ってた
まだ少し寒くて映画のなかでも雪が降っていた気がする
気がするだけかもしれない
3ヶ月前なのに１００年前のことみたいに遠い
死んでいくひとの姿は見えないまま
数字だけを知らされ続ける6月の
手は映画館でもアルコール消毒され
ひとりひとり体温を測られてから入場する
体温測定の習慣がないから自分の平熱がわからないのだけれ
ど
36・4度
友だちとも１つ席をあけて並んで
マスクをしたままスクリーンを見つめる
繰り延べになっていた公開初日
ああ映画館にいるなあとばかり思ってしまって

かわいい死神と死神遣いの物語がところどころ空白になり
終わってから友だちと
ごはんを食べながら控えめにおしゃべりをする
出勤しないでいると自分は会社にいなくてもいいんじゃないかと思い始めるとか
オンライン授業1コマ分の準備に2日もかかる自分の効率がやばいとか
入院中の父親に会うには病院に防護服を用意してもらわなくてはならなくてあからさまに迷惑がられるから行くのをやめたとか
しかたないよね東京から行くと特に汚染物質扱いなのかもねとか
そういう話はさっさと終わらせて
自粛期間中に見ておもしろかったアニメや舞台の配信やドラマの
推しがどんなにきれいで素敵か
元気でいてほしいか
祈りのように延々と話す
話した
それが2週間前
体温計が手近にないから測っていないけれど
今日のわたしもたぶん36度台
少なくとも映画館では感染せず発症もしていないということだろうと
考えながら思い出して
歯医者に定期検診の予約を入れる
3ヶ月たって
細胞の多くが入れ替わっているならわたしはほとんど別人になったから
１００年前とは別の夏を
生きていく
汚染物質として

5月25日に緊急事態宣言が解除されたのを受け、シネコン各社は臨時休業していた各地の映画館を5月末頃から順次営業再開した。とはいえ入場前には体温測定、上映中もマスク必須で席は一席おきでしか販売せず、当面は飲食物の販売もなし。

6月27日（土）　東京・港区　　松田朋春

このところ東京では50人くらいがアベレージで
ウイルスが社会に定着していくようすが
想像できるようになってきた
真夏日に少し動くとマスクが息苦しい

許容は様々なことがらを
天秤にかけながら形成されていく

イベントで詩の書店をやって
何ヶ月かぶりに知らない人たちと接して
目ばかりを見て話しかけた
鼻も口も皮膚の下の内臓のようだ
そのような出会い方で
人を記憶するには
もう少し時間がかかる

そう
マスク越しの会話と
詩を挟んでの会話の
類似と違いを思ったのだった
この声は自分ではないし
あなたでもないでしょう
それでも強く伝わっていることはあって
そのような出会い方で人を
正しく記憶するには
もう少し時間がかかる

6月28日（日）　千葉・市川　柏木麻里

数日前から、ノートパソコンをMacに変えた
そこにOfficeを入れて、この日記もWordで書いている
マウスでスクロールするのがWindowsとは上下逆、よりも
戸惑うのは、
キーボードで入力する時の予想変換がシビアだということ
シビアというのは、キーを一つでも間違えると、書きたい単語が選択肢に上がってこない
きびしいな、わかるじゃん、文脈で、と思う

そこで気づいたのは、仕上がりとか、
磨き上がりみたいなものへのイメージが変わっていたこと
なんとなくとか、似たようなもので済ますことが、いやじゃなくなっていた

最近（オンライン朗読会で）知り合った中欧や中東や東南アジア詩人たちの投稿をFacebook翻訳で読んで、不自由を感じない（これは人に言わない方がいいのかもしれないが）
自分が雑になったといえばそれまでなのだけれど
そもそも発音すらわからない、遠いところにある言語の詩を、

一秒で読めるのだから、そこにあるのが「古い歌」という言葉で「失われた夢の道を歩くとき」※と言っているのだから、それでいいではないか、というような気持ち

SkypeやZoom越しの出会いの数々は、もどかしさよりもむしろ、
液晶の向こうにいる世界各地の人たちの暮らしぶり、部屋の様子に飽くことなく惹かれて、
その小さな窓の向こうの息づかいにチューニングしようと
自分の気配を澄ませてきた
不自由さの代わりに与えられたのは、
液晶の向こうにある、たくさんのスープのようなもの
人の家に入ったばかりの時のような、かぎなれない匂いがして、
部屋の、家の、家族の、その人の味がして
それはみんな食べやすくて、体にいい
名前をきいても、きっと答えられないスープ

日々の食料品も、近似値で進行している
食べたいものよりも、数日おきに夫がスーパーに行ってくれるので、
野菜売り場や肉・魚売り場、お菓子売り場なんかの映像を思い浮かべ、
たぶんこれがある、と予想してメモを書いて渡す
しかも人に頼んで買ってもらうわけだから、なければしょうがないし、
似たようなものでもOK！となる
お花を買ってもらうのも、自分で選べないから、かえってどんな花がやって来るか、くじ引きやおみくじみたいに待っていた

とても多くのものを、家にいて、へだたりの向こうから
遠い山の電気を届ける鉄塔みたいなものをいくつも介して
手に入れてきた
届くのがたとえ、どんぴしゃではなくて似たようなもの、であっても
それは怖いものから守られるためにしていることだから
綿のように暖かい

そういう暮らしに慣れていたことに気づく
でも、自分に対しては、その綿のやわらかさを生かせない

今日は一日中、期限が迫って書かなければいけない仕事の量に弱っている
自分に対する要求や、人には見せられない矜持みたいなものは
人々や世の中への適応よりも遅い
動きにくくなった体で、ここまで行かないと、これくらいは

できないとと
バージョン遅れかもしれない古い期待をかけている
アップデートのアイコンはどこにも見つからない
自分の外の流れと内の流れが、一つにならない潮のようにずれている

※ クロアチアの詩人、Ivan Španja Španjićさんが6月28日（日）午後10時過ぎ（クロアチア時間では日曜日の午後3時頃）に投稿した詩の一部

Zoomによるバーチャル朗読会を重ね、画面や電波状態など、様々なことの「完璧さ」がなくても、一向に気にならないという新しい状態が、この頃始まった。この日、世界の感染者の累計が一〇〇〇万人を超えた。

6月29日（月）　東京・杉並　峯澤典子

六月の雨のなか
ひとつの傘で帰った
これ以上ふれたら
ふかく傷つけ
傷ついてしまう
と知りながら

そんな出会いがあったことも
忘れようとしていた

もし
羽を痛めた小鳥を
ただ　守りたくて
てのひらでつつめば
その子はひどく驚き
逃れようとするだろう
死んでしまうほどの激しさで

でももう　安心して
だれも　あなたに　ふれられない
あなたも　だれにも　ふれることはできない

いま　離れていることが
あなたを守ることなのだから

雨の季節はまだ終わらない
それでも　今朝の天気予報は　晴れ

おおきく窓をひらき
もう会えないひとのもとへ
てのひらのなかの
見えない小鳥を放つ

ほんとうは
あなたも　わたしも
どこにでもいけるんだよ

それを忘れるために　ではなく
思い出すために
今日の空は
ある

6月30日（火）　神奈川・横浜　新井高子

うちのベランダで、ゴーヤがそよいでいる
アサガオのタネ蒔きをする鉢に、
ことしは
もしものときは、
せっぱ詰まった晩春だったから

だが、
違うのだ、ツルの這い方が
アサガオが、時計と逆まわりにとぐろを巻いていくヘビだと
　したら、
ゴーヤは、ムカデ
ヒゲのようにかぼそい足を無数にだして、さがしている、
つかまる何かを

いや、かぎりない触角というほうがいい
どこへ行こうか、
　かぜに揺れつづけているそのヒゲは
どこへ行こうか、
　においを嗅ぎつづけている虫のそれと
そっくりで、
じぶんでうごくとか、うごかないとか、
どうってことないんじゃないか

きょう、咲いたよ
かわいい花がひらいたよ
いや、それは黄色い肛門のようでもあって、
ひかりとあめとつちを
舐めつくした果ての、
出口が、

ようやっと、あらわれて
でてくるよ、
みどりいろのヘビも
もうじき、
いぼいぼのかたいヤツが、でてくるよ
その朝、ドアをしめるかどうか、
じつは、どうってことないんじゃないか

ねえ、
咲いたよ
かわいいのがひらいたよ
やがて、わたしの黄ばんだ肛門からも
でていくのだから、それは

ながいながいヘビじゃないのか、
時を逆まわりにたどるなら
すべての因果は、

どこへ行こうか
どこへ行こうか

コロナ下、ベランダで野菜を育てはじめた友人、庄司
くんの投稿をFacebookで見て、そうか、わたしも、と。
そうして、うちの「ゴーヤさま」の観察がはじまった。

7月1日（水）　東京・深川　　カニエ・ナハ

こういう忙しい日に限ってこういうことは起るもので、机の下からでてこない。きょうおやすみするんだー。熱を測る。37・０℃。37・５℃あれば強制的に帰される。ちょうしわるいんだー。机の下から出てこない。ああ。机の下から出てこない。出てこない。あきらめて電話をかける。お大事にしてくださいね。じゃ、せんろつくろっかー。すこし線路をつくる。もっとおっきいのー。増設する。これ、のったよねー。またのろっかー。あれはいつだったか。このひと月のどこかのことだ。すこしゆるみはじめたころ。ひさしぶりに電車にのった。まず自転車にのって東京駅まで行って丸善で本を買って。東京駅から電車に乗って、山手線のあたらしい駅を見に行ったのだった。これー。あたらしい駅のあたらしい自動販売機で桃のジュースを買う。いちばん高いやつだった。１８０円もする。背の低いペットボトルにもかかわらず。べつのときのこと。これはつい先日のことだ。べつの駅で、おなじ１８０円の桃のジュースを買う。福島の桃の濃厚なジュース。でもそれを水色の電車の窓のところに置き忘れてしまう。まだ開けてもいなかったのに。あれは、赤羽から王子のあいだ。王子から都電に乗って鬼子母神前まで。

都電の王子駅は正式には王子駅前駅という。駅前駅って。そこから早稲田方面へ向かうとまもなく、飛鳥山をのぼる。都電の線路が自動車と同じ道路の上を走っていて、前を行く自動車といっしょに信号待ちをしたりしている。車と車とにはさまれて。車電車車って。鬼子母神前でいっかい降りてギャラリーに寄る。こんなポスターばかりの展示久しぶりに見ました。そういえば、昔タロウナスさんで、トム・クルーズの映画のポスターだけが貼られた展示ありましたよね、あれはびっくりしたけど、あれは作家は、えっと……。眞島さん。そんなことを話して、それからもういちど都電に乗って、早稲田まで出て、駅を降りてすぐのところにあるギョーザ屋さんでギョーザを食べて、それから地下鉄の早稲田駅のほうに向かって、駅前に公園があった。そこですこし遊ばせて、それから東西線に乗って、帰ってきたのだった。

山手線のあたらしい駅から、となりの品川駅へ。東京駅で駅弁を買おうとおもったのだけど、閉まっていたのだった。それで品川駅へ出てみたら開いていて。とんかつ弁当か何か買って。ふたりでわける。常磐線に乗って、ボックス席で、がらがらの車両で、いま買った駅弁を食べたのだった。

さっきのギョーザ屋さんのあたりで左に折れると川にでる。神田川で、ここに芭蕉庵がある。たしか東京で三つある。そのうちの一つ。もう一つは家の近くにある。芭蕉庵のところの急な勾配にある神社をぬけると永青文庫がある。ここで２

年ほど前に良寛の展示を見た。あれはフィンランドから帰ってまもないころ。フィンランドのラハティでおじゃました、地元の著名な詩人レアリッサ・キヴィカリさんのお家で、愛読しているという、良寛の本を見せてもらったのだった。英訳された良寛の和歌を、レアリッサさんは読んでくれて、とても好きなのだといった。その和歌がどんな和歌だったか忘れてしまったが、水が出てくる。川についての歌だったとおもう。

レアリッサさんに、別れ際、プレゼントをもらう。いろいろなものが入っている。レアリッサさんの絵、手紙、たくさんの蝶々を象った紙、それからムーミンのマグカップ。縁がすこし欠けている。わたしたち詩人っていうのは、このマグカップとおなじで、どこか欠けているものなのよ。

芭蕉庵から川沿いに江戸川橋駅のほうへすこし歩くと、椿山荘にでる。毎年ここの庭園でホタルを見ている。こどものとき、ホタルなんて見たことなかった。おとなになってから、30を過ぎてからは、毎年ホタルを見ている。今年はひさしぶりにホタルを見ていない。椿山荘の庭園は閉まっていて、電車に乗ることさえホタルのころにはままならなかった。

あのホタルが見られる郊外の田園が、ドラマの中で出てきた。一時期、毎年行っていたが、もう何年も行っていない。もしかしてあそこかな、とおもって調べてみたら、そうだった。それでひさしぶりにそこを訪れてみたい気もしたが、電車乗ることがはばかられるし、都外にでることは禁じられていたのだった。それでホタルも、ロケ地めぐりも、あきらめた。

テレビドラマなどというものを、もう長い間（記憶しているかぎり、20年以上）見たことがなかったのだけど、この間、久しぶりに見てみたら、けっこうおもしろくてつぎつぎに見てしまう。今年はホタルも見られないし。ホタルの代わりに家でドラマを見ている。ドラマなどもホタルとおなじで、いろいろなひとたちが入れ代わり立ち代わり、明滅している。それをぼーっと眺めている。

新作のドラマが止まっているので、代わりに近年流行ったドラマの再放送をやっているので、とりわけおもしろいやつばかりが流れていたのかもしれない。「凪のお暇」を見て「中学聖日記」を見た。どちらにも女優のY・Yが出てくる。Y・Yは私の前の詩集にも出てくる（わたしが勝手に書いたのである）。たぶんわたしはY・Yのファンなのだとおもう。どちらもY・Yは主役ではないのだが、主役ではない、Y・Yが演じている人物の人生のほうが気になる。黒木華や有村架純よりも。もっとY・Yが演じている人物にフォーカスしてくれたらいいのにとおもう。それから、WOWOWのリモート制作ドラマで、大泉洋とY・Yの2人のドラマ

「２０２０年　五月の恋」も見る。大泉洋が別れた元妻であるＹ・Ｙにまちがい電話をかける。そこから毎晩のように大泉洋とＹ・Ｙは電話で話すようになる。

ときどき、電話のぐあいで、相手の声はわたしに聞こえているのだけど、わたしがいくら話しかけても、わたしの声は相手に聞こえない。ちゃんと聞こえてるよ。返事もしている。だけど届いていない。しんだらこんなかんじかな。いつもそうおもって、しばらくのあいだ、そんな臨死体験を、予行演習として、しばらくつづけている。もしもし、もしもし。うん、うん、だいじょうぶ、きこえてる。こっちは、きこえてるよ。そのまま、はなしていて。ちゃんと、きこえてるから。

いくつかのリモート制作ドラマや短篇映画を見たが、もともとドラマや映画をみるとき、わたしたちは俳優と俳優が演じている人物を二重写しに見ている。リモート制作ドラマでは、俳優たちは自宅に居たり、自撮りをしたりしていたりする。いつも以上に、演じている人物と俳優そのものとの境界があいまいに感じられる。

昔、ルイ・マル監督の遺作で「42丁目のワーニャ」という映画があって、それはチェーホフのワーニャ伯父さんの舞台の練習風景を撮った映画で、ワーニャ伯父さんを演じる俳優たちは衣装ではなく、普段の稽古の恰好をしている。しかし、通し稽古で、ワーニャ伯父さんの人物たちを演じている俳優たちをずっと見ているうちに、俳優たちと演じている人物のどちらを見ているのかわからなくなってきて、映画を見ているのか演劇を見ているのかわからなくなってきた。

こないだ、待ちに待ちまくって、公開初日に勇んで見に行ったグレタ・ガーウィグの新しい映画では、グレタの前作でも主演を演じていたシアーシャ・ローナンが演じていて、その前作「レディ・バード」はグレタの自伝的な作品とされていて、そのグレタの自伝的な主人公を演じたシアーシャが、今回も、グレタが愛読してきた「若草物語」で、自分を重ねてきたであろうジョーを演じている。「レディ・バード」では、わたしたちは、シアーシャ・ローナンを見ながら、シアーシャが演じる人物（レディ・バード）を見ながら、そのモデルとなっているグレタ・ガーウィグを見ている。「若草物語」では、シアーシャ・ローナンを見ながら、シアーシャが演じているジョーを見ながら、「グレタの中のジョー」を見ている。かくも、あまりにも複雑な映画なので、わたしは一度ではとても見切れた気がせず、今日は7月1日で映画サービスデーなので、もう一度見に行きたかったのだが、今日はとてもそんな時間はなかったのだった。

複雑な映画といえば、ビー・ガン監督の「ロングデイズ・ジャーニー」をこないだ見た。公開されてわりに早い時期に映画館がすべて閉まってしまったので見逃していたのだが、舞浜の映画館でやっていて、見ることができた。ディズニーランドのやっていない舞浜駅は閑散としていて、イクスピアリにも人はまばらだった。逆にこっちのが夢みたいだな、とおもった。「ロングデイズ・ジャーニー」のわたしの見た回はほかに３人の客がいて、ソーシャル・ディスタンスはまず保たれているとみてよさそうであった。２時間強の映画の後半１時間が３Ｄ映画になる。映画の中で主人公が映画館に入る。主人公が映画館でメガネをかけたら、そのとき観客もいっしょにメガネをかけてください。とあらかじめ云われている。しかし、映画がはじまるとすぐに彼は居眠りをしてしまう。彼は、わたしは夢をみている。３Ｄ独特のハリボテのような遠近感は、夢の遠近感に似ている。似ていない。夢をおもいだしたときの記憶の遠近感に似ている。似ていない。フェリーニの映画をおもいだすとき、３Ｄ映画の遠近感でよみがえるのだが、フェリーニの映画は３Ｄ映画ではなかったはず。さっき見ていた映画のことを、じゃなかった、夢のことをいま、おもいだそうとしているのだが、どうしてもおもいだすことができない。いつもどおり、呼吸がくるしくて目がさめた。目がさめてすぐに、日記のつづきを書かなくちゃとおもって、いまこれを書いている。夢のなかで、いくつかの丘を越えた気がする。

日記を書いているうちに、日記を書いているのか何を書いているのか、わからなくなってしまう。日々、記憶は増えていき、同じ電車に乗っても、いくつもの駅で降りたり乗り換えたりするので、そのたびに混線してしまう。２０２０年７月１日にもどると、線路は完成した。私は今日しめきりの原稿にふたたび取りかかるものの、またすぐに呼ばれしまいなかなか集中できない。テレビみる？　プーさんみるかー。それで幸い、「くまのプーさん」とペンで書いているＤＶＤがＤＶＤの山のいちばん上にあって、プレイヤーに入れると、「くまのプーさん」と「ティガー・ザ・ムービー」の２本が入っている。ティガーの話、見てみる？　うん。それでティガーの話を再生する。あ、プーさんだ！　あ、ティガーだ！よし、これで１時間ちょっとの間は原稿に集中できる。ありがとうプー。ありがとうティガー。ありがとうクリストファー・ロビン。ありがとう１００エーカーの森の仲間たち。

「くまのプーさん」のラストでは、もうじき学校に行くことになるクリストファー・ロビンが「大人になると何もしないってことができなくなるんだ」と淋しそうに言う。何もしないことができない。これから原稿を夕方までに送信して、雨が上がったなら散歩にもつれていって、それから部屋を片付けながら夕飯のしたく、その間に、19時からのオンラインミーティングの準備もしなければいけない、そのあと24時までに日記も書かなくては。請求書の請求も来ている。あのメールもまだ返せていない。明日までに印刷所にお金を振り込んでおかないと。忘れないように。何もしないことなどできない。

いまふりかえると、ステイホームの時期にはもうすこし時間があった。なにもしないこともできたのかもしれなかった。それでもずっとなにかをしてしまった。ドラマもたくさん見てしまった。もったいないことをしてしまった。気が付くと、床いちめんに、チョコクリスピーがばらまかれていて、はんぶんくらいは、すでに踏まれて粉々になっている。飛び跳ねた、ティガーが踏んづけたのだとおもう。チョコクリスピーの海をかきわけて、いくつもの電車が走りつづけている。わたしはつぎの電車に間にあいたくて、シアーシャのように駆けだした。

「アメリカ　1日の感染者　5万人超える」（NHK）

7月2日（木）　東京・小平　田野倉康一

昨日受理した協議書を点検している
添付の印鑑証明が古い
代理人はコロナだからカンベンしろと言う
カンベンは
できない
人の財産にかかわる
少しずつ恨まれていく仕事ではある

アクリル板を隔てて
図面の相談はできない
カウンターが狭くなっただけだ
と、同時に
世間も狭くなった
図面を囲む男たちの
心の距離は遠い

しかしずいぶんむかしから
こうだったとも思う

帝国ホテルプラザで
松元悠さんの個展を見た
ぼくたちの生は距離でできている
当事者であろうとして
当事者ではない者が抱く
あの距離のように

霊的なおのの充満
それは無限大の距離を意味する

アマビエ　さ　ま

狭い道を広げるのが田野倉の仕事である。狭あい道路拡幅整備事前協議書を受理し、協議終了後に通知書を交付するのがその内容である。コロナを口実に手間を省こうとする業者の多いこと。毎日仕事が終わった後のギャラリー巡りだけが救いだ。

7月3日（金）　静岡・用宗　さとう三千魚

六月の
終わりか

世界の死者50万人　感染者１０００万人

と

新聞の見出しが
あった

50万人の死者
１０００万人の感染者

その数の人の姿を思い浮かべることができない

家族と
会わず
死んでいった
焼かれた
焼かれず埋められた

一昨日

7月１日

庭で
ゴミのポリバケツに二匹のナメクジを見つけた

香港国家安全法
施行された

ＮＨＫの夜のＴＶニュースで
香港の

陳式森をみた
３００人以上が拘束された
９人の逮捕者がでた

逮捕者に重刑が科されるという

今朝
７月３日

雨はやんだ

ゴミ出しにいった

モコは
ついてこなかった

ナメクジはいなかった
ポリバケツ

銀色の光る道を残していた

ウイルス
生を媒介する

７月１日に香港で「香港国家安全法」が施行された。ＮＨＫの夜のＴＶニュースで「国安法」に抗議する香港の市民デモの映像が流れた。その中に香港の詩人、陳式森をみた。

７月４日（土）　北海道・札幌　三角みづ紀

知らない部屋がひろすぎて
ぼくの心まで沈黙していた

移動を繰りかえして
範囲は狭まって
もうこれ以上行ける場所がなくなったら
またちがう部屋を探す

生まれ育ったところが
水にあふれていく
すべて液晶をつうじて知る

午後六時半に
つたう
地下鉄沿いにまっすぐ東へ

自生するラベンダーを摘んで
なにもない顔に近づける

液晶をつうじたものと
目前にあるものの差は
よりそわない

人類はみんな
やわらかく首をしめられていて
かぞえきれない腕が空から伸びて
首筋をつたう指先は夕暮れだった

7月5日（日）　沖縄・那覇　白井明大

録っておいた
韓流のドラマを観終わって
夜の八時になるところだったから
ニュースに切り替えると

都知事選の結果が
投票を締め切ったとたん
当選確実といって伝えられて
すでに
録っておいた映像が
流されているような感じがしたから
また韓流に戻って続きを観た

ゼロ打ちといってね
、て
うたに
あとで説明したのは
いま選挙が終わったばかりで
これから数えるのに
なんでもうわかるの？
、ていう素直な疑問に
ぼく自身も首をかしげながら
これじゃあ
投票してもむだって思っちゃうよね
きっとテレビ局も
どこよりも早く
当選者を報じたいんだよ
とか
そういう話まじりで

都民から

沖縄県民になって十年めになるけれど
基地反対と思って
一票を投じたら
ちゃんと基地反対の人が
議員になったり
県知事になったり
そうだよね
みんな　平和がいいよね
、て選挙のたびに思えるこの島は
それだけでもうほんとうに
東京にいた頃とは全然違うのは
基地があることがどういうことなのか
忘れる一瞬すらないくらい
ひどい出来事が尽きないからだから

寝る前に
いっぺんゲームしない？
、てせっかく
うたときみが誘ってくれたけど
なんとか今日の夜十二時までに間に合うように
いまこれを書いている

沖縄の人たちが
どんな思いをしてここまで来たのか
でもその足もとでまた
ケーザイケーザイと呪文みたいに言うわりに
経世済民の意味さえ忘れて
いつ崩れてもおかしくない綻びを
いつもいつも
繕っていく大事さをひしひし感じながら

ちゃんと人間の手は
他者と手を取りあえることを
こんな夜だから
書いておかなくちゃ

さっき上等な
（島では上等って言葉をよく使う
おばあちゃんもよく言ってた）
お茶を淹れて
いま飲んだところ

幸せを
心にとめて
今夜はお酒を飲まないで
寝てしまおう
まだしばらくは寝つけないかもしれないけど

追
今夜も九州で大雨の予報が出ている
どうか無事でありますように

経世済民…世を治（経）め、民を救（済）うこと。

7月6日（月）　東京・西荻窪　田中庸介

ゴオルラインに走りこんでいく
オルラインに走りこんでいく
ルラインに走りこんでいく
ラインに走りこんでいく
インに走りこんでいく
ンに走りこんでいく
に走りこんでいく
走りこんでいく
りこんでいく
こんでいく
んでいく
でいく
いく
く

言うことを聞かない午後十一時。

七月から、予定より数か月遅れて下の子もやっと保育園に通いだし、夜遅くにぐずることも多くなってきた。親にとって、子供をすーっと寝かしつけられれば、めでたくゴールイン。

7月7日（火）　東京・調布　山田亮太

この前の選挙、誰に投票した？　３６６１３７１（59・70％）○○○さん？　８４４１５１（13・76％）それとも△△さん？　６５７２７７（10・72％）え？　６１２５３０（9・99％）なんでその二択？　１７８７８４（2・92％）いや、どうせどっちかだろうと思って。４３９１２（0・72％）ごめん、偏見です。２２００３(0・36％)やっぱり◇◇◇さん？　２１９９７（0・36％）人気あるよね。２０７３８（0・34％）全世代で圧倒的に支持されたって。１１８８７（0・19％）なんで投票した前提で話してるの？　１０９３５（0・18％）ごめん。８９９７（0・15％）そうだよね。５４５３

(0・09%)半数近くの人は投票してないって。5114(0・08%)え?　4760(0・08%)そもそも東京都民じゃないし。4145(0・07%)そうなの?　4097(0・07%)あ、東京都の本日の新規陽性者数は106人です。3997(0・07%)うん、急にどうした?　3356(0・05%)東京オリンピック開幕までいよいよあと二週間となりました!　2955(0・05%)やらないけどね、今年は。2708(0・04%)全国、全世界のみなさん、東京でお会いしましょう!　1510(0・02%)

7月5日に投開票が行われた東京都知事選挙には、22人が立候補し、現職の小池百合子が再選した。

7月8日(水)　福岡・博多　石松佳

雨の後の晴れ間に
蝉の鳴き声が聴こえた
食堂で同僚と
雨が降るときも
蝉は鳴くのだろうか、
と話をした
調べてみると
雨の日のような
気温の低い日には
蝉は鳴かないのだそうだ
蝉が鳴くのは夏だけである
雨の降る日に鳴かないのであれば
蝉が鳴くのは夏の晴れた日だけである
あれからずっと
晴れ間を希求していた気がする
セルフ台の上の
麦茶が入った湯飲みにはラップがされており
少し温くなっていたが
定食を乗せたトレーに
本日だけのサービスだよ、と
西瓜が振舞われた

7月9日(木)　大分・耶馬溪　藤倉めぐみ

雨が日付境界線も溶かすように降って
もういつから降っていたのかが思い出せない
土地に流れる川は数年にわたって

何度も何度もたくさんの雨を呑み込んで
その度に幅も流れも手を加えられ
雨は川の中にとりこめるはずだったのに
またその川が溢れだした

水が
道路をえぐることも
流木を押し流すことも
ただただ家も人も全てを呑み込んでしまうことも
もう知っている私は
またありったけのお金をビニール袋に入れて
2階の寝室の枕元に置いた

ダムの貯水率と
川の水位と
一つの灯りだけが照らす道路を
見て
冠水していないなら夜明けまでは呑み込まないよと

橋を覆いつくした激流が横に
地面を打ち付ける雨粒が縦に
無関係に鳴き続ける虫が膜みたいに
響いて
虫が鳴いているなら大丈夫なんじゃないかなと

何も知らなくて怯えていた頃よりは
ほんの少しだけ上手に眠ることができるようになった

濁流が山の木を流して
橋に引っかかり
流木が立ち上がり続ける

あの激流を
止まらない雨を
けぶる山を
現実だと知っている

この激しさも
穏やかさも
潤いも
育ち行く稲も
縦横無尽に動くカタツムリも
オクラの苗に群がるスズメも
全てだ
全ての中にここにいるんだ

切り離せるなんて思うのが
大間違いだ

そういう中の全部にここにいるんだ

本当に本当に気を付けてください
命を守る行動をとってください
今まで経験したことのない雨がまた来ます
と言われたその日の朝は晴れていた

6歳のきいちゃんは
いつの間にかゴジラの曲を弾けるようになって
午後になってから強く降り出した雨を
新しい傘に弾かせて笑っていた

きいちゃん、道路に出ないでね、危ないよ

ねえ、雨、楽しいね

そうだね、でも今日は怖いよ
すごく怖いよ

7月3日から8日にかけて九州で多数の線状降水帯が発生し大分県中津市でも大雨・洪水警報が発令され、川が氾濫した。令和2年7月豪雨と名称が定められた。

7月10日（金）東京・目黒

覚 和歌子

オレンジのTシャツにしたのは
今日も曇り空だから

柔らかい色の方を選んだのは
灰色の川と折れた泥の柱と
笑おうとして歪んだ顔が
のどを塞いでいたから

雨の合間を盗むわたしたちの歩幅は広い
先導される暗渠の歩道は
緑が深くて鰐が棲めそう
途切れ目なく続く背の高い茎の湿り気を
指先で追いながらついてゆくけれど

花の名まえをたくさん知っているせいで
立ち止まる背中を
なんども追い越してしまうから
少し先のベンチで待つ間
病院の窓にいた
小さな女の子と目が合った気がして
どちらからともなく手を振り合う

聴こえていたのは
あの子のハミングではないだろう
（子どもは振る手を下ろすタイミングに悩まない）

見慣れた後ろ姿は
暗渠の切れ目をいくつも渡る
長い時間の散歩稽古で塗りつぶした
自らの王国を案内するかのように
確乎と見えるものを
いつでも残らず瓦礫にしてしまえる
水の力の　その流れの音を
足のすぐ下に聞いて

感染最多記録が更新されていく
並木の梢には　鈴なりの枇杷
祝福は残されている

オレンジのＴシャツにしたのは
この実に招ばれたからだった

国内感染者は初の４００人超え。
7月3日～31日九州豪雨災害。

7月11日（土）　福岡市東区　四元康祐

三週間おきの父の外来検診に合わせて再び福岡へ。今回は息子と娘も同行。ドイツから「ハカタのおじいちゃん」に会うためだけにやってきて、空港でのＰＣＲ検査と二週間の隔離（その間は毎朝体温体調をメールで保健所に報告）を終えた上での移動である。例によって老人ホームには入れないので、検診を終えた父を自宅の空き家へ連れて行き、そこでようやく孫との対面。だが老人は午前中の検診で疲れ果て、用意した昼食を一口食べただけで横になり眠り込むのだった。折しも九州は記録的豪雨。みるみる冠水してゆく荒れ庭と痩せ衰えた寝顔を交互に眺めて過ごす昼下がり。夕方、父を起こし、四人してタクシーに乗り込み、ホームに父を返して息子たちはその足で空港へ。僕はひとり歩いて無人の実家へ戻るつもりが、慣れない住宅街の迷路に迷い込んで全身ずぶ濡れになってしまう。

＊

蛇が這ってゆく
刈ったばかりの芝生の上を
水煙に包まれて、人の
からだを脱ぎ捨てた直後の魂のように

一メートルくらいあるでっかい蛇だ
コップを

逆さまにしていきなり上から被せられたようなものだろう
香港は　中が空であろうと水であろうと
息はできない

釣鐘のような夕闇
むしゃむしゃとパンを喰う横浜の人
寅さんの筋はもう追えないが　アジサイとなら
まだお喋りができる

雲はあれで
中立を保っているつもりなのか
一九三五年、エリカと偽装結婚するゲイのウィスタン

蛇が頭を擡げて
垣根越しに隣家の庭を覗き込んでいる
明日は父に
紙パンツとパッドを届けなければ

W・H・オーデンは、トーマス・マンの娘エリカ・マンと名目上の結婚をすることで、エリカがイギリスの市民権を得てナチスドイツから脱出できるよう尽力した。

7月12日（日）京都・龍安寺

ジョーダン・A・Y・スミス

石庭に住むとかげ
隠れん坊
空中で交尾している蜻蜓(dragonfly)
公案を孕む

寺院の荷物預け所は
荷物を預けなくなったが
荷物はまだ荷物だなと
足元に広がる
小石の道を見て思う。

新たな形を取る時勢に
離れ　　ばなれにされる

荷物を降ろし
門に入り

束の間を延ばし
竜の安穏な日々

7月13日（月）　神奈川・江の島　永方佑樹

不安を日常で薄めながら
進められてきた私たちの七月

上下する関数の曲線を
ただの数字として解釈する
法律にせっせと小突かれながら
かつての会話のぬくもりや
築きかけのポイエーシスに
付きかけた錆を取り除こうと
人びとが力を込め出した
手指のその支点ごと
二百人を超える連日の
感染者の数が挫いてゆく

私にせよ先週
はじめて会った人からは
「感染が怖いので、完全オンラインにしなくては」
という言葉を
だけど先々週は
久しぶりに会った知人の
「感染しても、たいした事なんて無いんでしょ？」
という声を
同じ耳が聞いたばかりで

傾きの
その方位を計量しつつ
数えられる側にはいないはずだと
信じていた人たちを
x軸に組み入れ肥大してゆく
この座標が果たしてふたたび
翳りを延ばしてゆくのだろうか

生存の証に座り続ける
私たちの食卓の上に
道辺が取り戻しはじめた
子らの交わす声の上に

四月が、五月が、六月が
放り出したしぐさを結局真似て
私たちのこの七月も
危惧にあるいはその逆に

交互の方位へ振り分けられる
やみくもな均衡を八月へと
譲り渡してゆくのだろうか

7月10日、東京都で２４３人、埼玉県で44人、神奈川県で32人など全国で合わせて４３０人の感染が発表された。1日に発表される感染者数が４００人を超えるのは4月24日以来。

7月14日（火）福岡市・薬院　渡辺玄英

雨が世界を打擲する
この世の半分が流されていく
災害の危険が切迫しており、自治体が強く避難を求めています
洪水警報避難指示が連呼される夜
ひとりで
ラジオの災害速報を聴いている
豪雨でたくさんの土地が流された
人もたくさん流されていった
見覚えのある看板や家屋
たいせつなものが数多流されて消えた
チューニングが乱れてノイズの向こうから
ふるい深夜ラジオの音声が流れてきた
氾濫した濁流に押し流されてきた前世紀の電波だった
断続的なノイズの連鎖に（波打ち際の星がまだ青かったころ
　の記憶
口のない者の声は
波の音によく似ている
こうして余白から瓦礫が
耳鳴りのように打ち寄せられるのだった
失われたものがおびただしく漂着する
目をそらしていたもの（たとえば死せる魂や盲目の恐怖
かれらが背後から見つめている
黒い影こそが寄り添っている黒い影だ、と

激しい雨音の向こうからだれかが
昨日まで地球の夢を見ていただろとささやくのだった

大きな橋が濁流に呑み込まれるのをＴＶで見た。全てが流されていく。浸水した町から避難する住民。観測史上最大値を超える雨が降る。コロナ禍と恐雨。世界が鳴動している感覚。初めてリアルに避難指示を耳にした。

7月15日（水）　東京・つつじが丘　河野聡子

不要不急の寿司屋で細胞分裂した犬を手に入れた
行くように推奨され、行かないようにお願いされる水曜日
みんなの利益を守るために誰かの指示を待つことが
ほんとうに必要であるかのように
思いこんでいる

7月16日（木）　東京・世田谷　松田朋春

流行は波状に押し寄せ
災禍もあとを絶たないので
これから都市は衰退して
村づくりがはじまると考えてみる
日本を２０００の村に分け
いちからつくりなおす
神社がいるとして
宗教を選ばなければいけないからそれは留保して
仮神社と名付ける
仮神社の仮神主に
仮の祝詞をあげてもらい
仮村長と仮議員が仮の議会で話し合い
仮条例ができる
でもそれより先に
まずは村人が必要で
お医者さん
歯医者さん
農家
畜産家
狩猟家
漁師
八百屋
肉屋
魚屋
米屋
陶芸家
林業
木工
大工
瓦職人
漆職人
金工
旋盤工
プレス屋
織り屋

染め屋
印刷屋
紙屋
折屋
製本屋
パン屋
お菓子屋
酒屋
革屋
鞄屋
自転車屋
看板屋
傘屋
靴屋
洋服屋
着物屋
草履屋
下駄屋
土建屋
解体屋
工務店
石屋
コンクリート屋
廃棄物処理業者

溶接屋
重機屋
ガラス屋
鏡屋
塗装屋
家具屋
楽器屋
文房具屋
本屋
庭師
整体師
マッサージ師
占い師
税理士
玩具屋
ケーキ屋
オーディオ屋
額屋
表装屋
金物屋
荒物屋
乾物屋
お茶屋
おでん種屋

居酒屋
バー
喫茶店
たこ焼き屋
もんじゃ屋
お好み焼き屋
ウェブデザイナー
酒屋
蔵元
醤油屋
出版社
地方紙
記者
釣り道具屋
模型屋
音楽家
建築家
デザイナー
画家
劇団
歌手
ピアノ教室
バンド
楽器店

書道家
算盤塾
学習塾
スポーツ用品店
ゴルフショップ
古本屋
骨董屋
レコード屋
花屋
家電屋
自動車ディーラー
スナック
風俗店
銀行
市場
学校
警官
消防士
旅館
ホテル
映画館
銭湯
葬儀屋
掃除屋

小説家
写真家
華道家
茶道家
噺家
ダンサー
おどりの教室
詩人
歌人
俳人
みどりのおばさん
みんなに集まってもらって
最高の村をつくる
職人は全部は揃わないから村ごとに特化して分業する
職業はどこまで間引くことができるのだろう
筒井康隆の音がひとつずつ消えていく小説を思い出す
村と村との間は風船のようなクルマが行き来し
疫病の時は行き来をとざし
人々はデジタルでやりとりして友人は世界中にいるし
会社は場所に縛られず繋がって大きな仕事をする
でも立派なものは段々と不要になって
美しい村の祭りを訪ねる旅をみんながして
そこで恋をして住まいが変わったりする
評判のたつ良い村に良い人が移り住み
そうでない村は村人がデジタルコンテンツに依存して
うつろになっていき
豊さに格差が生じてくる
必要最小限のインフラとはなんだろう
お墓の整理も必要な気がする

送り火に雨粒が飛び込んで具体的な音をたて
灰の匂いが広がった

キャンペーンから東京が切除された

7月17日（金）　東京都・高田馬場　鈴木一平

昨日食べた麻婆豆腐が効いたのか、痛みで目を覚ます。提案資料作成、あんかけうどん。処理が重くなった端末の整理していると、十年前に書いた文章が出てくる。小さい頃に父親から聞いた家の話を思い出しながら、いつか小説を書くときのためにまとめておいたもの。《二百年ほど前に大きな飢饉が起きて、当時この家に住んでいた人が庭に降りてきた鶴を食べて呪われたせいで、子どもが生まれなくなった。親戚の子や身寄りのない子を養子に迎えて、大人になって所帯を持つと、またべつの家から子どもをもらってくる。それを何代かくり返して、ようやく子どもができるようになったのは、曾祖父のひとつ前の代からだという》。いまなら庭に鶴が降りてくることがあっても、捕まえて食べようとはしない。もっとささやかに取り返しのつかない出来事で、解けない呪いに見舞われることもあるだろう。ゆるくなったドアノブのネジを閉め直したとき、中にいた虫を閉じ込めてしまうとか？妹が帰省を親に打診して、断られる。前に住んでいた人たちが残していった部屋が蔵の近くにいくつかあって、入り口は木の板でふさがれていたとおもう。最後まで外の空気を吸うことなく、取り壊しに巻き込まれてしまったのだろうか。

後輩（添削担当）から連絡がきて、手直しされた「日記」が送られてくる。すこし話したあとで、『現代詩手帖』で発表したテキストについての感想をもらう。

——自分は一平さんのよい読者にはなれないとおもいました。表現のなかで明示も暗示もされないこと、《無症候性》によって不可避的に表現されてしまうものとしてのコロナの《形象》という見立ては、けっこう説得的ですね。でも、この指摘は書き手の側での批判可能性を事前に牽制してしまうというか、それこそ表現の「自粛要請」をしている気がする。

——たしかにね。

——全体的にはおもしろかったです。山本さんも言ってましたけど、最後こう来るかっていうおどろきはたしかにありますね！　でも、動員のくだりはそんなこと言われても……って感じになりました。一平さん自身がこの問題をどう引き受けていくかなんですよね。なのに、それを書き手全員の《具体的な行為の水準》を持ち出して一般化してしまうのは、けっこう抑圧的ですよ。

——詩でなにが語れるか、みたいな気持ちになれなくて。

——泣き言ですか？　体調わるいっていってましたよね。そのうちみんなで集まれたらいいですね。

右手が突然ふくれ出したのは、六月の半ば、梅雨空の暑い日差しを避けて、台所に敷いた布団の上で昼寝をしているときだった。手のひらに熱っぽさを感じて目を覚ますと、手首の付け根のあたりから寸胴にふくれている。虫刺されの跡のようなものがまん中にできていたので、謎の虫に刺されたのだとおもう。皮膚の下には冬瓜のような青っぽい色味が入っていた。夏になるといつも体のどこかがおかしくなる。何年か前に詩集の刊行記念会を開いたときは、当日の朝に左腕の肘のあたりが紫色にただれて、笑っている顔のような模様ができた。薬をぬって包帯を巻く。会社の同期の家に泊まりにいって、その汁は抜いたほうがいいといわれる。裁縫針に除菌スプレーをかけて刺してみると、ぱっと手のひらの上に水のようなものが広がった。なめてみるとすこしだけ鉄の味がして、小学校の水飲み場の蛇口から出てくる水みたいな味だと同期がいう。

7月18日（土）　埼玉・飯能　宮尾節子

きのうさいた
花なら、いいけど。
東京で２９３
埼玉で５１

かこさいた
感染者数です。

最多を更新する
数字ばかり、目にしていると
まるで
数字に黙らせられた
かわいそうな
言葉の姿にも、見えてくる。

道ゆく人びとの
口を覆った、マスク姿が。
だんだん大きくなる
マスクには
もうひとつ、見覚えがあった。

津波のあと
巨大な防潮堤が建設されて
すっかり海の景色が隠れてしまった
東北の海岸線。

コロナのおかげで顔にも
高い防潮堤ができたようだ
隠れてしまったのは笑顔の水平線。

コロナの海岸には
黒船が来たように
なぜか、横文字もどっと押し寄せた。

ソーシャルディスタンス、アラート、リモート
ニューノーマル、そして、エピセンターだって。

ところがちっとも、馴染めない
横文字がさっぱり、身につかない。
なぜだろう。

クックパッドでレシピを検索すると
どんな料理もすぐできるが、すぐに忘れる。
台所に並んで母に一度習ったきりの卵焼きは
母が死んでも、忘れてないのに。

「さいきん、小さい文字が見えないので
お風呂場でシャンプーとコンディショナーの
区別に困るのよ」と、隣りでぼやいたら

まあちゃんが、「あら。
シャンプーの頭にはボツボツがあるのよ。
目の見えないひと用の」と風呂場で教えてくれて
日頃の悩みが、いっぱつで解決。

触れて、覚える。
そばで、教わる。

本当に、わかる時は
あたまではなくて、
すとんと、落ちるように
からだで、わかる。

からだに、沁みて
細胞が、記憶する。

なのに、
濃厚接触、密——
どれもが、悪いことになった、今。

オイ、コロナ
いったい、どうやって
わたしは
わかったらいいんだろう。

文通で知り合って、結婚した
幸せな夫婦をひと組、知っているのが
ちょっとした、希望かな。

コロナ、長丁場になりそうだね。

それでも
少しずつ、イベントの話が舞い込みはじめた。
主催者は（出演者も）
薄氷を踏む思いだろうが、文化の灯を消さない
ように、何とか個々の表現の生きのびる道をさがして、
ひっしで、みんな知恵を絞っている。
せめて、その思いに寄り添いたい。

ウイズコロナ
が
水コロナ、に聞こえる今日の、日本列島。

＊＊＊
それでも
夏に向かって
元気はつらつの
いのちの、なかま。

草木、草花に
日々の大丈夫、をもらっています。

クックパッドは日本最大の投稿による料理レシピの公開サイト。

7月19日（日）　東京・神宮前　　川口晴美

STAYとかHOMEとかGO TOとか
わたしたち犬みたいだよねって
誰かが言って本当にそうだなって怒りながら笑ったけど
そういえば犬を飼ったことはない
猫も
小鳥は子どもの頃に家で飼っていたことがあって
でもあれはどちらかといえば弟の小鳥たちで
おいで　と呼んだことはあっても
来い　と命じたことはない
かわいい小鳥の1羽は逃げてもう1羽はどうしたのだったか
たぶんわたしが実家を出たあとに死んだのだ
不明1
死1
は　埋められているあいまいなわたしの記憶の庭の奥深く
おいで　は言えても
来い　とは言えない
命令形は使い慣れていない
やめてください　は言えるけど
やめろ　と言ったことはたぶんない
きのうコロナに感染した女性が同じ舞台を何度も観に行っていたことを嘲笑するように責めるニュース的なものが目に入って何もかもを振り払いたい気分になったわたしだって好きな舞台なら体力があってチケットが取れれば通いたいし同じ映画を20回くらい映画館で観たことだってあるしどこの誰だか知らないけどあなたは何もわるくないおかしくない好きにしていい命じられることに慣れなくていいんだって
言いたい
雨は
今日やっとやんだ

涼しい青空に飛行機の轟音
オリンピックが何ごともなく今夏ひらかれることになってい
　たら
暑さで人がばたばた倒れるような気温じゃないのを
せめて寿ぐ気持ちになれただろうか
明日はまた雨になる予報
振り払うようにここから飛び立って
逃げることを夢想してみる
新幹線も飛行機も使わずにGO
できたとしても
降り立てる場所は見つからない
１　は
埋められてしまう
あいまいな「東京都で新たに１８８」という数字の奥深く
そこからどこへも届かない声で
命令したい
光れ
夏

東京都は4月25日〜5月6日を「いのちを守るSTAY HOME週間」としていた。7月に入ってから感染者数が増加するなか、7月22日からは政府の「Go Toトラベル」キャンペーンが始まる。

7月に都内の劇場でクラスターが発生した際、感染した女性が同じ公演を複数回観ていたことがニュースなどでことさらに取り上げられた。が、舞台やライブ好きが同じ公演に複数回通うのはよくあること。

7月20日（月）　東京・小平　田野倉康一

今日もまた不備書類の督促だ
コロナを理由にごまかすな
電話の向こうの女の声
書類を通してくれないと
大変なことになると脅す
ならば登記を完了してよ
守るべきは顧客の権利だろ

人の世界が遠い

すこしづつ
恨まれる
仕事ではある

すこしづつ
消えてゆくわたし
全体が色褪せてゆくのではなく
ただ、薄くなってゆく

仕事帰りの駅のベンチで
昨日見てきた足利市立美術館『如鳩と沼田居』展の画像を見
　ている
足利は昭和40年代まで
旅の絵師を共同体で養う、みたいな文化が残っていた
全盲になっても
絵を描き続けた長谷川沼田居
その師にして
聖堂の犬に
1日中説教をしていた日本正教会の伝教者にして聖像画師、
　牧島如鳩
フランスの
かの聖人のように

電車一本をやり過ごすうちに
展覧会をひとつ見るということ
もう豆は煮ないから
電車一本、やり過ごすうちに

自分の一生を見てしまったような
そんな夕暮ではある

ぼつぼつ美術館や画廊も開きはじめ、感染に注意を払いながらギャラリー巡りを再開する。4月に予定されていた足利市立美術館での、『如鳩と沼田居』展のイベントだった山下裕二さんとのトークが中止になってしまったのが残念だった。役所の仕事も毎日の出勤に戻っている。

7月21日（火）　千葉・市川　　柏木麻里

鳴きはじめた蝉たちは
鶯の初音のように、ういういしい
土用の丑の日の今夕
鰻を食べた

夫が仕事帰りに鰻を買ってきてくれた
このひと月、ほとんど外出していない私には
外界のことは、想像に思い描くだけ
だから今日、夫は

職場で仕事する人ではなく
鰻の狩人である

私はといえば
家で校正しながらゆっくり一日を過ごして
鰻を待っていた
東京の感染者数は２３７人
日が傾く気配を窓の遠くに感じるように
このごろは
地球のまわりをいくつかの大きな円がめぐっている

今年もまためぐり来た
蝉のあらわれという、透明な初夏色の円

土用の丑の日という
鰻を食べる時にだけ口にする旧暦の今日が
太陰暦の中に抱かれながら
太陽系をめぐる、たゆみない軌道

COVID-19の円もめぐっている
大きさのわからない軌道は
このところ逆まわりをはじめたのか
それとも小さな誤差を飲みこんで
軌道が自分で決めたとおりに、順調にめぐっているのか

そして私ひとりの円もまためぐる
不思議なことに
私にはこの円がいちばん大きな軌道なのだ

未来に私たちは、箱の中の迷路を右往左往するネズミを眺めるように
こう言われるだろう
「この時、人類は、悲劇の規模をまだ知らなかったのです」
あるいは、
「人々はすぐ先に希望のあることを、予見できずにいたのでした」

知ったことか
私は鰻がおいしいんだ

もっとうんと未来に
宇宙考古学者は、私たちをこう呼ぶだろう
あの南の空の星座は、
鰻の狩人座と、家で校正する妻の座です

土用の丑の日。この日、日本ではレムデシベルに続く第二の治療薬として、「デキサメタゾン」が承認された。

7月22日（水）　東京・吉祥寺

峯澤典子

感染者数がふたたび増え
さまざまな予定や思いがずれはじめた街で
ずれた時間と時間のあいだに
映画館に入った

わたしの席は一番後ろの列の右端
前の列の左端に
マスクをつけた白髪のひとが座った
わたしたちの目の前には誰もいない

観客はふたりだけ、の上映は
学生のとき以来だ
そのときは
途中から友人は眠ったため
一本の映画を最後まで観たのは
わたしと映写機のそばにいるひとだけだった

上映のあと　部屋のあかりをつけたひとは
つい寝てしまった、と笑う友人に
ときどき眠りながら観るのも楽しいものです、と言った

今日の
前列の白髪のひとも
少しうつむいて
ひそかに
眠っているのかもしれない

とまる　と　すすむ　をくりかえし
またふりだしにもどっては　すすむ
そんな歩行にも慣れてきた
と思っていた

けれど　数日前に
予定がまだ立てられないことをあるひとに伝えたとき
いいよ　あわてないで
だって　わたしたち　疲れているよね
とメールが返ってきた

あなたでもなく
わたしでもなく
わたしたち
そう
わたしたち　疲れているんだ

だから

マスクをつけたまま
椅子に深くこしかけて
眠ってもいい

いま
スクリーンの前の
やさしい暗がりのなかで眠るのは
あなたでもなく
わたしでもなく
わたしたち

せめて
まだ降りつづく
雨と雨のあいだ　だけでも

7月23日（木）　神奈川・横浜　　新井高子

なんの気なしに
手をのばした青葉の裏がわで
みっしりと、
おどろくほど規則的に赤茶の斑点がならび、
覗きこめば
　どの葉も、どの葉も、どの葉も、
そのとき四歳《よっつ》だった
熱がでて、寝かされていた
ふと起きて、母の鏡台のまえに立てば、
むごい斑点が
顔にも、首にも、手足にも、
口紅をぬれば、おそろしくはみ出したっけ

泣いても、泣いても、泣いても、
見てはいけないものは
消えなかった

この怖さはなんだろうか
この感染症の怖さはなんだろうか
と問いかけて、
浮かんできたのだ、
こころのこのマダラ模様が

ほんとうは見えているんじゃないか、
ウイルスを
赤茶色のその斑点を
突風が運んできた瞬間だって

見えているんだよ、
だから
怖いのさ
泣いても、泣いても、泣いても、
消えなくて
顔にも、首にも、手足にも、

第二波。コロナにも斑点模様にも水玉模様にもおびえていた。だから、ふりしぼって、着よう、書こうと思った。

7月24日（金）東京・深川　カニエ・ナハ

たまにそうなるのだけど、この数日間、ひたすらに眠くて眠たくてしかたがない。そもそも、普段から頭痛薬を手ばなすことができず、バファリンかイヴを毎日最低6錠は飲んでいる。しかもこう雨がつづくと痛みがなおさらひどく、頭痛薬を飲むと痛みはおさまるがぼーっとしてしまう。眠い。眠たい。コーヒーでバファリンを流し込む。まだ眠い。眠たい。眠たいんだ。こないだからグレタ・ガーウィグ関連の映画を順に見なおしている中で、グレタが俳優として出演してる、20th Century Womenを何年かぶりに見て、うとうとしながら見て、ホームパーティの食卓で、グレタがひとり、テーブルにつっぷして眠っている。アネット・ベニングがグレタのとなりの席の息子に命じてグレタを起こさせると、不機嫌なグレタは、いまmenstruatingだから眠たいの、という。アネットが、そんなことみんなの前でいうもんじゃない、とたしなめると、そういう考えは時代遅れよと（ここで描かれているのは１９７９年で）、みんなもっと口に出していうべきと、menstruation、あなたも云って、と、となりの15歳の少年に口にさせる、mens…truation……、そんなおびえたように云わないで、もっと普通に、menstruation、あなたも、と向いの席の黒人の青年にも云わせる、mens…truation、目が泳いでる、ちゃんとこっち見て云って、menstruation、はす向かいのおじさんにも、menstruation?、語尾を上げないで、menstruation、じゃ、みんな一緒に、menstruation、menstruation、わたしも、語学の勉強のように口にする、menstruation、menstruation、そのあと、エル・ファニングが自分の14歳の初体験について語りはじめる。それをいまにも机につっぷしそうになりながら聴くともなく聴いている。眠い。眠たい。眠たくて。頭痛薬を飲み込んですこしすると、錠剤が溶けていくように、視界がつかのま、白濁する。耳鳴りと雨音とが溶け合って、骨まですこし溶けていくような気がする。meditationしてるようなきもちになる。

何日か前、コルトレーンの命日で、思い立ってコルトレーンの吹くMy Favorite Thingsを、１９６０年の同名のアルバムに入っている最初の録音のものから、new portのライブ盤、half noteのライブ盤、village vanguardのライブ盤、日本の厚生年金会館でのライブ盤、最後のolatunjiでのライブ盤……と順に聴いていってみる。meditationしてるようなきもちになる。

それにしてもそうだ、京都いきたいなあ！

20時に全国の１２０箇所でいっせいに花火が打ち上げられるという。今日はもともとオリンピックが始まる予定だった日とのこと。先日ＮＨＫ　ＢＳプレミアムでやってた「建築王国物語」という番組で、オリンピックに向けて新しく建てられたいくつかの建築について、会期に間に合わせるために、職人たちが、いかに智恵を絞り、力を合わせて、未知の建築物の施工に取り組んだかについて描かれていて、選手だけでなく、こういったひとたちにとっても、どんなに残念なことだろう、とおもった。

出来上がった新しい、誰もいない競技場の、建築家や職人が力を結集させて造った屋根を、花火がシルエットにして浮かび上がらせていた。

花火の音かとおもったそれはタップダンスの靴音で、生のライブを見たのは一体いつぶりだったろう？　そのタップダンスの、靴音はもとより、振動が伝わってくる、鼓膜がふるえる、皮膚がふるえる、その内側の臓器たちがふるえる。演者の息づかいや、それを見まもる観客の呼吸など（10名ほどの少人数に抑えられているのだが）、全身で感じる。みんな生きてここにいる。これがライブだったなあ、などと圧倒されてぼんやりしたあたまでおもう。タップダンサーの米澤一平さんとコンテンポラリーダンサーの水村里奈さんの二人によるライブで、米澤さんが四谷三丁目の綜合藝術茶房喫茶茶会記というお店で数年にわたって、もう六十回以上継続されているプロジェクトで、毎回いろいろなジャンルのゲスト一人とコラボレーション公演をしている。その、しばし中断していた、ひさしぶりに再開された回だった。水村さんの手の足の指先が微動している。線香花火みたいに。その細かい動きの震動が空気を細かくふるわせている。しばらくダンス作品なども映像でしか見られなかったので、生のライブだと自分で見たいところにフォーカスできること、しかし、米澤さんと水村さんが離れた場所でおのおの踊っていると、両方を同時に見ることはできない。また、そもそも坐った席の位置によって全然見え方が違う。すべてを見切ることができない。しかもこれらはたった一度しか起こらない。ぜんぜん見切ることができない。そのもどかしさがライブなのだった。途中、撮り下ろしの映像作品も上映される。米澤さんがインタビューをして水村さんが答えている。その答えの声だけをトリミングしてつなげた音声が詩の朗読のようで、それを聴きながら、映像のなかで、街中を踊りながら歩く水村さんを見ている。それを撮影しているのは米澤さんで、はんたいに水村さんが撮影した、タップダンサーの視点を想像して撮影したという映像作品も流れる。まちにあふれるさまざまなモノの音や声が聴こえてくる。

その翌週だったか、米澤さんと中目黒の居酒屋の、角の窓辺の席に居て、すぐそこを目黒川が流れていて、全開にした窓からはいってくる川風が心地よい。来月の公演に向けていろいろな話をする。席は満席で、中目黒の名物だというレモンサワーを、米澤さんと幾杯も飲みかわしながら、わたしの終電の時間まで打ち合わせというかお喋りというかをしていたのだった。途中、雨が降ってきて、雨のにおいが、なつかしい夏のあの感じがした。窓をはんぶんほど閉じる。もうだいぶ前、去年の12月か今年の1月くらいだったか、この話をいただいたあと、とりいそぎ公演のタイトルを、インスピレーションで、と云われて、とっさに、手元にあったアンリ・ミショーの詩集から、その中の一篇のタイトルから引いて、「寝台の中のスポーツマン」としたのだった。

そのときにはまだオリンピックが中止になるなんて話はまったく出てなくて、しかしこうなってしまうと、このタイトルをミショーから引っぱってきた当初とはまた全然違った響き方をしてしまうのだった。

ひさしぶりに居酒屋などに行って、名物のレモンサワーがおいしく、米澤さんの話がおもしろく、ついつい飲み過ぎてしまう。

雨が頭痛薬を溶かしてあたまの窓ガラスを白い水滴が流れていく。

眠たいのになかなか眠れず、眠ってもじきに目が覚めてしまい、しかしなかなか目覚めることができない。

いつも見ているＮＨＫの手話の番組で、耳の聴こえないひとは寝言のかわりに寝手話をする、という話がでてきて、そういえば私も寝手話をしているひとを見たことがあったし、私自身も寝手話をしたことがあったのだった。

手話を読み取るとき、また手話をつかわないひとに対しても、口のかたちを読みとっているひとが多いので、こうみんながマスクをしていては、みんな不便しているだろうなとおもった。

それで、いま調べて見たら、やはり口もとを読み取れるように、透明マスクというものがすでに考案されているのだった。

いっそ、みんな透明マスクにすればいいのにね。

不透明である普通のマスクで、顔の半分が隠されてしまっていては、表情が読み取れなくて、ほとんどのひとたちがみなそういう状態でまちにいることは、それは自覚できている以上にどこか悪夢じみていて、ひとの表情というものが、すくなくともその半分が、世界に欠落している。

送られてきたハガキの文面の半分以上が、雨か何かで流れてしまい、欠落している、その欠けてしまった部分の文面をああでもない、こうでもないと、何十枚も記したものが並べられている、installationで、その作品のもとになった、文面が半分欠落したハガキのコピーが展覧会のＤＭにもなっている、藤村豪さんの個展「誰かの主題歌を歌うときに」（KANA KAWANISHI GARELLY）を見た。金曜日に行って、一週間会期が延長されたので、翌週の最終日の土曜日にもう一回訪れた。奥の映像作品《同じ質問を繰り返す／同じことを繰り返し思い出す（どうして離婚したの？）》では、友人が離婚した理由を、6年間にもわたって断続的に、なんども質問し、なんども語り直してもらう。入口の映像作品《左手が左手を作る（左のための再演）》では、左手の指が短く生まれてきた、息子さんの左手を、自分の利き手でない左手で、手さぐりで、粘土で再現しようとする（藤村さん自身は、「再演」という言葉をつかっている）。つくる手とつくられる手とが重なり、対話をしているように見える。それは距離を埋めようとしているようにも、他者とのあいだにどうしようもなく欠けているもの、あるいは欠けてしまうものを、治癒し、あるいはべつのもので補おうとするこころみのようにも見える。すくなくとも、それをぼんやりと見ているわたしのこころのやわらかいところに、触れてくるものがある。やがて、ふいに息子さんが帰ってきて、「色ぬったほうがいいよ」というようなことを藤村さんに云う。

それら映像自体はオートリピートでくりかえされるのだけど、はじめに見にいったときにはギャラリーの河西さんと見て、つぎに行ったときには藤村さんと河西さんと河西さんが抱っこしている河西さんの息子さんと見たのだった。おなじ映像ですら、おなじように見ることは二度とできないのだった。

いま、ここまで書いて、藤村さんの個展についても米澤さんと水村さんのライブについても、全然うまくも、じゅうぶんにも、語れていないもどかしさがあるのだけど、藤村さんの作品のように、また別のとき、別の機会に、何度でも語り直せばいいじゃないか、やり直せばいいじゃないか、「再演」すれば、というふうに、励まされてもいるのだった。

そうおもいつくと、すこし安心して、わたしは今日のいっせいの花火を見ることができなかったので、寝台によこたわって、寝手話のように、花火の手話を、いくつも打ちあげてみる。

記憶の暗やみを、手話の花火が、これまでのわたしの花火にまつわるさまざまのことを照らしている。手が覚えてもいる。

ね、なにいろの花火がすき？

わたしは白い花火がすきなんだ。

いまおっこちた線香花火を逆向きに再生させることも、わたしの、わたしたちの手はできる。

できるんだよ

「全国で新たに771人の感染確認　入院患者1千人超えに」（朝日新聞デジタル）

7月25日（土）　東京

文月悠光

いつ目を開けても　雨音の螺旋。
長雨に吸い込まれて眠りに落ちる。
今年の梅雨は5年分くらいの重さ。
〝ねむりねこ〟が部屋から去らぬまま、
連休の3日目も過ぎていく。

「おいときましょうか」
インターホンから優しい声がして
咄嗟に「はい置き配で……」と返した。
オキハイ、という言葉はまだ心もとない。
玄関前にポツンと置かれたダンボールを開けると、
カンロ飴の鮮やかなオレンジ色が目に飛び込んできた。
モニターに映る若いお兄さんが運んできた夏の色彩。

誕生日を迎えた私へ届く贈りもの。
一年分のカンロ飴を敷き詰めたら
栄養ドリンク、ハーブティーのセット、
ハリネズミのぬいぐるみ。
さっそく口の中で○を転がしながら
「20代までに○○」という焦りを舐めとり、奥歯で削る。
Amazonの箱の底からビニールを剥がす。
ビニールは私の指に張りついて
たちまち新しい皮膚にかわり呼吸をはじめた。

ある劇場での〝祝祭〟のため、
友人は「奈落」で暮らしはじめた。
「奈落で暮らすことにした」と聞いたときは混乱した。
舞台の地下空間をそう呼ぶことも
人が暮らせるような、豊かな奈落があることも知らなかった。
では、「ここ」が奈落である可能性もあるのか？

私はしっかりめのマスクをつけて
ダンボールの束を抱えて
エレベーターで階下に降りていく。
祝祭だ　祝祭だ
雨はしきりに拍手している。
透明なオリンピックが
雨粒を華麗によけて幕を開ける。

四月から通いはじめた病院で
私はまだ医師のマスク姿しか知らない。
医師も私の素顔を知らない。
不安を押し隠すように　なだめるように
体温計を服の下に入れたこと。
その不安な手つきを忘れずにいたい。

片手にハリネズミを握って
差し出せるのは、このぬくもりだけ。

動き出せない　お互いにHOUSE
命じられた犬のように
互いのテリトリーを出られない。
「Go To」？　「Stay Home」？
頭を撫で合う、それぞれの家の中で。
交わることもなく
濡れたベランダに立つこともなく。

7月26日（日）　静岡・用宗　　さとう三千魚

雨が続いている

西の山は
雲に

隠れている

いつも
隠れている
連休の最後の日だった

7月26日
日曜日

夜来の雨はやんだが
また

降っている

散歩にも行けない
居間のソファーにいる

モコといる

女は
エアロビに出かけていった

仏壇の

盆飾りを片付けた
仏間と居間に掃除機をかけた

もう
感染者数も
死者数も
数えない

驟雨

雨は突然
降りはじめて降り続いて
やんだ

雨音に
モコは震えていた

・

震えるモコを抱いた
あたたかい

香港の民主化運動を支援するTシャツ「暴徒ではない！ 暴政だ！　香港人」（陳式森の書）を浜風文庫's STOREで販売を開始した。荒井真一くんがたくさん購入してくれた。コロナも民主化弾圧も温暖化も、すべて人間の問題だ。

7月27日（月）　北海道・札幌　三角みづ紀

秋の入口みたいな温度計
こごえながら炊飯器をあける
足りないから
洗う
つぶつぶしたもの

日々のしこりが残って
ぜんぶ触りつくした夕方が
あつまって
散る

だれかの詩を読む
赤い文字を記していく
感情すら
わたしが裁いて

よりそわないまま
会話をつづける一日のさかいめを失ったとき

分厚い上着を羽織って
カーテンを閉める手つきで
ななめに
雨が降りはじめて
それを見ながら
雨が降っていると
おもった

7月28日（火）　沖縄・那覇　　白井明大

ひさしぶりに
昼ごはんを
エンダーで食べて

ドリンクは
もちろん
ルートビアを

沖縄のソウルドリンク
と言ってもいいくらい
こどもの頃から飲みつけて
おいしくて
大好きなのだけど

いっしょに
お昼にしていた
きみが
飲むものがない
、て困ってるから
あげたのに

ストローで
少し吸ったとたん
横を向いて
ものすごく深刻そうに
顔をしかめたのは

これは
これはもう
ソウル　そうつまり
魂の問題ですよ
これはもう

とか

ルートビアは
よくネタにされて
サロンパスみたいな味とか
薬みたいとか

魂はたぶん
誰にでもよろこばれる
味はしない

わかんないだろうな
おいしくない
、て言うだろうな
、て思いながら
ぼくは
わかんないだろう味を
おいしく感じては
うれしくて仕方なくて
もうちょっと飲む?
、てきみに聞く

エンダー…A&W。沖縄のファーストフード店。

7月29日（水）　京都　　田中庸介

百万遍から京都駅へ
弾丸的な一泊出張が終わって
お勧めされた２０６番系統でなく17番の市バスに乗る
出町柳駅前を通り過ぎ
河原町通りに左折
府立医大病院前を通過
河原町丸太町（「ち」の発音が京都らしいな）
朝乗った河原町三条（時間を調整しました）
四条河原町（時間を調整しました）
と京の町をひたすら下ります

河原町正面
七条河原町
京の酵素浴——のお店がある
ラーメン屋餃子屋
おしゃれなリノベーション文化施設
そして塩小路通りにつきあたって右折
新幹線の向こうに奈良線が見える

僧形の文人と相対してカレーを食った
ご先祖さんの日記のリバイバル冊子
十二歳の女学生は文体をさらさらと流れる
叡電元田中の駅前
開け放った戸口から
七月の風が吹きこんでくる
柳原町から米騒動が生じたことを
日記に書き忘れるなと怒られた
と、また
その日記に律儀に書いている

市営住宅の再開発
どの建物も
白い幕に覆われている
小川の橋の上にも白い幕がかかって
工事現場として
歴史に幕がおろされる
ああ
芸術の力によって
低いところが埋められていく
東京もまたいそがしくめまぐるしく
西荻北口の道路拡幅
麻布我善坊谷の再開発
あったことなかったこと
なかったこと、出会ったこと
下鴨神社に河崎の社が再興された
何かよくわからないが
ものすごい力が降りてきている
全国の田中さんたちよ
刮目せよ

日本に一台だけ来ている光学機械でサンプルの測定をさせてもらうため、京都大学に何回か出張することとなった。昼休みに友人の住職に会い、ご先祖の日記を活字におこしたものを読ませてもらう。

7月30日（木）　東京・調布　山田亮太

失われた猿を求めて病のために率で死ぬ人と話す疑や触が増えてきて独自の基準で私は立てこもろうどんな日か考えるのをやめる口で言う慣れているから画の声は小さくて耳を澄ます接続が安定して机を挟んで届くその手を握り締めてみたいと今日を終わらせるための練習をして不通であることの意も

ありはしないほらさっき見たままだ夜から朝へ近づいてくる
失われた猿を求めて羽根を開いた孔雀を待っていたのが奇跡
だったの友人だったの最後に会ったのはいつ次にいついない
こどもを引き取るのがよくうつるやつじゃなくてよかったね
どうやっても制御できないものを呪う思いつきを封じ込める
いかに今日が素晴らしいのか語ってばかりいて

7月31日（金） 福岡・博多

石松佳

梅雨は明け
七月最後の日
夏休みを取得して
美術館に来ている
入り口にはカメラが設置されており
モニターにわたしの姿が映し出され
その上に体温が表示された
わたしは36・1
わたしの後ろの男性は35・9

館内に入ると
椅子が二脚あった
一ヶ月前であれば椅子は全て撤去されていたが
一時期落ち着きを見せていたから
二脚だけ設置されたのだろう
また明日にでも撤去されるかもしれないと思い
意味もなく椅子に座った

館内の壁には東南アジアの作家が描いた
大きな地獄極楽図が飾られている
地獄では
炎の牙を持つ獣の口から炎の獣が現れ
無限に続くように思われた

その炎はおそらく
わたしが持っている
36・1度の熱に通ずるものだ

ずっと椅子に座っていた
ガラス窓の向こうの
夏雲が眩しすぎる

8月1日（土）　大分・耶馬溪

藤倉めぐみ

そぐわなさから遠くしようと思うのに、大きなところから小さな箱が届いて、伝票には
「品名：布製マスク（荷送人指図不要）送付枚数25枚／60サイズ、案内文1枚」

止めるって聞いていたのにね
欲しいなんて言ってないのにね
こうやって虚ろになっていくね
おいてけぼりだね

「あれ、もう」っていつだって何度だって言ってしまうものだけど、雨季の7月が丸々すっぽりと抜け落ちて「あれ、もう8月」となってしまって。

身体を遠くに運ばない、ざわめかせない時間は、こんなに自分に折り重ならないで、時という枠組みだけが現れるものなんだなと発見をする。
ああ、これが待つことなのか。
この先を決めることもなければ寂しさを覚えることもなくて
涙も足りなければ震えも足りなくて
その分どこかの誰かに押し寄せているから
あなたがいなくなってしまうんじゃないかって
いてほしかった
あなたにいてほしかった
あなたがいなくなることは
交わらない私の喉元に
ゆっくり指を押し当てていくようで

滑らかな木肌から伸びる枝先に
赤い小さな花が
ぽぽぽぽぽ　っと咲いた
百日紅

「夏に木から咲く花はすごく少ないから
今、東京はたくさん百日紅を植えているんですよ
オリンピックの時に花が映るようにしたくて」

そう教えてくれた君の
日に灼けた肌と
布に守られた肌の
境目を思い出す

そちらに花は咲いていますか？

政府支給の布マスクが再配布延期と言われていたが、告知もなく厚労省から布マスクが保育所や高齢者施設などに再配布された。

8月2日（日）　八ヶ岳

覚 和歌子

この陽射しを
もう疑わなくていい
つかの間かもしれないと
身がまえなくていい

山に来た六日まえ
特急の雨の窓には まだ
葡萄畑の緑がけむっていて
効きすぎた空調には
何枚はおっても からだがこわばって

動けなくなる四肢を
動いてしまう心に
かかえ続けるということを思った

静かな死を願ったひとと
その願いを叶えたひとは
もう一日をこらえようとする仲間を離れたとき
何にうつむいていたろうか

いつでも銃爪を引ける拳銃を
枕元に置いておけたら
それを引かない自由を選べるのだろうか

自分ならどうするか
と　問わない者はいなくて　けれど
垂れ込めた雲の下では
ちがうこたえを出してしまわないように
考えてはいけないのだったから

明日月曜の数字は きっとまた増えるけれど
林では 蝉たちがいっせいに鳴き出して
どん底を見た力士が 誉れを手にして
路の上に 光は強く動いてゆく

昨日から鰐している夫が 電話をくれて
どこかで財布を無くしてさ　というぼやきが
夏の響きだ

梅雨明け宣言。
7／23　ＡＬＳ患者女性の嘱託殺人罪で医師二人が起訴。

8月3日（月）　横浜・久保山　四元康祐

福岡の父から珍しく電話がかかってくる。「とうとう罹ってしまった。コロナじゃ」。39度近い熱があるという。即日Ｈ病院の発熱外来へ担ぎ込まれる。主治医のＫ先生から電話。「コロナではありませんが、腫瘍による胆管の炎症です。緩和ケア病棟に空きがないので、一般病棟で抗生剤の治療を行います」。それが一週間ほど前のことだった。その時点では一般病棟での家族の面会は一日15分まで許可されていたが、一昨日から再び完全に禁止される。全国的な感染者数の増加に対する措置である。Ｋ先生からは頻繁なメール。肝臓の腫瘍の径は左葉が10センチを超え、右葉にも2センチ大のもの。腎臓は萎縮と結石。両側胸水。昨日また連絡があり、急遽緩和ケア病棟に移れることになったという。こちらは30分までなら会うことができる。「いつ来られますか？」。いざ、羽田へ。

＊

顕微鏡のなかの
細胞に海が満ちてゆく

オーブントースターの窓の向こうの
残照がキツネ色から焦げ茶へと変わる瞬間を
またしても見逃す朝

どちらがどちらの背景で
前景は何なのか
無自覚無症状のまま市中感染を続ける縁起の仏法
明滅するボソン収縮のクラスター

アル・アマルから送信されてきた未来の故郷の稜線が
老いてなお清しい鼻梁の影をなぞっている

そのもっと手前、
内なる波に揺れる尿瓶と
消毒済みの床を練り歩く遺伝子行列
蝉時雨のエコーから滲み出る
未生の静寂

アル・アマルは「希望」を意味するアラビア語で、

2020年7月に打ち上げられたアラブ首長国連邦の火星探査機の名称。

8月4日（火）　東京・横寺町　ジョーダン・A・Y・スミス

三十二時間に伸びる
一日でも
　　おかしくなく感じさせる
百五十六日間の
三月の梅雨が明けて
　　そういえばなかなか長期を考えられないなとふと考
える間
笑いながら終わり無き仕事で識る無意識の旅愁が
歯ぎしりに身体翻訳し尽せられ
　　奥歯が下の骨を溶かし
その奥歯を抜いてもらうお医者さんと死者の相対的な無さを
　喜んで
　　　少し歪んできた顔で
笑う
ついうとうとし欄外の領土を
　　妙に広げ流れ始める仄かに滑稽な朝日の希望を抱か
せるきっと鳴いている鳥の声が扇風機に飲まれてゆく
　　　　これは条約だったらサインする国はないん
だろうが　家を出る度にここで亡くなった島村抱月の記念碑
により
　　　彼は勝手に永久との条約に結ばれてしまった
『ドン・キホーテ』を訳した人物の死因を検索してみれば
　　多分、たゆまぬ情熱

8月5日（水）　吉祥寺・吉祥寺シアター　永方佑樹

N　お疲れ様でした。
Y　お疲れ様でした。
N　なんとか無事終了しましたね。
Y　有り難うございました。
N　本番中、マスクをつけていない事注意されないで良かったですね。

Ｙ　そうですね、いつでも付けられるように横に置いておいたんですけど。

Ｎ　今日のパフォーマンスは、発話する口元の動きがキーになりますからね。

Ｙ　マスクができない分、口元だけのフェイスシールドも考えたんですが。

Ｎ　息で曇っちゃって見えなくなりますしね。

Ｙ　そうなんですよね。でもそれで今回、口元の動きが感情の重要な情報なのだと感じました。

Ｎ　口は喋る事や食べる事以外にも、感情の発露としての重要な役割がある？

Ｙ　はい。この間Ｆさんと話してる時に、食べるために一旦マスクを外したんですよ。そしたらＦさんが急に安心した顔になって、理由を聞いたら、私がずっと怒ってるんだと思ってたみたいで。でもマスクを取ったら私がニコニコしてるから安心した、って言ってました。

Ｎ　なるほど。目と口の表情は必ずしも一致しない、という事ですね。「目は口ほどにものを言う」というけど、実際は口の表情を備えて初めて目は語れるのかな。しかもマスクは目以外全て隠しますからね、鼻も顎も。目だけを孤立させると情報に乏しくて、時に乖離した印象を与えてしまうんですね。

Ｙ　そうだと思います。

Ｎ　先程終了した我々のパフォーマンスで、Ｙさんが今回ご企画された五つのプログラムが全て終わりましたが、どうでしょう？　今回、我々はコロナ禍の最中で、どうしても常にコロナの状況を注視せざるを得なかった面もありつつ、コロナ禍というこれまでとはまったく違った環境だからこそ可能になる事もあったのかと思いますが。

Ｙ　そうですね。今回コロナ対策の為、全部無観客での配信公演となったのですが、逆に配信という形でなかったら、こんなに短期間で五パターンのパフォーマンスをしようとは思わなかったし、演劇以外のアーティストの方々と一緒にやろうとは思わなかったと思います。あと、今回の企画の基本コンセプトである、ツイッターでのハッシュタグ募集も、自粛期間中にうちに閉じこもりＳＮＳを普段より多く眺めていた、その時に考えた事が影響したと思います。

N　なるほど。実際コロナ禍のせいで、劇場が通常の演目の上演が不可能になってしまったからこそ、我々は屋上だったり外廊下だったり、この間なんかは客席をすべてばらしたりして、普段の使い方とは全く違う使い方で「場」を使用出来ました。そうやって様々な場所から配信が出来たのも、現在のこの「からっぽの劇場」の状態だからこそですし、既成の形に据えられていた「場」が、行為に合わせて自在に設えを変える事で新たな姿を我々に見せ、不可能を可能にしてくれた気がします。

Y　そうですね。こういう状況でなければ、劇場側も劇場祭も、こういう形式をやろうとも思わなかったと思います。

N　今日やったパフォーマンスのテーマじゃないけど、我々はこれまでも常時何らかの不自由さ、規定された規制みたいな中で常に何が出来るのかを探している。でも現在の不自由さは、コロナ禍以前のそれとは全く異なる。だからこそ、私達は今まで考えなかった事を考え、やろうとしなかった事をやろうとする、その結果出来なかった事もあれば出来た事もある、という事ですね。

Y　今出来る中で最良の選択肢を探していきたいな、と思いますね。

N　ですね。いずれにせよ、今日で無事に全部終わって本当に良かったです。有り難うございました。

Y　有り難うございました。

8月5日に吉祥寺シアターより配信を行った、「からっぽの劇場祭」でのパフォーマンス公演『(in)visible voices——目にみえない、みえる声たち——』終演後の、楽屋でのYとの会話より

8月6日（木）　福岡市・薬院　渡辺玄英

マスクをする　呼吸をする
それから　君に話しかける
呼吸をする　マスクはずす
それから　珈琲を一口飲む
マスクをする　呼吸をする
暑くてくらくらメマイがする

なぜかセカイがくるくる回る
くるくる回る地球の上で
君が回る　セカイが回る
ぼくらはくらくら目を回している

マスクしてても　ぼくはウレシイ
君と一緒なら息苦しくても隔離されても
モニターごしでも　アクリルごしでも
君と一緒に笑って（イたい
君と一緒に歌って（イたい
マスクごしに君は笑う
マスクごしに君に話す
デカルトは「精神の属性は思惟
物質の属性は延長」という
２０２０年人類はマスクと共に進化しました

千年たっても　万年たっても
きっと地球はくるくる回る
そんな地球の夢を見た
君と手を繋いで踊る夢
君と笑いながら踊る夢
こんな楽しい時間は二度とこない夢
（それをぼくらは知っている夢
そんな寂しい夢がくるくる回る
とーくへ　とてもとーくへ離れて語り合う
君の声はよくきこえているけど
笑っているのか泣いているのか
いまのぼくにはわからない

マスクするが暑苦しいし、相手の顔も見えない。が、マスクせねば極悪人と目される風潮。つまりマスクは〈人〉の属性になったと言える。いや〈マスク〉の属性に人がなっている。異常だが、異常が日常になっている。

8月7日（金）　東京・目黒　河野聡子

旅行も帰省もできないということで、東京都内の高級ホテルに泊まっている。自宅よりも広いスイートルームには、6人くらい眠れそうなふたり用のベッド、6個椅子が並んだダイニングテーブル、たがいちがいに2人横になれるカウチ、壁にはふたつの巨大なテレビ。バスルームには大きな丸い鏡がふたつ、シャワーブース、バスタブ、スチームサウナがある。カウチに積まれたたくさんのクッションの配置を変える。ボタンを押すと開いたり閉じたりするカーテンのボタンを押して、開いたり閉じたりさせる。アフタヌーンティーにケーキとサンドイッチ、クロワッサン、チョコレートを食べる。チョコレートにはきれいな絵が描いてある。水ようかんとお団子、お抹茶のお点前。水のボトルの横には切子硝子のコップ。午後五時、スパークリングワイン、カナッペ、スモークサーモン、ハモ、じゅんさい、枝豆、西京漬のチーズ。午後七時、サラダ、ステーキ、ホタテ、カラメルソースのプリンとフルーツのデザート。ジェットバスのボタンを押すとシューっと音を立てて泡が出る。抹茶を点てた先生に倉敷デニム製のマスクをほめられる。フロントの女性は夏の着物をさらりと着こなしている。ことし庭の鐘は鳴らず、川沿いの桜を見た人も少ないが、ここではいたるところに吉祥文様がちりばめられている。わたしたちは幸運を呼ぶまじないで世界を防御する。必要なのは絆と繁栄のしるしだけ。

8月8日（土）　東京・神宮前　川口晴美

夕方の窓辺で
古い白いカーテンが翻る
昨日からもう秋なんだってね
おかしいよね先週やっと梅雨が明けたばかりなのに
窓を閉めて
冷房をつけて
灯りはつけずに小さなテーブルへ
蒸した野菜と鶏肉をあいだに向かい合う
いっしょに暮らすひとは最近これにはまっていて
家にいるときは拵えてくれる
いただきます
静かに熟れ崩れていく果物のように暗くやさしい光が
ゆるしてくれるからくちがひらく
おいしいねこのタレなに
いいでしょうオリーブオイルと醤油麹
そうしていると
おそろしいことなど何も起こっていないみたいに
錯覚しそうになるけれどわたしたちは今も
ねんのためにできるだけ距離をとろうとしてとてもいい姿勢で
食べている
リモート会議があるからと
先に席を立ったひとのからっぽになった椅子を眺めながら
くたくたになった野菜をポン酢に浸す
ごめん
ここにはないテーブルのことを考えてしまうよ
女友達たちと適当な食べ物を大きなテーブルにたくさん並べて
だらだら食べて尽きることなくおしゃべりをしてお酒も呑ん

で
笑いながらチーズを切って甘いお菓子は半分ずつで眠くなって
うとうとするあいだも誰かが話す声が漣のように聞こえていた
夢のようだったあのときの
あんな場所に集れることがまたいつかあるだろうか
これが終わるときはくるのだろうか
日が沈んでゆく
無力感ばかりが汗ばんで
かき消されるように何もかもが軽くなっていくのに体は重い
昨夜は
オンラインのための仕事量と期日を確認しているうちに
こんなことわたしにはとてもできないもう続けられないとおもえて
涙がとまらなくなった
ごちそうさま
そうだねまだ手は動くから灯りをつける
食器を洗って
ベランダに干していた洗濯物をたたむと
まだ少しだけ光のにおいがする

8日、国内感染者は5日連続で千人を超えた。今年度は大学がオンライン授業に対応するため前期授業のスタートを遅らせた影響で、例年なら夏休みに入っている8月も授業が行われていた。

8月9日（日）　東京都・高尾　鈴木一平

隣の人が拠点を地元へ移すことになり、大学の同期と後輩を呼んで退去の手伝い。隣の人の家族がトラックをアパートの向かいに停める。持ち帰る家具を荷台に積んで、捨てる家具は大家の駐車場へ運ぶ。右手が使いものにならなかったので重い荷物を二人に任せて、代わりに部屋の片付けをする。壁紙の一部がはがれかけていて、中に絵はがきが刺さっている。本棚には語学と演劇の本が多く、気になるものをいくつかゆずってもらう。お昼から始めて夕方頃には作業が済んだ。食事をごちそうになり、隣の人が思い出を話しはじめる。あの部屋に十三年ほど住んで、人生の三分の一近くをそこですごした計算になる。もともとは女性専用のアパートだったのに、鈴木さんが引っ越してきておどろいた。たまに大家さんに呼ばれて、鈴木さんや前に住んでた〇×さんとご飯食べたけど、東京に来てそういうご近所付き合いするとはおもわなかった。一回だけ、鈴木さんとだれかがギター弾きながら大声で歌ってて、苦情入れたことがあったけど。それはたぶんオレですね……と同期がいった。

――（隣の人）あ～、鈴木さん朗読してくださいよ。

――（作者）え！

――詩を書いてるって、前に大家さんから聞いたんです。

――（後輩）一平さんとこの大家どうなってるんですか？

しばらくして、書きかけの詩を朗読させられる。

　だ　れか　きて　　わ　か　ら
夜道の人に冷夏の帰路が、忘れる体を分からせて
な　い　す　が　　た　　で
空が指を組む、砂を固めてつくる種、わるい芽を
　　　　ね　　が　う
つんで、鳴きながら家の屋根を描く、向こうでは
ぴ　た　り　　と　や　む
冷えた石の裏を流れる息が、鳥の影を引き受けて
　　　あ　め　　を　ね　じま　げ
矢印のように草を打つ、その奥で眠る地面に手を
　　　　る　あ　お　い
ついて、古い器に、溶いた雨の色を重ねていくと
　　　　　か　ら　　　だ
あたらしい器ができる、忘れる体が、それを叩く

隣の人が帰ったので解散し、三人で周辺を散歩。道に迷って、見つけたラーメン屋に入る。カウンター席が少なく、代わりにテーブル席が四つある。店主はずっとニコニコしていて人当たりがいい。和服を着た女とスーツ姿の男が入ってくる。女は四十すぎ、男は還暦を迎えたぐらいの年齢に見える。店主が注文を取りに来る。女が手慣れたような感じで、――フルーツとジュースをください、と答えると、店主がよく冷えたリンゴとメロンを切り分けて、瓶に入ったオレンジジュース（？）といっしょに持ってきた。

――（後輩）どういう店？

――（同期）思い出した。なんかさ～、オレもこのあいだ飯食ってたとき、へんなことあったんだよね……。

五月の半ば頃、同期が昔のバイト仲間と三人でお酒を飲みに行った。二軒目がビルの地下にある、こじんまりとした居酒屋だった。あるとき、飲んでいたうちの一人（Aさん）と、おなじタイミングで外のトイレに立った。入るときは気がつかなかったが、トイレの脇にガシャポンが並んでいて、全部の機体が白いガムテープで隠されていた。中に景品は入っているらしく、なにが入っているのか確認しようとしていると、Aさんがトイレから出てくる。二人で席に戻る途中で、席で待っているもう一人（Bさん）についての話をする。

――（Aさん）ずっと彼氏できないんだって。

――（同期）そうなの？　いらないとおもってた。

――なんか、あんまり続かないらしい。前に、どうしたらいいんだろうね～っていわれて、自信がないんじゃないかって。だから、自分を好きになることから始めるって。

――筋トレでもするのかな。大事な話だね。

――でもさ～それ、だれでもいいから人殺したいっていって、自殺するのといっしょじゃん。

すこし考えて、全然ちがうのではないかとおもった。そのとき、向こうから人が歩いてくるのが見えて、それがBさんであることがわかったので話をやめた。あいさつをしてすれちがい、同期が振り向くと、Bさんはその場に立ち尽くしたまま首だけをこちらに向けて、じっと二人を見つめていた。話を聞かれたかもしれない。煙草を吸いにいくふりをして、店に戻らず地上に出た。すると、Bさんもうしろをついてきたのか外に出てきて、見向きもせずにそのまま闇のなかに消えていった。

ラーメン屋を出て、通りを迂回して住宅街に入る。暗闇のなかから緑色のフェンスが現れて、向こうに小学校のグラウンドが見えた。小学校の輪郭に沿って道路がのびている。角を曲がると、街灯の下でうごいている影があった。

――（後輩）蝉いますよ！　グラウンドの土から出てきた蝉の幼虫が道路を横断しようとしていた。表面がぬれたように光っている。三人で蝉を囲うようにしゃがんで観察していると、後輩が急にマスクを外して、無表情で移動を続ける蝉の目の前に敷いた。マスクの上に乗ったので、近くの木まで運んで、蝉を幹のくぼみに引っかける。落ちないように下に手を置いて待っていると、上に向かって登りはじめた。後輩がマスクをつけ直す。

――（同期）えっ、蝉に使ったマスクまたつけるの？

――（後輩）さすがに大丈夫でしょ～七年自粛してたら！

コンビニで酒を買って、飲みながら三〇分ほど歩くと駅に着いた。行き先が同じらしい二人についていって遠回りする。次の電車に乗り換えたあたりで記憶を失い、気がつくと終電がなくなっていた。

8月10日（月）　埼玉・飯能　宮尾節子

今日は祝日だ。

えっと、何の日だっけ

山の日。
祝日法第2条によれば「山に親しむ機会を得て、
山の恩恵に感謝する日」とある。

本来は明日（8月11日）が
今日に（特措法により）なったのだそう
開催予定の東京五輪への特別措置で、ということだ。

夏の川面を船に曳かれて――
お台場に置かれていた

五輪の輪がしずしずと退場していった
山あり谷あり五輪延期ありの、今日は山の日。

じんせい
なにがあるか、わからない。
そして
なにがなくなるかも、わからない。

夏の川面を船に曳かれて――
五色の輪がしずしずと退場していった
「また、戻れると良いけれど」の声に見送られて。

Go To（いけ）と
Stay home（おうち）のことばの扉が
ひらいたり、とじたりしている。

憂鬱になれば、きりがない。
こうなったら
腹をくくって、もしかしたら何百年に一度の
災難に当たったことを、宝くじのように愉しむのも
手ではないか。

どうせ、脳には
喜びと悲しみの区別はつかないらしいし。
胃袋の暗がりに、
フランス料理とカップ麺の区別がつかないように。

いよいよ、恐怖はひとを変容させはじめた
ようだ――
「帰ってくるな」と玄関に手紙を投げ込むひとと
「マスク不要」と駅前で音楽フェスをするひとと

珍種はやがて新種になるのだろうか。

ひとの普通がゆれている――
ゆれてるときは動かない、葉っぱにとまった
虫たちは。

＊＊＊

こしあんの好きな義母に、評判の水羊羹を
商店街で買った。

和三盆ですか？
いや効かせ程度です、全部ワサでやると
くどくなるから。

夏祭りなくなりましたね、秋はどうかな。
中止になりましたよ、16万人も出るからね。

お店は、痛いですね。
仕方ないですよ、感染広がってるから。

「仕方ないですよ、＊＊＊だから」

きっと、同じことばが75年前にも
ここを、通った。

＊＊＊

夏草は元気いっぱいだ
なんでや
と、問いたいぐらいだ
なんとか
と、頼みたいぐらいだ
元気の秘訣を。

それでも
じっと目を凝らせば
（虫に喰われて）
夏の葉も病んでいた。

飯能まつりは埼玉県飯能《はんのう》市で夏と秋に開催されるお祭り。

8月11日（火）　東京・世田谷　松田朋春

遅かった梅雨明けからの猛暑で
ベランダの温度計が40度を超えて二日目だ
日向の草木は水をやっても萎れていくほど暑い
安倍首相の支持率は気温より低くなった
テレビの画像では覇気がない
情報だけは入ってくる立場にいるから
この後に続く難局を見通せるし
もうやめたくなっただろうな
むりないなと思う
海外のコロナのニュースがこのところあまり聞こえてこない
ワイドショーはいつもの出演者が前日のネットニュースをな
　ぞっている
どこにいっても大勢の人がいる
マスクをしているだけでみんな普通にリラックスしている
ただ何かしようとするとすぐに行き止まりがある

この暑さだってそうだ
まっすぐ飛べなくなったシオカラトンボがくるくる回ってい
る
調子の狂ったものを見つけるとつい自分を仮託してしまう
世界なんてもともと狂っているのさ
アニメのセリフを思い出す
ここにもまた行き止まりがある

8月12日（水）　東京・小平　田野倉康一

詩を書く人の
詩を書く朝に
詩は次々と
逃れ去る

某大手不動産の
虚偽申請への対処
罰則の無い条例に翻弄されながら
どうやって区民の
財産を守ろうか

いつも上から目線のこの会社の
女営業所長が夢枕に今日も立つ
温厚そうな中年男は
まだ約束の書類を出してこない
口の聞き方が悪いとキレた若い社員は
ルール違反を強要する

すべて同じ不動産会社
役人への上から目線は
社としての方針なのか

ヤクザの方がぜんぜんマシだ

と、休暇の居間で愚痴を書いている

どうやっても詩にならない
コロナの日々を今日も生きている

8月13日（木）　千葉・市川　柏木麻里

もうじき訪れる

端正な
雷雨を
待つ

木々もわたしも
それを受けいれて

木は色を濃くして身をかがめ
わたしは室内に
午後遅い蝋燭を灯して

聴きなれた蝉の声の中に
かぼそい
ツクツクボウシを聴いたのは昨日

明日
友人に会う
まったくちがう生き物になって
脱皮して会うふたり
待ち合わせるのが少し
気はずかしい

窓の外には
伸びすぎた百日紅が
花束のように広がる

十方世界
充足していないものは
なにもない

東京の新規感染者は二〇六人。四日連続で三〇〇人を下回る。南米アンデス山脈で、標高六七三九メートルの高地に生息するネズミが発見され、哺乳類の生息高度記録が大幅に更新された、と報じられた。

8月14日（金）　東京・杉並　峯澤典子

ことしは　かえれないの？
うん、
いつもならね　いまごろね
電車にのって
隅田川をわたって
すこしうとうとしているうちに
むらさきいろの山が見えてくる
うん、いつもならね　いまごろね

改札で　おじいちゃんが待ってるんだよね

いつもならね　いまごろね
という　ことばを
子どもはなんどもくりかえす
この夏やすみ

いつもならね　いまごろね
でも
ことしは、ね
そのさきのことばを
のみこんだまま
子どもは
眠ってしまう

いつもならね　いまごろね
山のふもとの家に着いたらすぐに
花をもってお寺へ行く
そこには
たぶんことしも
サルスベリの木が立っている
ここで眠るひとたちが暑くないように
花のいろを見られるようにと
木を植えたひとも　いまはその蔭で眠っている

いつもならね　いまごろね
木蔭で眠りつづける　父たちと　母たちに
じゅんばんに花をそなえ　水を飲ませたあと
だいぶ歳をとった木にも
水を飲ませる
いつか別れてゆく、と
家族のだれもが　わかっていても

それはいつものことだから
まいとし　まいとし　花を
まいとし　まいとし　水を
でも
ことしは、ね

そのつづきを話さないうちに
わたしもまた
真夏日の
みじかい眠りにおちてゆく

8月15日（土）　神奈川・横浜　新井高子

よく名付けたもの、
液晶とは
液体の結晶とは

そこで話すわたしを
野生動物が見たら、
水鏡と
たわむれてる、
そう思うんじゃないかしら

ちいさくてふかい池だよ
水面《みなも》がうつす顔たちを
覗きこんで
会議したり授業したり
笑ったり
たまには、缶ビールを開けてみたり、
じぶんの顔もうつるのだもの、
鏡の国だよ

ポンッと、
その底へ
抛《ほう》ってしまった金の斧は
あいづち、
じゃないかしら
小きざみに波が立つのがうるさくて
もっぱら黙って、
相手のはなしを聞くようになりました

うん、そうそう、
へぇー、はぁ、
ほう、さぁ、
ふ――ん、
書き出してみれば、サ行とハ行とン、
つまり、
呼吸音のだし入れを
やめたってことか

いらないものね
水面の像たちに、
息は

いらないものね
黄泉の顔たちだって、
息は

お線香をあげましょうか
地下の三途も、
地上の水辺も、
蝉しぐれだよ

お盆だが、田舎には帰らなかった。Zoomな暮らしにもすっかり慣れたが、失ったもろもろも堆積しているだろう。

8月16日（日）東京・深川　　カニエ・ナハ

八月十六日　角影《つのかげ》の裏の山畑にて
敗戦の日、胸が一杯になってただむしゃくしゃ日本のやり方が
悲しかったけれど、今日はそのほとばしるような激した感情が潮を
引いたように静まりたまらなくやるせなく寂しい心で一杯になった。
深々とした大地のふところにいだかれ遠くアルプスの前山をのぞみ
ジージーという蝉の声をきく。久しく遠ざかっていたスケッチをしつつ
（『いわさきちひろ　若き日の日記「草穂」』松本由理子編より）

奥付を見ると「二〇〇二年九月六日　第一刷発行」とあり、この本が刊行されたときに記念に開催されたはずの、練馬のいわさきちひろ美術館での企画展のとき、美術館の売店でこれを買ったのだったか、とにかくもう十八年も前の話で、そのころに買って、夢中で読んだ本で、一九四五年八月十六日から九月六日までを記した手帳が、全頁、原寸大で収録されている。殴り書きのような文字に、スケッチもたくさんある。二〇一五年の八月には、この手帳（を収録したこの本）をかたわらに置きながら、私は毎日詩篇を書き殴っていた、あと二冊、講談社文芸文庫の石原吉郎の詩文集と、岩波文庫の原民喜全詩集。あるとき、まんをじして、広島をおとずれたちひろだったが、原爆資料館の近くまで訪れたものの、こみあげるものがあまりにもあったためか、ついにそこに足を踏み入れることができなかったのだった。いま、この日記の文章をうっているパソコンから目をあげると、文庫本の山の中に、講談社文庫の『ちひろ・平和への願い』の背表紙が目に入り、ひっぱりだすと、表紙の桃色が裏表紙のそれにくらべて、だいぶ色あせている。奥付を見ると「１９９５年６月15日第１刷発行／２００１年11月26日第５刷発行」とあり、『草穂』

の本とおなじころに買ったのだったとおもう。ぱらぱらとめくると、さっき、わたしがうろ覚えで記した、ちひろの広島を巡るエピソードについて記されたくだりはすぐに見つかって、「ちひろは広島へ取材旅行に出かけますが、中心地の平和公園の近くに泊まったとき、「この床の下にも子どもたちの骨があるのよね」と言い、一睡もできませんでした。広島の町を歩きながら、一足ごとに死んでいった子どもたちのことを思い浮かべひどくかき乱され、予定されていた原爆資料館や原爆病院は訪れずに帰ってきてしまいます。これらのエピソードからは、ちひろの感受性の強さと、悲惨な光景に本能的に目を伏せてしまう性質がうかがえます。どこまでも酷い現実を凝視し、地獄絵を再現して反戦を訴えることがちひろにはできませんでした。」（講談社文庫『ちひろ・平和への願い』広松由希子による解説文より）。同じ文庫本から、目にとまったところをいくつか引いてみる。

戦争の悲惨さというのは
子どもたちの手記を読めば
十分すぎるほどわかります。
私の役割は
どんなに可愛い子どもたちが
その場におかれていたかを
伝えることです。

ちひろ・一九六七年

戦時期に青春を送り（「草穂」を記した１９４５年が26歳）、はやすぎる晩年（１９７４年に55歳で亡くなっている）をむかえたちひろは、ベトナム戦時下の子どもたちに思いを馳せながら、その終結を見ることなく亡くなっている。

戦場にいかなくても戦火のなかで子どもたちが
どうしているのか、どうなってしまうのかよく
わかるのです。子どもは、そのあどけない瞳や
くちびるやその心までが、世界じゅうみんなお
んなじだからなんです。

ちひろ・一九七三年

「『ベトナムの本を続けてやるのも、私はあせって、いましなければベトナムの人は、あの子どもたちはみんないなくなっちゃうんじゃないかと思って……』。ちひろは一九七二年にベトナムを舞台にした『母さんはおるす』（グエン・ティ作）を、また翌年、詩画集のような絵本『戦火のなかの子どもたち』を発表します。

　一九六四年から、一九七五年のアメリカ軍撤退まで続いたベトナム戦争では、百万人以上ものベトナムの人々が犠牲となりましたが、そのうちのおよそ半数が子どもだったといわれています。核兵器以外のあらゆる兵器が使用され、野山を汚染した枯葉剤などは、母親の体を通して、戦争を知らない

胎児をも冒しました。
　日本にある米軍基地から、子どもたちの頭上に爆撃機が飛び立ってゆく現実に、ちひろは怒りを禁じえませんでした。体調が悪く、入院で制作が中断されることもありましたが、「私のできる唯一のやり方だから」と、はやる気持ちで筆をすすめていました。『戦火のなかの子どもたち』を描き上げて一年後、ベトナム戦争の終結を知ることなく、ちひろは他界しました。」（講談社文庫『ちひろ・平和への願い』広松由希子による解説文より）

あれは、ちょうどグレタ・ガーウィグの若草物語が公開されたのと同じくらいで、つづけて見て、そのコントラストに眩暈がしそうだったのを覚えている。Netflixで、スパイク・リー監督の新作『Da 5 Bloods』は、折りしも、Black Lives Matterの只中に公開されて熱狂をもって（アメリカで）迎えられた、5人の黒人の、元ベトナム戦争従軍兵が、当時は十代とかだったろうか、それから四十年以上を経て、みな初老から老齢といっていい年齢になっている、このメンバーの一人が、当時ベトナムに金塊を埋めておいたという、それをいま、まんをじして取戻しにいくのだという、それで当時ベトナムにて戦を共にした5人が再集結して、かつての戦場へと向かう、といった筋で、一見コミカルな感じで物語は始まるのだが、現地に到着すると、「闇の奥」に向かうにつれて（当然、コッポラ「地獄の黙示録」へのオマージュもある）、かつての現場のさまざまのトラウマの記憶がフラッシュバックし、彼らの心身は不調をきたし、変調しだし、じりじりと追い詰められていく。
とうとう一人が、四十年以上の長きにもわたって埋められつづけ誰かに踏まれるのを待ちつづけていた地雷を唐突に踏みつけ、下半身が木端微塵になる。のこされた半身の、傷口というにはあまりにも大きすぎる傷口から、だはだばと血があふれ流れる。それをカメラが真上からとらえていて、いま死にゆくひとの眼を、私たちは目のあたりにしてしまう。

いわさきちひろの描く絵のなかの子どもたちの、とりわけ初期のものがそうなのだけど、子どもたちの肌がとても茶色い、あるいは黒い。日焼けをしているのだろうか。そういえば、昔は夏に真っ黒に日焼けをしている子どもをよく見かけたが、いまはそんなに見かけない気がする。

しかしあまりにも日差しが強く、日中屋外にいることは危険といわれていて、ＮＨＫなどを見ていると、Ｌの字を右90度に倒した緊急の報せを告げる文字情報がずっと出つづけていて、熱中症への注意喚起と新型コロナウイルスの情報が交互に流れてくるのだった。それで外で遊ぶこともままならないので、つい1週間前にも行ったばかりなのにまた、最寄の駅から地下鉄で3駅で行けて、しかも駅直結で、避暑しつつ、買い物も食事もできれば水族館ほか遊ぶスペースも充実している、スカイツリータウンに行くのだが、いま、観光客が激減しているため、おそらくはその収益減を補うための策なのだとおもう、都民はスカイツリーの展望台チケットがいまだけ半額とのことで、このスカイツリータウンには、２０１３年だかに開業して以来、これまで何十回も訪れているのだけど、ここへ来てはじめて、展望台へのぼってみることにしたのだ。

遠くのほうはかすんでいて、見えるものといえば、川と川とにはさまれて、ひたすらにビルや家々の屋根ばかりなのだが、75年前の今ごろにはここが一面焼け野原だったとおもうと、いやそう思う前からなのだが、眩暈がするのだった。

去年みたあるアニメ映画では、はんたいに、あまりにも長きにわたって雨が降り続き、いま見えている景色の半分ほどが水浸しになってしまったのだった。

サステイナブルがいま一つキーワードになっているが、どんなにサステインしたとて、やがて、いずれは人類は滅びてしまうのだった。

それは、それだけが確かなことなのだと、いいうるのかもしれなかった。

人類のはるか未来の子どもたちを守れない。

この圧倒的な無力感とどう対峙していけばよいのか。

ああ。死が、絶滅が、不可避であるわたしたちは、わたしは、なぜ、どうして生きるのか？

といった、中学生か高校生かがかんがえるようなことを、そのダブルスコアでもトリプルスコアでもある年齢でかんがえているわたしなどは真っ先に滅びるべきなのかもしれなかった。

そんなことを考えているうちにいよいよ眩暈がひどくなり、頭痛薬をサイダーで流し込みつつそうそうに地上へ下りて、押上駅で半蔵門線にとびのって、17時までの展示にまにあうように、江戸川橋へ向かったのだった。今週はあまり展示が見られなかった。

先週はわりに見られたのだった。

先週の日曜日にはスパイラルで桶田夫妻のコレクション展とエヴェリナ・スコヴロンスカの展示を見て、ユトレヒトまで炎天下、日傘を差しながら住宅街を10分くらい歩いていって長島有里枝の新しい写真をめくって（ミヤギさんが店番をしていらした）、GYREでヒストポリス展、新しくなった原宿駅からJRに乗って新宿、駅前のタワーレコードで予約しておいた7インチのレコードを買って、地下鉄で日比谷、新しくできたスペースCADAN有楽町でグループ展、日本橋三越で川内理香子の個展、一旦家に戻って自転車を20分くらいこいで無人島ギャラリーへ、臼井良平展。そういえば数か月前は、いっさいの展示が閉まっていたのだが、すっかり通常モードに戻っていて、ただギャラリーに入るときにマスクをつけたり、手を消毒したり、ときどき検温をされたり、事前予約が必要なところがあったりすることくらいが、異なっているのだった。

その、先週の日曜日にスパイラルで見た、エヴェリナ・スコヴロンスカの展示で、ステイトメントで、古代ギリシャの詩人サッポーについて書かれていたのだった。いま、わたしは、はじめギリシャの女性詩人と書いて、いやだな、とおもって、女性の文字を消して、詩人としたのだが、詩人にしろ、アーティストにしろ会社員にしろ職人にしろ作業員にしろなににしろ、属性に、というか、人類に、性別というものがあるというのはほんとうにうっとうしく、わずらわしく、神様（と、信仰というものの全くないわたしが、アイロニーの限りを込めていま記してみる、something）の設計ミスとしか、近年ますますおもえなくなっているのであった。

それはさておき。

そのはるか昔のギリシャの詩人である、サッポーの、約1万篇の詩篇で、完全なかたちで残っているのは2篇のみで、あとは欠落していたり消失していたりするとのことであった。エヴェリナさんは、その欠落ないし消失こそを創作の契機として、抽象化されたグラフィカルな身体の断片の描写と、サッポーの詩のことばの断片とを、響きあわせて、継ぎあわせて、新しい作品を生成されているのだった。

今週の、つまり今日のほうの日曜日に、スカイツリーから下りて向かった、江戸川橋WAITING ROOMでの飯山由貴さんの展示で、前回の彼女のWAITING ROOMでの展示は２０１４年で、まだWAITING ROOMが恵比寿にあったころで、そこで見たことを思い出したのだった。そのときの記憶だけをとりだすと、せいぜい去年かおととしのことのようにおもえるが、もう六年も前のことなのだった。およそ30分間の映像作品を見ながら、そのことを思い出しながら、映像の中の島やら神話やらの時間と自分自身の時間とかがごちゃまぜになって、時間が、時間というものが、時計の文字盤が、たとえば半分に切られた、半球のミニトマトでもあるかのように、あまりにも赤く、半球で、不確かなのであった。島に生息している、たくさんの猫が映像で流れて、猫の時間ということの不思議についても考えたのだった。

そんなことを考えながら夜、ひさしぶりにポテトサラダをつくったのだった。

いもの皮むきにかんして、わたしはにんじんの皮をむくのには皮むき器をつかうけれど、じゃがいもには皮むき器をつかったことがなかったのだけど、あたらしいことにも挑戦してみようとふとおもい、皮むき器をつかって皮をむいて、しかしやはりじゃがいもの凹凸の凹のところに皮がのこってしまう、でもそれはもうそのままでいいや、という境地に、いつしか達していたのだった。よくもわるくもいいかげんに、なってきたのだった。

鍋に皮をむいた、あるいはむききれていない、じゃがいもらを入れて、そこに水をひたひたにいれて、火にかける。塩と、しょうしょうの砂糖をつまんで入れる。つぎに、たまごを冷蔵庫から出して、水を入れたもうひとつの鍋に入れて火にかける。強火。前回ゆでたまごをつくったとき失敗した。今度は成功させたい。

きゅうりをほそい輪切りに刻む。ボウルに入れて塩をふりかけておく。しばらく放置する。

楕円形のハム3枚を、いまパックの上で段状になっているものを、まっすぐにそろえなおして、まず縦に二等分する。それから横にして、幅7㎜ほどの長方形に切っていく。

たまごのお湯がぐつぐつしだしたので、キッチンタイマーを8分でセットする。

（ここで、主菜のお魚を煮はじめるが、これはあくまで夕食の支度全般ではなく、ポテトサラダについての描写であるので、割愛する。その他の副菜やみそ汁についても。）

ミニトマトをパックから6個とりだし、へたをとって半分に切る。12個の半球のミニトマトが現れる。

ボウルに水を張って、そこに保冷剤を入れる。

キッチンタイマーが鳴る。

保冷剤を入れてよく冷やした水をはったボウルにたまごをぶっこむ。

流水にあてたまま、卵をむく。今回は、きもちいいほどきれいに剥ける！

卵切り器で卵を刻み、さらに刻んだ卵を90度回転させてもう一度卵切り器で刻む。

じゃがいものほう、ゆで上がり、水をよく切って、おなじく水を切ったさっきの輪切りにしたきゅうりのボウルに放り込む。

じゃがいもをフォークの柄でつぶしていく。刻んでおいたハムと、ゆで卵を、入れる。

マヨネーズとこしょうをしょうしょうかけて、全体を木べらでかきまぜる。それぞれの素材感や食感がのこるように、かきまぜすぎないように、適度に、粗く。

円形のうつわに盛って、丘状に盛ったポテトサラダのまわりに時計のように、12の、半分に切られて半球のミニトマトを、文字盤の数字替わりのように並べる。

食事のあと、今日かばんに入れていた、3冊の本、いつものように、今日が誕生日か命日のどちらかである人物らにまつわる、今日は3冊ばかりの、本をとりだして、つづきをすこしずつ読む。

1冊目、木田元『反哲学入門』（新潮文庫）。大病をした木田さんが、病み上がり、自宅療養しているところを、お見舞いに編集者が幾度かたずねてくるうちに、哲学にくわしくないビギナーの読者に語りかけるように、インタビューの形式で、何回か収録したものを、連載としましょう、ということになったという、この本のなりたちについてのまえがきを読む。欧米の哲学について本当に理解することは日本ではそもそも不可能なのではという疑問を木田さんは呈されていて、それに対しての、タイトルにも掲げられている「反哲学」であるが、それがやわらかい、口述で解かれていく、という姿勢ないし形式じたいが、そもそも「反哲学」的なのだとおもう。

2冊目、大庭みな子『津田梅子』（小学館P＋D BOOKS）。みな子が津田塾に入った年に、津田塾のある小平市の、鷹の台駅の、寮の近くで春、満開の桜の木の下で、さまざまに去来するもの思いにとらわれながら、満開の桜を眺めていると、塾の昔の卒業生らしい、妖精のような不思議な老女にふいに声をかけられる。彼女はみな子に、唐突に、「あなた、津田先生って、カエルの卵の研究をしていらしたのよ、アメリカの大学で」と声をかける。たしかに、実際、梅子はアメリカ留学時代に生物学を先攻し、カエルの卵に関する論文を一八九四年英国の「マイクロスコピカル・サイエンス」誌にモーガン教授と共同で発表、そのモーガン教授は一九三三年に、ノーベル賞を受賞したのだった。「彼は後年梅子について、その才能と人柄を称賛し、「あの優秀な頭脳は――教育者として立つために、生物学ときっぱり縁を切ったわけだ」と語った。」の一文で、この章はしめられる。あの妖精のような老女はなんだったのだろう?

3冊目。『文藝別冊　ビル・エヴァンス〈増補決定版〉没後40年』(河出書房新社)。１９７０年に、ジャズ批評家の児山紀芳氏が、ニューヨークで、エヴァンスの自宅で、ロングインタビューを収録することに成功する。クラブか何かのお店であったとき、初対面にもかかわらず、今度自宅でゆっくりインタビューさせて欲しいというオファーに対し、「部屋にはいろんなものがあってゴチャゴチャしているから……」と一度は断られたものの、あとで思い直したのか、エヴァンスみずからわざわざ電話をかけてきてくれて、「この前のインタビューのことだけど、よかったらどうぞ」と快諾をしてくれ、実現したのだった。エヴァンスの部屋は、話とはちがってひじょうに整理されていて、古いピアノと、二匹のシャム猫がいる。メラニーとリタという。デビューにいたるまでのこと、スコット・ラファロの死、インタビュー当時試みはじめていたエレクトリック・ピアノのこと…など、私たちが知りたいことを、半世紀前の児山氏が、半世紀前のエヴァンスからするすると引出し、語らせてくれる。昼ごろの日差しはやわらかく、ほとんど人付き合いをしないというエヴァンスも、自宅のリビングで、コーヒーを片手に、遠い日本からの来客を相手に、リラックスしているように見える。エヴァンスの眼鏡の片方にはメラニーというシャム猫が、もう片方にはリタというシャム猫が映っている。頼んだわけでもないのに、私たちの愛してやまない、「ワルツ・フォー・デビー」を弾いてくれ、さらには、これまでライブで演奏したことがないという、「ピース・ピース」らしき曲の旋律をつま弾いてくれる。セカンド・アルバムに入っているこの曲は、「自分の求めているサウンドをつかんだ最初のものだった」と語ってくれる。かつて、禅や日本の墨彩画に傾倒したことなども語ってくれる。そういえば、エヴァンスも参加しているマイルス・デイヴィスの『カインド・オブ・ブルー』の、エヴァンスによるライナーノートにも、ジャズ演奏を墨彩画にたとえた箇所があったはず。かつて、わざわざ出版社へ行ったり、図書館に通ったりして、禅に関する書物を探したのだった。現在までに、というのはつまり１９７０年、いまから半世紀前までに、少なくとも、禅の書物を四冊発見して、その頃、墨彩画についての知識も得た。「そして、この単純な墨一色の絵の手法に、私は、ジャズの純粋な即興演奏の精神と相通じるものがあることを知ったのです。」ライブのときには、あらかじめセットリストを決めたりせず、その日の会場、観客の雰囲気に応じて曲目を、演奏しながら決めていく。演奏をはじめる際にも、ベーシストやドラマーと、「つぎはこの曲にしよう」などと、言葉で示しあわせたりしない。そんなことを語っている、エヴァンスの足元で、二匹のシャム猫がじゃれあっている。

「4日連続で感染者1千人超」（朝日新聞デジタル）

8月17日（月）　静岡・用宗　さとう三千魚

今日も

浜松で
気温が40℃を超えた
この辺りでは
そこまでいかない

朝
木蓮と

南天と金木犀
あじさい

苔

ヤブタビラコに
水をやった

緑が水を受けて光ってた

光って
涼しくなる

入院している秋田の兄に
LINEを送った

「いま浜松で40℃だって！
猛暑というか灼熱だね。

モコと冷房の効いた部屋にいるよ。」

兄が入院してひと月がたったが
面会することができない

「それよりそちら、コロナ大丈夫？　気をつけてね。」

兄から
LINEの返信が届いた

・

ウイルス

生を媒介してひろがる

生は分断され
試されている

秋田の大学病院に兄が入院した。LINEで海や花の写真を送ると兄から返事がきた。「それよりそちら、コロナ大丈夫？　気をつけてね。」面会できない兄からの言葉が沁みた。

8月18日（火）　北海道・札幌　三角みづ紀

うしなった居場所で
きみはねむり続ける

つもりはじめた記憶と
まじりあう感情が
ひかりを放つ

ふくらんだ山々
伸ばす枝が
うれしそうに身体を揺らす
まもなく分断されて白く染まる

そこなった時間を
わたしたち、
どうせ　忘れてしまうんでしょうけれど

氷が溶けない速度で
きょうのことを記そう
容赦ないころしあいの匂いが
窓から熱となって溶けた

あいかわらず
きみは起きなくて

誰も知らないあいだに
降る雨は
やさしい

8月19日（水）　沖縄・那覇　白井明大

オンラインで
詩のワークショップをしたのは
今日が初めてで
画面の向こうには鳥取の昼の光が
小学生と
大人がちょうど半々
というのも初めてで手探りなこともあったのか

終わったら
どっとくたくたで
三時間前に昼を食べたばかりなのに
たまらなくお腹がすいて
厚揚げとごはん一膳食べたところに

わたしもおなかすいた、て
うたがヨーグルトを食べようと
午前中はびくともしなかった
はちみつのふたを今度こそ
どうにかして開けようと
すべり止めにふきんを当てたり
ふたに輪ゴムをはめたり
細っこい腕で力を込めても歯が立たなくて

ぼくも手伝って
（いまは手の指を傷めていて
あまり強くものを握れないのだけれど）
ゴム手袋で思いっきりやっても
ちょっとも動く気配がしない

湯を温めて
熱くなったミルクパンの底を
ふたの上に乗せて
熱伝導で固まったはちみつを溶かそうとか
いっそ瓶を逆さまにして
湯の中に浸けたりとか
これならどうかとやってみても
じっと閉じたまま

ネットで調べてみたら
もう試した方法ばかりが載ってる中に
さすがにこの固さで
そんなやり方じゃむりだろう、て思いながらも
ふたの横を叩くんだって
うたに伝えると
すりこぎで軽く何回か

台所から乾いた音が聞こえたあと
開いたあ
、て大きな声がした

おとうさん　ガラスの器取って

おとうさんは何にもしてないから
うたがはちみつのついたスプーンで
おとうさんはヨーグルトのついたスプーンね
、て
器に盛ったのをふたつ運んできてくれて

甘い甘いはちみつの
いつもよりたっぷり入ったヨーグルトを
スプーンについたのまでなめながら
二人でたいらげた

8月20日（木）　東京・西荻窪　田中庸介

コロナで遠方へ出られない夏休みに
実家の子供部屋を整理することになった

まず段ボール箱を60箱発注
箱と言っても折りたたんだ板。
腰の高さまで重なっている

子供部屋は30歳で出奔したときのまま
黒くよどんで埃が積もっていた
学生時代の教科書
学生時代に影響を受けた生物の本
学生時代に買いそろえた脳科学の本
アウトドアの本、地図、エッセイ集、詩集歌集哲学書。
棚一杯の文庫本。古今東西の名作。椎名誠全部。
木山捷平。安岡章太郎。赤瀬川原平。開高健。
なんだかわからないコピーの束。
なんだかわからない書類の束。
そしてこれは幼年時代の日記。
これもそうだ。
これもまた。
親切な子孫がいつか
書物にしてくれる
そのような幸運にめぐまれるか
まったく誰にもわからないが
箱にまとめてとっておこう

家も建てて

五十年が経つと
もはや屋敷神のようなものが住みついて
人間たちの去来をみまもっている
入れ替わり立ち代わり
生まれ変わり死に変わり
いろいろな方面の《教養》を摂取して
さまざまな《仕事》を残していく

著者として、あるいは編集者として
それぞれがつくった
大量の本。

この家を建てた
父も
母も
もはやこの世のものではない。そのかわり今は
新しく家族四名がうごめいている
この家に激しくエネルギーが流れ始めた。
今は。
そうだ。
本を出そう。新しい本を。
そうしてこの部屋はもうきれいに片づけて
子供たちに使わせよう

今住んでいるマンションの近くにある築五十年の実家は、父がなくなって二年というもの、まったくの空き家になって床から竹が生えるなど、荒廃しはじめていた。リフォームして引っ越すことを決意し、部屋の片づけをはじめた。

8月21日（金）　東京・調布　山田亮太

弟1の、あるいは弟2のだったか、いずれかの弟の同級生に不登校児がいるという。彼は小学校に行かずに何をしているのか。インターネットをやっているという。インターネットってあれでしょ？　調べものをしたり、Eメールをしたりするんでしょ？　母に頼まれ、私は彼にEメールを送ることになった。私は彼と会ったことがないし、Eメールなんて書いたことがない。いったい何を書けばいいのか。ひとまず自己紹介をして、好きな音楽やマンガのことなどを書いた気がする。がんばって学校に行くように、といった説教は書くべきではないとどこかで教わったから書かなかった。彼から返信はなかった。本当に届いているのだろうか。しばらくして、彼は私のEメールを読んだらしい、返事はないかもしれないけどまた送ってね、と母から言われる。私はもう一度Eメールを送った。やはり返信はなかった。

あなたは言う。家庭とはおぞましい場所だ。すべてのこどもは養育施設に集められ、家族から切り離されて育つべきだ。この国の誰もが誕生したその瞬間から一律に国家による管理の下、平等に適切な教育をほどこされるべきだ。そうすることによってだけ、血縁への執着と無責任な願望に染まった忌まわしき家庭の呪縛から私たちは解放される。

考えられる限りで最悪の人間が育つとしよう。ものを盗み、人を殴り、家を燃やす。加害にいかなる痛みも伴わない。あるいは伴うとしてもそれを超える行為への衝動がある。理由がある。企みがある。だがこんな想定は無意味だ。どれほど恵まれた環境で、適切な方針のもと、多大な愛を注がれて、大切に育てられようと、人は、最悪の行為をなしうる。

誰であれ、自らの命と生活を守ることを何よりも優先してよい。これが原則だ。もしもあなたの選択が、あなた以外の人、すぐそばにいる人、遠く離れた場所にいる人、顔の見えない人々の命と生活に関わるのならば、そしてその数が多ければ多いほど、選択の根拠は複雑さを増す。高度な判断を要求される立場にある者は、できるだけ誤りの少ない判断をくだすためのコンディションを整えておくべきだ。そのための休暇も必要だ（いや、誰であれ、休暇は必要だ）。だがもしも、あなたに最初から正しい判断をくだす能力がなかったとしたら？　あなたの不在こそがむしろ望ましいとしたら？

安倍晋三首相（当時）は、8月16日から19日にかけて夏季休暇を取得し、同月28日、辞任の意向を発表した。

8月22日（土）　福岡・博多　石松佳

夕刻前に
少しの間だけ雨が降った
晴れているにもかかわらず

そういえば天気雨のことを
子どもの頃は狐の嫁入りと呼んでいた
時が経って学生になり
俳句の中だったか
日照雨、という名があることを知った

通りを歩く人は
みなそれぞれの感性で傘を差している

眩しい陽光の中で

傘がいくつも揺れ動き
夏がこのまま
消えてしまうのではないかと
思ってしまった

8月23日（日）大分・耶馬渓　藤倉めぐみ

昼間の空気は知っている夏よりもさらに苦しい厚みを持っていたけれど、夜に鳴く虫は明らかに秋だと主張して到来を告げている。

大気の激しさに挟まれてうるわしい緑が自慢のアマガエルはすっかり皮膚を土気色にしてただただ微笑む中、私はどうしてもあの子の命に介入したくなって霧吹きで水を吹き付け凍らせたペットボトルを窓辺に置いていた。どれもこれもが恐らくは過不足であるのに、小さな命はそれを通過して、数週間ぶりにようやく降り出したまともな雨にひたることができた。

誰とも共にあることのない
密やかな時間が鮮やかにあって
にぎりしめた線香花火
トウモロコシをしゃりしゃりとほおばる音
フレッド・アステアと一緒に踏んだステップ
夕空に広がるたくさんのトンボ

それ以上のことなんてどうしたってないのに

向けられないまなざしと
解消されない期待を抱えている子どもが
ななめにだらけきった口元で
「別に、なんでもありません」と

何もかもある声で
放つのをくらう

8月24日（月）八ヶ岳　覚 和歌子

自粛を自縛にはしないよ。政権が最長を記録した今日夜遅く、お湯の中の東京をあとにして、あなたが山に来た。仕事場から新宿駅まではヒトだったが、特急に乗ってすぐ指に水かきが張り、県境あたりで完全鰐と化したらしい。

車両には他に誰もいなくて、さらには座席にすわるとタテにとぐろが巻かれて腰にくるから、床にほふくさせてもらったそうだ。車掌が胴をまたぐとき帽子を取ってあいさつしてくれた。ＪＲにも思うところがこの時節さまざまある。

夜汽車は本がよく読める。気づくと寝ていたり目が覚めてまた続きを読んだり。降りる駅ですかとゆり起こされると車掌の顔が間近にあって、ああ、ありがとうございます、そう言いながら、つい手のひらで口をかくそうとしたという。

近距離会話の動作が、ならいせになっていたから。けれど鰐では腕が顔まで届かない。それを忘れたまま気づけば大きく裂けた口の両はしに水かきの手をあてがっていて、思いがけずかわいいポーズになってしまったとため息をつく。

こっちの夜は風があるねえ。流れ星見えた？　ネオなんとか彗星。それがね晴れてたのに見えなかったの。眼が悪くなってて星が特定できなかった。ふうん。でも平気だよ。かわりに別の感覚が冴えていくよ。嗅覚とか予知能力とか。

特急でわざとがまんしたビールを飲んでいる。おいしいね。ありがたいね。大きな口の端からこぼれないようにのどを立てて。みんなが取り戻したいと言う「元どおり」。鰐変化《へんげ》をくりかえしても、あなたの心とことばはいつもどおり。

コロナよりずっと前から私たちはおだやかな非常時を暮らしている。いつでもこの日々を成仏して終えられるように、手放すものを手放せることを救いにして。投げ上げるときの放物線がめぐらせてくれた結界の内側で。

今夜からは鰐がいるので窓を開けて眠れる。みんななぜ猫を飼うのだろう、鰐にすればいいのに。ヒトが神の似姿につくられる前の地球では、龍神に似せて鰐が生まれたという。遠雷が途切れない。龍が吼えている。水の匂いがする。

8月25日（火）　機中にて　　四元康祐

　前を歩いていた女の素足からヒールがすっぽ抜けた。コロナでなければ、踵の紐を摘み上げて手渡してやっただろうか？　福岡発羽田行きスカイマーク０１８。灼熱の地上どこ吹く風の雲の上への天の浮橋。女がしゃがみ込んで奪い取るように手を伸ばした。鋭い目力。マスクの下から、かすかな舌打ちの音が聞こえた。

薄墨を

引いたような空の波にそそり立つ水の断崖が、バラ色に染まっている。あの下でゲリラ豪雨の瀑布が虹を浮かべている？　丸い窓の向こうをどんなに覗きこんでも、触れることはできない。実存のディスタンシング。生は彼方に（クンデラ）。いつだってこの小窓を覗き続けてきた気がする、詩を書き始めるずっと前から。

　また見ることのない山が遠ざかる。膝の上を托鉢の乞食僧が歩いてゆく。彼にとって、山は絶対的な他者であり、永遠に辿り着けない外部であり、放蕩に身を滅ぼした父であった。水は雨、波、涙、酒、尿《しと》など様々に変容しながら彼を包み込む。**人のために時雨れて仏さま**。**ちんぽこもおそそも湧いてあふれる湯**、は羊水の喩か？　彼の母は彼が十一歳のとき井戸に身を投げて自殺した。

　両肺に水が溜まって餓鬼の海。妻が通販で買った父の故郷の海の写真集を、病室のベッドテーブルに残してきた。今頃はもう目を覚まして気づいただろうか。あれくらいの重さでも、持ち上げようとすれば痛みが波立つのだろう。心の床に寝たきりの阿弥がいて。その父は実際に会って手で触れることのできる父よりも濃い、と思う。そこにない実体の影を喰い。手に届かないというそのことで、却って何もかもが鼻先へと迫ってくる。もう抱くことのない女が服を脱ぐ。

真空は空っぽではありません
真空のなかには波紋がいっぱい
驟雨のシュテルンベルガー湖の面のように
沸騰刹那の鍋底みたいに

真空は待っています
場が笑い出して
時の泡粒が一斉に励起するのを
世界が愛で重くなるのを

翼の先に、Fuji-yama!　いまやすっかり色を失ったダークグレーの屏風に、巨大な影が幽玄している。いや、有情かな。ほかの乗客たちは誰ひとり顔を上げない。通路を挟んだ隣の男と、その前の男がそっくり同じ姿勢で携帯の画面を覗きこんでいる。まるで右スピンと左スピンの素粒子のペアのようだ。何を見ているのだろう。板一枚下の奈落の薄明かり。みんなして心あわせて、南海トラフにでも呼びかけている風情。ほうホタル破滅飛び交う岸辺哉。

　どす黒い大蛇が富士の裾野を滑り降りて、都心の瞬きのなかへ入ってゆく。座標軸に浮かび上がる欲望のプレーン。不死を得るには大き過ぎ、永遠を俯瞰するには小さ過ぎる我らのスケール。時間だけがまっすぐ前に進んで、空間は錐揉みしながら斜めに押し流されてしまう。ジグザグ。三列先の座席の端から、こんがり焼けたノースリーブの肩がはみ出している。ジグザグジグ。ヒールを飛ばしたあの女だろうか。なんという丸みだ。ザグジ。齧ってやりたい。

太字は種田山頭火の句。

8月26日（水）　東京・神楽坂

ジョーダン・A・Y・スミス

カレンダーの妙に鮮やかな横木を
一本　一本、　降りる
昨夜、深夜の締め切りの目やにを
コーヒーの香りに取り除いてもらい

断酒に興味のないアル中っぽい遠い親戚を巡る電話を挟み

肖像詩の夢を追う仲間と
顔の共通性と個性の間に
揺らぎと流動性の翻訳で

普遍の土台を創り上げる
顔はアートでもあって
ギャラリーでもある

とばくに関する打ち合わせが
風邪に削除されたことを
知らなかったシンガポール人に
初めまして衝突
タイムトラベルした人が
目的時代に突然に
現れるように
びっくりしゃっくり
マルタの鷹

アッサムブラージュからできる日本酒を
飲まずに言葉にする
漆黒から注がれるのは
光なのか煌きなのか

金融の霧の向こうから浮かんでくる
幻想のイギリス人とニューヨーク人
概念と人間のパスティーシュ

飛行機なき国際的な日々を

降りても降りても
朝になると
また梯子の上に立っている

8月27日（木）　神奈川・江の島　　永方佑樹

（海水浴場は開設していません
　十分な安全対策が
　確保されていないため
　遊泳はお控えください
　　神奈川県藤沢市）

遊興の人々を集め
連日海は騒がしい

看板は浜に立て去られ
ひっそりと伸ばす影の直線を
軽々跳び越える歓声と
躍起になって追いかける
ことさらなテレビの画角を見比べ
私は考える

感染者はちっとも収まっていないし
ここだって高齢者は多いし
ワクチンなんて先の話だろうし
だけど私達は疲れてきたし
上の人たちはGo Toと言ってるし
それにも増してとにかく暑くて
ことさらな人達にしたところで
どこかで休暇に加担してるだろうから
私は考える

陽が落ち
夜になると
コンビニから買ってきた手持ち花火を抱えて
海へと戻ってくる
彼らが代わる代わる手先に掲げた
パチパチとした音と火が
浜に散らばっては消えてゆき
ピストルのような音を破裂させ
打ち上げられる火花がつくる
煙がけむたい幕となって
対岸から見据える江ノ島に
おもたく幾重もまつわっては
神の目より所業を隠す

8月28日（金）　福岡市・薬院　　渡辺玄英

たとえば
ウイルスと人類はよく似ている
ウイルスが他の細胞をつかって自己複製するように
人類は他の存在をいつも利用しながら
地球という惑星に付着して倍々に増殖してきた
地をおおい　根をはりめぐらせ　空を埋め尽くし

ぼく一人では地球より遠い所へは行けないが
ぼくの遺伝子と模倣子は白鳥座をめざしている

夏の日に
汗ばんだ手できみの手を握りしめて
そんなことをあつく語る
そう　ぼくらは遠くへ行ける
きっと地球よりももっと遠くへ行くために
いまとりあえず必要なのは
クーラーが利いてて　冷たいソーダ水だってあるところかも
　しれないけれど
でも白鳥座へ行くためには
きみがいてくれないと困る
だから　もう少し一緒にいませんか？

夜になれば　夏の大三角が星空にかがやく
遺伝子と模倣子が夜空を駈けていくのを見上げながら
ウイルスとか黴とか細菌とかヒトとか
寄り添って生きていくしかないのだから
ぼくらが消滅する日まで
もっと近くへ

接触禁止と命令されても、人は他者と接しながら生きるしかない。それはウイルスや黴でも同様で孤立して成立する存在はない。偉そうに人類はしているが、星空見上げ、宇宙の規模で考えると勇気と寂しさを同時に感じる。

8月29日（土）　東京・つつじが丘　　河野聡子

１００均でシールを買う。ノートに貼るためである。私はいろいろなシールを持っている。猫、犬、パン、ヒコーキ、ゾウ。シールは何事かをなしとげたときに貼ることになっている。最初にシールを貼りはじめた頃は、家事その他の日常タスクをひとつこなすたびに貼っていた。現在はまとまった文章を書いて公開するたびに貼ることにしている。シールを貼るのは赤い表紙のノートで、実験音楽とシアターのためのアンサンブルのツアーでベルリンに行ったとき、自分用のお土産として買ったものである。この文章を書き終えたあとも私はシールを貼るだろう。10日ほど前からは、寝る前に飛び跳ねないダンスを踊りおわったときにもシールを貼ることにした。何事かをなしとげたときのしるしがあるのはいいものだ。日常はものごとを平坦にする。平坦さにのまれる前に人類はシールを貼るべきである。我が家にはテレビがないので政治番組をみるときはYouTubeライブをプロジェクターで壁に大写しにするのがここしばらくの習慣である。昨日の夕方は内閣の記者会見もYouTubeで鑑賞した。けなげさやもろさというものは武器や防具になりうると思ったし、それらをいかに表出できるのかは、生まれつきの属性や社会的立場ではなく訓練と才能によるものではないかと推測した。けなげさやもろさが武器や防具になるのは相対的に強い力に守られている場合のみだが、いざ目撃したときはそんな些末なことは忘れているものである。けなげさ、もろさというエンターテイメント。ライブがおわっても日常はつづく。

この日記の前日の八月二八日、安倍晋三首相（当時）が首相官邸で記者会見し、辞任の意向を表明した。

8月30日（日）　東京・世田谷　　松田朋春

うちには猫が一匹いて
柏市の里親探しNPOからもらってきたから
名前をカシワというのだけれど
巣篭もりのあいだに
もう一匹飼うはなしがでていた
カシワはすっかり外猫だが
次の子は今どきだし家猫として育てるという
その子は自由なカシワを見てどう思うのだろう
そんなかわいそうなことはできない
それではなしは立ち消えていた
今日、次も外猫でいいのではないかと言ってみた
「そうね、どうしたってそうなるよね」
「ならば、反対する理由はお父さんにはないよ」
仔猫が来た日の愛らしい衝撃を今から想像する
カシワがとまどい、やがて愛し
連れ立って歩くさまを想像する
二本の長い尻尾が会話をしている
悪いことも想像してしまう
仔猫が車に轢かれて
カシワが嘆くすがた
聴いたこともないくらいするどく遠くにとどく声で

泣き続ける
抱いても石のように重い
想像を
たくさんしてきた
子供達のすばらしい活躍
おそろしい想像もたくさん
頭を離れない
脂汗をかく
でも、何もなかった
みんな元気に
普通に暮らしている
未来ばかり
考えてきたのか
仕事でも暮らしでも
お盆に墓参りをした
砂漠のように熱かった
墓がすきだと思った
未来は心をひっぱりまわして
たいしたことは何もないけれど
墓は確かにあったものだけの
動かぬ証拠だ
我が家の墓には
誰だかよくわからぬ人の骨壺が
ひとつ入っている

戦時中の混乱のせいだろう
それを放り出すわけにはいかない
何かの縁と思って
そのままになっている
確かに誰かが生きて死んだのだ
「空気の日記」をはじめて
詩についての考えが変わってきた
それまでは
まだ書かれたことのない表現や方法に
憧れがあった
毎日受けとる詩と
順番が回ってくるたびに書く詩を
考えるうちに
詩は感情の墓になればいいのではないかと
思うようになった
確かに生じた心が
そこに留まるとしたら
それでいいのではないか
「空気の墓地」というタイトルを思いついた
そうもいかないけれど
それで素直にほぐれる気持ちもあるのだ

8月31日（月）東京都・渋谷　　鈴木一平

高校の同期と会いに上原へ。駅の改札口で待ち合わせて、同期の知り合いがやっている居酒屋に入る。出会い頭に手の包帯を笑われる。外出前に針を刺して水を抜いても、しばらくすると開いたはずの穴がふさがっていて、抜いた分の水がたまっている。腫れはすこしずつ引いているとおもう。心なしか腫れた部分は触るとひんやりしていて、右手を額に置いて眠ると気持ちがよかった。

店員の人は、同期といっしょの劇団で芝居をしていたらしい。同期の芝居は何回か観に行ったことがあるので、店員の人の芝居もそのときに見ていたのだとおもう。高校時代の思い出話をしていると、ガガガSPの『晩秋』が爆音で流れはじめる。店を出て、二人で新宿まで歩く。時計台を目印にすると同期が咎めてきたので、地図を使わずにデタラメな方向を歩く。公園を見つけてすこし休んでいると、スマホにオンライントークの通知が入る。

——（作者）なんか大学の同期が飲み会やってる。

——（高校の同期）お〜、紹介して！

——今入るから待って！

大学の同期と、後輩三人（一人は添削担当）がオンライン飲みをしていた。高校の同期と片耳ずつイヤホンを付けて参加する。

——（作者）ゲスト紹介します！（高校の同期）です。

——（高校の同期）こんにちは〜、お世話になってます！

——（後輩）どうも〜！　一平さん地元にいるんすか？

——（作者）新宿まで散歩してる。

——（添削担当）一平さん、「日記」が近づくと徘徊するやばいやつになってますよ！　来週ですよね？

——（作者）べつに「日記」にしようとおもって歩いてないから。

同期がコンビニのトイレへ行っているあいだ、信号機が妙に低い場所に設置されているように感じたので、ジャンプして手が届くかどうか試す。思いのほか届かず、スマートフォンを地面に落とす。画面がバキバキに割れてしまう。スクリーンショットを撮ってグループチャットに貼り付けると、ひび割れのないきれいな画面になる。新宿を意識しながらてきとうに歩いているうちに、大学の同期の最寄り駅にたどり着く。記憶を使って同期の家の前まで行く。エレベーターで五階にあがり、同期の部屋のインターホンを押す。スマホの画面に映っていた同期がびっくりしたような顔で振り向いて、画面から消える。インターホンを何度か押す。玄関のドアが開いて、さっきまで画面の中にいた同期が出てくる。

——（大学の同期）隣の人いるから……。

——（作者）（大学の同期）の家に着きました。

——（高校の同期）こんにちは〜。

オンライン飲みを続ける同期（大学）のうしろで、ベッドを占拠して酒を飲む。真面目な話をしているようなので、ふざけて暴れる。ベッドの足が折れて、衝撃で腰を痛める。本を積んで支えにしても、暴れるとすぐに崩れてしまう。残った足を切り離してベッドを床に敷く。同期（大学）が即興で曲をつくってみんなで歌う。

翌朝、顔を洗って酒を飲む。三人とも暇なので、どこに行って遊ぶか話し合う。同期（大学）の提案でミヤシタパークに決まる。同期（高校）が着替えたいといったので、いったん解散してから渋谷に集まる。同期（高校）からドタキャンの連絡が入り、同期（大学）から三〇分遅れると連絡が入る。集合時間の二〇分前に着いてしまったので、家から持ってきた山田亮太『オバマ・グーグル』（２０１６年、思潮社）を読む。同期がやってきて、二人でスクランブル交差点を渡る。右手に曲がり、高架下を過ぎると《MIYASHITA PARK》の文字が見えてくる。開放的な空間の向こうから人が流れるように歩いてくる。一階の飲み屋街がたくさんの人出でにぎわっている。真っ赤な色の掲示物があちこちに貼られている。笠井さんが近くにいるらしいので呼び出す。三人で四時間近く歩き回る。建物全体が巨大なモニュメントのようだとおもった。

みんなのミヤシタパーク※

落書き禁止「きれいなまち渋谷をみんなでつくる条例」違反者は、処罰されます。見つけた人は警察に通報してください。／この遊歩道の下には、渋谷川が流れています。／宮下公園は、誰もが自由に遊んだり散策できる憩いの場です　みなさんが、気持ちよく使えるように　お互いにルールやマナーを守りましょう／NO SMORKING 禁煙　喫煙は指定の喫煙所をご利用ください。／お知らせ　渋谷区立宮下公園では、安全管理のため、　以下の物を使用する為に持ち込むことを禁止ます。　ご理解ご協力をよろしくお願いします。●花火・火薬などの火器　●タバコ類（喫煙）●銃及び剣類（モデルガン、模造刀、木刀、竹刀を含む）●野球、テニス、サッカー、ゴルフ等の球技の用具類（ビーチスポーツを除く）●テント・タープ　●のぼり旗類　●拡声器、メガホン等●ラジコン等（ドローン含む）●ブーメラン、フリスビー類●凧、バルーン類　※その他、安全の支障になるものは持ち込みできません。　※スケートボード、インラインスケートは、スケート場以外では使用できません。／お知らせ　渋谷区立宮下公園では、快適な公園利用のため、以下の行為を禁止します。ご理解ご協力をよろしくお願いします。●施設を損傷、汚損する行為　●焚き火などの火器の使用　●貼紙や貼り札、または広告の表示　●大音量の演奏や合唱、演説●ビラや物品、飲食物を配布　●工作物の設置　●寝転がるなど来場者や歩行者の妨げになる行為　●長時間のベンチ等の使用　その他、下記行為をしようとするときは、管理者の許可が必要です。　・物品の販売その他の営業行為　・業として写真又は映画の撮影など　・演説または宣伝活動をすること　・集会、展示会、競技会その他これらに類する催しのために公園の全部または一部を独占して利用すること　・募金、署名運動など　・興行を行うこと／きゅうちゃん Kyu-Chan 2020 Colliu 名前の由来は宮下公園の「宮《きゅう》」から来ています。／新型コロナ　あんしんチェックインサービス／この施設の利用者などから新型コロナウイルスの感染が確認された場合、接触の可能性がある方にLINEでお知らせします。／A year in the life shibuya/Takeshita Street Welcome to Harajuku／WOMEN'S RUN/渋谷バルSHIBUYAコミュニティBAR／純喫茶&スナック思ひ出。／力士めし萬／鶏・かしわ・焼鳥 布袋／精肉 大黒 牛 豚のアパート／魚利喜 魚貝百貨店／北海道食市／東北食市／関東食市／横浜中華食市／北陸食市／東海食市／近畿食市２／近畿食市１／中国食市／四国食市／韓国食市／九州食市／沖縄食市／エレベーターのご利用は　最大４名　とさせていただきます。　できるだけ離れてご利用ください。／&BASE WORK STYLING／adidas／LOUIS VUITTON／GUCCI／TADANORI YOKOO for GUCCI／DADAÏ THAI VIETNAMESE DIM SUM／BALENCIAGA／PRADA／KITH／BEING HERE MAKES YOU ONE OF US.／or／Any 2020 Stone Designs 多様な人々、人種、ジェンダーが融合して新しい文化をつくる渋谷を象徴します／エスカレーターでは間隔をあける／歩かない　手すりにおつかまりください／進入禁止／COACH／KITH. TREATS.／KITH. KIDS／EYESTYLE／SOPH.／FIRST HAND／TOKiON／国籍や人種、言語、宗教問わず、花を贈る人間の心は万国共通である。／CAFÉ KITSUNÉ／Hender Scheme スキマ／GUCCI／VISIONARIUM THREE／Luis Vuitton “VIRGIL” NIGO／GRIT NATION／REDUCE REUSE REMAKE ムダのない未来へ adidas／adidas Belistaのアパレルはユニークなシルエットで強気のフェミニンスタイルを演出／Positive Attitude for Transformation／完全燃焼の夏にしろ REDAY FOR SPORT ROLA／BALANE/STYLE／and wander／CONVERSE STARS／SOCIAL DISTANCE SOCIAL DISTANCING／社交距離／社交距离／人との距離をあけて、新型コロナウイルス感染症の　拡大防止にご協力ください。２ｍ／防犯カメラ作動中／検温実施中　感染拡大防止のため　入館時検温を実施しております。　体温を測定いただき、　平熱であることを確認の上、　ご入館ください。／黄色のセンサー部分に手首を近づけて測定してください。／SHOW YOUR COLOR #FFFFFT.zip／The Editorial／年に一度、誰にでも誕生日はやってくる。／あの人を想うあたたかな気持ちが　たくさんの人につながっていきますように。／eggslut／G-SHOCK／L&HARMONY／uka／gram／DENIS MADE IN TOKYO／NOSE SHOP／他の誰でもない、あなたの鼻が主役のお店。／インディペンデントでハイグレードなフレグランス専業メゾンを　世界中からセレクトしてお届けすることで、　最上級の香りと共に

暮らす喜びや楽しさをお伝えします。／Follow your NOSE.（自分の鼻を信じて進め）／ALG BRIEFING／MIYASHITA CAFE+SOFTCREAM／KISSHOKARYO KYOTO／comma TOGO／jamba／パンとエスプレッソとまちあわせ／たまご　はじめ　ました／こちらの待ち合わせスポットはとりかごと言います／HARIO Lampwork Factory／もし割れてしまった場合はお直しもできます／HIGHTIDE STORE／TINY DWELL SASAKI RYOHEI exhibition／訪ねたことのないサンフランシスコに行ったつもりで、活動拠点の福岡市内を歩き、坂に建つ家を観察し描いていく。／制作背景が見えてくるような道具や端材といった、オブジェクトと合わせてお楽しみください。／KITKAT Chcolatory／THE SHIBUYA SOUVENIR STORE／渋谷区にくらす・はたらく・まなぶ人々が渋谷の魅力を伝える〝渋谷のお土産〟／ペットボトル100%再利用　サスティナブルバッグ／生殺与奪の権を他人に握らせるな!!／倍返し饅頭／MOOSE KNUCKLES／SSZの仮店舗TEMPORARY STORE OF SSZ／L'ÉCHOPPE／エスカレーターでは間隔をあける／歩かない　手すりにおつかまりください／進入禁止／FOOD HALL／TACO BELL／New York Ramen KUROOBI／PANDA EXPRESS／Mcdonald's／MAGURO MARKET／Valume CAFE&BAR／NEW LIGHT／中華　青山　シャンウェイ／海南鶏飯食堂5／うしとらSTAND／GRAN SOL TOKYO／周囲の方と距離をあけてご利用くださいphysical distance PLEASE KEEP APART／PIZZAとナチュールワイン戦隊 DRA エイトマン／ミヤシタ成ル／渋谷ワイナリー東京／ご利用のお客様にマスクをプレゼント中です☆／Small flowers blooming on the earth 2020 福津宣人／筋肉食堂／高タンパク　低糖質　低脂肪　低カロリー　今日の食事が明日の　自分のカラダを創る／EEEEEEEEEENNNNNNNNNNSSSSSSSTTTTTTTUUUUUUUUUDDDDDDDDDDI IIIIIIOOOOOOO／F.A.D JOINT EXTHIBITION／F.A.D最高—!!／FAD!最高!!／こうや、そうた、かざし、Dy、ダイソン、すぐる、りょーが／좋아요♥／#FADしか勝たん！　ミリア♥／FADしか勝たん!!／F.A.Dしか勝たん！／チョアヨ／チョアE／宮下パーク／希実♥／좋아~♥리자・가나／F.A.D／みやした／死ぬ事以外かすり傷／さばくのはおれのスタンドだ／中川パラダイス／「SAIKO-Yちゃんねる」TOP DANDY／Porn hub／fuckin' CORONA／To がんみ♥きましたお！ toribird_go♥ Harumi／目指せ甲子園!!／夏はこれから！ FAD最高あつキ／弱気は最大の敵!!／ぱおん／かざし／En THE BEST♥／EQUALAND SHIBUYA／TRUST／信じることからすべてはじまる。／信頼できる人やコミュニティが紡ぎ出す思考のつながりがこれからの時代のスタンダードな価値観となっていきます。／手指を消毒してください／作り手と消費者は、衣服に対する当たり前の意識をアップデートさせなければならない。／プラスチックと賢く付き合うってなんだろう？／太平洋にはごみが集まってできた「ゴミ諸島」が出現し

ています。／一人でも多くの方が、地球環境問題について考えるきっかけになればと願っています。／手指を消毒してください／現在、海へ流入するプラスチックごみは世界で年間８００万トンと推計されており、その約8割は、内陸から流れ込んでいます。／環境汚染だけでなく、問題が複雑に絡み合う現代にあって、全ての課題を0か１００で議論し解決することは不可能で、一時のアクションで持続可能な未来は作れない。／なくても困らないものを「断る」こと。「いりません」の一言は、自分から変えていくという、社会課題の解決に貢献していくポジティブな意思表示なのだ。／バイオマスフィルムを使用していることがお客さまにご理解いただけるよう、ロゴをつけました。／まるごとやさしい毎日へ／ポテトとジンジャーで世界を平和にする／せんべいを、おいしく、かっこよく／明日わたしは柿の木にのぼる／手指を消毒してください／NEW ERA／ellese TOKYO／MINOTAUR INST.／臭わない、を着る。／BOOK×写真×CAFE 天狼院カフェSHIBUYA／人生を変える書店／お客様が求める有益な情報が「本」であり、その情報を最適な形で提供するのが次世代の「本屋」の役割である、と定義をしています。／instant／DAYZ／SAI collection／Campbell's CONDENSED TOMATO SOUP 12・23・80 Andy Warhol／Face Records／GBL／あなたがいちばん最初に見た、ジブリの作品は何ですか?／MAMMUT／エスカレーターでは間隔をあける／歩かない　手すりにおつかまりください／進入禁止／NO DRONES!／はなれてあそぼう　2メートル　Keep Your Social Distance　はなれていてもできるあそび／ご注意テーブル以外の利用はご遠慮ください。　物を落とさないようにしてください。／芝生ひろば　LAWN FIELD　公園から落下する恐れのある遊具（ボールなど）の使用は禁止します　テントなどの工作物の設置は禁止します　芝生を傷める恐れのある履物（ハイヒールなど）の使用は禁止します　長時間の芝生ひろばの占有はお控えください　芝生の管理上、定期的に散水する場合があります　その場合は速やかにご退場下さい　その他管理上、利用を禁止する場合があります／WARNING 防犯カメラ作動中／MULTI-PURPOSE SPORTS FACILITY〈多目的運動施設利用のご案内〉／BOUL-DERING WALL〈ボルダリングウォール利用のご案内〉／BOARD PARK〈スケート場利用のご案内〉／区民以外の者が使用する場合の使用料は、本表使用料の倍額とする／登るな危険／こちらのベンチは　ご使用をお控え下さい／新型コロナ対策として　間隔をあけてお座り　いただいております／SHIBUYA HACHI COMPASS 渋谷の方位磁針｜ハチの宇宙　鈴木康広２０２０／自販機専用　公園のゴミ箱ではありません。自販機以外のゴミは　入れないでください。／自販機以外のゴミは捨てないでください／このゴミ箱は缶、瓶、ペットボトル専用です。／関係者以外　立入禁止／多目的トイレをご利用の際は　パークセンターへお声がけ下さい／新型コロナウイルス感染予防のため　このスペースでの滞留はご遠慮ください／NO DRONES!／STAFF ONLY／利用禁止 SOSIAL DISTANCE／VALLEY PARK STAND／ハシグチリンタロウ zymotic electro plants, 2017『発酵発電所』／いまではどういう働きなのかがある程度明らかになり、加工技術となっている「発酵」は、発見されるまでは、誰も知らないところで、勝手に起こっていた。／The Chain Museum／この作品に対する他の人の感想をのぞいてみませんか／田村 琢郎 Lovers／恋人を愛する様に自分を愛し 恋人を見詰める様に自分を見詰める／The Chain Museum／この作品に対する他の人の感想を　のぞいてみませんか／東 慎也 Humans／人間を、絵に描く。バカっぽさ、苦しさ、真剣さ、そしてやっぱりバカっぽさ。全部丸ごと描く。／The Chain Museum／この作品に対する他の人の感想を　のぞいてみませんか／STOP●前の方との距離を空けて並びましょうKeep Your Distance／STOP●前の方との距離を空けて並びましょう Keep Your Distance／STOP●前の方との距離を空けて並びましょう Keep Your Distance／STOP●前の方との距離を空けて並びましょう Keep Your Distance／STOP●前の方との距離を空けて並びましょう Keep Your Distance／STOP●前の方との距離を空けて並びましょう Keep Your Distance／Keep your Distance 間隔をあけてお並びください●適切な距離を保ちましょう／Keep your Distance 間隔をあけてお並びください●適切な距離を保ちましょう／Keep your Distance 間隔をあけてお並びください●適切な距離を保ちましょう／Keep your Distance 間隔をあけてお並びください●適切な距離を保ちましょう／Keep your Distance 間隔をあけてお並びください●適切な距離を保ちましょう／Keep your Distance 間隔をあけてお並びください●適切な距離を保ちましょう／Keep your Distance 間隔をあけてお並びください●適切な距離を保ちましょう／Keep your Distance 間隔をあけてお並びください●適切な距離を保ちましょう／Keep your Distance 間隔をあけてお並びください●適切な距離を保ちましょう／Keep your Distance 間隔をあけてお並びください●適切な距離を保ちましょう／12 Please Wait Here 番号に沿ってお進みください●／11 Please Wait Here 番号に沿ってお進みください●／10 Please Wait Here 番号に沿ってお進みください●／9 Please Wait Here 番号に沿ってお進みください●／8 Please Wait Here 番号に沿ってお進みください●／7 Please Wait Here 番号に沿ってお進みください●／6 Please Wait Here 番号に沿ってお進みください●／5 Please Wait Here 番号に沿ってお進みください●／4 Please Wait Here 番号に沿ってお進みください●／3 Please Wait Here 番号に沿ってお進みください●／2 Please Wait Here 番号に沿ってお進みください●／1 Please Wait Here 番号に沿ってお進みください●／STARBUCKS COFFEE

ミヤシタパークを出て、代々木公園に行く。笠井さんが帰る。コンビニで買った酒を飲みながら歩いていると、地図アプリに表示されていた予定到着時間がどんどんのびていく。もう一度ミヤシタパークに戻り、横断して反対側へ。代々木公園に着くと、荷物を背負った人たちが列をつくって並んでいる。列は公園の奥の闇に紛れて、どこまで続いているのかわからない。先頭で薬や絆創膏、お菓子のようなものを配っている人がいる。同期がその人に話しかけると、ホームレスの人たちへ給付金申請の手続きを呼びかけていたという。住所がなくても、特別に給付金申請のための住所登録ができるようになった、渋谷区では明後日までに登録する必要があるとのこと（注：作者が話をちゃんと理解しているかどうか自信がない。本人確認が取れて住所登録の見込みがつけば、給付金の申請ができる？）。

すこし前に署名を集めて、総務省に要望書を出したらしい。ＮＨＫデモの帰り？と聞かれたので、同期が、――こいつ（＝作者）が詩人やってて、二人でミヤシタパークに行って詩を書いてきたんです、と答える。「みんなの宮下公園」を説明して、かつての宮下公園ナイキ化についての話を聞く。詩ができたら読ませてほしいといわれる。今度の木曜日にadidas前に集まって、公園課と交渉するという。

しばらく話したあとで別れる。公園の奥から実況音声が聞こえてくる。運動場が見えてきてたくさんの人たちがトラックのまわりを何周も走っている。ちょうどいいスペースを見つけて、同期がつくった音楽を聴いたり、思いつきでつくった歌詞を乗せて歌ったりしながら酒を飲む。コオロギの鳴き声を身近に感じたので、写真に撮ろうとする。フラッシュの操作に手間取っているうちに同期が近寄ってきて、コオロギが逃げてしまう。ブルーシートの家が点々と並んでいる。汗をかいたので、暗闇のなかで服をぬぐ。水飲み場で体を洗う。大雨がふってきて、知らないマンションの駐輪場に避難する。排水溝から水があふれ出してくる。休めそうな場所を探して、同期の家まで歩いて帰る。一週間後、山本と次に書く原稿の打ち合わせをして、二人でミヤシタパークに行く。「みんなのミヤシタパーク」最終調整。見逃していた言葉を足して、消えてしまった言葉を削る。

２０２０年８月30日時点にミヤシタパーク（商業施設「RAYARD MIYASHITA PARK」、公園「渋谷区立宮下公園」、ホテル「sequence MIYASHITA PARK」）内に存在した文字により構成した。
本作品は、山田亮太『オバマ・グーグル』（２０１６年、思潮社）所収の「みんなの宮下公園」（２０１０年）で描かれた場所の10年後を舞台としている。制作にあたり使用した文字はミヤシタパーク内の掲示物の他、商業棟内テナントの店名および店内掲示物を参照している。店内掲示物のテキストを使用した店名を以下に列挙する（五十音順）。
adidas Brand Center／EQUALAND SHIBUYA／The Editorial／En STUDIO／KITH.／筋肉食堂／GUCCI／SAI collection／THE SHIBUYA SOUVENIR STORE／渋谷ワイナリー東京／FFFFFT.zip／GBL／天狼院カフェSHIBUYA／TOKiON／NOSE SHOP／HIGHTIDE STORE／HARIO Lampwork Factory／パンとエスプレッソとまちあわせ／VALLEY PARK STAND／MINOTAUR INST.

9月1日（火）　埼玉・飯能　　宮尾節子

ただ
ただただ
だだだだだ
だだだだだだ
だだだだだだだだ
だだだだだだだだだだ
だだだだだだだだだだだだだ
だだだだだだだだだだだだだだだだだだだだだだだだだだ
だだだだだだだだだだだだだだだだだだだだだだだだだだ
だだだだだだだだだだだだだだだだだだだだだだだだだだ
だだだだだだだだだだだだだだだだだだだだだだだだだだ
だだだだだだだだだだだだだだだだだだだだだだだだだだ
だだだだ
無駄に続く人生もあれば
だだだだだだだっ
七発で終わる人生もある。

＊

鳴り物入りの
八月が終わり

あなたの健康を守ることと、わたしたちの
平和を守ることが、繋がっているとすれば
誰にとっても幸いなことです。

蝉の声に虫の声が混ざり
今日から九月の

てすてす、てす。
朝夕は少しましでも

まだまだ昼は暑くて
流れに足を入れると

入間川が
人間川に、見える。

8月23日。米中西部ウィスコンシン州ケノーシャで、無抵抗とみられる黒人男性が白人警官に7回発砲されて、重体になる事件が起きた。

9月2日（水）　東京・神宮前　　川口晴美

例年より遅れて始まった上に突然オンラインでやらなければならなくなった大学の前期授業が8月上旬にようやく終わってすぐ、日々のコロナ感染者数はいっこうに落ち着く様子もなく胸がざわざわしていたところへ後期もオンラインでと各大学から通告されて目の前が暗くなり、せめて後期から始まる授業は履修人数を制限させてくださいこのままではとても続けられません、と強めのメールを送ったのに〈それは難しいです／ご希望に沿えなくて申し訳ありません／ご無理のないように授業を工夫なさってください〉みたいなメールが返ってきて、これがいわゆる木で鼻をくくったようなというやつかと呆然としつつ〈ご希望〉じゃねえよ悲鳴だよもう限界だから助けてくださいっていう救助要請だよと頭の中でブチ切れ、なぜ難しいのでしょうかどうか再考してくださいますよう伏してお願い申し上げます、などと大阪へ向かう新幹線内から即レスしたGo To。

大阪には独居中の母がいる。自分では決して認めないけれど認知症で、給付金申請なんてひとりでできるわけないのだし他にも発掘しなければならない書類がいろいろあって〈不要不急〉どころではないからGo To。とはいえ、わたしが生まれ育ったあの小さな海辺の町にそのまま実家があったとしたら東京から行くのはきっと躊躇っただろう。姉妹が近所に住んでいる方が心丈夫だからと母が10年前からマンション暮らしを始めていたのは好都合だったな大阪の状況もたいがいだし、と言い訳のように思ってわたしはお盆なのにガラガラの新幹線に乗ったのだった。

もちろん書類はすんなりとは見つからない。母の家を勝手に漁るわけにはいかないから説明して、ここちょっと探してみていいかなと許可を請うのだが母は不機嫌度MAX、そんな書類は見たことない、自分は大事なものをなくしたことなど一度もない、大事なものなら絶対にこの引き出しに入れているはず、と傍らに立って言いつのり責め立てる。それでいて3秒後には何を探していたのだったか忘れ、なぜそれが必要だったかもわからなくなって怒り出すから、また最初から説明して許しを請うエンドレスループ。やっと申請書類が見つかっても次は通帳とカードがどこにも見当たらないし健康保険証は7月末で期限が切れている。助けてくださいって救助要請はどこに出せばいいですか。

聞いたことだけでなく自分が言ったこともしたことも3秒で忘れる母は、自分が忘れたり間違ったりするとはひとかけらも思ってなくて、すべてわたしがわるいことになる。母にとっては嘘じゃないにせよ話している途中で言うことが変わっていくから懸命に受けとめても翻され続け、意を尽くしたつもりのわたしの言葉はことごとく否定されスルーされ虚空に消える。これはアレだ、信用ならないあのひとたちの国会答弁を聞くのに似て、言葉でできたわたしの心は削られればらばらに壊れかけて〈それは難しいです〉。

夜明け頃、友人たちがLINEグループでくだらない話題について生き生きと言葉を交わしているのをたどって縋るように貪り読み、その日あったことがばらばらに壊れていかないように詳細に言葉にしようとするメモはどんどん長くなり、何とかいろいろをやり終えて1週間後やっぱりガラ空きの新幹線に乗って品川で降りたとたん虚脱して、駅構内のカフェでソフトクリームを舐めながらちょっと泣いた。サイアクなのは、あんなに優しかったオカアサンがこんな……みたいな澄んだ悲しみをわたしがまったく抱いていないこと。ああ元々こういうひとだったよねえ、という濁った気持ちばかりが淀んでいく。思春期以降わたしの言葉が母に通じたことはたぶん一度もないんだ。笑える。

涙で濁ったソフトクリームがテーブルに垂れ落ちた跡をアルコール除菌シートで拭いながら、ふいに思い出す。そうだ、コロナだった。1週間のあいだ自動的に外に出るたびマスクをつけたし帰ってくれば手を洗ったけれど、コロナのことはきれいさっぱり頭から消えていたよ。笑える。思い出して、立ち上がって、Go Toと自分に言う。

9月へ、

そうしてたどり着いたけれどこの先はまだ見えない。

新型コロナ対応の1人一律10万円の特別定額給付金の申請期限は自治体によって違い（大阪市は8月25日だった）、申請してからどれくらいで入金されるかもまちまち。

9月3日（木）　東京・小平　田野倉康一

隣に座る人はみんな敵
吊り革にはつかまらず
電車が揺れるたびに
あっちにゴロゴロ
こっちにゴロゴロ
いつまでやるんだろう
いつまで続くんだろう

マスクを忘れて刺すような視線に刺されまくり
ボロ雑巾となって職場に着けば
そこには厖大な
ボロ雑巾の山が

嘘をつく不動産屋
役所を見下すハウスメーカー
書類をとっとと出せよ
コロナは理由にならない

現場調査は炎天の
下、路地裏には猫もあるかない
冷房のきいたお屋敷の居間の
猫になりたい

帰りの電車も敵中横断
沈黙の
ボロ雑巾たちのすり切れた背に
今日も同んなじ夕陽があたる

こうしてあまりに散文的な
一日が終わる

愚痴しか出てこないのが情けない。詩はどこへいったのか？　いや、詩はここにこそあるんじゃないか？　僕はお金持ちのお屋敷の、居間で日がな寝ている猫になりたい。

9月4日（金）　千葉・市川　　柏木麻里

日が西から
南へ回った
なにかを盗むように
そっと、すこしずつ

まぶしくなってきた
南窓の光には
透明で、情け容赦のないものが
隠れている

無力だった子供の私が
黙って砂のように
奪われていったものを
助長する種類の光

いのちを盗まれている夏は
声も上げられずに
叫びの口の形をして
最後の子供を産んでいる

百日紅の花房には
まだ緑色のつぼみがいっぱいだ

東京の新規感染者一三六人。沖縄県独自の緊急事態宣言

が解除。世界の感染者数が横ばいになり、アメリカやブラジルで減少に転じた。「GoToイート」の地域限定食事券の発行事業、九月中開始の見通しと報じられる。

9月5日（土）東京・杉並　峯澤典子

半年ぶりに美容室へ行った
消毒がしづらい紙の雑誌のかわりに
指紋をすぐに拭きとれるタブレットが
鏡のまえに置かれている
客がひとり帰り
椅子とタブレットは念入りに消毒された

美容室の帰りに
外で食事をすることにした
目当ての店に着くまでに
いくつかの閉店のお知らせに気づく

ほかのひとから離れて座り
じぶん以外のひとが茹でたパスタを
数か月ぶりに食べる
客がひとり帰り
椅子とテーブルは念入りに消毒された

コーヒーを飲みおえるまで
だれとも目をあわさず
今朝　なんとなく鞄に入れた
リルケの『マルテの手記』をひらく

「詩はほんとうは経験なのだ。一行の詩のためには、あまたの都市、あまたの人々、あまたの書物を見なければならぬ。あまたの禽獣《きんじゅう》を知らねばならぬ。空飛ぶ鳥の翼を感じなければならぬし、朝開く小さな草花のうなだれた羞《はじ》らいを究《きわ》めねばならぬ。まだ知らぬ国々の道。思いがけぬ邂逅《かいこう》……」（大山定一訳）

いま　生きるためには
生きのびるためには
あまたの経験の痕跡は消され
念入りに消毒されなければならない

でも　きっと
こんなに手際よく
なにかの
だれかの
わたし自身の

痕跡を
ひとつ　消してしまったら

わたしの感情には
見えない傷が
ひとつ　残ってしまうだろう
もし痛みだしたとしても
永遠に知られないままの

わたしがさっきまで座っていた椅子もテーブルも
念入りに消毒されてから
家に帰ると
おおきな梨が詰まった箱が
しばらく会えないひとから届いていた
傷はありますが甘いです、という手書きのメモとともに

皮をむきながら
かすかに傷んだ跡に
くちをつけると
澄んだ涙のような
蜜の香りがした

痛みだす日を
たしかに知っていたころの

リルケ『マルテの手記』（大山定一訳／新潮社）より引用。

9月6日（日）　神奈川・横浜　新井高子

ある晩、子ダヌキに出会った
マンションの入口の階段で
ネコかと思ったら、目の下にくまが
おどろきもせず、みどりの瞳でわたしを見返し、
ひょっとあたまを掻いてから、植込みへもぐった
しばらく並んで歩いたのさ
尾っぽのふさが覗けたよ、
　　草のすき間から
横浜市街でいま、タヌキと散歩しているのは
わたしだけ、
と有頂天になったが、

ベランダの手すりにとまる雄々しいトンビ
プランターの葉を食べにきた青ヒゲのカミキリムシ
公園には、顔なじみのハシブトガラスの親子もいて、
旅をしないコロナ禍の夏
近所のいきものが、ようやく身に染みるようになって、

貧しい自然
殺伐なほどコンクリートにおとしめられたが、
どう足掻《あが》こうと
どこであろうと、その「内側」なんじゃないのか

穴ぽこだらけの岩山さ、
湾岸に立つマンションの大群も
つつましく寝起きするなりわいが
サボテンみたいに、
　　はびこって、

ゆうべ、
コオロギが鳴いたよ
高層階のベランダで、
　　空気をうるおすように、
ステイホームがにわかに増やした植木鉢を
つたってきたんじゃないか
よじ登ってきたんだよ、
　　この石山を

おどろかなかった
タヌキも、トンビも、
かれらは、とうにこっちを見ていた

手も足もでない
手も足もない
サボテンたちは、うなされる
いつか、
すべてが、
狸穴《まみあな》にかえる夢
草ぼうぼうぼう

どんな花が咲いているのか、どんな鳥が鳴いているのか。コロナ下の在宅勤務で、近所のさまざまにようやく気付けたわたしもいる。

9月7日（月）東京・深川　カニエ・ナハ

昨夜奈良から東京に帰ってきて、18:26京都発のぞみで20:38に東京について、八重洲北口からすたこら、東西線日本橋へ、日本橋からあと、えっと、ふた駅なんだうちの駅、日本橋のとなりの茅場町までは一分、茅場町からとなりの門前仲町までは2分、この2分の間に川を渡る、渡るっていうか地下鉄では潜ってるのかな、潜る、潜って渡る、潜って渡ってる、

昨日までの三日間、毎日四、五時間山里を歩いた、歩きまわった、二、三日目は宿でじっとして原稿を書いていてもよかったのだけど、天気もよかったし、せっかく来たから歩きまわった、景色もよかった、Zoomにメールにラインに……と、画面を見る時間が今年あっとうてきにふえた、目がつかれている、緑がやさしかった、直線でない稜線が、なにもない空が、それらを、目が求めていて、

二日目は山の上の高原をめざして歩いていた、山の途中で来週のオンライン大会の接続チェックをかねたミーティングの時間になってしまって、私だけ屋外で、背景が大自然になってしまって、笑われちゃった、四元さんがつぎのようなことを云った、「空、すごいね。これじゃ空のほうが気になっちゃって、話が入ってこないよね。」こないですよね、

みんなの空だけを背景にうつして、空の背景だけをうつして、なにも語らずに、ただ黙って空だけをうつしあって、眺めあって、眺めあわなくてもよくて、そんなZoom会議が、いつかしてみたい、してみたいな、

二日目の夜、べつのZoomミーティングで、Zoomで手話で打ち合わせってはじめてしたんだけど、画面からはみでちゃって、もどかしいね。やっぱり直に会いたいねってなって、明後日って、つまり今日、正確にはこの今日のことを書いてるのは、明日なんだけど、会いに行ったよ、そのことはたぶんまたあとで書くね、

三日目の、つまり昨日の朝、三日間ではじめて雨が降って、雨が降ってなかったら朝から出かけてしまうところだったのだけど、雨に足止めされて、足踏みをさせてもらって、ありがとう、雨、ありがたいなあ、雨雲でてっぺんが見えない、山を眺めながら、民宿の雨の窓辺で、先週の金曜日にリリースされた、ダーティ・プロジェクターズの新譜を聴いてんだ、『スーパー・ジョアン』っていう、ジョアン・ジルベルトにマージュしてるみたい、去年、窓から三崎の海が見わたせる海辺の民宿で、ジョアンを聴いてたことをおもいだして、そのすこし前に亡くなったのだった、あのジョアンの『声とギター』ってアルバム、帯に「これより良いものは沈黙しかない」ってある、座右の銘にしてるよ、何百回も聴いたんだ、電車でも山でも海辺でも、人生のサウンドトラックだね、ジョアンが好きだっていう青葉市子さんの、こないだのユリイカの特集に寄稿したとき、ジョアンと市子さんについて書いたとおもう、タイトルが、声とギターとお漬物、そうだ先週は市子さんの新曲もでたよ、そっちも聴いたよ、そっちに変えるね、

声とギターとお漬物、声とギターとお漬物、それらがあれば、だいたい生きていけるよね、生きていけるよね、ここの民宿

のごはん、なかなかおいしいんだ、ご飯とみそ汁とお漬物、焼き魚に、この村で取れた野菜、窓の外にそびえてる、お山をみながら、お漬物かじる、お味噌汁すする、ずずず、

日記、ちっともすすまないね、これは何年何日の日記だったっけ？　２０２０年９月７日か、９月７日の日記なんだけど、９月６日の朝食について書いてた、しかも今日は９月８日の朝で、しめきりは９月７日の24時なんだけどね、その時間は横浜から家へ帰る最終電車の中に居たんだ、夕飯もまだ食べてなくて、夕方から日比谷、移動して21時から横浜で、ミーティングがあってね、オンラインじゃないやつが、両方とも長引いちゃってさ、昨日は、えっと、日記的にいうと、今日は、朝から超いそがしかったんだよ、お、これでやっと今日の話に入れるね、やっと今日の日記らしくなってきたぞ、やったね、みなさん、お待たせしました、やっとここから、今日の日記ですよ、今日の日記のはじまりはじまり、だよ、

映画みたいにさ、ここでやっと、まんをじして、ってかんじで、タイトルでも出そうか、

２０２０年９月７日。

大林監督の映画だとさ、ここからサブタイトルみたいのがいくつも出るんだよ、ほら、長岡花火大会の映画とか、サブタイトル大すぎて、どれがほんとのタイトルかわからなくなっちゃう、今度の「海辺の映画館」も、タイトルが出たあと、えっと、「映像純文学の試み」だっけ、っていうサブタイトル？がバーンと出て、わたし、おもわず吹き出しちゃったんだけど、みんなは笑ってなかったな、あの映画、さいごのほう、劇場のあちこちですすり泣く声が聴こえたよ、一週目に見にいったんだけど、ほぼ満員だったな、日比谷シャンテ、今週でシャンテでは終わっちゃうのかな、もう一回見にいっときたいな、いけるかな、

それでね、この日記もさ、たとえばさ、「独白的純日記の試み」みたいなサブタイトル？みたいなのをかかげて見てもいい、独白って、わたし誰に話かけてるんだろうね、きっとあなたに話しかけてるんだろうね、あとは依頼主の松田さんかな、松田さんの顔もちらついてる、なにせしめきり過ぎてるからね、松田さんごめんなさい、

いまの連、読み直したら、さいごのところ、ごめんなさい、っていわなくちゃいけないところ、ごめなさい、になってて、わたし、あやまるのへただね、へたね、へた、

独白的純日記にもどる、

そういえば昔、吉田喜重の映画に「告白的女優論」ってあったよね、映画なのに「論」って、かっけーとか、それを見た

のまだ二十代前半とかだからね、しびれちゃって、でも内容はあんまり覚えてなくて、例によって岡田茉莉子が出てたよね、岡田茉莉子とあとふたりの女優が、森のなかを歩いてる映像が思い浮かぶんだけど、そんなシーンあったのかな、まあその映画のことはどうでもいい、「告白的女優論」みたいな感じでさ、これは「告白的日記論」でもいいな、さっきは「独白的純日記」っていったんだけどね、日記論を日記でやろうとしてるってわけ、ミイラとりがミイラになる、みたいにならないといいね、

昨日の夜、奈良から東京に帰ってきて、18：26京都発のぞみで、20：38に東京について、八重洲北口からすたこらさっさと、東西線日本橋へ、日本橋からあと、えっと、ふた駅なのね、うちのもより駅は、日本橋のとなりの茅場町までは一分、茅場町からとなりの門前仲町までは2分、この2分の間に川を渡る、渡るっていうか地下鉄では潜ってるんだとおもう、潜って渡って、ひさしぶりに帰ってきた、荷物いっぱいいかえて、

半沢直樹が、撮影が遅れて、放送予定のえっと第8話だっけ、が来週に延期になって、そのかわり急遽、出演者が出てきて1時間の生放送をする、いそいだらそれに間に合うかな、いそぐね、改札を出たのが55分、家についたら9時3分だった、半沢はじまってた、どうやら冒頭のいいところ見逃しちゃったみたい、いちおう録画しといたんだけど、生放送だから、番組の設定がかわったのかな、録画が無効になってた、ついでに録画したあれこれちゃんと録れてるかチェックしたら、「名建築で昼食を」が録れてなかった、あれだ、うちのベランダの前の木が繁茂しすぎて、パラボラアンテナが受信する、電波を阻害していて、「名建築で昼食を」はBSの番組で、どのチャンネルだったか忘れちゃったけど、一話から毎週たのしみにしてるのに、ちくしょう、こないだ近所のホームセンターで買ってきた枝きりバサミで、あとでチョキチョキしてやるんだ、とかおもってたら、昨夜ポストに、当マンションの住人各位、九月某日ベランダ側の植物の伐採工事を行います、みたいなチラシ、お知らせが入ってた、

葉っぱを切り落とすたび、モザイク状になったBS画面から、葉っぱが落下するように、モザイクが剥落していく、枝切りバサミはふつうのハサミと全然使いかってがちがって、力の入れ方、筋肉の使い方がちがう、重たい、枝も枝でなかなかに太く、抵抗してくる、見れば見るほどよい枝ぶりで、その完璧なプロポーションを、わたしが壊そうとしているのだというそくめんがあるようにおもえてくる、これはこれで名建築じゃないかと、この木のかたわらで、わたしも昼食を食べているじゃないかって、

しかし今夜（昨日の夜、つまり9月6日の夜）しめきりの原

稿があるのだけど、向こうで、つまり奈良で、あと新幹線でも、ある程度進めていたのだけど、21時3分ごろ家に帰ってきて、疲れすぎてて飲めなかった、さっき京都駅で買った、抹茶のビールを開けて、ちびちび飲みながら、半沢直樹の生放送をぼんやり見てて、気づいたら寝ちゃってて、ここからやっと今日の話になるんだけど、2時半くらいにがば、と起きて、「しめきり！」とおもって、しめきりの原稿にあらためてとりかかったってわけ、「カニエくん、きみは原稿書かないとおしまいだよ。お・し・ま・い・DEATH！！！」って、香川照之の大和田のモノマネ一人でしながら、夜中2時半に、「ナハ、あなたがいるってわかってあたし、やる気まん・まん・よ！」って、片岡愛之助の黒崎のモノマネ一人でしながら、それをうける堺雅人の半沢の苦い顔のモノマネ一人でしながら、午前2時半に、5時ごろいったん書き終わって（お・し・ま・い・DEATH！）、落ちて、七時ころ起きて、あれこれしたくして送りだして、あっといまに九時過ぎ、約1時間推敲して、これ、ある彫刻家に宛てた、彫刻にまつわる文章で、こんどでる彫刻家の作品集に載る文章なんだけど、短い文章を削って、かたちを整えていく、文章をつくりこんでいくのもすこし彫刻に似てるね、でもこの作家さんは石彫、石を扱ってるんだけど、一度彫ったところは元に戻らないからね、そこが文章とは全然ちがう、やっぱり全然ちがうなあ、

10時過ぎに原稿を送付、つづけて英訳してくれる人に原稿を送付、念のためラインもしておく、これでやっとひと息、朝食たべよう、あ、そのまえに洗濯機まわさないと、旅先で洗濯できなくて、三日分の洗濯物がたまってて、洗濯機まわしながら、あー、あいかわらず部屋もちらかってて、洗濯機まわして、それから先週でた、一十三十一さんの新しいレコードまわして、

代々木上原のレコード専門店、Adult Oriented Recordsの開店2周年の記念盤で、主にＡＯＲ系シティポップ系のレコードを扱ってるんだけど、この一十三十一さんの新譜はB面に松田聖子「秘密の花園」が入ってて、松本隆作詞、呉田軽穂（ユーミンの別名ね）作曲のカバーでこれがめちゃくちゃ良くて、発売日から三日間で１００回くらい聴いて、これはやばいとおもって、先週どこかでもう一回代々木上原寄って、もう一枚買っておいた、レコードって聴きすぎるとすりきれちゃうのがいいよね、

それでそのレコード屋でついでに、呉田軽穂のつながりで、ユーミンのＡＯＲ系を代表するアルバム2枚だとおもうんだけど、「パールピアス」と「昨晩お会いしましょう」を買って、どっちも５００円とか６００円だったかな、めちゃ安いよね、どっちもＣＤで、近年はサブスクで、何百回も聴いてきたアルバムなんだけどね、ところでユーミンは荒井時代っ

ていうひとは、このへんのアルバムもちゃんと聴いてるのかな？　「パールピアス」１００回聴いて出直してこい、とか、昔のジャズ喫茶の頑固な店主みたいこといいたくなっちゃう、やばいね、でもいまの音楽も大好きだよ、長谷川白紙さんのおとといのアルバムとか２００回くらい聴いたよ、The 1975の今年のくそ長いアルバムだってもう１００回は聴いた、いい音楽はくりかえし聴きたくなるね、再生したくなるよね、わたしは詩集もそういうものだとおもってて、１００回とか２００回、再生される詩が書きたいたな、詩集をつくりたいな、

それでレコード聴きながら洗濯機まわしながら部屋のかたづけしながらってうちにあっというまにお昼で、夕方17時過ぎから横浜で打ち合わせ、20時までのとそのあと別のプロジェクトの打ち合わせが21時から、の二本立てで、その準備もしつつ、16時に送ってかなきゃいけなくて、それまではやや時間あって、郵便局に行く用事があって、外に出てみたら土砂降りの雨で、犬や猫みたいな、さっきまで晴れてたのにね、でもいいや、傘さして郵便局に向かう、あ、結局その宛先昨日は書けなくて、今日、この日記書いたらまずそれやらなくちゃだった、はやく日記書き終えないと、

この日記、つまり9月7日の日記を書くのに、わたし、9月8日の朝めがさめて、昨夜21時半に横浜ではじまった二本目の打ち合わせが、23時すぎに、つまりわたしの終電が来てしまったので、終わって、そうだオンラインじゃないと、終電ってものがあるんだよね、1時ころ家に帰ってきて、駅前の松屋で遅い目の夕飯たべて、家に帰って1時半くらいだったかな、その移動の間も翻訳の件とかその他のプロジェクトの件でずっとメールとかラインしてるんだけど、帰って、まだ仕事は山積みなんだけど、なにより今日の日記のしめきりがすぎてるんだけど、とりあえず寝ちゃった、

それで6時すぎかな、夢を見て起きた、そうだ、小島ケイタニーラブさんとドライブしてた、ケイタニーさんが運転してくれて、あれ、実際は、おととい、奈良の山村から京都まで二時間、森をぬけて、林さんが運転してくれたのだけど、道中、いろんなこと話した、共通のしりあいもいっぱいいて、せまい業界だね、昨日の打ち合わせその2の一人も、そのひとりだった、

起きて3分もしないうちに日記を書きはじめた、で、いまにいたってる、パソコンの時計をみる、8時6分、途中ちょっと中断されちゃったけど、もう2時間もこんな感じで日記書いてるんだ、こんど、24時間日記を書きつづける、みたいなプロジェクトやってみたいな、このままいまこれをあと22時間つづければそうなるんだけどね、なんか、いけそうな気もするけどね、

あと十数分したらいったんパソコンを離れて送りださなきゃいけない、これはこれでそれなりに流れってものがあるし、日記なんてジャズのインプロヴィゼーションみたいなものだからね、コルトレーンかな、いやちがう、ソニーロリンズかな、ライブ会場だかスタジオだかにくる道すがらにたまたま耳にしたメロディを、その日の演奏によくとりいれたっていうよね、日記っていうのはそもそもインプロヴィゼーションでしか書けないのかもね、中学生のときからジャズ聴いて育ったからさ、家に死ぬほどレコードがあった、とかじゃないぜ、ゼロからぜんぶ自分で集めたんだ、うちの親は哲学者じゃないからね、っていうちょっとしたヒントだけ与えておくよ、これが誰の文体を意識して、それと架空のジャムセッションしてるか、いずれにせよ、ジャズにたとえられると燃えるんだ、

8時12分、これじゃ日記じゃなくて「分記」だね、日記にはあきあきしてるから、これからは「時記」とか「分記」とか、それにもあきたら「秒記」を書いていこうかな、うん、そんなんなったらそれこそ病気だよね、

8時14分、ダーティ・プロジェクターズのこないだの金曜に出たＥＰ「スーパー・ジョアン」をこれを書きながらオートリピートでずっと聴いてて、奈良の雨の午前にもおなじようにしてずっと聴いてて、昨日の移動中もずっと聴いてたから、一周11分とかだから、もう何回聴いたのかな、50周くらい？　これくらい聴くと、耳にしみこんだ気がするね、あと50回も聴けばからだにしみこむ、

8時16分、ほんとに分記をやるのかあたしは、分記奮闘記だね、なんてね、そうだそういえばさ、来週キャンプファイヤーって企画があって、若いおもしろいアーティストが一晩集まってパフォーマンスする、もう告知も出てるよね、帰りの新幹線でプロフィール催促されて、あわてて出したんだった、それでそこで、記録をする、ドキュメントする、文章でね、

8時17分、みんな多かれすくなかれ、映像みるのにつかれちゃってるとおもう、昨日の打ち合わせ1でも、Ｗ田さんが、もう映像みれない、っていってた、一日何十時間も見てるんじゃないかな、今年になって、こういう状況になって、そういう二次被害も出てきてる、みんなそれぞれのかたちでむしばまれてるね、

8時19分、山歩きのために買ったカカオ72%のチョコレートをほおばる、チョコをたべるとコーヒーが飲みたくなるね、昨日は打ち合わせその1のルノワールで、もう疲れすぎててコーヒー頼む気がしなくて、ハチミツの入ったアイスティーを注文したんだ、なかなかおいしかったな、ルノワールの店員さんって親切だね、2時間くらいの打ち合わせのあいだに、

水、10杯くらいついでくれて、お茶も三杯くらいもってきてくれた、ありがとう、ひとと喋るとのどがかわくね、水くれるとのどもからだもこころもよろこぶね、ありがとう、ルノワールの店員さん、

8時23分、そろそろしたくしなくちゃね、この日記、じゃなかった、分記も、どこかでふんぎりつけないと、ん、日本語あってる、そろそろ松田さんから進捗伺いのメール来ちゃうんじゃないかな、しめきり、あー、なんかこの日記、じゃなかった、分記、やはりファーストリーダーである松田さんに向けて書いてて、どうして日記の提出が遅れたかってことを説明するための日記、じゃなかった分記、なんじゃないかな、これは、そう見えますか、松田さん？

8時24分、これだけお世話になってるのだから、そろそろ松田さんのために、というのは松田さんに捧げる詩なんてのも一篇、まじめなやつね、書いてもっていうか書いたほうがいいんじゃないかって気がしてきた、こんないいわけめいた日記、じゃなかった分記じゃなくてね、どうですか、要りますか、松田さん？

8時26分、ほんとうに、そろそろしたくして送りださないと、しばらくしたら戻ってきますね、ほんとすみません、松田さん、

8時27分、あと、ルノワールの店員さんのためにも詩を書きたいよね、
8時28分、では、しばしお待ちを、

＊

わかった、わかったよ
きょう、いかなくていいよ
うえのこも　きょうはやすみ　あしたも　あさっても　とおかかん　おやすみ

きのう　ひるごろ　とつぜんかえってきた
がっこうのせんせい　ころなになっちゃったんだって
たんにん？　たんにんじゃない
それでとりあえずきょうはいっせいそうたい
れんらくがきた　むかえにきてください
とりあえずあしたはおやすみ
あさっていこうは　あとでれんらくします
けんさひつようなせいとには　こべつにれんらくしています
このじかんまででれんらくがないかたは　けんさはふようです
くがつ　じゅうしちにちまで　きゅうこうとします
え、このくそいそがしいのにどうするん？

なんとかなるか　なんとかするしかない　しかたない
しかたないよね
しかたない　いいよ　きょうは　きみも

＊

こんな日記、じゃなかった分記をえんえん書いてるあいだに、片付けられた仕事がいくつもあったのだけど、これは大事な日記、じゃなかった分記なんだ。彼女は日記を書くのが趣味であった。日記を書く時間が毎日、すこしずつ長くなっていって、気づけば一日の半分を日記を書くのに費やすようになり、やがて一日の三分の二を日記を書くのに費やすようになり、ついには二十四時間を、日記を書くのに費やすようになった。つまり、寝ている間も、夢の中でも、彼女は日記を書いていて、

彼女はいつもふたつの日記を書いている、ひとつは現実の日記、もうひとつは夢の中の日記、現実の日記に夢の中のことを書くこともあるし、その逆、つまり夢の中の日記に現実のことを書くこともある、現実の日記の中の夢の記述の註釈が夢の日記に付されていたり、夢の日記の中の現実の記述の英訳が現実の日記に付されていたりもする、

マクドナルドのハッピーセットのおまけだとおもうのだけど、おもちゃのドラえもんの人形の、帽子がぬげていて、ドラえもんの青くてまるい、頭頂から紐が出ていて、その紐を帽子に開いている穴に通さないと帽子を被れないのだが、それがなかなか通らない、

現実の日記と夢の日記の間にもほそい穴が開いていて、往来することもできるのだが、それは細い糸なので、意外と通すのが、通るのが難しい、

＊

13時58分（9月7日）、このあと打ち合わせのスタッフのN島さんからライン来て、今日W田さんとわたしが在宅に切り替えたので、Kエさんも横浜まで来てもらうのあれなので、東京駅あたりでどうですか、といった内容で、わたしは、せっかく在宅に切り替えたのだからオンラインでどうですか？と聞いたのだけど、きょうは対面で、ということになって、その理由はあとでわかったのだけど、W田さんがもうモニターが見れないのだったし、やはり対面だといろいろなことがするする決まる、そういえば、このW田さん、N島さん、S藤さんと、オンラインではずっとひんぱんに会っていたのだけど、現実で会うのはいつぶりだったろう、何か月ぶり？もはや現実とオンラインの区別がつかなくなっている、現実と夢の区別がつかないみたいに、

17時33分（9月7日）、打ち合わせ場所に指定してくれた、有楽町のルノワールにつくと、N島さんすでにパソコンひろげてて、現実ではひさしぶりに会った、会えた、あとからS藤さんもW田さんもやってきて、ひさしぶりに会えた、うれしいな、うれしかったな、顔がつかれてますねーっていわれて、疲れてるよーって、つかれすぎててコーヒー飲む気しないもん、それで、ハチミツの入ったアイスティー注文して、ルノワールの店員さん、お水なくなるとすぐにあたらしく注いでくれる、そのうちお茶もくれる、ひとと話すと喉がかわくね、たくさん話すと、するする決まるね、実際あうと、あえてうれしかったよ、水、いっぱい注いでくれて、うれしかったよ、

20時16分、日比谷駅発の日比谷線に乗って、横浜、日本大通りに向かう、電車の中でさっき頼んだ翻訳の件で、今朝送った原稿の件で、Cさん、Y木さんにメール、ライン、着いたら象の鼻テラスでつぎの打ち合わせ、結局この時間に、このためだけに横浜に行くことになったけど、このためだけだったらリスケしてくれてよかったのにって恐縮されちゃったけど、横浜に行きたかったんだ、海が見たくてね、ほら、この三日間、山ばかり見てたから、山ばかり見てると海が見たくなるよね、逆もしかりだよね、

21時15分、日本大通り駅について、象の鼻テラスに向かう、大さん橋に入る道を左に折れると、赤レンガ越しに、みなとみらいの夜景が広がっていて、きれいだね、なつかしいね、

9時3分（9月8日）、あ、それでおもいだしたよ、なつかさんの、草野なつかさんの映画の一日だけの上映会、池袋の、昨日オンライン予約しようとして、途中で時間なくなっちゃって、そのままになっちゃってて、まだ席あるかな、いまから予約しちゃおうかな、いやでも、この日記、じゃなかった分記、そろそろ書き終えて松田さんに送らないと、ですよね、松田さん？

9時4分、昨日の21時23分、象の鼻テラスに向かいながら、わたしもう、くたくただったんだけど、横浜の、みなとみらいの、夜景がめちゃくちゃきれいでさ、夜の海、夜の海にみなとみらいの夜景が映って、夜の海のみなとみらいのひかりたち、ゆらゆらゆれてて、たゆたっていて、みらいのいろとりどりのひかりたち、きれいだね、

9時7分、って書いたところで、冗談みたいなほんとの話なんだけどさ、うんちでちゃったって、おむつかえなくちゃって、ちょっと、いってくるね、ついでに一本電話もかけとかないと、

＊

9時28分、おむつかえたら、なんとつぜん、ひるがえって、いくって、いってくれて、いまかえってきた、よかった、いま、9時28分、もうすぐ29分か、そろそろこれ書き終えて、松田さんに送って、仕事しないと、てか、これもうかれこれ起き抜けから3時間くらい書いてるんじゃないか、あー、日記書くことが仕事になったらいいのにね！

9時30分、それでどこまで書いたんだったたっけ、さっきのとこ読み返すよ、えっと、

9時31分、昨日の21時29分、象の鼻テラスについて、今日の打ち合わせその2、HもとさんとNぐもさんと、ちゃんとまじめに打ち合わせしてちゃくちゃくと決まっていくのだけど、あれこれ脱線して、なんだかめちゃくちゃ笑ったな、さっきのルノワールもだけど、めちゃくちゃ笑ったよ、顔あわせてのうちあわせっていいね、Zoomでもけっこう笑ってるけどさ、なにがそんなにおかしいんだろうね、ひとと会うだけでおかしいんだよ、楽しいんだよ、ね、楽しいと嬉しいって手話、おんなじなんだ、そんな話もきのうしてたよね、楽しくて嬉しかったよ、

9時34分、それで終電の時間調べたら、23時16分で、23時5分くらいにあわてて象の鼻をとびだして、雨はもう降ってなかった、またねって、ひきつづきよろしくおねがいしますって、松田さんほら、これ、この昨夜の横浜のうちあわせ、象の鼻のお仕事なんで！

9時36分、昨日の23時16分、それでみなとみらい線にのって、横浜からそのまま東急東横線に変わるんだけど、そのまま乗ってれば、しばらく乗ってると中目黒につく、中目黒で乗り換えて、日比谷線、日比谷線で茅場町、茅場町で東西線に乗り換えて、あとひと駅でうちの駅で、東急東横線で、おおきな川を渡る、潜らないで渡る、あれは多摩川かな、多摩川を渡る。茅場町と門前仲町のあいだでは、隅田川を渡る、渡るっていうか潜る、潜って渡る、

23時59分、9月7日の日記のラストシーンにあたるのだけど、私はその時刻はもう日比谷線かな、日比谷線にのってて、六本木か神谷町のあたりかな、わたしはもう疲れ切ってて、もうメールもラインも送る元気もなくて、バッグに4、5冊入ってる本をひらく元気もなくて、ただぼけーっと電車にゆられてて、そうだ、

24時00分、日記のしめきりが来てしまう、しかしいまのわたしに日記を書く元気がなくて、だってまだ夕食だって食べてないんだ、いったん寝て、起きぬけにがんばろうとおもう、

24時27分、駅前の松屋に入って牛丼を注文する、

9時43分、そろそろこの日記、というか分記を書き終えて、松田さんに送らなくてはいけないのだが、これ、読み返したほうがいいんだろうか、読み返さずにそのまま出しちゃおうか、そのままでいっか、こんな日記だれが読むのか、あー、わたしももっとしゅっとした日記を書いたなら、アナウンサーに読んでもらったり、新聞記事に引用されたりしてもらえるんだろうか、でもいいんだ、これがわたしの日記なんだ、わたしの日記をわたしが書かなくてだれが書く？　わたしの日記はわたしにしか書けない、あたりまえだけどね、アナウンサーの日記をわたしが書けないように、新聞記者の日記をわたしが書けないように、だから、わたしはアナウンサーの日記が、新聞記者の日記が読みたいな、日記っていうか、分記みたいな、彼女たち彼たちの、どうでもいい、ささいなことが知りたいんだ、どんなことが気になって、どんなふうに時間に追われて、どんなことが楽しくて、どんなことが嬉しいか、詩のふりした気取った「日記」じゃなくってさ、そのひとの声が聞こえてくるような、あなたの声が聞きたいんだ、あなたたちの素の声が、だけどなかなか聞こえてこなくてさ、うん、だったら自分から先にこころをひらかないとなって、たぶんそんなようなことをかんがえてるんだよ、最近ね、昔は無口で有名だったんだけど、すっかりおしゃべりになっちゃった、そう、先週四十になったんだよ、四十になると、なにかのタガが外れるのかな、じっかんとしてはさ、四十っていうより、自分のなかに二十歳がふたりいるってかんじかな、あるいは二十歳のやつと、十七のやつと、五つくらいのやつが、同居してるって感じかな、あれ、計算あってる？

9時50分、日記を書くのにもうほとほと疲れちゃってたんだけど、分記だったら書けるね、とりあえずいくらでも書いてられるよ、いくらでも書いてないで、とっとと松田さんに送りなさいよ、

9時53分、そろそろ仕事はじめるよ、こんな感じでさ、お喋りするみたいな感じで、メールも気楽に打てたらいいのにね、とりあえず午前中に十五本くらい、送れるかな、待ってて、この日記、じゃなかった分記は読み返さないでそのまま送ります、ライブレコーディングね、昨日出した８００字くらいの原稿は5時間くらいかけて50回くらい読み返したんだけどね、まあ、そうやってバランスとってるってわけ、え、ぜんぜんとれてないじゃん？って、うん、じぶんでもそうおもうよ、なんだか、昨日のことがひどくなつかしいな、あ、

9時54分、そうだった、なつかさんの映画の予約！

「全国で281人感染　東京は2カ月ぶりに80人下回る」（朝日新聞デジタル）

9月8日（火）　静岡・用宗　さとう三千魚

大風は

去っていった
女は白い車で出掛けていった

朝
西の山は

青空の下にいた

青緑になり

空の下に佇って
いた

どう動けばよいのかわからない
のだ

西の
山は

退院した兄は
送った鮪と鰹を食べたろうか

退院した
その日

兄はウィスキーをロックで飲んだという
知事が自粛を要請しているという

見舞いに行くことはできない

昼前に
雨は

降り出した

土砂降りになった

雨は

空間を埋め尽くして此の世を真っ白にした
西の山は見えない

雷が
鳴ってる

ベランダの洗濯物を取り込み部屋の中に干した
犬のモコが

激しく震えてる

モコを抱いて
窓から

土砂降りの外を見ている

兄が退院した。自宅療養をするのだという。姪が仕事を休んで兄の面倒をみるのだという。大風が去って行った。西の山が青緑色に見えた。空は、綺麗に晴れ渡っていた。

9月9日（水）　北海道・札幌　　三角みづ紀

いさぎよく裂いた赤のなか
こぼれそうな声を、埋める

もう　いいかな
もう　そろそろ　いいかな
もう　そろそろ　でも　やっぱり　違うね

最近、妙に苛々して、わけもなく感情が破裂して、
ぱんって音がしたときには、遅いので唇を噛んで

雲のかたちが変化する頃には
あたりまえの世界が
あたりまえに馴染んで
忘れはじめて

布でつくられたマスクを
手洗いする朝が
いつもの流れにまざって
この日常を
たやすく認めたら
わたしが壊れるから
いつまでも怯えていたくて
埋めた感情を
掘りおこして

ほつれた頬を凍らせる
夕方には、便りも届く

9月10日（木）沖縄・那覇　白井明大

木曜は
生協さんが来るから
夕方あわただしい

、て思ってたら
今日は午後の三時にはやって来て
台風で船便が間に合わなくて
欠品で荷物が少ないから早かったんじゃない
、てきみが言ったのが本当にそうで

チャイムが鳴って
置いておいてください
インターホンごしに言うと
荷物を届けてくれた人に
顔を合わせてあいさつもできないまま
あとからドアを開けると
いつもの半分も発泡スチロールの箱がないのを
玄関の外でふたを開けては中身を出して
野菜や卵のパックや油揚げやぶどうや冷凍の肉をひとつひと
つ
きみがビニール袋に入れたり
アルコール殺菌のウェットティッシュで拭いたりしたのを
ぼくが冷蔵庫にしまっていく

いつもよりずっと早くて
いつもなら一人でやるとくたびれきって
届いたアイスを絶対に
一本すぐ食べてしまうのだけど
今日は大丈夫だった
アイスは来なかった

ねぇ？
日常化するの、て
こういうこと？

それとも
これは非日常が続いてる
、てこと？

有事も長引けば

非日常としか思えない暮らしが
日常に変わる
それだけのこと

、て
わざわざ書くまでもないような
ささいなことを
ううん
わざわざ書いておかないと
あとあと喉元過ぎて忘れてしまうだろうから、て
そう思いたくて書いてみている

あのときそういえば
そんなことしてたな
、て
ふりかえれる日がいずれ来るように

9月11日（金）　京都　田中庸介

時代はますます加速して
あそこにあるあの機械を使うためにだけ
京都にまた日帰り出張をすることになった
東京駅を午後に出て
新幹線の終電で帰る
「のぞみ」だと東京から2時間15分
１３９７０円
高いけれどとても近い
ＩＣカードで乗ると指定席はコロナでがらがら
両側の窓際に乗客がひっついている

炭屋だか柊屋だかに
親類の文士が泊めてもらったとき
犬の頭をなでようとして女将に（この子は
京都弁でないとわからない、から、
かしこいなー、（か、にアクセント）
かしこいなー、（か、にアクセント）
とほめてやってくださいとご教示をいただき
その通りに褒めてみたら犬がやっとなついた
というような逸話も今は
昔のことである

深沢七郎に
「銘木さがし」という掌編がある、これは
銘木好きの人たちに触発されて
気がついたら

京都まで行ってしまうというお話。
中公文庫の
『言わなければよかったのに日記』
で読めますよ、

志賀直哉の「ある一頁」という小説も
京都に入ることを書いている。そこには、

「何処ですか」といふのに、
「よ条小橋」と云つたら、
「四条《しじょう》小橋ですか」と直ぐ云い直された。彼は何だか
みんなが寄つてたかつて乃公を侮辱するのだ
と云ふ気がしてきた。

とある。結界にひっかかっている。
読めなかっただけなのに――。

南北に地下鉄が走る烏丸通、
そこから東に向かって
鬼のように
東洞院、高倉、堺町、柳馬場、富小路、麩屋町、御幸町、
と来たら寺町通。それから新京極があって河原町。

これに直交するのが
東西に地下鉄が走る御池通、そこから南に下がって
姉小路、三条、六角、蛸薬師、錦小路、そうして四条
四条通りには阪急京都線が走っている
昔の新京阪電車である

この小宇宙。
（全部、読めましたか？
（ジンジャーエール飲みたいな、
はい、おおきにありがとう
京都はことばで千年も結界を張っている

九月からは毎朝体温と症状をチェックし、大学のウェブサイトに送って入構許可を取ることとなった。京都ではそんなこともないようだが、どちらの方式が良かったのかは後になってみないとわからない。

9月12日（土）　東京・調布　山田亮太

ひとりひとりに居場所があり
犠牲にしない社会が強い。

意志は示しておかないと
信用は損なわれる。
域内に敵と味方をつくり
分断の中で存在感と発言力を維持する。
応じた者と応じなかった者。
自助、共助、公助、そして絆の既得権益。
倫理と利益の持続可能な両立。

自由民主党総裁選挙（9月8日告示・14日開票）には石破茂、菅義偉、岸田文雄の三氏が立候補した。

9月13日（日）　福岡・博多　石松佳

朝の道の脇で芙蓉が開花している
鯛の皮膚に似た淡色の
椀状の花弁が風に揺れるさまは
どこか現実の事物とは違い
別の世界の水面に
そっと触れているようだ

朝起きると
たまに
夢を見ていたのか
何かに夢を見せられていたのかが
分からなくなる
夢の中で
わたしは〈わたし〉の後ろ姿を目視したことがある

大風が吹くと
水に映る光景は屈折し
夢が夢に近づく

9月14日（月）　大分・耶馬溪　藤倉めぐみ

きちんとした順序を組み立てれば一日で世界一周だって出来るという言葉が忘れられない。浮遊をするということは私にとっては呼吸をすることだったようで、耐えていることもないはずなのに、台風が来て気づく。持ち重りばかりを増やしている。

今わたしが捕まえようとしていることは捨て去ること放り投げることばかりで、それは私が、むかし街にいたときにずっと考えていたことだった。街の音は積もってしまうから、あんなにたくさんある中からもう少ししかいらないって砂を落とすために書いていた。街からはずっと遠く、今、虫の音が響くこの場所で、もういらないものはいらないんだよねって思ってしまうのは、やっぱり風が吹いたからなのだと思う。

ジャムを保存していた冷凍庫、顔をうずめたソファ、亡くなった祖父の代からの古釘、いつ手放したってよかったものを外に運び出して、いつかのなんらかの得体のしれない薬品がまだ古い倉庫で笑っているから、古紙を詰めた箱にゆっくりとゆっくりと流し込む。少しずつ少しずつ瓶が空になる。この家にもいたずらに高く積みあがる城があって、それと面と向かおうとするといつも立ち止まってしまう。その高さに、止まらないと動けなくなってしまう。10秒だけ止まっていいよって許しながら、止まって、動き出して、息をどうしたらいいか分からないから、数を数える。1、2、3、4。

今日もいだイチジクは4つだった。街を遠ざかってから食べ頃のとろりとしたイチジクの見分け方は完璧になった。とっておいたイチジクは砂糖と一緒にくつくつと煮込んでいく。何もかも飛ばしてしまうんじゃないかと思われてた、あの台風の日の翌日は、1、2、3、4、5、6、7、8、9、10、11、12。12個も熟してはじけていた。あのイチジクは台風ですらも待っていたんだ。

暦通りの温度もなくなれば、いつかという先のことも言えないけれど、秋の風は、あの大風は空を切ったね。切られた空は、切られた先から軽くなっていくんだね。秋が一番好きだっていうことはまだ何も変わっていないから、夢を見て踊ろうか。

9月6日に史上最大級の台風と言われた台風10号が日本に上陸するが相対的に大きな被害にはならなかった。

9月15日（火）八ヶ岳　　覚 和歌子

こめかみの内がわを信号が途切れない
耳鳴りより淡い血流の音を知ったのはいつだろう
この音が聴きたくて山に来てしまう
夏は消えながらまだそこにいて　首すじにはうすく汗をかく
ときどき林道を通り過ぎる車は
遠くからきてまた遠のく波の音
からだの重みでたわむキャンパス地が舟のかたちになって
東京はもういいな　と思った

大昔はじけたときから宇宙は無口だった
カリフォルニアも火星になったのだから
ようやくみんなかえるところを思い出せるだろう

やわらかくしずまる自分を聴いている
大切な人と
トカゲたちが待っているのでなければ
東京は　もういい

夏からの山火事の影響でカリフォルニア州ベイエリアの空がオレンジに。

9月16日（水）　福岡・東区　　四元康祐

青い袋には燃えぬもの（月一回第三月曜日）
黄色い袋にはペットボトルにガラス瓶（月一回第一月曜日）
赤い袋にはそのほかの全てを入れる（毎週火、金）
プラスチックも生ゴミも古紙も
燃えるものなら一切合切
九州は豪放磊落だ

だがこの世に
燃えないものなんてあるんだろうか？
原初の星の溶鉱炉
水素へリウムぺちかと爆ぜて
炭素誕生！

フューネラルホーム彩苑は永遠なるイオンの真向かい
担当の林君はどこからともなく現れいでて
重い原子で人の姿を象る

「タメタカ様は疫病が流行っても夜な夜な女のもとへ通いつめ
案の定その年の十月に感染、翌年六月にはお亡くなりになりました。『栄花物語』の
鳥辺野巻に『このほどは新中納言・和泉式部などにおぼしつきて、
あさましきまでおはしまつる』とございます」

あさましきまで
おぼしつきて果てるは本望
食べれなくなった人はげっそり頬が削げ落ち
皮下注射で水分のみの補給（胃瘻は事前の本人確認により拒絶）
分からなくなった人は

日が暮れるたびに空を仰いで慌てふためき
暗きより暗き道にぞ入りぬべきはるかに照らせアリセプト錠

石破れて山河あり
corruptという語の訳には
腐敗ではなく畸型と暴走のニュアンスが欲しい
自分たちの苗字の多くに自然が宿っているということを
日本人自身はどう受け止めているのか
NHKの画面上部に流れる災害情報は絶えずして
しかももとの国にはあらず
こんなにも空を見上げて過ごした夏は生まれて初めてだった
と

肩を組んで述懐する小学生たち

遅かれ早かれ太陽は膨張し
僕らの全てを呑みこんだ揚げ句内側へと崩れ落ちる
一握の炭素の吐息だけをキラキラさせて
究極の赤いゴミ袋だナ
燃えるものならなんでもかんでも放り込む
プラスチックも生ゴミも古紙も
皮も肉も血も涙も
青いゴミ袋には何入れようか
言葉、重力、それともあさましきまでの愛……?

骨壺の値段について（五寸か六寸、全て有田焼でございま
す）
しめやかに語る林君の淡い影を見ている

9月17日（木）　東京・神楽坂

ジョーダン・A・Y・スミス

高熱の静けさ
夢とのけだるい綱引き
外で囁く鈴
宅配バイクのエンジン

るんるん　るるんぶ
るるんぶ　るるん
つんつん　つるんぶ
つるんぶ　つるん

時代の手の長細い指が
小さな症状から存在の制限まで
一本の線をなぞる
たった一つの体に閉じ込められたまま
生まれて死んでいく

るんるん　るるんぶ
るるんぶ　るるん
つんつん　つるんぶ
つるんぶ　つるん

同じ空気で
同じ水で
同じ土で
皆の体がつながっている

るんるん　るるんぶ
るるんぶ　るるん
つんつん　つるんぶ
つるんぶ　つるん

蛙がないた
人間もそう

9月18日（金）　神奈川・江の島　永方佑樹

暑さを続ける空から
いつの間にか秋が露出している
いつの間にか総理も変わっているし
いつの間にかGo Toに東京が加わって※
我々は流行が収束に向かっていると
いつの間にか気をゆるめている

この間久しぶりに新幹線に乗った
互いの顔すら見ない
配慮された孤立の中で
マスクをはずし
弁当を食べると前と同じ
美味い

遠くうつくしいままの山の中で
寺院は変わらず
時間の縦糸に追従していた
歩き果てた私が
汗で濡れた帽子を脱ぎ
立ち止まって疲れをほどくと
霧が纏わるように山すそに立ちこめて
忍従から突きはなたれた
心はいっとき離散を忘れた

旅から戻ると

海が荒れている
秋雨前線が発生していて
やはりもう秋だった
遊びをやめかねた人たちが
波の荒さにおびえたように
薄着の身体を寄せあっていて
波か風か
運ばれてきたちいさな枝が
浜のあちこちにつき刺さっていた

※　9月15日、赤羽一嘉国土交通大臣は、これまで除外されていた、東京を発着地とするGo Toトラベルを解禁する旨を発表。対象の旅行商品販売が18日正午に開始された。

9月19日（土）福岡市・薬院　渡辺玄英

深夜三時におきる
窓をまず開けて星をたしかめる（月は見えないまだ月齢二日
南東にひときわ明るく輝く星があって
あそこから地球を見ている人
のことを想像する
（ここからは見えないが木星は射手座付近を順行しているらしい

ぼくが窓辺に立つといつのまにか
猫がよこに坐って
やはり外を見ている
じっと耳をすまして闇の向こうの気配を観測している
もう秋の虫が鳴いているけれど
ぼくには聞こえないものが猫には聞こえているのかもしれない

（今週から授業が始まり（でも遠隔なので（学生たちはホントにいるのか？
（観測はできるが（ホントにいるのか？　きみたちは

目に見える夜空も星も虫たちも
本当にそこにあるものなのか確かめようがない
星は輝くだけ　虫は鳴くだけ
（むろんそれでもかまわないが（見えない木星が今も刻々と順行している
目に見えるものさえ不確かだとしたら
ぼくはどれほどの確かさでここで夜空を見上げているのか
ここで夜空を見上げているぼくの心は誰からも観測されはし

ない
（そういえばぼくは地球という惑星をじかに見たことがない
星が星であり星でない
虫の音が虫の音であり虫の音でない
ように　ぼくはぼくでありぼくではないとしたら

いつのまにか
猫は瞑目している
ちいさなスフィンクス

未明の三時に起きて仕事をする毎日。大学では一部で対面授業が再開された。とはいえ大部分は遠隔。生活の中のリアリティが変容すると、自他の存在認識のリアリティも変容する。観測されないものは無きに等しいのか。

9月20日（日）　東京・竹芝桟橋　　河野聡子

これから船が出ます。
完全避難マニュアルに従い避難してから10年。
桟橋までの道はガラスと石の建物に囲まれていました。
QRコードで感染リスク通知サービスに登録しました。
10年前、何から避難しようとしたのか、もう思い出せません。
道は変わりましたが、桟橋はほとんど変わっていませんでした。
広場で三重の十字が輝いています。
白と青色の船には赤い花の名前がついています。
名は体をあらわさない。
それではこれから船に乗ります。

完全避難マニュアル：Port B「完全避難マニュアル 東京版」山手線二九駅すべての周辺に設置された「避難所」を軸に、都市の不可視なコミュニティと観客を繋ぐシステムそのものを構築する演劇作品。２０１０年10月30日～11月28日。

9月21日（月）　東京・表参道　　松田朋春

毎年恒例の
若いアーティストたちが作品を発表するイベントをみた
密にならないように
出展作家を絞っていて

その分クオリティも高い
今年変わったのは
見ている自分で
理屈の作品やデジタルの作品には全然反応できない
写真には
被写体の実在を感じる
知らない素材には
作家という他者を介した
実在との出会いを感じる

写真のなかの
小さな人
その
遠さに
こころが矢のように向かっていく

福島の原発がだめになって
毎日線量を見守った
だがいつのまにか
忘れた

秋の連休は大勢のにぎわい
そして次の巣篭もりの入り口
すべてを忘れてきた我々に
それを許さない
みえないなにか

9月22日（火）　東京都・高田馬場　鈴木一平

午前中は「日記」の制作。昼頃に中華料理屋へ行って、麻婆豆腐とビール。追加で餃子とハイボールを注文する。奥に座っていたおばあさんが、炒飯を半分残したお皿を持ってレジに向かう。店員の人が、――いつもありがとうございます！といって、おばあさんを見送る。しばらくして、おばあさんが空になった皿を持って店に戻ってくる。

高校の同期からLINEが来て、多磨霊園に集まることになる。産休で休んでいるべつの一人にも声をかけたという。急いで家に戻って風呂に入る。元TOKIOの山口達也が、酒気帯び運転の疑いで逮捕される。待ち合わせに二十分遅れることを連絡すると、――なんもない駅だよ、と返事が来る。新小金井駅に着くと、本当になにもない駅で、旅行に来たような気分になる。同期の記憶を頼りに道を歩くと、公園が見えてくる。

――（同期）虫いたら帰るからね。

――（作者）あいつ（もう一人）いつ来るの？

――返信来なかった。てかさ～、コンビニどこにもないじゃん！

――え、なんも持ってきてないの。

――マクドナルドでポテトのL買ってきた。しおしおになったやつ食べる。

しばらくして、多磨霊園ではなく野川公園であるのに気が付く。川に入ってなにかを採取している親子や、犬を連れて散歩している人が目立つ。遠くで、白い人間が四つん這いで歩いているとおもうほど巨大な犬を連れて歩いている人がいる。テントを張っている人も何人かいる。――これから雨ふるのにけっこう人いるね、とつぶやくと、同期が露骨に帰りたそうな顔をする。曇り空と青空が均等にまざったような空で、あまり見ない天気だとおもう。コンビニを探して歩きまわっているうちに、多磨霊園とは完全に逆方向の道となり、武蔵野の森公園をめざすことになる。

コンビニでお酒とつまみを買って、空を見上げながら歩く。武蔵野の森公園に着いて、調布飛行場を横目に見ながら芝生のある場所を目指す。遠くで飛行機が何台も並んでいる。蝉が弱々しく鳴いている。ミヤシタパークの屋上で見かけた看板がある。さっきよりも犬の数が格段に増えて、すれちがいざまに近寄られる。自転車に乗った子どもが、――気をつけてください、自転車に乗っています、といいながら去っていくのが、同期のツボに入る。芝生のある広場に着く。レジャーシートを広げて酒を飲む。遠くの木の近くに座っていた子ども二人が、交互にこちらの方に走ってきて戻っていく。途中でやたらと大きい人が走ってきたかとおもうと、おそらく二人の父親らしく、同期のツボに入る。フリスビーを飛ばしあう二人組がいて、片方のコントロールの良さに感動していると、もう片方がどんどん公園の奥へと離れていく。そのうち、数百メートル単位の距離でフリスビーを飛ばすようになり、同期のツボに入る。ゆっくりと暗くなってきて、あたりをコウモリが飛び交うようになったので、公園を出ることにする。同期がトイレに行っているあいだに、残ったハイボールを飲む。足もとでビニール袋がガサガサと音を立てている。生ゴミといっしょに閉じ込められたネズミが、袋を食いやぶって顔を出していた。袋を足で動かすと、ネズミはすこしだけ身をよじり、空を見つめたままガサガサと足を動かすだけで、逃げずにいる。帰るまでに雨がふらなくて、よかったとおもう。

「日記」を完成させて、後輩（添削担当）に送る。前回の「日記」を掲載した日から今日までのあいだで、カレーを食べた日に起きた出来事について書いたもの。後輩から、作中に登場する「みんなのミヤシタパーク２」（注：9月13日にミヤシタパーク前で行われたデモについての詩）内の引用部分に関する確認と、それとはべつの箇所で、プライバシー保護の観点からいくつかの指摘をもらう。数日にわたって書いたので、題名を「9月22日（火）へ」に変えて、松田さんに送る。酒を飲んだせいで眠くなり、一時間ほど寝る。しばらくして、松田さんから原稿の再考について返信が来る。

・「日記」は《昨日でも明日でもない、今日の空気の記録》を主題として参加を呼びかけた企画であり、それについてはこだわりたい

・数日にわたって書くのも感覚的に理解できるが、記述の時間の幅があると、他の担当者と重複する部分が出てくる

・（注：数日にわたって書いてしまうと？）全体がばらばらになっていく感じがあるので危うい

・今回の「日記」が「前回の日記の空気」をそのまま引き継いで書いていて、《今日の空気》とはちがう力点が置かれている

・そういうところがタイトルの表記にも出ているとおもう

まとめは作者の判断なので、誤解がある可能性は否定できないものの、以上の理由から原稿を再考してほしい、といわれる。他にも同様の依頼をして、再考を許諾してくれた人がいるらしい。素材を増やすために、できる限り毎日カレーを食べていたことを後悔する。

後輩（添削担当）にその旨を連絡すると、笑いながら電話がかかってくる。

――（後輩）あ～、そんなのあるんだね。よかったじゃないですか！　検閲を受けたって書けますよ。

――（作者）怒られるかな。

――だめだったら欠番になるだけなんじゃないですか？　やりにくい詩人だとは、確実におもわれるでしょうね。

――え～、嫌なんだけど。

――やりやすい詩人になりたいなら書くのやめたら？　だいたい、日付割り振られてるのにカレー食った日のこと何日も書いて、おかしいとおもわないのがおかしいとおもいます。

べつのところから、ひと月寝かせていた原稿の催促が来て、対応する。

――（後輩）今回の「日記」についての話は、日にちの問題もそうですけど、「《今日の空気》が入ってない」と暗にいわれてしまったところがいいですね。

――（作者）《今日の空気》って、もうすこし日にち的な幅があるとおもってたんだよね……。

――べつに日数の問題をいわれてるわけじゃなくない？《今日の空気》が強く感じられていれば、もしかしたら問題なく載ったのかもしれない、とかね。ちょっと話題ズレますけど、情動が政治的判断と密接に関わってくる感じが、かなり興味深いとおもいました。日記っていう表現形式のあり方も含めた話で、テキストが真偽の区別を破棄した次元で成立し、人間の情動を駆動させる装置として用いられるという事態について考えさせられましたね。これは政治的状況に向けて語られるタイプの議論ですが、けっこう抒情詩の問題でもあるとおもうんですよ。表現形式としての日記から、詩の話にもつなげられる気がしています。

今年はたぶん類を観ないほどたくさんの日記が書かれた年です。それはコロナの流行がなかったら起きなかったことなの

で、一平さんが前に書いていたことですけど、コロナとの「共同制作」なんですよね。いろんな書き手による日記がいろんな媒体で発表されましたが、そこでは基本的に「その日に起きた出来事」が連続して書かれてあって、実際にかなり事実らしく読めるものが多い。でも、読み手はテキスト内部の情報に対する真偽の判断以上に、その「事実らしきもの」をとおして語られるものに注目してしまう。そのうちのひとつとして、「今・ここ」みたいな特定の場所と時間を伴った記述がもたらす、同期性を伴った抒情的な知覚が挙げられるとおもいます。つまり、《今日の空気》ですね。とはいえ、これは当たり前の話で、もともと日記は書き手自身のために書かれるものとしてあって、そこで日記は何ごとかを忘れないために、もしくは思い出すために書かれます。言い換えると、日記を書くことはそれを読んで思い出す過程、想起という行為が強く関わってくる。事実がそこに書かれてあることは必ずしも必要ではなくて、感情的な言葉だけがひたすら書かれていてもいい。そこには日付とのセットが重要な意味を持つのはいうまでもありませんが、想起が日記という表現形式の成立において不可欠な要素であるのなら、日記は記述から喚起される行為や感情の方をむしろ主題としている。

ところで、この日記から完全に事実らしさへの装いというか、真偽の区別の判断を働かせる要素が完全に取り除かれたとき、その表現はおそらく抒情詩に近いものなのではないかとおもっています。だからこそ、最初に話した「真偽の区別を破棄した次元で成立し、人間の情動を駆動させる装置」としてのテキスト、について考えたくなったわけです。日記をめぐる話から、なにかを引き出せる気がしましたね。なんというかここしばらくのあいだ、みんなで思いおもいに詩を書いて興奮してるんだな〜って。

——（作者）後半に関していうと、オレが前に飲み会で話したことと重なってる気もするな〜。今はまだ、うまく断言できないとおもう。

「日記」用に書いたテキストを削除して、深夜まで今日の出来事を書き起こしながら、Zoomの打ち合わせに参加する。半分酔っぱらっていたので、余計な発言をしないようにミュートをしながら議論を聞く。後半で発言できそうな話題が出てきたので発言すると、そもそも参加していたことに対しておどろかれる。

9月23日（水）　埼玉・飯能　　宮尾節子

16度だよ、寒いっ。長袖がいる！
と騒ぐ家族の声で、朝を迎えた
奥武蔵・飯能です。
まえは。

「暑い」のあとには、「涼しい」のひと声で
ちょっと涼んでから、「寒い」冬をむかえ
そして。
「寒い」のあとは、「暖かい」のひと言ふた言で
しばらく暖まってから、「暑い」夏へとむかったように思う
　けど

近年はどうも。
「暑い」の文句のあとは、すぐ今朝のように「寒い」と
次の文句を言っているようで。段から段に飛び移るように
文句から文句を跳び移って、ご機嫌な時間が減ってきた気が
　する。

涼しいな、や。暖かいね、の。
やさしい合《あい》の言葉や季節がなくなって。気持ちや気候の段差
　がいっそう
きつくなったように感じる。

頻発する豪雨災害や、河川の氾濫等につづいて
これも世界的規模での深刻な気候変動のせいだろうか。

ウイズコロナ、のつぎは、ウイズ気候変動なのかねと、吐息
　もでる。
先は見えないし、元には戻れない――いったいどうなっちゃうんだ？
ぼくらをのせて、ひょうたん島はどこへいく、ううう、と
ときどき、難破船の乗組員のような、気分にもなる。

それでも日々、高くなる
空を見上げれば、すいすい元気に飛び交うアキアカネの群れ。
　おお、秋だ秋茜だ。
足元を見れば、道には色づいた落ち葉がチラホラ並びはじめ
　ている。
去年の秋と今年の秋の違うところは――
落ち葉のなかに、白いマスクが何枚か混ざっているところか
　な。

白いマスクが、これは夢ではないよと
現実を見よと、警告する。

マスク暮らしも、板について。人気のないところでの
マスク外すタイミングも心得た人々の、外し方もそれぞれ個
　性が出ていて
観察するとけっこう面白い。

顎の下にずらしてタバコ吸ってる、顎マスク。
片肌脱いだ遠山の金さんのように片方外した、片耳マスク。
ゴム紐が伸びきってないとああはできないだろう頭の上の、

あみだマスク。
口だけ隠せばじゅうぶんだと思っているらしく堂々と、鼻出しマスク
人の気配を感知するとさっとポケットから現れる、忍びマスク。
マスク景色も、十人十色だ。

外出自粛令のおかげで、すっかりテレビっ子になってしまっている。
ニュースやワイドショーやドラマに映画とまあよくテレビを見る。
（推しの司会者や、コメンテーターもできた。今日の髪型や服まで気になる。）
きのうもテレビでおもしろい話を、仕入れた。

それはね。
ひとに何とかマスクをしてもらうための、
ところ変われば、セリフも変わる――
世界お国別、口説き文句の違いです。これは唸った。

アメリカ人にマスクをさせるには、
「ヒーローに、なれるよ。」（アメコミだ）
イギリス人には、「紳士は、してるよ。」（おとなだ）
ドイツ人は、「マスクは、ルールだよ。」（まじめだ）
イタリア人は、「モテるよ。」（さすがだ）

さて、日本人は？と固唾を飲んで待った。
さて、なんだとおもう？　なんだとおもう？

なんだとおもい、そうかとおもった。
そうかとおもい、やっぱりとおもった。
そして、ちょっと悲しくなった。答えは

「みんな、してるよ。」（赤信号だ）

みんなしてるよ、で落ちる。にっぽんじん。
なるほど、と思いつつ、こわくなった。
「みんな、しんでるよ」に
かわったら……おだぶつだもの。

みんなのくに、にっぽんなんですね。
ばんざい。

みんなのくにから、ひとりのわたしを
とりもどせ、なんて。

そとではいえないことを、こころのなかで
ぶつぶつ、いいながら――

河川敷を散歩してると、白い落ちマスクのつぎには
草むらに赤い彼岸花を発見しました。

こちらには彼岸花の名所が結構多いのです。

ちなみに隣りまちには５００万本の曼珠沙華（彼岸花）の開花で
有名な観光名所がありまして
９月、10月、つまり今頃の季節は毎年、どっと各地から老若男女が押し寄せて
真っ赤な絨毯と化した、満開の曼珠沙華の周りを
ぎっしりの人が埋め尽くしては右往左往。たくさん出店も出てたいそう賑わう
まちをあげての曼珠沙華まつりも、今年はコロナで中止。

そのために、咲く前の花の「刈り込み」をしたとのこと
花たちはだまって（あたり前だが）、されるがままに
つぎつぎおとなしく（あたり前だが）、刈り込まれていったのだろう。
・・・・・・・
いまかいまかと花咲くじゅんびもばっちりの蕾もふくらんでいただろうはずの
５００万個の花の首が、いっせいに落ちたとは

花に罪はないものを――ざんねん、むねんだ。

春は藤の名所で藤の花房が、切り落とされ
バラ園ではバラの首がやはり、摘み取られ
そして秋には、曼珠沙華、おまえもか。
（みんな、してるから？）

原発事故では、動物たちが
コロナ禍では、植物たちが――結構犠牲になりますね。

早く、動物も植物も人間もともに、支え合って
（みんな、そう。とくいな、みんなで）
たのしく暮らせる日が、きてほしい。

マスクをずらして、深呼吸したら
きょう、金木犀が匂った――

いいにおい。

今年初の、秋の香りだ。
こんにちは、秋。

9月24日（木）　東京・神宮前　　川口晴美

先々週
しばらく会っていない年下の女友だちから
アイスクリームの詰め合わせが届いた
お中元を贈り合うような習慣はないからたぶん
オンライン授業や認知症の母のことで疲れたって詩を書いち
　ゃったわたしを
気遣ってくれたんだなと思って
今度は泣かないようにしよう
溶けたらもったいないし
というかアイスクリームはわたしの好きな食べ物オールタイ
　ムベスト3に
必ず入るくらいだから泣くどころかテンション爆上がり
さっそく「稚内牛乳」のロゴ入りの蓋をあけて一口すくい
エクスクラメーションマーク連発のお礼メールを書く
だけど基礎疾患のある彼女は家からほとんど出ないで過ごし
　ているはず
Go Toするわけないからこれは
北海道旅行のおすそわけなんかじゃない
すぐに届いた返信メールは
とても明るく
やっぱり外出は散歩と自家用車での遠出だけと書かれていて
ユーモアたっぷりの近況報告のなかに
この先どうしたら……みたいな言葉がまぎれていて
そうだよね
わたしたちは離れたまま
口内で「宗谷の塩」や「稚内産クマザサ」の冷たい甘味を旅
　し
秋冬へ向かっていく広々とした地平の上空を
脳内で飛ぶ
とてもとてもおいしい
わたしたち
連休はどこへも出かけずに終わった
この先いつ旅行の計画を立てる気持ちになれるかわからない
この先がどこへ向かっていくのかわからない
昨日の夜遅く
やっとチケットが取れて楽しみにしていた舞台が
初日あけてたった3日で
関係者にコロナ陽性者が確認されたため公演を中止すると発
　表があった
いま演劇を続けようとするひとたちが
どれほど念入りに検査し消毒し検査し消毒し
ソーシャルディスタンスに則った演出を工夫しているか
知っているから
つらいね
って

ただそう思う
どんなに注意したってかかるときはかかるんだって
誰もがうっすら思うようになって
この先がどこへ向かっていくのかわからない
わからないから
寒くなってもアイスクリームは必要
払い戻さなくちゃならなくなったチケットの向こうにも
この先はきっとある
脳内で飛ぶ
補給用のいのちのかけらを潜ませて
冷凍室はひっそり息づく

この時期の舞台公演は考えられる限りの感染症対策を採っていた。席は1席おき、歓声をあげるのは禁止、飲食はもちろんロビーで話すのも禁止。入場前の体温測定、手指・靴底の消毒を徹底、列になりがちなグッズ販売はなし、マスク着用は言うまでもなく、前列の客はさらにフェイスシールドを着用。役者もフェイス（マウス）シールドをつけ、舞台ではソーシャルディスタンスをとる演出がなされた。それでも関係者にコロナ陽性者や濃厚接触者が確認されたら即公演中止になる。この日、厚生労働省はコロナの影響で解雇や雇い止め（見込みを含む）にあった人が6万人を超えたと発表した。

9月25日（金）　東京・小平　田野倉康一

朝の通勤
混んでる電車で
股を開いて座る紳士
シートにカバンを置く淑女
隣に座ると
シートから立つ女
どこにも掴まらず
電車が揺れるたびによろける人々がむしろ増えたか
繰り返し記号が延々と続く朝の巷に
新しい生活が息も絶え絶えに開かれていく

痛い詩人の今日も
条例に定められた協議を欠いた
行政照会に悩む
名のある設計事務所に
一ヶ月かかる協議をするよう伝えなければならない

昼はまた彩度の低い光に
ゆっくりとくずおれていく
事務机のひんやりとした感触が頬をつたい
サカイトシノリの卓上カレンダーだけがそこに

あたたかい

役に立たないひとの
役に立たない生が
ゆっくりとくずおれてゆく
浮き出した胸骨のような
さざ波だつ日々の
昨日とちがう夕暮れ

帰宅する人たちの電車の中で
朝と同じ光景が
繰り返される

その人波みを逆に
かきわけて銀座の画廊へ向かう
柴田悦子画廊『言絵絵言Ⅲ』展
田野倉が参加する詩と美術のコラボ展
首を吊ってる姿がカワイイ結ちゃん
が、まとうそらしといろの詩が
当たり前のように美しい死者を生き生きと生かす

絵の中へ落ちていくように詩を書いた
恐怖のひととき
瓢箪で鯰を捕まえるように

言葉で絵は語り得るか

詩が絵を恐怖する
絵が詩を恐怖する
その前に他の恐怖は恐怖ではない

光の中の光
闇の中の闇

柴田悦子画廊を後にし
帰宅する人たちの電車の
朝と同じ光景のなかに帰る

愚痴のポエジー、なんていうものがあるのかもしれない。みんなこの状況に慣れてきている。それでも通勤の光景は基本的に変わらず、ギャラリー巡りや、アーティストたちとの仕事が今まで以上に自分の救いになっていることを実感する。美術も詩も不急でもなければもちろん不要でもない。

9月26日（土）新幹線車中にて　柏木麻里

いつ、どこにいる
日記を書こうとして
どこにいるとは
どういうことかと
考える

雨の中にいる、Yes
新幹線の中にいる、Yes
街と街のあいだにいる、Yes

どこかにいる時
どこにいられるのかと
考える

雨粒の中に、Yes
雨粒よりもずっと小さな
ウイルスの霧に包まれた星の上に、Maybe
星を見まもり続けてきた月の眼差しの中に、Yes
月の向こうの凍てつく沈黙の中に、Yes

そして星々のような細胞や
腸内フローラの
知り合うことのない花畑と共に、Yes

ここには小さく復活してくるものばかりだ
生きているから

車両の細かい振動に身を委ねながら
自分の小舟の舵をとる

鎧姿の若武者が落ちのびようと
沖合で待つ助舟に馬を向ける
しかし、汀から敵方の武者の声
「あれはいかに、よき大将軍とこそ見参らせて候へ。
まさなうも敵に後を見せ給ふものかな。返させ給へ、返させ
　給へ」
扇を上げて招かれて
ここを先途と馬を返す
なにもかもが乳色に見える
その同じ海に
私も舵をとる

考えてみれば
星は雲によって地上を諦めない
星と地上は千年続く雨の間も
信頼を失ったことがない

その星と地上のあいだを

いま
時速２８５㎞で
東へ進む途上

9月27日（日）　東京・杉並　峯澤典子

「人はさびしくなるとなぜ水のちかくへ行くのでしょうか。
金魚セラピー」

これは水槽のことか　それとも金魚鉢だったか

二十代のころ
会社帰りに通ったコピーライター養成講座で
ある商品にキャッチコピーをつける宿題が出た

わたしの提出したこの文章について
講師は　よい、とも　よくない、とも言わなかった
そのかわり
うん、ぼくもよく行きます、とだけ言った

日曜　雨あがりの公園
池のまわりには
散歩やジョギングをする人がたくさん

さびしいから　水のちかくへ行くのか
水のちかくへ行くと　さびしくなるのか

おとなたちは　距離を保ったまま
それぞれの水面をみつめている

おさない子が　あかい魚の影を追って
わたしのすぐそばまで駆けてきた
ふう、ふう、と息を吐く彼女と
おなじ水面をながめた

水のなかには　終わりのない青空
見えないけれど　そこで遊び　眠る魚たち
見えるけれど　ふれあえないままの人たち

彼女がふたたび駆けだしたとき
みじかい髪から
生まれたての火のかおりがした
水辺のさびしさをまだ知らない朝の

その子が駆けていった先には
今日も

だれも乗らないボートが
つながれている

9月28日（月）　神奈川・横浜　新井高子

夏が落ち、
浮かんでくるのは、あのおじさん
コロナ猛暑の八月のある日、
閉じこもったからだが、むしょうに太陽に飢えて

川沿いを歩いた
長梅雨のあと、一滴の夕立さえ来なかった水面は
むしろ澄み、
何匹もボラが泳いでいた
イシガメが仕留めたカエルをつついていた

炎天下とは
焼けつく太陽だけでなく、
それが昇らす陽炎《かげろう》じゃないのか
アスファルトが蒸し返すひかりの褶曲をひきずりながら
坂道をのぼった、
このあたりは、かつては山のすそ野だったから

と、てっぺんから、
駆け下りてくる自転車
海パン一丁の痩せっぽちのおじさん
ギンギンの日焼け肌は、赤銅をこえて紫紺
蛍光オレンジとイエローのブリーフ
黒メガネの鼻すじは冴え、
すれ違いざま、ニヤッと笑ってくれた気がするが、
パンチパーマの伸び髪は
あたまの左右にゴム結び、
まるで、花粉まみれの触覚みたいに
まるで、熱帯の毒虫ライダーみたいに

ガニ股でペダルを踏むおじさん
はだかの背なかが小さくなるのを、
立ちすくんで見送りながら
愉快になってきたのだった、
　　　ぶくぶくと
なぜに、祭りで、歯痛をよぶケバ色菓子をかじるのか
なぜに、タレべったりのイカ焼きでわざわざシャツを汚すのか
なぜに、けっきょく、にんげんは薬より毒のほうがおもしろいのか

花火も盆踊りもなかった季節
たったひとりで、祭りだったおじさん、
出かけても出かけても
一度しか会えなかった、
　　　あなたは
陽炎であったか
灼熱の薄羽蜉蝣であったか
夏の底から、

日記は輪番なので、鮮やかなことがあっても、その日が当番でなければ書き逃してしまう。これは夏の忘れもの。

9月29日（火）東京・深川　カニエ・ナハ

テーブルの牛乳瓶にゆっくりと光の線が滑り落ちゆく音がしている
長袖で半袖をたたむ仕舞いこむ詩型を替える準備をしている
比喩でなく手紙を２通書く３つ先の駅へと投函しにいく
湖が青い雲が白いカーテンが揺れる窓べで何もしなかった一日のようなそれは信号待ちでした
電話は電話でわたしはわたしで話しかけられるのを待っているのだ
クローゼットがものであふれてむこうへとわたしはとおりぬけられなくて
テーブルのコロナビールの空き瓶にコスモス挿してコスモス愛す

「全国で新たに５１９人の感染確認」（朝日新聞デジタル）

9月30日（水）静岡・用宗　さとう三千魚

今朝

遅く
目覚めた

散歩に行けなかった

犬のモコを
抱いて

女を起こさないようそっと

ベッドからぬけだす
階段を降りる

モコを
居間の床に放すとモコは庭に続くサッシに駆け寄る

サッシを開けると
庭に出て

しゃがんで
おしっこする

しゃがんだままモコは上目使いにこちらを見上げている

モコを
抱いて

玄関ドアを開け
ポストから新聞を取りだす

朝刊の一面

「コロナ　世界死者１００万人」*
と見出し

インドネシアのジャカルタでは埋葬された遺体が６０００人
　を超え
墓地が足りないのだという

１００万人の
死者たち

妻や夫や恋人

父母や
祖父母

兄弟姉妹

息子や娘や孫たち

友人たちが
いただろう

どのようにヒトはヒトと別れるのか

どのようにヒトとヒトは
突然

別れられるのか

朝

青空の中に西の山が青緑に佇っていた

金木犀の
花の

黄色の

花の香りがした

＊「朝日新聞」9月30日朝刊より引用しました。

TVのニュースでインドネシアのジャカルタの墓地の映像を見た。
大地に沢山の穴が掘られていた。死者は６０００人を超え墓地が足りないのだという。

10月1日（木）　北海道・札幌　三角みづ紀

十月がはじまる
いつもはじまる

飛行機の残り香と
こまかく砕いた肉の音

秋になったので
ぼくたちはちがう季節に佇んでいた

延長線――
の、うえを歩いている

早朝と夜の雨
夕方は眠っていたので記憶にない

ずっと紛失したままだと
どうにか認められたころ

アフターやウィズ、
という言葉で
やりすごすやりきれなさが
カーテンを　閉めるたびに
身体を覆っていくのだった

いくえにも
紅葉していく丘を
直視してはいけない

10月2日（金）　沖縄・那覇　白井明大

この日にあったことは
書けるようなことでは
ないのです

へとへとにくたびれ果てて
それでもどうにか
難所をくぐり抜けて

夜

前日雲がかかって見られなかった
十五夜の翌日の満月を見ようと
近くを散歩しては
きれいに出ている月を眺め

龍潭のまわりを二周
ゆらゆらとどこにも力の入らない
足腰をゆらめかせながら歩いた

この日記の当番の〆切のことなど
すっかりと頭から抜けていて
気づいたのはいま日曜の夜で

おとといの痕跡を見返すと
こんな言葉をSNSに書き残している

「いちばんたいせつなものは、目に見えないものだから、目に見えるものは手放そう。そうするしか、一つの指輪を葬る手立てはないのだから。」
(午前二時頃)

「というわけで先ほど手放しました。ぶじに火口に溶けていきますように。南無…」
(午後一時二十分頃)

すごくすごく長い旅をしていた
この日は旅のある意味で決着をつけるような日だった
詩を書いてる余裕は
なかったんだな

いつか書くことがあるのかもしれない。ずっとないかもしれない。

一日の終わりに缶ビール一本飲まないでいられたけれど、思い立って、保存食の箱にしまわれているカップラーメンを取り出し、湯を沸かして、作って食べた。

10月3日(土)　東京・久我山　田中庸介

実家の整理。子供部屋の机は捨てちゃったから、亡き父の書斎を一時的に引継ぎ、この部屋をやることにする。

三畳くらいの洋間。二階の突き当りにある白い木のドアを内側にあけると正面の窓に向かって白い事務机。ガラスがのっている。

左の壁には一面に株価のチャート。震災の直前、母が亡くなるまで毎日つけていた。

事務机には工場で使う二灯組の蛍光灯が天井からぶら下がっている。かなり明るい感じ。

机の上には木枠が組まれ、落語とか音楽とかの勉強ノート、毎日の詳細な日誌のファイルなど。保存状態は全体的にまあまあだが、硬めのプラスチック、これだけはダメだね。ぼろぼろに経年劣化している。

これを片付け、引き出しの中の大量の音楽ＭＤを片付け、右側に天井まで一面にある造りつけ書棚の整理に入る。茶色のラワン材で枠が組まれて、ところどころに棚板が乗っている。板が厚いので45年たってもまだ狂っていない感じ。

手前にうず高く積まれた実用書や近辺のスナップ、古都古寺や江戸歴史散歩のガイドブックを取り除くといよいよ核心部に迫る。

さまざまな勉強をした形跡が静かに茶色に変色した蔵書の山となって立ちあらわれている。

まず左上から西田幾多郎全集。全巻揃い。

次に津田左右吉全集。全巻揃い。

次に三木清全集。全巻揃い。

この三つで思想的な防壁が家の南西の裏鬼門の角に築かれている。

これを片付けることが戦後の何かをついに崩すことにならなければよいと思いながら片付ける。

津田左右吉と資本論は西荻のＨさんに持っていってもらうことに。あとは箱に詰める。

慶應の医学部で勉強をしはじめて健康問題で挫折、成蹊の経済に入りおそらく江戸の農学経済史を専攻、さらに独学で電気工学を学んだ形跡が、教科書の山となって残っている。これは解剖のメスを入れる木箱（苦笑しながら処分）。石川淳も網野善彦もある。大量の数学の本もあるし、宇井伯壽の印度哲学もあれば経営学もあり、各種語学本も揃っている。むすこが書いたものも蒐集されている（恥）。

津田左右吉も三木清も、舌禍によって公職を追われた学問の徒である、戦後に社会派の物書きを志し、その後実業に転じたこの部屋の主人の理想を髣髴とさせる。

会えなかった祖父の写真や父の遺稿も出てきた。甲府・深町の少年時代の詩的スケッチはまた、いつかどこかで活字にしてあげよう。

休日は実家の片付けに没頭し、コロナストレスを忘れようと試みた。青年時代の恥ずかしい未発表原稿との闘いや、父が築き上げた書斎の本の壁との闘いなど、いくつかの精神的な山場を迎える。

10月4日（日）東京・調布　山田亮太

図書館へ行く。滞在時間を一時間以内とする制限は相変わらず設けられたままだが、座れる場所は以前よりも増え、利用者の数も通常時とさして違わないように感じる。先月まであった感染症特集コーナーはなくなっていたが、いまだオリンピック関連本は階段横の特設棚にそれなりのスペースをとって陳列されていた。小脇に抱えた本が12冊になったところで、選別をはじめる。図書館では10冊の本を借りると決めている。この図書館は20冊まで借りられるのだが、20冊では持ち帰るには重すぎるし、8冊とか14冊とかだと、いったい何冊借りたのだったか返却時にわからなくなりがちだ。それでちょうど10冊。12冊の中から借りるのをやめる2冊を選ぶ。この作業にはいつも時間がかかる。一度は借りたいと思った本の中から、ここからの2週間手元に置いておきたい本としてよりふさわしくないものを、全体のバランスやボリュームも考えながら、選ぶ。最後の1冊がなかなか決まらない。最終候補の三冊のそれぞれの冒頭を読み始めると、どれも諦めるには惜しい気がして、また別の本に目移りしてしまう。大丈夫。まだ時間はある。まだ一時間たっていない。

集団を構成するものがすべて同質だった場合、集団の中の一個体の安全を脅かす危機が訪れたとき、他の個体も同様の理由で危険にさらされるだろう。そのため集団が全滅する可能性が高まる。したがって内部に多様な質の構成員を抱えた集団の方が、そうでない集団よりも強い。当初は多様な構成員からなる集団であったとしても、集団の中に他の個体に対していちじるしく強い影響力を持つ個体がある場合、時間経過とともに集団内部の同質化が進行する。しかしこのことがただちに集団から多様さを奪うとは限らない。集団の中にはときに、他の個体からの影響を受けない異質なものが存在するからだ。それら異質なものたちによって、集団の存続は支えられている。けれどももしも、異質なものたちを、異質であるという理由で排除する機構を当該の集団が備えていたならば、全面的な同質化はたちどころに完了するだろう。

図書館で借りた寺山修司のエッセイ集を読む。冒頭のエッセイで寺山は「一人で戦争を引き起こすことは可能か」というタイトルの自作の詩について言及している。その詩がどこかで読めないか調べるが、わからない。少年時代の作だというから未発表の詩なのかもしれない。あるいは、そんな詩は書かれておらず、寺山が論旨にあわせてでっちあげた可能性もある。

調布市立中央図書館の新刊棚にあった寺山修司『ぼくが戦争に行くとき――反時代的な即興論文――』（中央公論新社）を借りた。

10月5日（月）　福岡・博多　石松佳

上着を、羽織る
最低気温が昨日よりも下がり
夕方の風はもう冷たい
銀杏の匂いはきらいじゃない
空気が秋らしく乾燥したからか
今日は
朝から声が掠れてしまった
呼びかけることがどこか気恥ずかしく
呼びかけることをあきらめて
ぼんやり過ごした
それは
風邪を引いたときとは少し違う、
世界から椅子一つ分だけ距離をとる感覚だ
子どもの頃に飼っていた犬は
名前を呼ぶと必ず振り返った
いつ自分の名前を知ったのだろう
それはわたしがこれまでに
会社で、私生活で、映画の中で見た
呼びかけたら振り返るという
その姿の原形である
明日は晴れるが
最低気温は今日よりも下がるのだと
天気予報は言う
公園を駆ける子どもたちがわらっている
多分だけど
そう遠くない日
わたしたちは
わたしたちの本当の名前で呼びかけ合う

10月6日（火）　大分・耶馬溪　藤倉めぐみ

陽の鋭さはあっても空気は冷たく乾いてきました。わたしはそうやって剥がれ落ちていきます。長袖なんて着てしまう季節は剥がれ落ちていくんです。

わたしは秋に生まれたので、秋の訪れは、特別な場所で浸み込ませてきました。海の近くに住んでいたので、秋の海を、波の音を浴びていました。海のそばではしがみつきたくなったこと、星が早く動いたことを思い出します。

秋はきっと贈り物の季節で、不用意な歪みもその中に含まれます。わたしはもう誰かの名前を忘れられるぐらい大人になったので、もう名前を忘れたあの人が「大事な人の贈り物にはおもちゃの蟲を箱いっぱいに詰めて贈りたい。だって面白くないですか」と言ったこと。あの時、おかしみもあたたかさも一欠片として感じなかったのだけれど、もしかしたら今、君からその蟲をひとつまみずつ放り投げられていることがわたしの悲しみの素になっていて、そうやって投げられれば投げられるほど、不用意に簡単に踏み外して君をえぐることがわたしにだって出来てしまうことがとても悲しい。

そんなことよりも一番大事なのは、本当にすることは、「目の前に立って下さい」ということだけでしかなくて。何よりも真っ先に「目の前に立って下さい」という時に来ているのに、それを難しくさせているものは、何者なんでしょうか。

今日は夏に作った梅のジャムと、この前作ったイチジクのジャムと、今年出来たばかりのお米と、古米で作ったお味噌と、もぎたてのカボスを、抱えるのがやっとなぐらい詰めて、遠くで笑うあの子に送りました。とても重くてたくさん動き回ったので、今夜はゆっくり眠れそうです。

10月7日（水）　東京・目黒　　覚 和歌子

からだの左がわに湧き水の気配がする
1メートル半ほどの龍がいるようだ

数日前に歩いた関西の山深い村では
橋に窟に空にまで
水神の守護がしるされていて
マスクをあごに引っかけた人たちは
山伏とインバウンドが減ってねと
ほがらかに嘆いた

まっすぐに天地をつなぐ木々が
途切れない水音をささえて
透んだ気をとどまらずにめぐらせて

そこから龍はついてきた
わたしの詩となって

玄関の引き戸から小路へ
わたしの歩幅に合わせて
身がゆるく蛇行すると
金木犀の匂いのなかに
冷たい川すじがとおっていく

西洋の龍は人をおびやかす役まわり
それを数日で打ち負かしたという老勇者が
タラップをおりた
ＢＧＭのマントをまとって

半月前からにぎやかになった壁のカレンダー
男たちはヒトの指で手帖をめくる

わたしによりそう龍の気配に
ときどき目を泳がせながら

> 米国大統領トランプ（当時）、新型コロナから回復して
> 退院する映像を動画に公開。
> 催事興行が徐々に再開。

10月8日（木）　鹿児島・串木野　　四元康祐

さ、も行かんと。
まーさか、コロナなんかであるもんか、
いつまでもここにおったってきりがなかろうが。
旨いもんも綺麗なもんも、ありすぎて味わいきれんのだから
どっかですぱっと見切らんと。
どこへ行くか、て？
それはわしの胆管癌が知っとうたい。
剥離した網膜も溶けたキヌタ骨も圧迫された脊椎も血糖値に
　も分かっちょる。
ココロだけがまだうろうろおろおろしとるが
なーに心配せんでよろし。
ほっといたら後から勝手についてきよるわ。
大体このココロちゅうもんは
コロナに似とるね。
どっちも目には見えんじゃろ。それでいて
生きたカラダのぬくもりがないとすぐに消え失せてしまう
そう思えばカワイイもんじゃ。
さ、こんな話しとったらきりがない。
わしは行くぞ、今度こそほんとに行くぞ。
なんで泣くことがあるか。
最近どこにでも垂れ下がっとるビニールの暖簾みたいなのが

あろうが
あれをひらりと捲るだけっちゃ。
こっちからみたらあっちがあっちじゃが
あっちからみたらこっちがあっちであっちゃこっちゃや。
人間はちと大きすぎるがね
クォークだのレプトンだのはしじゅう往ったり来たりしとる
　わい。
さみしゅうなったら線香でも焚火でも
立ち昇る煙の渦の動きをなぞって全身で踊りんさい。
だがなによりも大切なのは、手洗い、うがい、マスクの着用。
あもうみとったらいかんよ。
バイ、バイ。

10月9日（金）　東京・神楽坂

ジョーダン・A・Y・スミス

身体を知る大切さ
元オリンピック選手とのトークイベント
参加無料

前を向いて歩こうとするから
かなりロースペックのモニター解像度で

ピクセレーションばっかり
道はどこまでも
　　　ぼやかしている

今年という戦は
後ろから襲うヒョウのよう
理想を放棄した人の言葉
You go to war with the army you have…

コロナウイルスが感染すると
眼差しの方向性は
逆になる
インバウンドの恐れは消え
アウトバウンドの恐れが
陽性の新しい当たり前

時制との関連性はこんなモノなら
はやく！
女性主導者の時代に
なってほしいと
灯った提灯を想い
お願いする
大切さを知る身体

10月10日（土） 神奈川・江の島

永方佑樹

金木犀が好きだという人の
気が知れなかった
それを
本当には知らなかったから
しめっぽくすこし薫る
その程度のものだと思っていたし
「ノスタルジー」を口にしたくて
「キンモクセイ」と言っている
そんな程度に思っていたから
絶対言葉になんかするもんかと
かたくかたく思っていた
その単語すら
ノスタルジーなんて

先週
吉野の山を歩いている時
突然空気がやわらかくとけ
飴色にどこまでも透きとおっていって
かつての笑みの浅ましさを
しづかなしぐさでしずませると
あおざめた誤りをやさしく撫ぜる
その香りがそっと知らせた
いのちのふかくに明記する
そうしたものが確かに在ると
言葉や名称におさめられず
息がただ詰まってしまう
そうした事が
ひとの肌の外がわに
やさしく
たくさん
ゆたかに在ると

泊まっていた宿の女将に聞くと
今年は桜も長く咲いたらしい
コロナの影響で4月17日以降
お客さんは一人も来なくなって
外からの目が絶えた吉野の山に
桜の花びらはいつもよりほてり
いつまでも景色をうるませたらしい

ひとの気配がひそまると
世界はありありと明瞭になる
我々の手痛い消耗こそが
世界をうつくしくもどしてしまう
わたしやあなたの吐く息は

いつかふたたび裸にもどる
その時
きっと多くのものたちが
しづけさの内がわの中に
一層押しやられてしまう
そうだとしたら
もしそうなんだとしたら

山から戻ると海はやっぱり荒れている
遊興のはしゃぐ姿は
風雨に冷えきった浜のどこにも
すっかり見えなくなっていて
どうやらもう
休暇は終わりらしかった

10月11日（日）　福岡市・薬院　渡辺玄英

地球より遠いところへ行きたい
そう言うと
ぼくはこの部屋から出て行った
残されたのは
誰もいない部屋だが
いったい誰がこれを見ているのだろうか

秋の曇りの日には
よくそんなことがある
ＴＶのニュースではコロナ禍で自殺が相次いでいるし
相模湾の南を颱風14号が通過しているらしい
だけどこの部屋は日本海の近くだし
ぼくはもう地球より遠い所に行ってしまったから
関係ないね

相模湾からは四年前にゴジラが現れて
世界はパニックになったし
丈高いカンナの花が赤く咲いていたこともあった
海辺に降りれば足元には星の砂もかがやいているだろう？
地球もまんざら捨てたもんじゃない気がするね
とこれを読んでいるあなたは思うだろう

でもそんなことは分かってるんだ
だれも知らない街の駅に立って
電車が通過する刹那からだが自然と前に引き寄せられる
その謎こそが問題なんだ
そ
秋の曇りの日には
ホントここに居ないほうがいいって気持ちになるよ

有期雇用者の首切りが深刻だ。倒産廃業も増えている。よって自殺者が増加する。さらに増える。以前、企業人だったので不況の恐ろしさは身に染みている。絶望すると理性とは別の力が人間を突き動かす瞬間がある。

10月12日（月）　東京・つつじが丘　　河野聡子

ビリー・アイリッシュのNO TIME TO DIEが発表されたのは今年の2月のこと。4月に予定されていた同タイトルの映画、007新作の封切りにあわせ、私はこの曲をSpotifyのプレイリストに入れた。以来毎日一度はこの曲を聴いているはずだが、007はいまだに公開されない。２０２０年4月の公開が延期され、11月20日の公開も延期され、ビリー・アイリッシュの声だけが私のSpotifyから流れつづける。状況は深刻である。もはや時間を逆行させるしかない。クリストファー・ノーラン監督のTENETは無事に公開されたものの、アメリカの映画館が軒並み閉まっているせいで興行収入がのびず、苦戦しているそうである。TwitterでTENETのファンアートを検索するとタイ語、ロシア語、中国語、韓国語、そして日本語ばかりヒットする。がんばっているはずなのに物事がなかなか進まないようにみえるなら、エントロピーの減少により時間の逆行が起きていると考えよう。私は先月伊豆大島に行き、黒い砂に埋もれた原野と森を通り抜けるテキサスハイキングコースを歩いた。十年以上前にテキサスハイキングコースという題名の詩を書いたのだが、実際に歩いたのは初めてだった。テキサスといえば乾いた砂漠のイメージがあるが、実際は緑も多く、稀に雪が積もることもあるという。トランプはテキサスでどのくらいの票を獲得するだろうか。Twitter社はアメリカ大統領選を前にデマの拡散を防止するため、リツイート機能の仕様変更を発表した。手動で「RT、コピペ」をやっていた時代から、私はずいぶん遠くまで来たものである。一昨日アメリカの掲示板Redditには「5歳の息子がクラフトワーク以外の曲を聴くのを許してくれないのだが、どうしたらいいだろうか」という相談が投稿された。他の音楽を聴こうとしても、これはクラフトワークではない、アレクサ、クラフトワークをかけてくれ」と命令するのだという。YoutubeとSpotifyとAmazon Musicで音楽は世代を超えた。ヒプノシスマイクは遊戯王のようにデュエルする。時間は順行し、逆行する。

10月13日（火）　東京・世田谷　　松田朋春

ややんさ
みなかに

むきへの
かひすさ
かつつい
こけおの
たゆやさ
むえてら
たちらい
にせまら
むゆよな
ひたにさ
ありいち
ひくんむ
とになし
うえあに

「空気の日記」の更新をするにはログインが必要で、ＩＤとパスワード、そしてbotの侵入を避けるために生成された歪んだ画像の四文字を目視して入力しなければならない。いわば私が人間であることの証明だ。ランダムに現れるひらがな四文字に惹かれるものがあってすべて記録している。

よこやま
ちせとけ
ちそふち

いかてあ
きみゆら
なもよい
くあかゆ
つせくき
やぶしお
へよせき
けもせと
のえけち
とつしち
くえうし
えらへこ
とせへふ

無意味な四文字。ときどき意味ある言葉になる。感受性によって感染・発症するウイルスと同じだ。

かにたの
つおあせ
くまかく
にひます
りとまひ
えへかん
ゆあよに

なたのそ
つうひち
つふあみ
うけりし
おおかき
むあもち
ひけてへ
こあらせ
りこえち

10月に入って東京から出やすくなって、全国各地の縁のある人を訪ねて歩いている。失った仕事を来年は回復させなければならない。東京五輪は無観客開催だという噂が流れ、自殺者は前年比8％増加し、Go Toトラベルには祭りのように人が殺到している。

来年はどうだろうね、と聞くと、それはわからないね、ホントわからないね、と、どんな人もいう。この例外のなさはすごい。

秋は来年を考えはじめる時期で、そのわからなさが急速に具体化してきている。見切りをつける、という言い方が近い。

いみてつ
つよへな
きけくく
きうあつ
よへくも
とむひみ
こえとし
もとさへ
もつりえ
んちこせ
そそまら
としくて
かくへみ
やえんよ
そひらの
いへかん

どこまでも続く四文字を眺めている。いつか決定的な言葉が現れるのではないか。決定的と感じる感受性は何か、その時にわかる。

10月14日（水）　東京都・早稲田　　鈴木一平

目が覚めて、両膝の痛みで立ち上がれなくなっているのに気がつく。昨日の帰り道に駅の階段から落ちた。そのときは内出血を起こした肘の方が気がかりだったのに。風呂に入って、出社までのあいだに原稿を書き進める。後輩（添削担当）から聞いた「日記」についての話は、そこからさまざまな問いを引き出すことができる。文芸誌やWeb上での「コロナ禍」を題材とした日記の氾濫は、SNSやブログといった日記的な媒体がすでに存在していたにも関わらず、あらためて日々の出来事や感想を書き記す技術が「日記」であることを強調するかたちで書かれ、発表されたという事態を意味する。ひとまずは、新型コロナウイルス感染症の世界的な流行に伴う社会状況および生活環境の変化によって、私たちの日常が非日常へと変わり、日常を書くことそのものが価値のあるものとして表面化したという事実は、とりたてていうまでもない。

日常が非日常化することで日記の需要が高まる傾向は、日本近代史では第二次世界大戦期に代表的な先例があり、兵士による従軍日記や、銃後の人々によって書かれた日記が挙げられる。西川祐子『日記をつづるということ　国民教育とその逸脱』（２００９年、吉川弘文館）によれば、戦時期の日記は《戦争という非日常な事件が大きく反映し、退屈なはずの日記文の内容が生死とかかわってドラマチックになり、それを記述する文体も切迫した調子となりゆく傾向》があると述べられている（１８０頁）。この指摘は感覚的に理解しやすい。戦時中はしばしば兵士に対して日記を書くことが奨励されたし、学校教育でも日記はさかんに取り入れられたらしい。当然ながら、どちらも上官や教師という外部の視点の介入があり、さらには日記への介入をとおして書き手（兵士や児童）の内面を監視し、場合によっては「国民」としてのあるべき態度を強制され、それにふさわしくない感情や行為が書かれれば添削が入った（規範的意識を書記行為を通じて書き手に定着させようとする試みには、言文一致運動における「標準語」開発に共通する単一的な国民精神への志向もあるだろう）。そして、このような規範的意識の内面化は、しばしば書き手自身が主体的に推し進めているかのように仕向けられた。いわば、書き手の側も「書かれるべきこと」がなんであるのかを理解し、それに向けて自らの内面を律していくこと、みずから望んでそのような内面を獲得していく方向性がありえた。西川の著作に戻る。《戦時下においては、従順な国民を育成するだけでは不足なのであって、非常時体制にあって行動する主体として積極的に戦争参加する国民、つまり国家の戦争において自らすすんで死ぬ国民が必要とされる。近代の日記が行う主体形成教育に国家が着目しないはずはない》（２１３頁）。

戦争末期には紙不足により日記帳の流通が停止する（厳密にいえば、まったく売られなくなったわけでもないらしい）が、敗戦から1年を経た１９４６年には、博文館の当用日記が早々に発行されたという。当時の記録によればその発行部数は20万部にのぼり、紙の配給が限られていた状況を踏まえると、戦後も日記を書くことは国家的に強く奨励されており、国民もそれを求めていたと見ることができる。戦後の学校教育でも、一貫して日記の制作と指導は行われた。そこでは生徒の自主性を重んじつつも、やはり教師による介入と添削は絶えず存在し、「教育的に」ふさわしくない表現があれば、程度の差こそあれ、書き直しを要請された。それについて、西川は川村湊の『作文のなかの大日本帝国』（岩波書店、２０００年）を引用しながら次のように総括する。《たとえば西洋語のサブジェクトが「主体」であると同時に「臣下」の意味をもち、呼びかけに応えて自発的参加をする主体であることが明らかになった現在、国民の主体的参加がなければありえない近代の総力戦において能動的な国民となり、すすんで死地に赴く兵隊となる教育がなされたのと同じ方法が、戦後再編成のための国民教育に用いられた》（２３３頁）。規範の内面化が自らの意志に基づくものであることを主体に錯覚させるための、教育装置としての日記。それは、他国の事例ではあまり見られない、日本独自のものであるだろう。当然ながら、言語が主体の思考を伝達させる透明なメディウムであるはずはないし、書かれる上で生じる虚構化の過程を日記が免れることもありえない。しかし、主体に対してみずからの内面を言語化するよう強制するにあたって、日記はそこで書かれた内面が「虚構ではない（かもしれない）こと」の線をギリギリのところで主体に迫る。加えて、それは日記が「虚構ではない（かもしれない）こと」をみずからの表現の条件に据えている点で、幾重にもねじれてしまっている。おそらくそこに、日記が詩歌や小説といった「正統な文学ジャンル」と同等の位置を持たないこと、あるいは「正統な文学ジャンル」として定義化しようとする試みを決定的に不毛なものにさせる要因があるだろう。

「コロナ禍」において日記の制作を国家が推奨したり、そのようにして書かれた日記に対して直接的に権力が介入したという事実は、筆者の知る限りでは確認できていない（教育現場において「コロナ禍」におけるみずからの生活を日記で書くように課された事例はあったのかもしれない）。しかし、「コロナ禍」以前の日常とそれ以後の日常との連続性に（「戦前ないしは戦中と戦後」のように）断絶を加え、後者を「新しい生活様式」として編成しつつ、新たなる様式への適応を国民に要請する日本政府の身ぶりが日記の氾濫に拍車をかけた側面は、否定できないようにおもう。そしてまた、日常なるものの断絶に向き合い、変化を被った生活にみずから慣れ親しんでいくまでの過程を記録することが意義あるものとされるにあたって、日記という表現ジャンルが用いられたということは、書かれたものが文学的なジャンルとして位置づけられることをあらかじめ回避した上で、だれに強制されたわけでもなく書くことを通じてみずからの認識を教育し、それを他者の視点に向けて開いていくことへの欲望が、すくなからず書き手の側には存在していたのではないかとおもう。

仕事がおわって、『灰と家』の在庫を渡しに山本の家に行く。スーパーで夕食の材料を買うとき、山本に小銭を出せないか聞くと、——きれいな小石しかない、といわれて、財布に入った乳白色のきれいな小石を見せられる。鍋を食べながら、100万回再生された猫の動画や山本がハマっているYouTuberの動画を観る。このあいだまでKAATで上演されていた地点の演劇『君の庭』についてのレビューで、題名が『俺の庭』と書かれている記事を山本が見つける。日記を書き終えて、後輩（添削担当）に送る。しばらくして後輩から返信が来る。

——日記の話については今後応答しようとおもいますが、とりあえず個人的には、冒頭がけっこう気になるな〜、って感じかな。もうちょっとやんわりした表現というか、たとえば駅の階段で転んでケガをしたとか、そういうのでいいかもしれません！

10月15日（木）　埼玉・飯能　宮尾節子

ぶどう

きょう、つきたらずの、
ななひゃくぐらむ、のまごが、
うまれました。

すーぱーで、
きょほう、ひとふさ、はっぴゃくぐらむ、とあって……
なみだが、こぼれました。

にがつの、よていより、
ずっと、はやく
やってきた、じゅうがつの。

ぶどうのふさより、ちいさな、まごの
ひとの、かたちが
いとおしくて。

ひっしで、いきようとしている、ちいさな
あまやかな、いのちが、
ありがたくて。

（いろんな、かくごと、かのうせいを、きかされた
ふたおやを、おもって、

ひかりと、かげのさす、たんじょうの、しらせに――）
ぶじにと、ばかり、いのるよるです。

ぶどうより
ちいさいいのちが、こんなにも、いきようとしてる
のに　どこかでは
おおきないのちが、いきるのをやめようと
してるなんて……

と、もらすと、かえりにたちよった
むすこが
ひとこと

ふしぎだね、といった。

＊

これは、去年の今日ではありませんが
10月のこの頃に生まれた孫のことを書いた詩です
７００グラム、と聞いた時わたしはどんな反応を
すれば、いいか、まったくわかりませんでした
７００という数字の、いみとかたちがつかめず
かなしんでいいのか、よろこんでいいのかが
わからなかったのです

ぼんやりしながら、スーパーに行ったとき
果物の棚に、ツヤツヤと輝く巨峰が載っていて
８００ｇとありました

それを手のひらに受け取ってみて
ああ、この葡萄より小さい子、と思ったとたんに
胸がいっぱいになったのでした

年が明けて、コロナによる感染症が流行して、まちは
世界は、一変しましたが
わたしたち家族は、じつは去年の10月から

ＮＩＣＵ（新生児集中治療室）に面会するときに
マスクや消毒や腕まで洗うたんねんな手洗いは、
孫のおかげで、もう身についているのでした

おかげで、あちこちと、人の居る場所に
出かけるわたしですが、今のところ元気で
ぴんぴんしています

まご、ありがとう

７００グラムから１０００グラムになるまでがたいへん、た
いへん
時間がかかって　毎日ハラハラの連続で、50グラム増えたと
聞いた
だけでも、やったーと、大喜びしていました
（わたしなんか、ぐうたらしたら、１０００グラム増なんて、
あっというま
だっちゅうに）

その孫も、今では８０００グラムで、すくすく元気に育って
もうすぐ一歳になります
ありがとうございます、ありがとうございます、
ありがとうございます、と全方位にぺこぺこして
お礼がいいたい

生きようとする命を、生かそうとする命、ふたつの命が
いくつもの命が、この世界で
たいせつに、守られますように——

ひとつだけ、残念で、つらいことは……
病院を出ても、みんながまだマスクをしていて
まごに、たくさんの笑顔が見せられないこと
笑顔という、ひとの最高の、宝物が
隠されている世界で、おまえをむかえること
です

だから、ときどき、世界中のマスクを外してきみに
教えてあげたい、大丈夫、隠れているのは
（ほらね）
ぜーんぶ、笑顔だよって！

10月16日（金）　東京・神宮前　　川口晴美

〈空気の日記〉は23人ほどでリレーしているから当番日がまわってくるということは前回から3週間以上が経ったわけだ。え、もうそんなに。わたしの前回は9月24日（木）で、この日わたしは交通事故にあったのだった。当番日の日記の下書きをしてから用事で出かけて帰って来る途中の19時過ぎ、横断歩道を渡っていたとき右側の細い道からゆるっと出てきたタクシーがそのまま止まらずにわたしにぶつかった。スピードはほとんど出ていなかったからはねられたというより押し倒された感じで転んで後頭部を打って、といってもぶつかった瞬間に手に持っていた鞄とか傘とかすべてあきらめて両肘をついたから強打はしなかったのだけどびっくりしてすぐに

は起き上がれなかった。ドライバーがすみませんっ大丈夫ですか!? って大慌てで降りてきて、通りかかった知らない女性も大丈夫ですか!? 救急車呼びますか!? って声かけてくれて、救急車と警察がきた。近くにいた何人かが手を貸してくれたり気遣ってくれたりして、わたしも他人に親切にしようってそれからずっと思ってる。人生初の救急搬送で病院へ行き、CTもレントゲンも異常なしだったものの倒れるときに右膝を捻ったらしくて痛い。22日後の今もわりと痛い。階段を降りるのとかめちゃくちゃ痛い。痛いから思い出すけど、もう忘れかけてる。9月24日（木）は病院から戻って警察署に寄って被害者調書というのを作成してもらって帰宅したらもう23時で急にお腹もすいてそれから交通事故のことを書く気力はなく、出かける前に作った下書きのまま空気の日記をその日のうちに送った。だからWeb上に残された9月24日（木）の文字のわたしはなにごともなくアイスクリームを食べているのだけれど、本当は両肘を擦りむいて右膝に痛み止めの湿布を貼って汚れた服を洗濯機でがんがんまわしてた。傘は壊れた。日記を書いていると、日記に書かなかったことはなかったことになるような気がしてしまうから書けなかった22日前のことも22日後の今日の分に書こうと思って、書いているのだけど、でも、本当は文字に残らないことは無数にある。言葉にならなかったことのほうがずっとずっと多い。本当は、そういうこと全部なかったことになんかならない。そのとき思ったことや感じたことだって。今日もニュースを流し見ていると、何かをなかったことにしたい人たちはたくさんいて、忘れられてなかったことになりかけている何かもたくさんあるんだろうって思えて、治りかけの肘の擦り傷がむず痒い。わたしはもう「今日の感染者」が何人かよく知らない。感覚は擦り切れていく。生きていくというのは忘れていくことかもしれない。母は3秒前に聞いた言葉を思い出せない。でも、それはなかったわけじゃない。確かにあった。カサブタが剝がれて、右膝の痛みがいつか消えて、わたしが忘れてしまっても、雨に濡れたアスファルト道路に仰向けに倒れてタクシーのヘッドライトに照らされながら夜空を見たあの不思議な瞬間はなかったことになんかならない。そういうことが全部ぜんぶ積み重なって、わたしを、わたしたちを、まだない時間のほうへ押し出していく。

この日、アニメ映画『劇場版 鬼滅の刃 無限列車篇』（外崎春男監督）が公開。コロナ禍で経済活動が低調となった日本で、唯一すさまじい勢いを見せた『鬼滅の刃』は吾峠呼世晴による原作コミック全23巻が総売上一億部を突破、劇場版の興行収入は公開から73日間で324億円に達し国内で上映された映画の歴代興行収入ランキングで「千と千尋の神隠し」を超え1位となった。

10月17日（土）　東京・小平

田野倉康一

国勢調査調査書類受付業務
国勢調査管理指導員としてここにいる

耳の遠い老人たちの
甲高い声が響き渡る
思い出せない昨日
廃屋
廃アパート
廃人
一軒一軒調査書類を持って
訪ねた記憶を一歩一歩たどる老人たち
その記憶の糸という小径を
僕もいっしょに細々とあるく

谷の奥の道のきわまり
谷神はいない
高層マンションの夥しい窓に
一様に東京の曇天が映る

角の部屋
前から住んでいて
4年前
亡くなった篠畑さん
あ、7号室は首つりのあった部屋で
さみしいさみしい日月の記憶

出さなくていい
それはメモだから
住んでおられたのは中村さんでしたが
今は神戸さんの息子さんが……

あ、引っ越された？
10年以上前に。天野さんのおばあちゃんが……

この建物の用途がわからないんです
書類をまるで書いてこない老人
ただ、そこにずっといる老人

一人の方は亡くなってたんですけど
一軒家ですから
それ、アパートだったんですね
三階にはだれも住んでいません
外から見たんではわかりませんでした

だからもうねえ……

集会室の窓も曇天
一人去るごとに机、イスのアルコール消毒
筆記具もアルコール消毒
ついでにあらゆる人生も
アルコール消毒してしまえ

ご存じ国勢調査は5年に一度行われる。こんな年にあたるとは、とは思いつつも統計調査は比較が命だから延期も中止もありえない。これは調査員が調査した書類を審査しながら受領する業務の光景である。そのほとんどは高齢者で、もともと長くその地域に住み、ご近所との長いお付き合いを生かして引き受けていただいていた。しかし、昔からの住宅は次々と消え、そこに6軒からの新しい建売が立ったり、ものすごい勢いでマンションが増殖したりで、お年寄りたちもだいぶ勝手がちがってきている。

10月18日（日）千葉・市川　柏木麻里

新しい本を日本語と英語で出版した
それは国内だけではなく、海外にも届けたい人がいるからだった
けれどもいま、航空郵便では書籍を含めた小包を送ることができない
飛行機の便が減っているからだ
船便ではアメリカまで4か月かかる
本を英訳して下さった、本を一緒に作った翻訳家ご本人にさえ、やっと数冊をＤＨＬで届けおおせるために、何人もが知恵を絞り、とても時間がかかった

ベネズエラの詩人に一冊を送りたいと思って日本郵便のホームページを確かめる
すると船便小包はおろか、封書一通さえ送れないことがわかった
これは新型感染症のためではないらしいが、よくわからない
詩のやりとりをする中で、彼女が書いてくれた「hope」という言葉は
私が何年間も待ち望んできた言葉だと思う
その4文字をじっと見る
それは私によろこびを運んでくれて、心を柔らかくしてくれて、あたたかくしてくれた
でもhopeの後ろにあるスペイン語を、私は知らない
hopeと書く彼女の後ろにある街の様子を、私は知らない
hopeと書いてくれる人にこそ届けたい本を、いつになったら、どうやったら送れるのかもわからない

彼女の指に、この本のあたたかい紙肌を触れさせることができない
できない
もどかしい

できるはずだと思っていた

英語でこの本を読んで欲しいと数年越しに願ってきた人はいま、地球の反対側の島に暮らしている
彼がいるという青い空と青い海と暖かい風を想像しようとするが
それはどんな気持ちがするのか、到底わからない
この4月から6月の間に貰った、ほんの数通の便りの中に彼が二度も書いた「crazy」な状況という言葉
そのcrazyを私は理解していたのだろうか
彼はその言葉を書いた時、どんな顔をしていたのか

こだま、ひかり、のぞみ
速いものを並べた新幹線の名前に、いま
ことば、とつけ加えたいくらいに、ＡＩ翻訳は速い
一文字そこに置かれただけならば、文字とさえわからないかもしれない言語の長文を
一秒もたたないうちに伝えてくれる
でも、一冊の本という物体を送ることが、こんなにもできない
その物体でなければ、どうしても届けられないものがある
最後のページにある詩を、ページをめくって、いま彼女に見つけて欲しい
それはいまの彼女のためにある
この本の重みが、自分が私に与えた恵みなのだと、彼に知って欲しい
それができない

hope、crazy
何十年も知ってきたこれらの単語を前に
それをどんなに見つめても
わからない
あなたのhopeはどれほどに危険に包まれていて
あなたのcrazyはどれほどに苦しかったのか
わかることができない
ぶつかる、躓く、行き止まる

日々の暮らしを変え、行動範囲を小さくして適応してきたつもりの何かが、国際郵便が送れないという一つの状況に出くわして撥ね返る。撥ね返ることで、囚われの檻の壁に内部から気づく。東京の新規感染者一三六人。

10月19日（月）　東京・杉並

峯澤典子

家族が眠っているあいだに
コーヒーをいれて
パソコンをひらいた
部屋の空気が
昨日よりつめたい
おとといか　三日前の朝にも
救急車のサイレンを聞いた気がする

そのときも　ここから遠くない場所で
サイレンの音は止まった
向かいのマンションだろうか
それとも

生まれたときから
数えきれないくらい
耳にしているはずなのに
慣れることはない音がある

メールを送ったあと
混んだバスで
混んだ駅まで行き
混んだ改札を抜け
ひどく混んだ電車に乗る

春、夏、秋、と
くりかえされる
カンセン、という
ひとつの音に
わたしはもう
驚かなくなっているのだろうか

ほんとうは少しも慣れていないことを
見せないことに
慣れただけなのだろうか

ひさしぶりに降りた駅
一瞬　マスクをはずして
風のつめたさを吸いこむ
大通りから
救急車の音がかすかに聞こえる
でも　姿は見えない
人も車も　止まることなく流れてゆく

きっと、だいじょうぶ
それとも

くりかえされる
空耳の
サイレンのなかを
わたしもいまは流れてゆく

10月20日（火）　神奈川・横浜　新井高子

あれは、十歳《とお》くらいだった
肝だめしに行った
白いきもののお化けとか、べつに怖くなかったが、
こんにゃくに頬っぺたを撫でられたとき、
ふるえ上がった
竹竿から、糸で吊《つ》るって振りまわしていることくらい
当時だって察していたのに、
ヌルッと、
あの冷たさ
恐怖の実体のひとつを知ったのではないか

血まなこでもない
裂けた口でもない
のっぺらぼうですらない

ただの冷やかさを知ったのではないか

そのベロこそ、
血の通わないこんにゃくなのですよ、
冷蔵庫だよ
　　耳も、
　　こころも、

はいいろで
　いんしつで
　　同語反復で
先っぽが割れた二枚舌もあるぞ
巷《ちまた》をナメようと
ぬらり、
高く吊るされて、

ずいぶんだよね、
総理大臣さん
「お答えはさし控える」ですか

ひとつ走りして
焼きいも、
食べようか

新首相のあの冷淡な口ぶりは要注意だと思っていたが、みるまに日本学術会議任命拒否問題。

10月21日（水）東京・深川　カニエ・ナハ

なにもないひとひほとりにたたずみてとまったままの大観覧
車
コスモスをさがすあなたが未だしらぬ無数の花が宇宙に未だ
ある
ＣＤは光を音にＣＤの光がここにあることをなんどもなんど
も再生させる
無事です、と告げるかわりのそっけない「謹呈」の文字。無
事でよかった
読み差しの詩集を、洗いかけの食器を、書きかけのメールを、
生きていることを
飛行機の光を星とまちがえてなんどもいちばん星を見つける

「全国で新たに４８３人が感染　各地でクラスター相次ぐ」（朝日新聞デジタル）

10月22日（木）静岡・用宗　さとう三千魚

曇り空の下に
灰青色の

西の山はいた

朝には
そこにいた

窓を開けると佇っていた

いつも
そこにいる

いなくなるということはない

昼前に
空は

晴れて

明るい空が広がっていた
薄い青空の下に

西の山は
青緑色に佇ってた

曇りのち夕方から雨の
予報が外れた

そう
思ったけど

いまはもう曇って灰色の雲の下に

きみは
いる

西の山はいる

自宅療養で
居間のベッドの上にいる兄に

昼前に

河口や
浜辺や
金木犀の花の

写真を

ラインで送った

付き添いの姪が
スマホの写真を開いて兄に見せているのだろう

〝海が綺麗だなぁって言ってるよ〟

そう
姪が伝えてくれる

塞がった喉から
弱い息を吐き

掠れた声で兄は言ったのだろう

「Go Toトラベル」の東京発着が許された10月に
見舞いできてよかった

兄は山が好きだったから冠雪の頃の焼石岳の天辺の
白く輝くのを

憶えているだろう

目を瞑ると
白い頂が細く輝くのが見える

兄にも
あの白い頂が

見えているだろう

「Go Toトラベル」の東京発着が許された10月の初めに兄の見舞いに行った。居間の兄のベッドに並んで兄と姉と私で笑って写真を撮った。これが最後だと思った。湯沢駅には菅新総理の就任を祝う横断幕が貼られていた。

10月23日（金）　北海道・札幌　三角みづ紀

ひっきりなしに
窓が波打つから
きょうは潜水艦の暮らしだ

すっかり染まった丘が
全身を揺らして
うねって

舟に乗るわたしは
まどろみながら
時間を取り戻さない

陸にあがるころ
ようやくはじまる一日もあって
赤や黄色が触手になる

頷きもせず
抗いもせず
数え続けて

はげしく降るなかで

ひとりで　高く
旋回している鳥

濡れてもかまわないほど
言語を持っていない
その覚悟はない

10月24日（土）　沖縄・那覇　白井明大

おなかがいっぱいです。今夜はおでんでした。沖縄は今朝起きたら、半袖に短パンの寝巻きでは、タオルケットも蹴飛ばして寝ていると、寒くって、足下からひっぱって体にかけて朝寝したんですが、気温は二十度ちょっとくらいだったかもしれません、なので昼窓を開けていても吹き抜ける風が寒くて素足のままではスリッパが欲しくなりました。

つい三日ほど前だったなら、汗だくになりながら食べていたはずです。今夜は熱々のがんもやこんにゃくやごぼ天や卵に味がしみてるのが、泡盛のロックとよく合うわけです。近所の窯元で、叔父が地元のを飲むものだというからいつもそこで買っている、直営店でしか出してないという甕貯蔵の一升瓶の古酒《くーす》はおいしくて三千円で数週間は楽しめるから、冷やした端からなくなる缶ビールとはコスパが違います。春のステイホーム中にもお世話になりましたが、今夜はお猪口に氷をつまみ入れては注いで空けてつまみ入れては注いで空けて、おでんとしまーはコンボですね、永久機関です。おかげでおなかがいっぱいで、おまけにほろ酔いのいい気分です。

ふう。じゃがいもがおいしかったな。メークインは煮てもくずれないで汁を吸っては箸でつまんでほろっとこぼれかけるのを上手にほおばればほろほろと口の中でなだれていくから、辛子をね、ちょちょっと付けるでしょ。やわらかい芋の食感とほんのり効いた辛みのからまりが甘いんです。そこへほら、またしまーでしょう。しまーっていうのは泡盛でね、島酒だからしまーといって、さすがにこっちに住むようになってすぐには恥ずかしくて言えませんでした。しまー。気取ってるみたいで。言い慣れたのはここ三年くらいかなあ。しまー。もう、こののびやかな発声とともに飲む幸せのあふれでる語感がいい。銘柄は瑞泉で。叔父がね、地元のを飲むものだというもんだから……て、話がループに入りそうだから、今夜はこのへんにしておこうかな。餅巾着の大きいのをふたつは多かったな。おなかいっぱいです。今夜はおでんでした。しまーとおでん。そういえば桜坂に悦っちゃんておでん屋さんがあったなあ。高木さんと行ったなあ。内側から鍵かかってて、とんとんてノックすると開けてくれるカウンターだけのおでん飲み屋さんだったなあ。閉まってもう何年にもなるけど、シャッターわきの壁のところにおおごまだらがとまってた。白い大きな翅に黒いまだらの模様の入った、ゆったりと翅を広げて舞う蝶。ああ、もうあのへんの飲み屋をなんべん何軒はしごしたっけなあ。髙木さん。午後の三時に地ビール飲み屋で待ち合わせて、朝の八時までえんえん飲んで話してあちこち歩き回って埠頭の階段に腰かけたりもして空がとっくに明るくなってて通勤の人たちが行ったり来たりする横で缶コーヒー飲みながら花壇の縁に腰掛けて、じゃあそろそろ、てゆいレールの県庁前の駅のところで解散したっけ。それに比べてみたら、今夜はかわいいものです。お猪口でいま三杯飲んだところ。ちゃんと夕飯の食器も洗いました。あとは、まぁだからもう一杯二杯やって、そんなこんなで寝るかなあ。

10月25日（日）　東京・西荻窪　田中庸介

実家の整理
や
秋雨前線
や
詩集の校正
の
合間をぬって
青空。

あかりの保育園の運動会。
だからきょうは近くの小学校に行くのだ

集合は10時50分、
コロナ対応だから学年別にさせていただきます
3歳児5歳児クラスがおわって
やっと4歳児クラスの運動会。

まずはかけっこ。最後のどんくさいグループにいれられて
それでも健闘して彼女は2位であった。

つぎに大きなカラフルなタープをみんなで音楽に合わせてぱ
　たぱた。
組体操のような。

それから大縄跳び。
父母も参加して《パプリカ》の踊りと玉入れ。

みんなでダンス。園長の祝辞。
すぐに解散。

運動会ではないよ
みんなであそぼうかい
だよー、と訂正される。

一気に
練習の日々の緊張がほぐれて
入場門のあたりで
クラスメイトのリクくんと
リクくんのお母さんとうちのカカと
思い切りヘンがおのはずんだ写真をとって
ふつうの週末のふつうの西荻窪のふつうの
日本語の風景のなかに
三々五々
また溶け込んでいく

長女の保育園のクラスメートのリクくん、お母さんは腕っこき編集者でお父さんはやはり真打ちの落語家。ふつうって何なのかだんだんわからなくなる。

10月26日（月）　東京・調布　　山田亮太

ソン・イェジンが出演するドラマや映画はあらかた観つくしてしまったので、もう一度「愛の不時着」を最初から観る。字幕を韓国語に設定する。音と文字の対応はかろうじて覚えたつもりだが、早口だとまだ追えない。セリフの意味は記憶をたどるよりほかないが、まれに聞き覚えのあるフレーズが耳に残る。いま、カムサハムニダって言ったよね。北と南の軍が対峙して銃口を向け合う。そういえば序盤にこんな緊迫したシーンがあったんだったなと思い出す。

週末に訪れた新大久保の街は、路上も店内も多数の観光客でひしめいていた。大半は10代から20代の女性たちだが、しばしば年長者のグループも見かける。ときおり外国語も聞こえてくる。彼らはやはりみな居住者なのだろうか。大きな通りに面した、チーズタッカルビを提供する店はどこも行列をなしていたから、路地に入ったところのシックな韓国料理屋で昼食をとる。この店のキムチが特別においしいというわけではなく、きっと私の味覚が変化したのだろう。知識は人間の嗜好を変える。

化粧品やアイドルグッズを売る店の店内は、肌のきれいな男女のスターたちの写真で埋め尽くされていた。場違いなそれらの店をくまなく観察すると、いたるところでヒョンビンに出くわした。役作りのために彼は、北朝鮮の方言を2ヶ月半ほど練習したという。ヒョンビンがおすすめするシャンプーセット（ポスター付き）を買うべきかと一瞬だけ迷ったが、思いとどまった。私があともういくらか若く、女性だったならば、きらびやかなこの世界のとりこになるのは必定であると思えた。

韓国食材を売る店で、じゃがいも麺と調味料、そしてなぜか置いてあった「愛の不時着」下敷きを記念に買って帰った。下敷きなんて買うのは小学1年生のとき以来だ。

言語のオプションに韓国語を追加し、でたらめにキーボードを叩く。子音と母音、パッチムが組み合わされてその都度ひとつの文字が出現するのが心地よい。だがキーボードと音素の対応がわからないので、狙った文字を出すのは難しい。結局、ソフトウェアキーボードに頼り、私は初めてハングルで文を書く。

안녕하세요
사랑해요
손예진

「愛の不時着」は２０１９年12月から２０２０年2月にかけて放送された韓国のテレビドラマ。Netflixで視聴できる。ソン・イェジン、ヒョンビンは同作の出演者。

10月27日（火）　福岡・博多　石松佳

明け方、寒くて毛布を被っていると犬のことを思い出す。わたしたちのひかりの犬のことである。祖父が長い散歩に連れて行くと必ずなかむら商店で魚のすり身のてんぷらを買ってもらえるので喜んでいたあの犬は、いつしか大人びた顔つきになったが、春の眩しい庭で草を刈る母の背中を目指していっしんに駆けたり、雪の降る夜は玄関に入れられそこを守り、そのまま糸のように寝たりと、幼く、だが精悍な本能の眸を持っていた。川。あれから何度も四季が巡ったが、犬は輪転しながら駆け巡った。あたたかい。それは今朝のわたしの毛布まで、そしてこれからもずっと続く、とても長い散歩であると思う。

10月28日（水）　大分・耶馬渓　藤倉めぐみ

実りを過ぎた地には黄灰色が重なるようになり
鮮やかさよりも寂しさが濃くなる山に
遠くから訪れる人も多くなって
誰も彼も口元も首元も足元も覆わせて
通り過ぎる

そういえば昨年の今頃は
足繁く東京に通い
連日連夜、映画館に籠り
8日間で39本
ただただ銀幕と向かい合わせでいた秋は
私の届かなさもあの人の届かなさも交差していた
いつかの秋になった

今日は小さな映画館で一人
早々にあの胎内の中で
ぽうっとまどろんだ

一瞬を満杯に浸して
目も耳も鼻も口も皮膚も
小さく枝分かれさせて
どれもこれも吸い込ませて
根は生えていたのだなと
触れてみる

かかと
つちふまず
つまさき

かかと
つちふまず
つまさき

この先にまだ根が生えて
知らない船にも運ばれて
今はこの足を
海に浸すことをたくらんでいる

10月29日（木）　東京・目黒

覚 和歌子

父母は手を繋いで面会室にやってくる
すべりの良すぎるドアには
いつまでたっても慣れることがない
マスクの顔に一瞬戸惑ってから
あいさつの声でひとり娘だとわかってくれて
ありがと　おかあさん

元気にしてるの？
たっちゃんは変わりないの？
今書いてるのはなあに？
そんなことよりおかあさん

今日はおとうさんの誕生日だよ
あらそうだっけ
あなたは元気なの？
たっちゃんはどう？
今なに書いてるの？
たっちゃんは時どき鰐になってるよ
なにそれ　わかんない
休みが多いから寝ころんで本読むの
そうするとだんだん鰐になってくの
ちょっと　おかあさんを混乱させるようなことを
言うのはやめなさい
えー、私だって同じ会話は飽きちゃうじゃん
ねえたっちゃんは元気にしてるの？
あなた今どんなの書いてるの？

そろそろ歌おうか　おかあさん
心配いらないよ　おとうさん
アクリル板ごしに向かい合うから
小さい声をマスクにひそめるから

記憶は2分で蒸発するのに
歌はどこか深いところに
しみるみたいにしまわれている
おかあさんが帰りたいあの家には
大好きな絵も花器もお茶碗ももうないけど
知らない誰かがもうすぐ住むけど
おぼえた歌はなくさないから
死ぬときも持って行ってもらえるから
わたし歌を作るひとになってよかったよ

いつ帰れるのは
決まっておとうさんを困らせる夕方の質問
デンセンビョウがおさまるまで
もう少しここにいてよ
おかあさんのたった今がうれしいなら
わたしいっぱい嘘をつく
作り話をする
いっしょに歌う

制限時間は15分
夕焼けと
歌ふたつ分

10月30日（金）　横浜・久保山霊堂前

四元康祐

父が死んでから

毎朝線香をあげるようになった
いとこの映子ちゃんが送ってくれた美麗香
特選白檀を、東急ハンズで買ってきたミニ香台に立てる

立ち昇る煙は、ロブスターの
殻だけが垂直に立って身を揺らしているように見える
背中は透明で両端が青白く光っている
それがそのまま二本の触角みたいに伸びていって

漂うクラゲになったり
幾重もの花弁を重ねるバラになったり
かと思えば三次元画像処理された
誰かのデスマスクみたいなものが浮かび上がったりするが

じきに言葉は尽きてしまう
あとはただもううっとりと放心しながら
渦に呑まれてゆくだけ、文字通り
ケムに巻かれて

息を潜めていると
それは馴れ馴れしく近づいてきて
ワームホールめいた通路の奥を覗きこませてくれる
冥途のうねうね坂もこんな感じなのかしら

無数の小さな点の集積が
線を描き面を成して
裏と表、内と外を絶え間なく反転させる
そこから全てが始まったのだ

ネジを回す右手の親指
歓びにうち震える鰐のように
派手な飛沫をあげて寝返りうつ日本列島
爆風の止んだあとの

真空のベイルートをノーネクタイのワイシャツ姿で
昂然と歩いてゆくのは、あれは
ゴーンじゃないか
その膝関節のなかの歯車

煙の終わりは消えるというより
瞬間接着剤の糸くずみたいに解けてゆく
何も見えなくなっても
まだここにいる

10月31日（土）東京・神楽坂

ジョーダン・A・Y・スミス

地面が溶岩になった
　心の揺らぎを
　　一切見せない長男

冗談が飛べなくなった
　炭鉱のカナリアを
　　包んで救い出す縄

川に泳がなかったら
　流れる水の気持ちを
　　忘れる可能性でできたロウソク

道徳の奥の族に属する朗読
しつこく口説く毒と独特な孤独
常套句っぽく報告するのを除く
遠のく収束……全てほっとく

今年のハロウィーンは
マスクをつけて
入試を迎える

11月1日（日）　神奈川・江の島

永方佑樹

出かける前にFacebookをチェックすると
Aがとても困っている

Aはニューヨークに住んでいて
街ではNY State law[※1]により
マスクとソーシャルディスタンスが
義務化されているはずなのに
どこに行っても安心なはずなのに
住んでいるビルディングの中で
住民がマスクをしないらしい

Aはそんなに若くない
93歳の母親だっている
だから
エレベーターで一緒になった住民達に
「マスクをして / I try to ask my neighbors to wear masks」
と頼んだところ
脅され /threatened by them
写真を撮られ /take my photo
警備員達ですらAの事を脅してきたそうだ
/security guards threaten me
(I do not feel safe in my home. It's like psycho-land here)

そんなAの記事に
コメントを書こうかどうか迷って
結局「悲しいね」ボタンだけ押すと
映画を観に
私は東中野に向かう

到着した
「ポレポレ東中野」では
色とりどりのマスクをつけ
行儀よくぴったりと並んでいる
たくさんの人達が既にいる

みんなの目的は
『私たちの青春、台湾』
２０１４年に台湾で起きた学生運動
「ひまわり運動」に参加した
台湾人と大陸／中国人の
前後を追ったドキュメンタリーだ

そんな映画だから当然
香港も天安門も出てくるし
香港のあの雨傘運動と

台湾のこのひまわり運動とが
関係者同士で連絡を取り合い
連携していた事をはじめて知ったが
多くの革命や運動が
辿ってきた故事そのままに
どんなに盛り上がりを見せ
立法院を占拠したりするような
成果が一時期あったとしても
必ず来る終わりを
彼らだって回避は出来ない

映画の前半で
社会を語り、よく走っていた
陳為廷は今はもう
台湾に居場所を無くして
アメリカ留学を目指しているし
大陸人にも関わらず
ひまわり運動に参加した
蔡博芸は
ずっと彼女を心配していた
家族のいる中国に戻り
もはや連絡すら
今は容易に取る事が出来ない
（そういえば映画の中で
彼らと共にご飯を食べ
笑い合っていた
香港雨傘運動の指導者の
黄之鋒もつい先日
一時逮捕されたのだっけ）[※2]

上映後
台北にいる監督と会場がオンラインで繋がれて
本日のゲストのY先生とトーク
中国語が堪能なY先生と
監督とのやりとりは軽妙で
観客にしたって
遠い場所とオンラインで瞬時に繋がる状況を
今や日常のように感じているから
トークは時間通りスムーズに進むけど
明るく振舞っている
監督はどこか疲れて見える
Y先生が聞くと
やはり疲れているという
この映画は
台湾のアカデミー賞である
金馬奨を受賞したし
世界中をコンペで回ったけど
国内で

「お前は緑（民進党）なんだろう」だとか
色々言われ
関係者にも迷惑をかけたりして
その後コロナ禍もあったから
今はとても疲れているという

トークが終わると
次の回が始まる前に
全部の席を消毒するというので
慌てて外に出ると
続けて上映される
『相撲道～サムライを継ぐ者たち～』を観るべく
人々が列をなし並んでいる
友人と共に
パスタでも食べようかと
その後向かった店にも長蛇の列
どうやら前日
美川憲一が来店して
「美味しいわよ」とポーズを決め
インスタに写真を上げたらしい

江ノ島に戻ると
日曜日の海で子供達が遊んでいる
いつものように
「空気の日記」に添える写真を撮りに
iphoneと鍵だけを持った軽装で
何枚かシャッターを押しているうちに
うっかりマスクをし忘れている
自分の顔にふと気づく

※1　米東部ニューヨーク州のクオモ知事は4月15日の記者会見で、新型コロナウイルスの感染拡大抑止のため、公共の場所で他者と6フィート（約１・8メートル）の距離を確保できない場合、マスクなどで口や鼻を覆うことを義務付けると発表。知事令を出し、4月17日から実施となった。

※2　香港警察は9月24日、２０１９年10月5日の違法なデモに参加した容疑と、当時マスクの着用を禁じた「覆面禁止規則」に違反した容疑で民主活動家の黄之鋒氏を逮捕。黄氏は同日保釈され、「何が起きても自由のために戦い続ける」と述べたものの、11月23日に行われた香港地方裁判所公判にて禁錮13ヶ月半の実刑判決が決定、即時収監となった。香港では6月末に香港国家安全維持法が施行され、政治活動への締め付けが急激に加速。獄中の黄氏は２０２１年1月7日、国家安全維持法違反の容疑で再び逮捕されている。

11月2日（月）　福岡市・薬院　渡辺玄英

46年ぶりの（満月の
ハロウィンが終ったので冬がおとずれた
今夜　空を見上げても
地球は見えない
あの星は夢になって久しい

ウイルスに生存期間があるように
あるいは感染者に死がおとずれたように
どの星にも寿命がある
きみの星ではどうだ？
空気は甘く　夜はまだ若いままだろうか
気分は苦いけれど
それは満月が終ったからではなくて

未来が少しずつ欠けていくのを眺めながら
わたしたちは
聲をなくして
みな少しうつむいて何か祈りの準備のようで
（これも仮装のたぐいかもしれない
遠いところから見るとそれは
地上に黒く立ちならぶ杭のようで

満月のハロウィンは46年ぶりらしい。それはどうでもいいが、ハロウィンは死と再生の祭り。コロナ禍でこれまでの〈世界＝地球〉は死んだと考えていい。未来が欠けてしまい、死後の〈セカイ〉が始まる。そんな気分。

11月3日（火）　東京・つつじが丘　河野聡子

来年の春のためにチューリップの球根を買った。
毎年買うのを忘れていたが、今年は覚えていた。
夏に枯れた木を抜き、空いた植木鉢に球根を植える。
植え付け時期は紅葉がみごろになったころ。
つまりもう少し先だ。
このまま忘れなければいいのだが。
この世界に残すべき野菜をひとつだけ選べといわれたら
タマネギを選ぶはずだ。
タマネギのないカレーが想像できない、
それだけの理由で。

11月4日（水）　東京・世田谷

松田朋春

アメリカ大統領選挙は開票日
両候補が競り合っている
どちらになっても内戦だろうかと思うほど
不穏な空気が伝えられている
日本では国会中継がはじまり
論点をそらし対決を避けるいつものあれ
欧州では深刻な第二波が押し寄せている
東京五輪の動勢が聞こえなくなってきたから
大きな判断が目前かもしれない

新型コロナウイルスは
人と人との接近によって
物理的に
世界中に拡散した
いわば手渡しのように
様々な防衛をくぐって
たった一箇所から
あらためてその
伝播の確実さと素早さを思う
人と人のコミュニケーションは
必ずどこかで途切れるのに

我が家のクルマは冷却水が吹き出して
また修理工場に入った
この春から本当によく乗った
ステアリングの感覚がいまも掌にある
自分の居場所のようで
移動もZoomもクルマだから
15年落ちだともたない
もっとも最近は
電車移動に抵抗がなくなったから
修理してても大丈夫

「新しい日常」の
「新しい」がとれて
端々のゆがんだ日常が残った
春は日々輝きをます空気と
禁じられた外出のちぐはぐさに
空を見上げた
この冬の眺めはどんなだろう
三年ぶりの木枯し一号は私を避けてとおり
穏やかな秋の日だった

11月5日（木）　東京都・高田馬場　鈴木一平

機械の動きを見て笑っている夢を見る。一週間ぶりの在宅勤務。部署の先輩が異動になる。山本・hさん・なまけが三野（新）さんと沖縄に行って、戻ってくる。滞在中に撮られた1200枚ほどの写真が共有される。以下、山本撮影。久高島で撮られたらしい海や岩、クバ（ビロウ）の写真。海岸で妙なポーズを取っているhさんの写真。海面を撮る三野さんの写真。でんぐり返しの姿勢で死んでいる（?）蟹の写真。岩の写真。岩を撮る三野さんの写真をいろんな角度から撮った写真。ヤドカリの写真。ヤドカリを手に乗せている写真。看板の写真。看板の文字を読む。《ハビャーン　琉球開闢の祖アマミキヨが降誕、あるいは上陸した聖地とされる。漁労の神役であるソールイガナシの神は、ハビャーンの森にいるタティマンヌワカダラーだといわれ、二頭の白馬として語られることが多い。》《ビロウの杜　カベールの林の中には、ビロウ・クロツグやアダンなどの植物が生い茂り、様々な動物たちの住みかにもなっています》《久高島フボー（クボー）御嶽　久高島の中央西側にあり、琉球開びゃく神話にも登場する七御嶽のひとつです。昔から霊威（セジ）高い御嶽として、琉球王府からも大切にされてきました》《ご協力ください　久高島フボー御嶽は、神代の昔から琉球王府と久高島の人々が大事に守ってきた聖域です。神々への感謝の心と人々の安寧を願う場所であるため、何人（ルビ：なんぴと）たりとも出入りを禁じます。》枯れて色の抜けたクバが道の奥でうなだれている写真。ヤドカリの写真。ハイビスカスの写真。重なり合う木の葉の写真。撮った写真を見ている三野さんの写真。自転車に乗る三野さんとhさんの写真。蜘蛛の巣の写真。蜘蛛の巣に触れる手の写真。牛の写真。

《外間（ルビ：ふかま）・ウプグイ

正月をはじめ主要な年中行事における祭場である。

一九六〇年代のある時期までは〈外間〉という家とその前庭部分（タムトゥ座）で構成される祭場であった。外間根神（ルビ：ふかまにーがん）や外間根人（ルビ：ふかまにーっちゅ）という神役が出るべき家系とされ、外間家の一番座（ルビ：いちばんざ）の祭壇で祀られていた香炉（ルビ：こうろ）が村落祭祀の対象となっていた。一九六〇年代に、一番座の祭壇は外間家とは別棟の拝殿（ルビ：はいでん）（現在の建物）として祀られる形に変化した。建物の中央部には、首里城正殿二階の空間の大庫理（ウフグイ）・斎場御嶽の祭場の大庫理（ウフグイ）と同名の「ウプグイ（大庫理）」がある。

また、向かって左側の建物（アサギ）は王家との関係を示す言い伝えが残されている。『遺老説伝』（ルビ：いろうせつでん）（十八世紀初頭に編纂）には、村落の始祖であるシラタルー夫妻の二女が王の妻となり懐妊するが、放屁したことをあざ笑われて島に戻り、ここで金松兼を出産したという話が収められている。金松兼（ルビ：かにまちがに）は、イシキ浜で得た「黄金の瓜子（ルビ：うりざね）」を持って首里に行き、王の世子として認められたという。》

石垣の写真。屋根の上のシーサーの写真。地面に落ちてねじれたガムテープの上に、たくさんの蟻が貼りついている写真。畑で燃えている火の写真。堤防の写真。《港内徐行》海辺の写真。フェリーに乗っている写真。洞窟？　の写真。森の写真。《聖地　世界遺産　斎場御嶽　入口》《知念岬記念公園入口》雲の写真。石塔の写真。《農産物直売店》食堂の写真。電話をしながら横断歩道を渡る人の写真。モスバーガーの看板の写真。スマートフォンを操作している三野さんの写真。空港の写真。飛行機の写真。機内の写真。飛行機から見た夜景の写真。

工事現場の前で警備員が列を組んでフェンス前に並んでいるのを背にして、椅子に座りながらプラカードを持っている人たちの写真。手前にはおそらく機動隊員。旗や看板の写真。一部の文字はフレームに収まらずに途切れていたり、斜めに傾いていたりしていて読めない。画質のため小さい文字がほとんど読めない。拡大してかろうじて読める文字もあるが、推測の域を出ない。《CAMP SCHWAB》《辺野古新基地ＮＯ》《〔反射のため、読めない〕青い海》《美ら海を基地に〔機動隊員の背中で遮られ、読めない〕たま〔同上〕（別角度からの写真では「し」を確認。「美ら海を　基地にしてたまるか」、か）》《新基地　●●（「民意」、か）はＮＯ》

ジープがこちらに向かって走ってくる写真。《いきもの　おびやかす　基地は　いらない　工事を止メェて　早くやメェ》《●●●●●（「沖縄県民よ」、か）　今こそたちあがろう》《ヘリ基地反対協》《予算をコロナ対策へ！　違法工事を中●●（「止！」、か）》《辺野古新基地建設反対　普天間基地の固定化を許すな！》《テント　等設置　禁止》《これまで再三にわたる指導にもかかわらず、依然として違法状態が解消されていないため、これらの物件を、直ちに撤去し、道路を現状に回復してください。》《張り紙、看板等の設置を禁じます。》《前方歩行者通行あり》《ここは、歩行者道路です。立ち止まらず速やかに　通行して下さい。》《取付物等があった場合は、　沖縄防衛局が撤去・保管します》《物を取り付けたりしないで下さい》《辺野古新基地建設ＮＯ！　違法工事はただちに中止せよ》《〔フレーム外のため、読めない〕海を守る〔同上〕への責任（冒頭は不明だが「海を守るのは　未来への責任」、か）　辺野古新基地NO!》《US MARINE CORPS FACILITY　米国海兵隊施設　BEYOND THIS YELLOW LINE IS US FACILITY AND AREA UNAUTHORIZED ENTRY IS PROHIBITED AND PUNISHABLE BY JAPANESE LAW この黄線の内側からは提供施設内です。許可なく立ち入った者は日本国の法令により処罰される。》稲？　ススキ？　の穂の写真。花壇の写真。《手を触れないでください。お花を大切に！》

バラックのようなものが並んでいる写真。びっしりと並ぶ警備員の写真。《完成不可能な〔旗がねじれていて、以下読めない〕》《沖退教〔車両に遮られ、以下読めない〕》《島ぐるみ会議宜野〔同上〕》《新基地断念まで　座り込み抗議　不屈　２３０８日》《民意無〔別看板に遮られ、読めない〕やめろ！》《WARNING　UNITED STATES AREA(FACILITY)　UNITED STATES FORCES, JAPAN　UNAUTHORIZED ENTRY PROHIBITED　AND PUNISHABLE BY JAPANESE LAW　警告　米国区域（施設）・在日米軍　許可無き立ち入り禁止　違反者は日本国法律により罰せられる》《WELCOME　辺野古社交街》市街地の写真。黒いビニール袋でつくられた土嚢の並んでいる写真。古いオートバイの写真。《ホステス採用　泡〔フレーム外のため、以下読めない〕》と書かれた看板の横で、まぶしそうな顔をするhさんの写真。《●●●●（塗装が退色していて、読めない。「CLUB」、か）CHAMPION》《NEW OKINAWA》《スナック　ハワイ》《辺野古コミュニティーセンター》アメリカの国旗が描かれた廃墟？　の横を歩くなまけの写真。赤く縁どられた葉っぱの写真。《（アナガー）マツンギャミヤーガー》《デンデン墓》砂浜の写真。ハマヒルガオ？　の写真。フェンスの写真。《警告　このフェンス等に以下の行為を行うことは禁止されており、日本国の法令による処罰の対象となりうる。　——物を取り付けたり貼り付ける行為　——汚す行為、破損する行為、取り除く行為　違反行為は日本国警察に通報する》フェンス越しに向こう側の写真を撮ろうとするhさんの写真。集まった（集められた？）貝殻の写真。それを撮ろうとするカメラの写真。《ミーバカ》《駐車禁止　関係者以外車両進入禁止》《新基地建設阻止！　闘争開始より8年（２６３９日）の命を守る会の闘い　と　テント村　座り込み　６０３９日》《コロナウイルス感染拡大防止のため平日午前中のみ監視行動をしています》《勝つ方法は　あきらめないこと》《民意は新基地建設ＮＯ》広々とした東屋？　の真ん中に、事務椅子が二つ並んでいる写真。《戦死者御芳名〔以下、列挙される人名は読めない〕》《平和之塔》街並みを背景に、高台から写真を撮っている三野さんの写真。再建途中の首里城の写真。瓦礫の写真。《首里城正殿は、国王が様々な祭祀や政治を行った場で、古い記憶などによると創建から沖縄戦までに4回消失したとされています。》役人装束を着たフェイスシールドの男が御開門（うけーじょー）の儀式をしている写真。ライブ中継のスクリーンショット。《あとから来る君たちへ》《—　平和宣言　—　時代の変化を見極める英知　この国の誇りを守りぬく勇気　そして青年として諦めない情熱　我々は理想とする真の日本建国に向けて　永遠に平和を創造し続けることを誓う》波上宮の写真。明治天皇像の台座の写真。フェリー？　に乗っている写真。石垣の写真。緑色・ピンク色の砂粒の写真。蜘蛛と蝶の写真。自転車に乗る三野さんの写真。最初に見ていた写真へとつながっている気配を感じる。

空港の写真（沖縄に到着？）。自動車の写真。この自動車がくり返し出てくるので、三野さんが借りたレンタカーだとおもわれる。人気のない売店の写真。アーチ状のモニュメントの写真。《全学徒隊の碑》白い塔の写真。《旧ソ連ハバロフスク　2565.02Km　→》砂浜の写真。《平和の礎（ルビ：いしじ）〔下部に記述が確認されるが、小さすぎるため読めない〕》人名が羅列された石碑の写真。ムカデの写真。ガジュマルの写真。二年前に撮影された（作者）の写真のスクリーンショット。宿の写真。スーパーで買ったらしい総菜の写真。惣菜を囲んでみんなで部屋の床？　に座っている写真。オリオンビールの写真。夜の写真。夜の駐車場にいる猫の写真。クバを背景に妙なポーズ（クバを真似ている？）を取っているなまけとhさんの写真。石碑と折り鶴の写真（石碑の文字は読めない。「嘉數の塔」、か）。《トーチカ　トーチカとは、ロシア語で「点」や「拠点」を意味する軍事用語で、防御（ルビ：ぼうぎょ）の中心となる陣地（ルビ：じんち）のことです。》《奉献》《再び戦争の悲しみが繰りかえされることのないようまた併せて沖縄と京都とを結ぶ文化と友好の絆がますますかためられるようこの塔に切なる願いをよせるものである》《青丘之塔》《●●●●　●●●●●●●（フラッシュを受けて、読めない。「観光名所　宜野湾嘉数高台」、か）》地球儀の皮をところどころ剥いたような建物の写真。《宜野湾市住居表示案内図》《米海兵隊基地　普天間飛行場》夜景の写真。朝の写真。《●（「事」、か）故　多発　前の車　確認》《●●（「西普」、か）天間●（「住」、か）宅地●（「土」、か）地区画整理事●（「業」、か）　●●●（車両に遮られ、読めない。別角度から撮られた写真で確認、「施行者」、か）：●（別角度から撮られた写真で確認、「宜」、か）野湾市》切り崩された丘の写真。朝日に輝く雲の写真。《沖縄リージョンクラブレストラン》日本とアメリカの国旗が丘の上に掲揚されている写真。

シチメンチョウ？　の写真。《久志大川田市場》《久志岳ゴルフガーデン》《NO! ENTRY》《NO NEW BASE》戦隊ヒーローを模した写真。《●（支持体が損壊していて、読めない。「私」、か）達は古里を守り、子供達を守る　夢は必ず叶う　命ど宝　辺野古大浦湾を守り抜く》《辺●（「野」、か）古新基地建設を中止し、　予●（「算」、か）を新型コロナ対策に回せ！　希●（「望」、か）の海、大浦湾に杭は打たせない！》ピンク色に塗られた柱が目立つ、野球場のベンチのような写真（キャンプ・シュワブ近く？　のバラック？　の写真とおもわれる）。《普天間5年以内　運用停止嘘　日目》座り込みをする人たちが機動隊員と警備員に囲まれている写真。タンクローリーが並んでいる写真。警備員に向かって指をさしている人の写真。覆面姿でビデオカメラをかまえる機動隊員の写真。以下、hさん撮影。港の写真。《AMERICAN VILLAGE》

《RAT TRAP　DO NOT TOUCH　さわるな》《FORCE SUPPORT SQUADRON》《Please Scan Your ID for COVID-19 CONTACT TRACING》謎の絵の写真。資料館の展示？　の写真。《15世紀頃　越来グスクの時代を巡る》瀬戸物屋の写真。《セトモノ店》資料館の展示？　の写真。《黒人〔草に遮られ、読めない〕して〔同上〕は〔同上〕栄》シャッターが下りた店の写真。《部屋貸　福祉課　1日¥1000より》《お願い　この看板を動かしたら　元の位置に戻して下さい》アーケード街の写真。《〔青いビニールテープが貼られていて、読めない。「AMERICAN PIZZAMAN」、か〕》ボールプール用のボールのようなものがビニール袋に入れられて捨てられている写真。《Can't Park here.　a fine $50 or ¥5000》なまけが木々の奥からこちらに向かってくる写真。《第一外科壕跡》《母校にゆかりのあ●（「る」、か）相愛樹●（「を」、か）　思い出の樹としてこの地に植えまし●（「た」、か）》座り込み用の椅子が畳まれて置かれている写真。《ご協力を！　イスは各自で　お願いします》カバンに収納されたプラカードの写真。警備員が並んでいる写真。《CAMP SCHWAB》《ホステス採用　泡盛》廃墟？　の写真。荒らされた室内の写真。フェンスにかけられた網の写真。《NO　NEW　BASE》妙なポーズを取るなまけを撮る三野さんの写真。木を背景にしたhさんの写真。蝶の写真。

《大里家（ルビ：うぷらとぅ）久高島の旧家の一つで、母屋の東側に位置する神屋が拝みの対象となっている。大里家にまつわる言い伝えが二つある。

●イシキ浜に流れ着いた五穀の種子の入った壺を拾い上げた人物については様々な説があるが、その一つに、大里家の始祖であるアカッツミー夫婦がいる。大里家は「五穀世ウプラトゥ」とも呼ばれ、アカッツミーは五穀豊穣の神として祀られている。

●大里家の娘であったクンチャサヌルが、第一尚氏最後の王の尚徳王が久高島にやってきた時に恋仲になった、という言い伝えがある。それによれば、尚徳王が久高島滞在中に首里でクーデターが発生し、急きょ首里に向かったものの、時すでに遅しと悟って途中の海に身を投じた。大里家には戦前まで「尚徳王の簪（ルビ：かんざし）があったと伝えられている。》

《御殿庭（ルビ：うどぅんみゃー）十二年ごとの午年に行われてきたイザイホーや、村落の主要な年中祭祀の祭場である。広場の一角には、中央に神（ルビ：●●（小さすぎるため、読めない。「はん」、か））アシャギが建ち、神アシャギに向かって右側には村落の始祖の一人とされる百名シラタルーを祀った神屋（シラタルー拝殿）、左側には捕獲したエラブウナギ（イラブー）を燻製にする焙乾屋（ルビ：ばいかんやー）がある。

イザイホーとは、久高島で生まれた三十歳（丑（ルビ：うし）年）から四十一歳（寅年）までの女性が、祖先のセジ

（霊力）を受け、島の祭祀集団に入る儀式である。イザイホーの時には、神アシャギはビロウ（クバ）で壁が作られ、入口には現世と来世をつなぐ象徴とされる〝七つ橋〟がかけられ、神アシャギ後方のイザイ山には女性たちが三晩籠（ルビ：こも）る〝七つ屋〟が建てられた。》

自転車に乗る三野さんと山本の写真。シーサーの写真。《えいこはなばたけ》岩に開いた穴の写真。年輪のような模様が浮かぶ岩の写真。錆びた櫛の写真。岩の上に乗っている白い粉の写真。クバを撮る三野さんの写真。石造りの祭壇？　の写真。ガジュマル？　の写真。《斎場御嶽への参道》

山本、hさん撮影のフィルム写真が60枚ほど共有されるが、力尽きる。なまけと三野さんの写真は共有待ち（？）。「日記」制作の合間に「三野新・いぬのせなか座　写真／演劇プロジェクト」の座談会の文字起こし修正。修正完了分を笠井さんが公開する。今月末に発表予定の原稿の確認。夕食。年明け締め切りの原稿用に取り寄せた資料を読む。

11月6日（金）　埼玉・飯能　宮尾節子

木々の葉が少しずつ赤や黄色に色づきはじめた。
日頃の暗い山肌もこの時期は、つぎつぎ灯をともすように
ぱっと明るく輝きはじめる、それがうれしい。

「滅びの前の明るさ」という、太宰の言葉を
紅葉の頃になると必ず思い出すが
暗い顔で散るより、目いっぱい明るく笑って
散るような、葉っぱが好きだ。

秋は木の実も熟れるが、日差しも熟れる。
特にはちみつ色に熟した、午後の日差しは
うっとりするほど、きれいだ。
壁や床にたっぷりこぼれているのを、見つけると
ジャムの瓶に詰めて、棚に並べて置きたくなる。

赤や黄色に日本の山が染まりはじめたこの頃。
アメリカでは、ちょうど大統領選がはじまって
赤と青がせめぎ合いながら、染まっていく大陸の
2色に塗り分けられた地図から、目が離せない。

接戦が続き、異様な熱気に湧く、開票所の様子を伝える
配信動画を、深夜から早朝まで見守っていて
目が痛くなった。

「STOP THE COUNT！」
「COUNT EVERY VOTE！」

二手に分かれた、トランプ派とバイデン派の
老若男女の応酬合戦は、ノリノリの音楽に合わせて
歌ったり踊ったり、ロックフェスのようで、熱いし楽しい。

一触即発の危険性も孕んではいるが、それでも、笑顔があり
楽しい、が混ざるところが日本と違うところだろうか。
政治的なことであれ、文化的なことであれ
我を忘れて、熱中することに

ファン（楽しい）がないわけがない。

じつはわたしも先日、国会前のロックフェスに参加してきた。
国会議事堂の前で、警護のお巡りさんとかいる場所で
何をしてきたか、というと

音楽にのって、マイクをもって
自分の詩を声に出して、読んできた。

楽しかった。

教室であろうと、ライブハウスであろうと
路上であろうと、国会前であろうと
わたしのやることは、いつも
いっしょ。
自分の書いた詩を、読む。
それだけ、だ。

＊

じつは、お巡りさんがじわじわと近づいていた。
・・・・・・・

「君死にたまふことなかれ」が不敬罪に当たると非難されたとき
与謝野晶子は「歌は歌に候」と言い切った。
活動家としてメッセージを発信し続ける
デトロイトの黒人の女性詩人、ジェシカ・ケア・ムーアも
「わたしは、単なる詩人です」と答えている。

つまり、彼女たちは、こう言いたいのだろう。
「わたしは、わたしの仕事をしているだけです」

わたしも、同じく、問われたら、答えるだろう。
「これは詩です。わたしは、ただの詩人です。（Just a Poem, Just a Poet.）」
それ以上でもなく、それ以下でもないものとして
書いて、立って、読んでいる。

わたしの思いはいつも、それだけ。
そして、わたしは、わたしの好きな仕事ができて
とても、楽しい。

11月1日に参加した「イットク・フェス」は「言っとくけど、俺の自由はヤツラにゃやらねえ！ロック・フェスティバル」の略。２０１７年９月24日（日）から、表現の自由を守るために共謀罪等に反対して毎年行なわれている国会を囲んだロックフェスティバルの形を借りた抗議行動。代表はミュージシャンの浦邊力。

11月7日（土）　東京・神宮前　川口晴美

立冬、
って卵が立つんだっけ
と思って寝たままググったらそれは立春で
しかも季節の何らかのマジックが卵を立たせるわけではない
　らしい
がっかりしてもう一度布団にもぐる
数日前に毛布は追加した
立たせてみたかったなあ冬の卵
といっても冷蔵庫の卵は切らしている
というか買い物に行かないとあらゆるものが切れかけている
そういえばトイレットペーパーの買い置きもそろそろない
今もし春のように突然外出自粛って言われてあらゆる売り場
　のトイレットペーパーがなくなったら
かなりやばい
と思うのに起き上がれない
もう疲れたよパトラッシュ（笑）
くるひもくるひも遠隔授業の資料をつくって
あいまに仕事の本を読んで原稿を書いて
楽しみにしていたはずのたくさんの詩集は積ん読状態で
部屋は埃だらけ
返信すべきメールにつけた★マークの列を見るたび気が重く
　なるし
たまに眠っている途中で不安に襲われてガバッと起きるし
何もかもがめんどくさくなって泣きながらＰＣに向かったり
　する
たぶんかるくウツっぽい
母親には何日も電話していない
ほんとはアメリカの大統領選挙だって気にしたい
何日か前にツイッターのタイムラインで見かけて気になった
　ことを思い出したい
昨日は

とりあえず食べるものを調達しようと
マスクだけはせめて派手なものを選んで出かけたコンビニで
急に何を買っていいかわからなくなって
とりあえずきれいなものを見ようと外へ出た
空を見上げたらうろこ雲
カサブタみたいだ剝がしたいなって
思うあいだにも
あれ見さいなう空行く雲のはやさよ
とか言うひともいないからぽかんと少し口をあいたまま見送
って
流れ過ぎていく
今日は立冬
卵はないけれど
何とかかんとか立ち上がるわたしはいる

米大統領選挙は11月3日が投開票日だったが、今回はコロナ対策のため期日前投票や郵便投票の増大した関係で3日以降も開票作業と集計が続いていた。この日、バイデン氏の当選が確実になったとＡＰ通信が発表した。

11月8日（日）　東京・小平　　田野倉康一

朝から現代詩手帖12月号（現代詩年鑑）の「詩集展望」を書
いている
コメダ珈琲店のカウンターで
マスクを着けて
書いている
詩集はどれも面白いのに
書くことには30分おきに嫌になっている
散文を書く才能がない
でも詩の注文はほとんど来ない
息をするように詩がかけるやつがうらやましい
そう見えるやつがうらやましい
たっぷりサイズのコメダブレンドを飲みながら
モーニングのＡのゆで卵に塩をふり
食べようとしていきなり評言を思いつく
そのくりかえしで
ゆで卵が食べられない

昨日はムサビのエミュウのテラスで原稿を書いていた
散文が苦手であることに変わりはないが
ここで教務補助をやってる画家が
火曜日にギャラリーで購入した彼女の絵を持ってきてくれた
りする
油絵の研究室に別の助教を訪ねて
ちょっこっと雑談したりする

コロナで正門の警備員さんが怖くなった
学外者はエミュウや食堂、売店を使えなくなった
昨日は初めて北門から入って
「ここの元非常勤です」と言って
「エミュウでここの教員と待ち合わせです」
と言ったら
警備員さんは優しかった
それでも学内の世界堂は使えないから
吉祥寺のユザワヤまで行かなきゃならない

コメダの窓に夕陽が射して
まだ原稿は書けていない
締め切りは三日前
髙木君、ごめん

> この後、寒くなって、室内のスペースが閉鎖されているため、本当にムサビで原稿を書くことができなくなった。展覧会には入れてくれるが、「学外者は見たら速やかに退出してください」とある。さみしいが仕方ない。

11月9日（月）千葉・市川　柏木麻里

宝石の意味をあらわす言葉は
花言葉のように
石言葉というのだろうか

ものに意味がある

タンザナイトの意味は「転機を助ける選択の要石」
アイオライトの意味は「進むべき道を示す」
グランディディエライトの意味は「新たなる冒険」

ものに意味があるという考え
石の中に織り込まれたクラック
クラックが響きに姿を変えて続いている深い
深い
土、海
海の中にいた生きものたちの瞳

宝石の上に浮上する
宝石の上に
そのやさしい顔を出す

ここはいつ？
やがて空にかかる月が二つになり三つになり
七つになるまで

待つ

海の生きものは
海の生きものの体の動かし方で話すので
わたしはそれを待たなければいけない
そこに自分のなにを同調させることができるのか
目を閉じて自分のあちこちを探すのだ
ここに言葉はない

11月10日（火）　東京・杉並

峯澤典子

いつのまにか
マスクをはずすと
寒い、と感じるようになっていた

待ちあわせたカフェの
うしろの席から話し声が聞こえる
もう何か月も
家族以外のだれとも会わなかったんです
でも　今日は

ちいさなテーブルのうえに広がる
午後のひかり
わたしと
これからくるひとのための

窓ガラスのそと
ベビーカーが通りすぎる
雑踏のなかでゆいいつ
マスクに守られず
木枯らしにさらされている
赤ん坊の頬は
朝の水で洗われたばかりの林檎のように
ひかりだけを浴びて

だれかのために
じぶんのために
無防備でいる

そんな澄んだ強さから
目をそらしているうちに
すり減ってしまったものを
マスクで隠したまま

今日

わたしたちは
ふたたび出会う

11月11日（水）　神奈川・横浜　新井高子

足の爪は、はやい
手のほうは、おんなじ
かみの毛はもともとスケベ根性だったし、
垢のぽろぽろは、ちと遅くなった気がする

わたしばかりじゃないだろう、
からだに向きあうじかんが増えたのは

なぜに足の爪だけはやく伸びるか、
夫にたずねると
運動すると、だと、
ならば、コロナ禍なわたしは
足はやたらで
（こころ当たりはなく、
　眠りながら走っていたとしか思えないが）
あたまと手はどうにかで
汗のかき方がなってない、
ということか

ぶぶん、ぶぶん、
違うじかんを生きるのか、
とも思う
若いのは脚力、
頭脳や指さきは月並みで、
みるみる肌が老けているのかも
（それは、こわいね）
でも、
時間論からすれば逆じゃない？
（それも、こわいよ）

八本足のそれぞれが、
べつべつの砂時計を握っている蛸、
あんがい、
生きてるからだの真実ではありませんか
もっぱら肺を狙うウイルスも
爪を伸ばし、

駆けってて

新型コロナといえども、風邪の一種。寒くなれば第三波が来る。だれだって想像できたことじゃないのか。

11月12日（木）東京・深川　カニエ・ナハ

午前、座談会の文字起こしをチェック、多少の加筆・修正。詩集本文の最終チェック。午後、さいたま。ハンドアウトの印刷、補充。併せて昨日に引き続きハンドアウトに加筆、あわせて署名。60枚程。夜、詩集の装画来る。1〜7まであり直感で選んでください、と。まず1、4、6、7に絞り、おすすめは？と聞くと、1か4という。5分考えて、4に決める。ついでに背、裏表紙、表2、3の色を相談、勧められたもので決定。表紙データ作成。明朝、一式いま一度見直すべし。明日は午前詩集最終チェック↓入稿、戻って来次第座談会ゲラチェック。昼過ぎからさいたまアテンド2件。早く寝るべし。日記のこと思い出す。時間がない。なるべく簡潔に記すべし。

＊

ある展覧会を訪れて、途中でこの展覧会はこれまでにすでに2度、訪れた展覧会であることに気づく。つまり、これで3度目。そのことを完全に忘れているひとに、ひっしに思い出させようとしているうち、やがてふっと思い出し、安堵する気持ちもあるものの、それよりも記憶というか忘却ということの、恐ろしさばかりが後味として残った。

それが朝の4時で、ほんとうは起きあがって、日付でいうと一昨日返ってきて今日の午前いっぱいで返さなければならない、文字起こしされた座談会のチェックをしなくてはならないのだけど（それは3段組みで20頁にも及ぶのでなかなかに骨が折れそうなのだ）、疲れ過ぎていて起きあがることができない。つぎに気づいたときには6時過ぎで、今度は夢は見なかった。

出品している、さいたまと奈良の展覧会がまもなく同時に終わってしまう、そのことが未明のああいった夢を見させたのだとおもう。展示している期間はいつもどこか落ち着かなく、それはそもそも生きていることそのものがそうであるのかもしれなかった。感染者数がまた増えつつある。このまま無事に会期末を迎えることができるとよいのだけど。

＊

作業をしながらジョン・レノンの、今出てる「レコード・コレクターズ」最新号のレノン特集のベストソングス80をプレイリストにしたものを再生していたら、突然ジョンが日本語で歌いはじめて、「あいすません」以外でそんなのあったっけ？　と吃驚したのだが、確かに「あー場は川、干せ干せ。」とくりかえし歌っている。「#9 Dream」にて。

あー場は川、干せ干せ。
あー場は川、干せ干せ。
あー場は川、干せ干せ。

あー場は川、干せ干せ。
あー場は川、干せ干せ。
あー場は川、干せ干せ。

あー場は川、干せ干せ。
あー場は川、干せ干せ。
あー場は川、干せ干せ。

あるいは場は馬なのかもしれない。いずれにせよ、ジョンってやはり凄い詩人だな、と感心する。

「新型コロナ　国内の感染確認１６６１人　１日として過去最多」（ＮＨＫ）

11月13日（金）　静岡・用宗　　さとう三千魚

気圧配置は
西高東低なのだ

今朝
空に

雲ひとつなかった

唇が
乾く

モコを連れて
浜辺に行くと

風があり

海は
光ってた

「新規感染者　最多１６５３人」と朝刊に見出しが立っていた＊

第三波だろうか
どうなのか
波も三つくらいは数えられるが
四つとか
五つとか
数えられないかもしれない

10月の
終わりに
兄は
逝った
心を預ける
人も
場所も
もう僅かだ

冬になると
ここから
青空に白い不二が見える

＊「朝日新聞」11月13日朝刊より引用しました。
葬式に秋田に帰った。もう黙っていても、うなずける人がいなくなった。

11月14日（土）　北海道・札幌　三角みづ紀

日が昇るまえに
あかりを灯したら
加湿器がおしゃべりしている
幾度目かの雪
まだ根雪にはならずに
染まった植物を生きたまま殺す
一年のおしまいに

掃除はしたくないので
いまのうちに、とわたしが急ぐ

たった数年で　ずいぶん
本も家具も食器も記憶も不要で
袋にほうりこみつつ

この身体って必要かな

空焚きした鍋の
においが充満して
冷気と熱気が混じりあい

どうか不要不急の外出は避けてください

立ち入り禁止の先へは行かず
わたしたち、文通をしている
明日は白井さんの日記の日だ。

11月15日（日）　沖縄・那覇　　白井明大

首里城の敷地に沿う歩道を
城内へと続く道で曲がり
日曜で観光客の珍しく多い城内の公園のわきを
守礼の門　園比屋武御嶽石門《そのひゃんうたきいしもん》
歓会門を横目に見ながら久慶門へとゆるやかに下る
円鑑池の周縁の坂を県立芸術大学へと
当蔵の交差点で左に折れて
龍潭のほとりの道を
バリケンが水面に波紋を広げ
薄の穂が白く咲いて揺れ
白鷺が細い脚を伸ばして休む姿を
立ち止まっては眺め見送り
城西小学校の校門下を抜けると
首里中高の制服がショーウィンドウに並ぶイケハタの角で左折する
天ぷらの安さんの前を過ぎ
長らく城前ストアのあった丁字路で信号を渡った
玉陵　首里高校　琉染　ポケットマーニーを通り過ぎていく
観音堂までの下り坂を途中で細い路地に入り
手を合わせると
六年前まで住んでいた部屋を懐かしく見やって
赤マル荘通りを歩く
石畳に出れば下りていき
村やーを過ぎ越した
大通りとぶつかったら左へ坂を上り

金城ダムに着くと
水門を渡って貯水池まで階段で下り
池の周りを一周する間
魚にえさをあげる父子を見かけ
また水門のふもとから階段を上った
元来た道を戻り
石畳をえんえん上っていく
マスクをしていると息苦しくなり
赤マル荘通りまで上り切ったところで
浄水器の売店わきで外して大きく息を吸い込み
坂を上っていくとき
すれ違う人と少しの距離を開けつつ
芭蕉を育てる県立芸大の畑や
金城キャンパスの前を過ぎていった

事実を記すことは難しいだろうか
記した事実に基づいて数を数えることは
数えた数を記録し統計を取ることは
取った統計に従って予測を立てることは
立てた予測に照らして対策を講じることは
難しいだろうか

この冬の危機は予測されていた
予測されていた危機をできうるかぎり未然に防ぎ
防ぎきれなかった場合に備えておくことは
難しかったのだろうか

おそらく
難し過ぎたのだろう
利権を経ずに
箸を上げ下げすることが
人の命を危険にさらすよりよほど
難しいことなのだろう

ゴールデンウィーク
盆
次は年末年始の休みまで
止めるつもりがないとしたら
予測は結果となってさらに押し寄せてくるだろう

事実を認めることは
なぜそれほどまでに難しいのだろう
不都合だというだけで

11月16日（月）　三鷹・牟礼　　田中庸介

朝6時の日の出とともに呼び出されて
山をあがっていく
なんでこんなところに山があるのか
まったくわからない都市の中の微高地
いすをもって上がっていってほしい
いすをもって。と魔女はいう
仕方がないから右手にいすをぶらさげて
芝生のようなヒースのような草地の丘をあがっていく

あたりにはまだ朝露がおりて
つつじの中からあたしの顔が笑っている
等高線を。等高線を描きなよ、と魔女はいう
草地の表面をたどり
同じ高度につないだいびつな曲線
おやおやそこにはすでに石灰のラインマーカーまで用意され
て
草地の表面の微妙な谷の数々、
草地の表面の微妙な尾根線、それらを
知らず知らずのうち
ぼくの白線は描き出していく

詩とは等高線のようなもの、
なんてちょっと言ってみようか
きっかり標高50ｍの等高線が
武蔵野の河川の水源をせっせとかすめていくように
詩は、
精神の茂みにかくされた
ほのかな水のゆらめき、
それを一つずつ
うるませていくトレイルかもしれない
またあるいは——

　　　　　　　等　高　線が
「山」を
　　　　象　徴
　　　　　　　　　　　　　　　する ように
　　　　　　　　　　　　　　　　　　　　詩　は
「世　界」を、
　　　　象　徴
　　　　　　　　　　　する

のさ、言ってしまえば！
もしも、もしも、
もしそこに確かに存在している、ありふれたそのものが
実はもうひとつ立体的に次元の高いなにか、
そのなにかの等高面として見えてきてしまうのだったら、ど
うする？

喩法のセリーを微分積分しながら
斜面をのぼりおりする、その瞬間
かすかに苦く
笑いは走る

けもののような蒼い闇
草地はどこまでも続き
ぼくはもういつのまにか、
昏い孤独のどまんなかに立っている

たぎりたつものが
あふれていく

草地にあけられたいくつもの穴。
ぼくはことばの衣服をぬぎすてた！
ぬいでしまった！

（受付は。
（朝露にぬれてしまいますよ、
おぬぎなさい、
お急ぎなさい、

杉並区のコロナ対策助成金で、詩の雑誌「妃」のオムニバス朗読動画をつくってもらった。灰色のカットソーの衣装をつけ、極寒の早朝に一発撮りで撮影してもらう。「等高面」の理論は現代数学のひとつの達成と知る。

11月17日（火）　東京・調布　　山田亮太

東京オリンピック・パラリンピックの公式キャラクター――白地に紺色かピンクの市松模様の、丸顔に角の生えた二人組――が結構好きだ。夏の間、彼らが描かれたスポンサー企業の広告を街中でよく目にした。期待された効果を果たせないまま自らの役割をかたくなにまっとうする彼らの姿に哀愁を感じたものだった。パッケージに彼らがプリントされたお菓子を何度か買った。

TOKYO2020のLINEから通知が来ている。観戦チケットの払い戻しについての案内だ。キャラクターのスタンプが欲しくて友だち追加をしたのだった。この半年は彼らのスタンプをよく使ったが、先月スマホがクラッシュして買い替えたため、スタンプは消失していた。もう一度ダウンロードしようとあれこれ試すが、見つからない。いまはもう提供していないのかもしれない。

来日中のＩＯＣ会長が各関係者と会談を行っているとの報道。リモートでやれよという気持ちと、そうはいっても来ることに意義があるのだろうという気持ちが半々。行うという意思表明はいつであれ覆りうるが、行わないと決めたことの再考はできない。

チケットの払い戻し申請の受付期限は11月30日午前11時59分まで。チケットを一枚も所持していない私には関係がない。あなたはどうしますか？　いくつもの抽選に参加し、やっとの思いで手に入れた、そのチケットを、あなたなら、どうしますか？

その後、公式キャラクターのLINEスタンプはまだ使えることが判明した。十二月に母から送られてきたスタンプからたどってダウンロードできた。

11月18日（水）　福岡・博多　石松佳

この時期にしてはめずらしく気温が上昇し、
わたしたちは
うっすらと汗ばんでいた

ニュースが
気温のほかに様々な数字を伝えている
こうなることは
前からなんとなく分かっていたが
実は少しも分かっていなかったのだ

カミュが『ペスト』に
「なるほど、不幸のなかには抽象と非現実の一面がある。
しかし、その抽象がこっちを殺しにかかって来たら、抽象
だって相手にしなければならぬのだ。」
と書いたことを
ぼんやりと思い出しながら
歩いて帰ると

繊い月も
ぼんやりと
雲の間に出ていた

ランベールの「あなたは抽象の世界で暮らしているんです」
　という言葉と
リウーの

「人間は観念じゃないですよ、ランベール君」
との言葉
彼らの議論が
夜の空気に
ささやかに響くのである

引用は全てアルベール・カミュ『ペスト』宮崎嶺雄訳・新潮社・２０１３年による。

11月19日（木）　大分・耶馬溪　藤倉めぐみ

夜明けの訪れが遅くなって
目を覚ましてもまだ、夜が離れないままでいる
青暗い空に、山の輪郭だけが灰色に滲むのを
布団から見つめるのが好きだ

乾いた秋風と朝夕の冷たさが厳しくなるほど
あか、だいだい、きいろ、ちゃいろの
山の装いが増して

今年は
ひときわ　紅葉の色づきがよく
ひときわ　観光客が訪れている
もう、こんなにも欲しい
外を
色を

「木は　人が好きだよ」
と言われたことを思い出す
きっと木にあたためられている

ひらひらの
ぱらぱらの
落葉を
せいいっぱいに集めて
ごろごろに寝転んで
かさかさに埋もれたら
もう笑ってしまうしかないね
だって、秋がちらばっている

ねえ
触れ合わない唇で味わえるものは
もう全部、味わい尽くしたんじゃないかな

ねえ
まだあるのかな

11月20日（金）　東京・目黒　　覚 和歌子

洗った靴下も
くちびるも　すぐに乾く
豆を煮つめる小鍋に
なけなしの湯気が
立ちのぼって
生温かい日和を
もてあます

最多記録の更新は
予見のとおり
第2波とは桁ちがいの
棒グラフも

不安は
ことばやBGMに
たやすく煽られる
恐れは
波形のくりかえしに流されて
光の訴えを踏みつぶして
聴こえない地鳴りを
あたりに　響かせる

鍋に湯気が消えかけて
足し水をした
ワクチン接種はしないと思う

子どもを持たなかった　わたしたちが
父母に学んだ身じまいは
上下左右をさばく
知恵のあるうちに
おしまいの居場所を決めること
残して行く全部を
（かわいい）トカゲたちに
割振りすること

みんないつかいなくなる　という平等
からだの声とふくよかに交信しながら
いつか来る死に向かい合う
その日々を未来と呼ぶことを
わたしはためらわない

11月、関東では異例の高気温が続く。PfizerとBioNTechが米国はじめ数カ国でワクチンの緊急使用承認申請。

11月21日（土）　横浜・黄金町

四元康祐

頭のなかでも声を出さずに
完全なる沈黙のうちに記された言葉と
認知の茶の間に闖入するマカＤＸのインフォマーシャルの
恥しらずな声で喚いた言葉を
区別できるかい、
同じフォントの活字で印刷されていたとしても？

7階にはLoftや無印
8階はスポーツウェアや子供服なんかがあって
海と緑の食祭空間「ダイニングパーク横浜」は10階、それを
　そらで
言えるくらいには君のことを分かっているつもりだけど
9階のあのがらんと殺風景な空間を
「市民フロア」と呼ぶのはどうなんだろう
関内マリナードの地下街にいる人たちって戸籍ないんですよ
　いろんな事情があって
だから寿町にだっていられないのよ
どうなんだろう、そうなんだろう、はい、じゃあ
お口を開いてみましょうか、彼はどんな
断定も命令もしようとしない
優しさとはひたすら痛くないであることと心得て、ふわふわ
　のタオルで
視界を覆おうとする、おおおうとする、おおお
うおぅ菅義偉様

首相就任して、
おめでとうございます！！！！＊
「して」が余計だけど、ここは半分日本じゃないからね
人種や国を越えた素朴な純情（拍手）
その隣でずらりと鈎の先から吊り下げられて
整列する首なし死体は

奴ら、それとも俺たち？
毎日夕方の雲が素晴らしいから
空ばかり見上げていますがキョービの抵抗の合言葉だ
それから夜がやってきて
大岡川の川面に角海老の巨大な触角が揺らぎ始めると
誰かが成層圏の一番の上層の

きらびやかな氷窒素のあたりから
バスクリンをぶちまける、すると羊歯の胞子か
白亜紀の海岸の砂粒のようなあの黄緑色が音もなく爆発して
浜風に乗ってあたり一面に蔓延してゆく、
舌先に凝固する

宮沢賢治からの引用があります。

＊　この二行は横浜中華街の某料理店の店先に張り出されていた新首相への祝辞の引用。

11月22日（日）　東京・神楽坂／千葉・東金／東京・表参道　ジョーダン・A・Y・スミス

かつて
いつも
嵐になっていた
ところの
枯れ木の並木の間に
落ち葉が群れ
大学生の代わりに
将来の野心を語り合う
K–POPがきっかけで「日韓翻訳者になりたい」
　という声とか
モデルだったころに生まれた摂食障害を乗り越えたい
会議にちょうどいい瞬間に虹色シロフォンで句読点をつけたい
KOTOBAスラムジャパンの西東京大会を優勝し全国大会に出たい
法人契約を取って少しでも楽になりたい
現場で弁当に炭水化物ばっかりだと不満を言う俳優を首にしたい
マスクなしに人と自由に交流できる世界を連れ戻したい

という風に
あらすじのイトが交錯している
皆のチャットボックスに
88888888と褒め言葉を入力し
繰り返す

11月23日（月）　神奈川・江の島　永方佑樹

中旬くらいから
四百人、五百人と感染者が増え出して※1
そうして迎えた十一月の三連休
江ノ島は観光客で大賑わいだ
政府がGo Toにストップをかけると※2
数日前に言ったものだから
ようやく取り戻した享楽に
自粛をかぶせられるその前に
人びとは休暇をむさぼっている

とはいえ
私たちの善良に疑いはない
遠くの人たちの不幸の為に
私たちはいつでも祈ってみせる
ふたたび中止になってゆく
イベントの報せを聞いては嘆き
感染者の急増に胸を痛めて
身近な人が罹らないかと
食卓の上で心配しながら
Go Toトラベルで安く訪れた
京都土産の阿闍梨餅を
熱いコーヒーと一緒に食べている
それが我々の善良だ

最近のどの週末よりも
いっそう沢山の人々が
江ノ電や小田急の改札から
列車が着くたび続々出てきて
弁天橋を渡ってゆく
回廊のこの混雑を
確か前にも見た事があると
四月十二日に自身が書いた
一番最初の「空気の日記」を
さっき一度読み返してみた

「つい先月の
三月の三連休も
島へと繋ぐ弁天橋は
にぎやかな群れで混み合っていた
したしく呼気を触れ合わせ
ひとびとが笑顔で渡ってゆくのを
やさしい風景の快復なのだと
わたしもここでながめてた、その微笑の
誤謬への加担」

三月の連休の後に
私たちに起こった事が
いま一度また起こるのだろうか

欧米の都市が再びロックダウンしてしまっているように※3
この国でも
もしかしたら
（あるいは）

いずれにせよ
幾度だって日常をあやうくしてゆく
私たちのこの善良は
まったく遺伝的なものなのだ

だから
不安に打ち据えられながら
希望にうっとりと束縛される
私たちはこれからも幾度だって
史実を安易に模倣して
生存と享楽とを秤にかけては
時代を過酷にさらしてゆくのだ

※1　11月18日、東京都が過去最多となる493人の感染を確認。19日も534人と、はじめて500人を超えた。都は感染確認が急増している事を受け、専門家が出席する会議にて、4段階のうち最も高い警戒レベルに引き上げる方針を固めた。

※2　11月20日、全国で感染が拡大していることを踏まえ、政府の分科会は医療提供体制がひっ迫する可能性を指摘。政府に対して、「Go Toキャンペーン」の運用見直しや営業時間の短縮、移動の自粛要請などを検討するよう求めた。これに対し、政府は同21日、新型コロナウイルス感染症対策本部を開き、Go Toトラベル・イートの運用見直しを決定した。

※3　10月25日に全土で緊急事態を宣言したスペイン政府は29日、当初は「2週間」としていた緊急事態の期間を来年5月9日まで延長すると発表した。また、イギリスのジョンソン首相は10月31日、11月5日から12月2日までの約1カ月間、イギリス全域でロックダウン措置を再導入すると発表。フランスは10月30日から12月1日までの約1カ月間、ドイツは11月2日から11月30日までの約1カ月間等、欧米を中心に、多くの国々が2度目のロックダウンを余儀なくされた。

11月24日（火）　福岡市・薬院　　渡辺玄英

深夜の駅
るるる6両の電車が目の前を通過する
誰も乗っていない
明るい視野の中には
ただ
空気と呼ばれる死が満ちていて
誰も乗っていないるるるるる

最後尾の車両には
ここにいないわたしが白いマスク姿で
乗っている
しずかに咳をしている
心音はもうきこえない
電車が通り過ぎたら
わたしはいなくなっているからね

西鉄電車はアイスグリーン
（歯磨き粉の色をしてる
あたりは明るくても（駅の外は闇だよ
だれも気にしてくれないなら（波打ち際
わたしは一人でここで毎晩歯磨きしてもいいな

車窓からここにいないわたしをみているホームのわたしが見
える

ほんの一瞬
あれは六年前にいなくなったわたしですね
わたしに出会っていれば死ななかったかもしれないあなた
もうちょっと生きてみっかなと呟きながら
すこしずつすこしずつそして一瞬で波に攫われたわたし
（死の気配に包まれてもマスクをしていれば耐えられる
耐えられる、生きているあいだは死なない気がする
（駅を通過して
（暗い窓に蛍のように波が打ち寄せる
あのときわたしは
電車には乗らなかった
るるるるる

太宰府の某大学の講義からの帰り、夜の駅にポツンと佇んでいた。死後の世界に通じているような妙な胸騒ぎがした。回送列車が通過して、無人なので尚更、異界の使者に見える。濃厚な死の気配。ここは生死の境界かも。

11月25日（水）　東京・つつじが丘　河野聡子

朝ごはん。米粉パンとコーヒー。パンにクッキークリームを

塗る。クッキークリームはクッキーをスプレッド状にしたものだと瓶に書いてあるが、味と舐めた感触は粉っぽいピーナッツバターである。問題なくおいしい。昼ごはん。つめたいご飯を電子レンジで温める。ホットサンドメーカーに油を塗って冷凍の鰆（休校中に余った給食用食材のセール品）を焼く。お湯を沸かす。ご飯をどんぶりにいれ、焼いた鰆、刻み葱、お茶漬けのもと（新型コロナウイルスにより在庫がだぶついた結婚式の引き出物セール品で種類はたらこ、さけ、うめ、たい、ちりめん山椒、等々と種類があるが今日はたらこにする）、おろし生姜をのせ、ゴマをふり、お湯を注ぐ。薄暗い寒い昼に食べるお茶漬けはとてもおいしい。お茶漬けのもとに加え、魚や肉（ハムやウインナー、魚肉ソーセージ、昨夜の残り物のとんかつなどでも可）を焼いたり茹でたりしてのせるのがポイントである。晩ごはん。一昨日のカレーを炊きたてご飯にかける。激辛のルーを使用しているが、じゃがいものかわりにさつまいもを使っているので、ほどよく甘さがプラスされる。このカレーを作ったのは私ではないが、3日目のカレーを温める時は勝手にミニトマトを数個投入し、水分と酸味を補給する。カレーと一緒に煮たミニトマトは形はそのままでも口に入れるとトロっとして、カレーが辛いので甘く感じる。カレーは、たぬきに金を借りて無人島にテントを張り、木の枝を拾って焚火をし、飯盒炊飯して食べるものである。無人島の木にはナシが実っている。魚はなかなか釣れないが、虫はかなり簡単に捕まる。たぬきに捕まえた虫をみせにいくと、博物館の学者に送るという。博物館の学者は生き物を集めているくせに虫が嫌いだ。我が家では今年1匹もゴキブリをみていない。ベランダのレモンの木に黄色くなりかけた実がついている。

11月26日（木）東京・世田谷　松田朋春

近所の小学6年生が
姿を消したという町内放送が流れた
男の子だ
一昨日の夜中に出て行ったらしい
家族はどんなに
心配だろうか
「となりの地獄」
という言葉が浮かんだ

半年前は一様に不安だったのだ
感染者数という手がかりに
不安が一様だった

今日はひどい暑さですね
そうですね、今日も50人超えてますね

そうですね、はやくおさまりませんかね

いまは
数字の話をしなくなった
不安は不安
でもひとりずつ
別々の顔をもった
不安になったのではないか

夜
横浜にいて
ずいぶん飲んで帰る日だ
馬車道駅の終電間際で
ラフマニノフを一心に弾いている人がいて
立って聴いた
他に誰もいない
今日一日が
救われるような気がする
誰でも弾いてよいピアノには
アルコールのスプレーがあって
除菌して握手してもらった
詩でも同じことができるかな
ああもう今日はアルコール消毒はおしまいにしたいな
小さな感情が囁き合っている
音楽のおかげで
マスクをしていることを忘れていた
私はずっと
今日のこのことを
覚えているだろう

吉川くん
見つかったらしい
吉川くんは近所の小6
スープ飲んだかな
まずは風呂か
泣いたかな
よかった

11月27日（金）　東京都・飯田橋　　鈴木一平

久しぶりに終電近くまで残業する。会社から飲食店の利用を控えるよう通達があったので、コンビニでビールと弁当を買う。起床後、家の端末で業務を再開する。昨日の定時後に、月曜の午前中までに報告するよう指示された資料の目途が立たない。別で提出する予定だった資料と合わせて、土日のあいだに間に合うかどうか。休日出勤をしている上司に連絡を取り、方向性の調整を夕方までにできればと伝える。昼前に松田さんから「日記」の確認ができていないと連絡が入り、担当日を一日まちがえていたことを知る。後輩（添削担当）に「日記」用のメモを送る。しばらくして、後輩（添削担当）から連絡が入る。

――（後輩）どういうこと？

――（作者）元のテキストは用意したから、それを組み合わせて「日記」にできない？　今度お礼するので……。

――前にダメだっていわれたやつじゃん。

――テキストは「昨日の日記」で大丈夫なやつしかない！　べつに全部採用しなくてもいいし、すこしぐらいなら（後輩も）書いていいから……。

出勤途中、ひさしぶりに電車の座席に座ることができたので、会社の最寄り駅まで本を読む。頭の近くを飛んでいた虫がマスクの内側に入り込んできて、口のまわりで暴れはじめる。急いでマスクを外して虫を追い出すと、電車のなかの空気を感じる。昨日からずっと鳴りっぱなしだった大学の同期グループLINEを確認。やるかやらないかで話し合っていた忘年会が、いらなくなった服を持ち寄る会に変わる。持っていけそうな服のメモを送る。

・Tシャツ3枚
・ニット1枚
・カバーオール1着
・コーチジャケット1着
・パンツ2本
・靴下（未使用）1足

――（大学の同期）オレが持っていくやつだとアクネのパンツ、グラフペーパーのキャップ、マルニのニットなどがある。

――（なまけ）キャップほしい。

――（作者）ニット着てみたい。

ラーメン屋の前に置かれていたゴミ袋の中身が散乱していて、そこに大量のハトが群がっている。散らばっているのはキムチ。ハトが勢いよくついばむと、キムチの切れ端がポーン、ポーンと飛び上がる。あたりでいくつものキムチがはじけているのをスーツ姿の男が避けながら通り過ぎていく。横切るときにマスク越しでもキムチの匂いがわかる。曲がり角の向こうから、あたらしいハトが歩いてやってくる。

午前中、ＥＣサイト各社がブラックフライデーを開催しているのに気がつく。買おうかどうか悩んでいた服が半額以下になっているものの、採寸がよくわからなかったのでブランド名や品番で検索し、着用イメージを収集する。海外のサイトを回っていたせいなのか、Googleの使用言語が急に日本語から英語に切り替わる。昼食（たまねぎラーメン、納豆巻き、豆乳）。今年の春から、昼食は必ずたまねぎラーメンを食べている。決められたお湯の分量だと味が濃いので、お湯は多めに入れる。規定量を示す線を越えてから5秒余計に注ぐ（分量は目視ではなく、時間によって知覚される）。麺がふやけたあとで粉スープと液体スープを入れる。液体スープを先に入れると粉スープは溶け残りやすい。溶け残ってペースト状になった粉スープと具の肉は見た目が似ていて区別がつけにくい。粉スープを溶かしてから液体スープを入れる。食べているうちに粉が沈殿するから定期的に底をかき回す。何ヶ月もくり返し食べ続けて把握した手続き。その味はどこかで愛着のようなものとすり替わっている。一口ごとにこれまで関わってきたたまねぎラーメンとの時間が折り畳まれていて、私はそこで私の身体を通過した時間、でなければ私が身に着けた技術そのものを味わっている……けれど、何度もくり返し失敗を経験するなかで、失敗そのものの方に味覚が慣れていったとしたら？　他部署の先輩が、――またお前たまねぎラーメンかよ、という。矢口高雄の話が出る。《釣りキチ三平》と検索すると英語で書かれたものが優先されて、《Fisherman Sanpei》の記事が候補に挙がる。それを見ていたべつの先輩が、――「釣りキチ」は訳されへんもんなあ、という。話題はしずかに、『スーパーフィッシング　グランダー武蔵』の方へと移行する。

午後になって、他部署の人が仕事をやめて地元に帰ることを知る。家族の体調がよくないらしく、まわりの人の口ぶりから精神的なものが原因であることを感じる。最近はその人も調子を崩してしまっていたという。このあいだ自分もとても暗い気持ちになって、一日中家から出ないときがあったことを思い出す。夕方になってコンビニに向かった。途中で風が強くなってきて、大学時代のサークルの先輩に電話をかけた。先輩は『水曜どうでしょう』を観ていたらしく、いまさらパイ生地の話を持ち出されて逆に面白かった。最近すごくしんどくて涙が止まらない、コンビニに行くのはいいけど何を買っていいかわからないから、何を買ってどうすればいいか聞くと、酒飲んだら？　といわれた。酒を飲んだらよけいに気持ちが沈んでしまう……それでも、赤星が売っていたから2本カゴに入れて（前に友達がよく飲んでいるといって飲んでみたらとても美味しかった）、チャーシューとメンマと味付けタマゴが入ったよくあるおつまみセット、アオサの味噌汁、コンビニ限定の棒アイスを買った。レジに並ぶときに電話を切った。電話でアドバイスを受けながら選んでいたせいか、レジの人にお箸は2膳でいいか聞かれたので、うなずいた。見栄を張ってしまった！　ひとりで笑いをこらえながら先輩に電話をかけ直す。先輩は、そういうふうにプログラムされてるだけなんじゃないの？　と笑った。赤星1本だけだったら聞かれなかったかもよ。

山本から、――●●さんから、一平さんの文章を引用した論文を書いた、その抜き刷りを送りたいから住所を教えてほしいとさ、と連絡が入る。住所を伝える。合間を見て、「三野新・いぬのせなか座　写真／演劇プロジェクト」座談会の文字起こし修正と、今後の撮影に備えて取り上げる話題を考える。

《次の座談会に向けた「戯曲」の草稿。

鈴木　今年の春から『SPINNER』というwebマガジンで「空気の日記」というプロジェクトに参加しています。新型コロナウイルス感染症に引っかけて、「今日の空気」の描写を試みるという目的で、詩人が輪番制で割り当てられた日の日記を書くというものなのですが、このあいだそこで三野さんといぬのせなか座メンバーが沖縄に行った際に撮影した写真をもとに「日記」を書きました。といっても、写真をもとに考えたことを書いたり詩にしたりしたのではなく、写真に収められた被写体や看板の文字をひたすら列挙していく構成を取りました。それを書きながら、三野さんが今回のプロジェクトにあたって「イメージの距離」というものを詩において（また、制作者みずからにおいて）どのように「上演」できるか、それに向けた試みについて考えさせられました（一部を読み上げる）。具体的な話をすると、ぼくは沖縄に行かなかったので、写真のなかの被写体や風景とぼくのあいだにそもそも距離があります。そして、ぼくはなぜこれらの写真が撮られたのかについての根本的な動機を撮影者と共有していません。そのうえで、写真からあらためて言語表現を立ち上げたこと。これらのことは3つの距離を写真群と制作者＝ぼくのあいだにつくりました。》

《まずは端的に写真が持つ視覚的なイメージと、それを記述しようとする行為者とのあいだの距離です。写真はあらかじめ記述されることを前提として撮られていません。看板などが代表的な例ですが、ところどころで途切れていたり遮蔽物があったりして判然とせず、細かすぎて読めない字などもある。看板の文字をひたすら文字にする方法は「みんなのミヤシタパーク」という作品でも実践したのですが、そこで看板と結んでいた関係とは異なる距離がここでは設定されています。後日談的に、山本からは「みんなのミヤシタパーク」を書いた鈴木への配慮があり、看板の写真をできる限り撮影したと話されましたが、すでに看板の文字が鈴木によって書き起こされることが撮影者に意識されていたことを念頭に入れても、私ではない他者の撮影行為が介在することで発生するノイズはどうしても避けられない。つまり、この配慮と現象のあいだの歪みはそれを知覚する私の視点を媒介することで生起する「わかりあえなさ」の視覚的なイメージとなっています。》

《この話から付随的に、というより言い換えとして引き出される次の距離は、撮影された写真に埋め込まれる撮影主体における主観性と、その記述を行おうとする制作者における主観性のあいだの軋みです。写真のほとんどは「なぜそれが撮られたか」を被写体の様子から確認することができましたが、なかにはなぜそれを撮ったのか本当によくわからないものがあります。ここで撮影主体と記述主体のあいだのイメージに対する注目が一致しなくなる。いわば、イメージに埋め込まれるふたつの視点のズレが、そのまま写真そのもののズレとして知覚される。あるいは「日記」を書くにあたって撮影された写真のすべてを記述するのは体力的にも時間的にも不可能であるという判断から、「スルー」した写真がありました。撮るに値したはずのものが、書くには値しないものとして受け取られるわけです。そこには一方的な無関心というより、体力的・時間的な限界として切り捨てざるを得なかったことで、遡行的に「無関心」が形成される点が重要であると感じます。しかし、のちに山本が撮った写真でフレーム外へと途切れていた写真がhによってはうまく収められている、つまり複数の撮影主体のあいだの撮影意図の差異が強調される組み合わせがあって、そこから無視したはずの写真を取り上げることに決める、という事態が発生しました。それぞれの写真はそのつどの契機において撮られ、「途切れた」ということは異なる興味においてそれらの写真が撮られたはずです。にもかかわらず、それらを記述する主体は複数の意図が点在するイメージ群を見て、事後的に書くことの契機を見出していったわけです。》

《すこし話は脱線しますが、今回撮られた写真と「日記」のあいだにはあんがい構造的な類似性があるというか、構造的な類似をつくっています。沖縄で撮られた写真はくり返し「なにかを撮影する人物」または「なにかを撮影すること」そのものを撮影するような意図が確認できます。この傾向を受けて、「日記」では「写真に収められた事物や文字を書いていること」を過度に強調する記述の方式を取りました。》

《最後の距離は、「写真を撮ること」と「詩を書くこと」のあいだの距離です（ここまで「日記」という語を用いてきましたが、当のプロジェクトではあくまでも「詩」として書いています）。当たり前の話をしてしまいますが、当該の「日記」を書く上で「写真」という語はほとんど記号を乗せる函数的なものになっていて、写真に収められたイメージについて語るというより、イメージを記述へと輸送するための装置として機能しています。つまり、「それが写真であること」が消去されている。それは「日記」を書くうえで採用したスタイルそれ自体の問題でもあるのですが、たとえば「砂浜の写真」という記述は、それがどのような色合いの砂浜であり、海はどのようにそこで存在し、まわりにどのような岩や植物が存在していたのかを捨象した——端的にいえば「沖縄」や「久高島」の「砂浜」が持っていた具体性（山本はたとえば色彩についての指摘をしていましたが）を、一般的な砂浜のイメージへと類型化している。それは「当事者性」への軽視であるともいえる。しかし、ここから撮ることと書くことのあいだの差異、つまり「写真について語りえること」がいかに当の写真から脱線していくかの問いだけではなく、写真を撮ることと撮られた写真のあいだの距離、または撮られた写真とそのイメージを知覚すること、イメージを使用（再-使用）することのあいだの距離——いわば、行為や流通、事物を媒介することで複数化される表現の問いへと返していけるのではないでしょうか。》

夕方にトラブルが発生して、定時までに進めようとしていた資料が滞る。定時後、上司から資料作成を指示される。

11月28日（土）　埼玉・飯能　　宮尾節子

第三波が来たようだ。
昨日、東京では過去最多の感染者数５７０人を出した
重傷者も死者も増えている

ひとが、ことばになり、やがて数字になる
なまみ、よびかた、かず
それは、痛みから、遠ざかり、麻痺を起こす。

「もう、１０００位でても、おかしくないね」
と、数字だから、平気で言える。

ことばを取れば、数字だけが、のこる
もの書きは、数字とたたかう、存在かもしれない
つまりは、麻痺とたたかうのが、ことばの仕事かも

「節子、それドロップやない、ただの数字や」
みたいに。

「東京都は、酒を提供する飲食店などを対象に、
営業時間を午後10時までに短縮するよう28日から
要請を始めます」※ＮＨＫニュース

「感染対策もやって、何とかお客さんも戻ってきたのに。
または……
正直きびしいっすね。いくもじごく、もどるもじごく、っす
よ。」
と居酒屋の店主。

飲食店の悲鳴が聞こえる――
それなら、とゆうべ、寝しなに

「飲み屋さんが時短するなら、このさい会社も、時短して痛
み分け、したらどうかと　思うけど。3時に終業して3時
から飲んだら どっちも、飲めて、飲ませて、早めにお帰
りできて。いいんじゃないかしら」と思いつきをツイート
したらば。

今朝、
4リツイート、44いいね、がついていた。
まんざらでも、ないじゃない。

片側ばかりに、要請せずに、
美味しいものは、お裾分け。
辛いときには、痛み分け。で、いきましたい。

感染症対策、人数制限に配慮しながら、会場でのイベントも
再開し始めた矢先、の第三波。こちらも、演者や会場、
ライブハウスが、再び死活問題に直面する。

今夜もひとつ、出演ライブがある。
来てね、といえない、よろしく、としか――

「イデオロギーなんか、どうでもええんや。
とりあえず、マスクだよ、せっちゃん。」と介護職の友人。

アメリカでは、大統領選後のまちで
「Thank you for voting」（投票を、ありがとう）
のメッセージボードを持った人の、映像を動画配信でみた。

これだね。

秋の木々も、明るい色で最後の挨拶をくれている。
大丈夫。未来があるよと、伝えるように。

わたしも電車や、お店や、いく先々で、出会う人、
見かける人に、心の中で、声を掛ける。

「Thank you for masking」（マスクを、ありがとう）
マスクを着けてくれて、どうもありがとう！

11月29日（日）東京・神宮前　川口晴美

殺されて捨てられた女の子の詩を書いたことがある
わたしが〈殺された女の子〉だった可能性をいつも考える
この世のあらゆる場所で殺されていく女の子たち、
4歳で殺されたあの子も、13歳で殺されたあの子も、19歳で
　殺されたあの子も
わたしだったかもしれないとおもう
わたしのなかには何人もの〈殺された女の子〉がいて
このわたしが生きているのはたまたまなんだってかんじてい
る

たまたま殺されずに生きてきて
今こうしているけれど
先週
64歳で殺されるのかもしれないって思い始めた
帰る家を失って
夜半にバス停の固いベンチでようやく休んで
横たわることをゆるさないベンチだから座ったまま浅く眠っ
　ている間に
ペットボトルだか石だかを入れたどこにでもあるビニール袋

を
振り上げた知らないひとに
虫を振り払うみたいに殴られて11月16日に死んでしまったの
は
わたしなのかもしれない
だって
幡ヶ谷なんてすぐ近くじゃないか
彼女もわたしも四捨五入すれば60歳ほとんど同い年じゃない
か
今のわたしにはたまたま住むところがあるけれど
何かあれば失うのはたやすい
ひとりになってしまうことだってすぐ想像できる
感染症は春から流行りだした
フリーの仕事なんていつ全部なくなってもおかしくない
どうすることもできないまま夏を過ぎ
お金は使い果たしてもう8円しか残っていない
疲れ切って冷えた体で
助けてくれるかもしれない誰かに連絡する気持ちも萎えて
そこに座っていたのはわたしだったんじゃないか
痛い11月の夜の底に殴り倒され
わたしはサイゴノアサに何を見たのだろう
壊れていくのはわたしか世界か
終わりは解放だっただろうか
ねえわたしを殺したのはいったい誰？

ビニール袋を振り上げたあの知らないひと？
そうだけどきっとそうじゃない
10月のうちにわたしがバス停を通りかかって
わたしかもしれないあなたを見かけて気になったとしても
たぶん何もしなかっただろう
できなかった
わたしも
わたしを殺したんだ
わたしは殺された女の子で、殺された女の人で、殺したなに
ものかの一部だ
寒い12月がくる

11月16日午前4時頃、渋谷区幡ヶ谷のバス停ベンチに座っていた大林三佐子さん（64）が近所に住む男に頭を殴られ死亡した。大林さんは2月頃まで派遣会社に登録して働いていたが、家賃滞納で住んでいたアパートを退去後、終バス後の午前2時頃からバス停のベンチに腰掛けて眠り、明け方どこかへ立ち去る生活を続けていた。

11月30日（月）　東京・小平　田野倉康一

僕は保健所の主査だったので
ＰＣＲ検査の抑制にはすぐにピンときた
検査技師が少ないのだ
検査技師は熟練工と同じで
かんたんには増やせない
だから検査数を少なく抑えて精度を維持しようとしたのだろ
う
（精度が低ければ陽性者を野に放ち、陰性者を隔離して偏見
にさらすことになる）
他人の身になって考えることが苦手な職業だから
デリカシーのない対応
思いやりに欠ける物言いはいっぱいあったに違いない
だからそういう職員に代わって謝るけど
心身をすり減らしてボロボロになっている保健所職員を
政府の手先みたいに言ったり
怠けているみたいに言っているのを聞くのは今も耐え難い
誰かに当たりたいのはわかる
悪者を作ってうっぷんを晴らしたいのもわかる
正義の味方になって
営業自粛していない飲食店に嫌がらせするのも絶対に認めら
れないけど
わかる
世の中がきれいごとですまないことを
あらゆる場面で知らざるを得ない職業である

公務員をやっていると
友達たちの「そういう会話」に入れない
このまま
友達がどんどん遠ざかってしまうのではないか
でも僕は保健所を悪者にすることはできない
すべてを利権に結びつけてしまうことができない
「埋蔵金」なんてありえないことを知っていたときのように
少なくとも保健所の事実を多少は知っているのだから

渡した原稿が無断でボツになっても
二度と原稿依頼が来なくなっても
長年書き溜めた散文が出版できなくても
そして詩集を出せなくても
詩人の友達が一人もいなくなっても
僕は僕でありつづけなければならない

僕は詩人でありつづけるしかない

見てのとおりである。どんどん寂しくなっていった。コロナの日々は日常の生活から次第に人の内面に入り込んでいるのがわかる。

12月1日（火）　千葉・市川

柏木麻里

冬の朝の美しさがある
それは角度として訪れて
透く
という言葉の
別の面を示している

朝の一文字は
まるでそれが
なにか輪郭のある、さだまったもののように
ひとを惑わせるけれど
季節が遷り変わってゆくと教えられるのだ
朝は誰にもとらえることのできない
推移する時間と光であることを

ふと残る問いは
それを教えているのは誰かということ

6時から7時が生まれていった
そのどこで今日の朝が現れたのか
私は知らない

朝のことを思って浮かんだのは
脳のＭＲＩ写真
理科室にあった人体模型の脳は、カチカチ
くっきりした、どこか陽気な固まりで
皺にも決まった形があるように錯覚していた
（だって模型の脳は、ただ一つの形していたから）
でもＭＲＩ写真が見せてくれた
それはやわらかい
さだまらぬ
これはまちがいなく、ひとりひとり個性があるものと確信さ
　せる
みごとなほどのやわらかさは名づけようのないもので
私を魅了した

そんなふうに
今日の朝もある
かならず来るが
どこからどこまでが朝で
朝
という一文字の限りある姿の網にとらえることはできない
ゆるやかなもの

疫禍のことを考えながら
今日のような冬の湖をのぞきこむようにして

日記を書こうとすると
春先から変わらずそこに映るのは
古代と未来
光陰という言葉の
いん、の響きが
星の光のように遠い過去から
まだ消えない

新型感染症による国内の死者が一日に最多の四十人となり、重症者も九日連続で最多に。大阪の市立病院で、感染拡大による看護師不足のため、がん治療などの一部病棟が閉鎖される。流行語大賞が「3密」に決まる。

12月2日（水）　東京・杉並

峯澤典子

駅までの道
風がつめたい
マスクをつけていると
ほっとするなんて
改札へ向かうひとたちと
いつものように
距離を保ったまま
急いであるく

朝
だれもいない歩道で
好きなだけ
落ち葉や
ゆきにふれていたのは
いつのことだろう

つまさきや　ゆびがどんなに冷えても
そこに立っていた　わたしと
いつ
離れてしまったのだろう

きょうの東京の新たな感染者は５００人

だれも話さない
混んだ電車は
とてもしずかで
窓のそとは
ずっと曇っていて
だからマスクはあたたかくて

向かっているのか
逃げているのか
いまはわからなくても
わたしも
あなたも
それぞれの
朝の駅で降りる

ふたたび冬がはじまった街で
それぞれの
きょう
いちにちを
生きのびるために

12月3日（木）　神奈川・横浜　新井高子

剝きたてのそれは
わかい女の、はち切れそう
ちゃんとあるのだもの、乳首が
そこだけは皮を残し、
ふるふると風にそよげば
重力が、
ツッと引っぱって

ちょっと当たっただけでも
黒ずんだ染みになるのだから、女の肌とそっくりですよ、
吊し柿は

ああ、あのころは、おばあちゃんのに
しゃぶりついていたっけなあ
添い寝して、
揺られて、熟して、
とろける夢を見さしてもらっていたものねえ

三十も吊るしたのですよ、ことしは
ベランダで
渋みが抜けて、
亡くなって、
燃えさったとき
乳がんが切除したそのひと房が
どこかでホルマリン漬けになっていまいか
わたしは本気で夢想したが、

たわわに、
　たわわに、

夕陽色の果肉よ
　のどやかな蘇生術よ
——気ニヤムコタァ　ナイ
キョウ
達者ナラ、

ふだんはネット通販で入手する渋柿だが、今年はりっぱなのがスーパーに並んでいた。巣ごもりぐらしで干し柿作りが流行っているのかしら。

12月4日（金）　東京・深川　カニエ・ナハ

やはり朝3時に目が覚めてしまう。

4時過ぎに起き出して新聞5紙と漫画2冊買う。わたしが読むものではないのだけど。まだ起きていない机の上に置いておく。

明後日のイベントの準備のために池袋のコ本やに行く。来週からはじまる、春先から準備してきた建築倉庫ミュージアムの展覧会のポスターが貼ってある。それについて清水玄さんとすこし話す。

嵯峨谷で遅い目の昼食。もりそば。すこしだけ値上がりしてる。

十割そばが一割値上がりしたとてこの状況でだれに文句が云えようか。

こないだ阿佐ヶ谷へいったとき駅前の嵯峨谷がなくなっていた。

神保町駅前の嵯峨谷もこの春先に閉店になったが、10月に復活したらしい。

そんなお店は珍しいらしい。

3時近いのに満席。品物が届くまではマスクしててくださいの旨書いて貼ってある。

なるべくしぶき立てないように音たてないように静かにそばすする。

江戸っ子の流儀には反するのだけど。

いや他人に迷惑をかけないのが江戸っ子の流儀であるからこういうときはこれであってるのかも。

こないだ誕生日だった日から杉浦日向子の蕎麦本がカバンに入ってる。

向田邦子の誕生日がその二日前くらい。

こないだスパイラルに行ったときにもらった向田邦子の展覧会とイベントのフライヤーを壁に貼ってある。

おなじときに特設ショップで買ったミナ ペルホネンのマスキングテープで留めてある。

今夜のイベントのために百円ショップと世界堂に寄る。

ミナのマステをもってくればよかった。セブンイレブンで２００円ほどでふつうのセロハンテープを買う。

さいごに模造紙にコーヒーで文字を書く。

「茶会記は現代の四谷アパート」としるしてその上に米澤一平さんがタップダンスの足跡をつける。

その間、南雲麻衣さんがずっと佇んでいる。都合がわるくなってしまい、事前にお店で撮影した映像による参加になった。

そこにいないひとがそこにいる。

そのことはとても大事なことだとおもった。

四谷三丁目に行ったのでこないだドラマ「女子グルメバーガー部」で松本妃代さんがパジャマで訪れていたハンバーガー屋さんに立ち寄ってみたかったが時間もないしおなかもすいていないので別の機会にすることにする。

先週松本妃代さんの個展に行ったら一年前にも訪れたことを覚えていてくれて嬉しかったのだった。

それで思い出したのだけど今朝「おちょやん」の第４話を録画しておいたのを見てすこし泣いたのだった。

朝ドラの最初のほうはいつも子供がたいてい不遇な状況でけんめいにがんばっていてだいたいいつも泣かされるのだった。

そういう子供が自分のなかにもまだ居るとよいのだけどなどとおもうのだった。

「エール」は中断するまでは見ていたのだけど、復活してから一度も見なかったのだった。

そのころから春先のしわ寄せのようにものすごくいそがしくなってしまったのだった。

しかしすべて録画はしてありＨＤＤがいっぱいなのですべてＤＶＤに落としてはある。

しかしそれを見る時間がない。二日間くらい何もしないで一日中ごろごろしながら「エール」の後半をまとめてみたい。

またステイホームとかいわれたらばそういうことも可能になるのにな、などとぼんやりとおもったりもする。


「「新型コロナで10代女性が死亡」は誤り」（朝日新聞デジタル）

12月5日（土）　静岡・用宗　さとう三千魚

早朝に
吠えるモコに
起こされた

まだ4時だった
暗かった

モコを
抱いて

階段を降り
居間から

庭に降ろし
おしっこをさせた

ベッドに
戻すと

モコはすぐに眠った

わたしは別の部屋で
詩を

ひとつ書いた

朝食の後
ＴＶで

大阪知事が医療現場の逼迫を
雄弁に語るのを

みていた

通天閣が赤かった
太陽の塔が赤かった

それから

ソファーで
眠ってしまった

夕方
には

モコと散歩した

闇の中に
南天の紅い実をみた

近所の玄関に繋がれた
黒い犬が

5時のサイレンに吠えていた

西の山は
山際が
明るく

その上の空は群青色をしていた
天と地だった

夜が怖いのか
モコは早足で歩いた

もう12月だ。今年、わたしたちが失ったものは大きい。
失った後で、言葉を探す行為をつづけている。

12月6日（日）　北海道・札幌　　三角みづ紀

すぐに溶けてしまう
かたちを崩して
逃げないで、と額が叫んだ

アラームが鳴るまえに
灯油ストーブを点けて
フライパンをのせる
黒くて重いもの
たっぷりの油に　生きる
ための適度な刺激

ニュースでは
会ったことのないひとが
ひたすら謝罪をしていた

ふたりの日常の音は
静謐な氷点下で
愛情から情を剥ぎとって
愛がいい　愛だけでいい

じつは陽性で入院していたんだ
という友達の心配はした
会ったことのないひとの
不倫への謝罪には興味がない

たった一文字を
いつも剥ぎとっている

12月7日（月）　沖縄・那覇

白井明大

『詩七日』
（詩なのか）
という詩集があるけれど
（平田俊子はおかしみを含ませながら
言葉を鋭く研ぎあげる）

やっぱりぼくも
その崇高なる詩表現にあやかって
ぼやきたい気持ちでいっぱいで
もう十二月七日
（十二月なのか）
とため息をついてみる

今日は
琉球新報の詩時評のゲラをやりとりしていた
話題は
詩集三冊
とその前に
書いておかなくては、と書いたこと
十一月末の時点で
沖縄は一〇〇万人あたりの
累計感染者数も
亡くなられた人の数も
全国ワースト一位

こんなに蔓延してるのに
病院が逼迫して
札幌や大阪が白旗を上げたGo Toを
沖縄はいまなお継続中で
まだまだウイルスとがまん比べするらしい

多分、いや、寡聞にして
理由はわからないが
最近
県知事は熱を出し
ＰＣＲ検査を受けて（結果は陰性）
肺炎で
公務をお休みしている

県の専門家会議は
議事録を作らずに感染対策を推しすすめる一方で
同じく県の保険医協会理事会などが
情報をオープンにしてくれ
無症候者や軽症者にも検査を広げてくれ

と要請していて

ゴジラ対メカゴジラではないけれど
ウィズコロナ対脱コロナのたたかいは
そのままこの島に住む人間の
命にも関わる問題なのだから

皆で生き延びる道へ

とゲラに赤字で書きつけて戻したら
再校で時評欄の真ん真ん中に
いちばん大きな活字でレイアウトされていた

要請…「沖縄県新型コロナウイルス感染症対策に関する政策・情報の透明化についての要請書」（沖縄県保険医協会理事会ほか、２０２０年11月26日）

12月8日（火）　東京・吉祥寺　田中庸介

同級生の弁護士が偉人の仲間入りをして
練馬のどこかの小学校に写真が飾られている
ＰＴＡの会長を無事つとめたんだってさ
しっかり生きた証しだ
実に立派である

渋谷から吉祥寺まで井の頭線の急行で18分
その間にフェイスブックで以上のような情報を受け取る
左に白いマスク女子が座って
前で灰色と白いマスク女子が立ち話
向こうで誰かが咳払い
永福町で左の女子たちがごそっと降りておっさんが席に着き
シャカシャカした黒いパーカーのマスク女子が代わりに前に
立つ

私たちの夜汽車はくねくねと小駅のホームを駆け抜け
また直線区間でスピードを上げる
ジョン・レノンの命日に
マスクをして
みんな静かになった
駅のホームはロングレールでもロングテールでもない
がたんがたんがたんがたん
昔ながらの線路の継ぎ目の音がする

はっと息をのむような
12月の美しさ

闇を
つんざく光
年末まで
まだまだ書かなければならないものがある
がたんがたんがたんがたん

コロナの第二波がきて、医療体制逼迫の旭川市に自衛隊の看護師など10人の派遣が決まり、イギリスではやっとワクチン接種が始まった。《闇に刻む光》（アーツ前橋）という展覧会のタイトルを思い出す。

12月9日（水）　北海道・旭川／東京・調布　山田亮太

空港に降り立つとたてこんでいるから迎えにいけないと母からのメッセージ。
同じ便に乗っていた第2家族と一緒にタクシーに乗り込む。
行き先を告げると意気揚々と運転手はしゃべりまくる。
車内での会話は控えめにお願いしますの掲示を完全に無視している。
Go Toで少し盛り返したけれどここ2週間はめっきり乗客が減ってしまった。
街中を3時間走ってもひとりもつかまらない。
給付金１００万円もらったけど全然足りない。
大きなタクシー会社はあえて走らせない場合もある。
個人タクシーはどうにもならない。
観光客も激減したし忘年会も絶望的だ。
年末年始に毎年来ていた孫の顔も今年は見られない。
いい乗り心地でしょこの車、去年買ったんだ。
感染者が出てるのは病院だけなのにね。
市中感染なんてまったくないのにね。
ああそういう認識の人かと思う。
でも気持ちはわからないでもない。
1万円札を渡すとお釣りを20円おまけしてくれる。
想定以上の出費だがこの人の生活の安定に貢献したと思えば悪い気はしない。

「旭川　コロナ」で検索をかけるようになって2週間。
なじみの基幹病院でクラスターが発生したとの報道に触れたのがきっかけだった。
しばらくは帰省などできないと思っていた。
一足先に着いていた第1が祖父の椅子に腰かけ、長いからだをだらりと伸ばしている。
名古屋から旭川への直行便は現在運休中だから、札幌経由の移動に半日かかったらしい。
妻子を伴って来るかを巡って争った結果ひとりで来たという。
親族が続々と集まり、やがて湯灌師が到着する。
口紅のお色を選んでください。
お着物はこちらでよろしいですか。
ほかに棺に入れたいものはございますか。
扇子はどう？　ほら、舞踊をやっていたでしょ。
十円玉を入れてもかまいませんよ。
顔のあざはすっかり目立たなくなった。
驚くほど軽い祖母のからだを4人の男で持ち上げる。
女たちはいちばん鮮やかな扇子を選び祖母の上にのせる。
玄関が狭いので寝室の窓から運び出す。
長いこと使っていなかったベッドの底が抜ける。

とびきりの笑顔でピースサインをしている。
こんな遺影があっていいのか。
孫の顔を見ても誰が誰だかわからなくなってからもよく笑う人だった。
カメラを向けるとすぐにピースをした。
サンキューベリマッチが口癖だった。
20年前の、親族が一堂に会した最後の日の写真。
その中央にいる祖母もやはり笑っている。

一定の間隔で並べられた椅子。
マスクをしたままお経をあげる坊主。
普段より短いスピーチ。
すべての扉が開け放たれた食堂。
マスクをつけたり外したりしながら食事をする人。
遺体の隣に敷かれた布団で眠る。
ベルトを忘れた弟2は父のそれを使う。
ネクタイをなくした弟1は父のそれを使う。
三兄弟が並ぶと威圧感があるねと久しぶりに再会した叔母に言われる。

喪主である祖父の名が呼ばれるが本人はここにいない。
祖父もまた今年の春から入退院を繰り返していた。
七月以来、一度も家に帰っていない。
許された面会時間は5分間だけ。
それも先月、禁止になった。
恐らくは少なくとも冬が終わるまで、この措置はつづくという。

妻の死を彼はまだ知らされていない。

火葬場では昨夜、通常営業時間外に4人のからだが焼かれた。
だからできるだけ場内をうろつかない方がいいと注意される。
あんなにたくさんいれたはずの十円玉は6枚しか残っていない。

東京へ戻った日、電車内ビジョンで旭川のニュースを目にする。
大規模感染が発生した病院に自衛隊が派遣されるという。

慶友会吉田病院での累計感染者数は２１４名（２０２１年１月20日時点）。旭川厚生病院での累計感染者数は計３１１名（２０２１年１月26日時点）。

12月10日（木）　福岡・博多　石松佳

Wintering Out
とは、アイルランドの詩人シェイマス・ヒーニーの詩集のタイトルである
誰かは知らないが
この英語を「冬を生き抜く」と訳したのはとても美しいことだと思った
過酷さならば夏も変わらないのだろうが
冬にはどこか「生き抜く」という感覚がある
そういう気がする

冬の空気は好きだ
特に晴れた朝の張り詰めた空気の膜に触れながら歩く
ひとがいないところでマスクを外し
面白半分に白い息を吐いたりする
吸い込むとその冷たさで
わたしの内側にある
肺の形が分かるほど新鮮だ

わたしは子どもの頃から
しっかりとした誠実な人間よりも
中身のない軽薄で身軽な人間になりたいと思っているのだが
冬の空気を思いっきり吸い込むと
人間は空っぽの容器であることを
感じるのである（確か『空気人形』という映画があったはずだ、今度借りてみよう）

ふわり、と揺れながら
空気のわたしたちは
それでも
セーターやコートを着て
冬を生き抜くのである

　死の前に生はあるのだろうか
これは繁華街の街の壁にチョークで書かれていた文句

苦痛に耐える能力　いつもでも変わらぬ悲哀　質素な飲み食い
僕たちは再びささやかな運命を抱きしめる

シェイマス・ヒーニー『冬を生き抜く』「デイヴィッド・ハモンドとマイケル・ロングリーに捧ぐ」より

参考文献　シェイマス・ヒーニー『シェイマス・ヒーニー全詩集　1966〜1991』村田辰夫・坂本完春・杉野徹・薬師川虹一訳・国文社・1995年

12月11日（金）大分・耶馬溪　藤倉めぐみ

随分と寒くなり、訪れた冬の輪郭を指でなぞるようになりました。息は白いですか。イヌイットは向かい合う相手に白い呼気を放ちそれを相手が吸い込み、お互いに繰り返すというのを聞きました。息が躍ること、身体が劇場になることが耳から私の中に入ってきて、息の所存がどこにあるか分からない今、それはより一層遥かで、ほんの少しの尾ひれすらも呑みこみたいほどの憧れです。

彼の地に行ってきました。私の住むところでは人と人の密度が取れる分だけ近くもあるため注目点の空気を持ち帰ることは正直、罪と等しいことだと思います。衝動を愛し衝動に引っ張られて生きてきた私は、たやすさにまみれてざらつきを失いつつあることが分かっていた私は、観念するしかない揺さぶりを秘密にしました。

みっちりと口元、鼻元を覆うことは都市と里の空気を均一化させる同類項になります。通過しない苦しさと引き換えにどれほどか分からない安らぎを手に入れることは、居る場所の差異を生まなくなることかもしれません。

私はかつて誰でも見つけることができました。人を強くとらえてしまうから、いくらでもどんな人でも雑踏の海の中で察知することが出来ていたのに、鼻と口が覆われると目も利かなくなりました。相手の顔が分からなくなるだけではなく自分の感度が完全に塞がれるのです。それを高い密度の中で知りました。

求めていたものは求めていたことにふさわしく、佇んで踊ること、踊り子がそれまで踊りつづけてきたその地点を見ました。青い空も赤い空も揺らめいたこと、止まっていても踊る指先を振り返ります。

私はもっと震えてもいいのに震えることができないことにとまどってばかりいます。たやすさと引き換えに失ってしまったもの、代わりに降ろしてしまった大きな岩があるように思うのですが、我が身、我が心、我が女、我が少女に傷を負わせることを、もうしたくはないので、その岩を削り型取っていくこと、その岩を砕き笹舟に乗せることに、付き合っていこうと思います。

念願の海はみち潮の白さが浮かびますが、私の思う海は砂浜がないと海をもたらさないようでした。それでも暮れなずむ橙色の中で、私は涙を流しました。触れ合うということはいっぱいで、どうしたっていっぱいになってしまうのに。どうして泣くのかなんて分からないから涙は出るのだと思います。

そんな全ては今はまだ罪で、着々と増える数字に突き進んだ私は彼の地と同じようにマスクで空気を塞ぎ、彼の地と変わらぬ呼気を最小の単位にとどめようとしています。

朝、役目を終えた柚子の皮を畑に埋め、土に還りゆく柚子の上に脚立を立てて、新しい柚子をもぎました。深く深く吸い込んで。

12月12日（土）　東京・目黒　　覚 和歌子

二番弟子でございます。持ち前の色白の肌に映える真紅の着物をアイコンにしております。この難しい色を品良く着こなす私のセンスったら。弟子うちで着るものに気遣うのも、おかみさんの服飾をほめる孝行ができるのも私だけです。

月に二度、師匠のお宅に伺って朝ご飯をいただきます。芸人の現場で風邪っ引きは犯罪ですから、念入りな手洗いは入門時からの躾です。今さらハッピバースディ2回分でもない。

今朝のおかずは焼き鮭と春菊の白和えと湯豆腐。

歳末のこの時期、師匠のお宅にはたくさんの到来物があります。酒と米。佃煮詰合せ。菓子折。季節の果物。積み上がるさまは笠地蔵の勝手口さながら。これらはほぼ弟子が腹におさめます。目上の方の指令のままに。それが伝統芸能。

おかみさんは私たちを見るたびに必ず太ったとか痩せたとか言います。時下の体調をお気遣いいただいてのことと承りますが、多少、そう。ははは。うざ。食と天気が誰にも共通する当り障りのない話題だと考えてるのは年寄りだけです。

おかみさんは弟子の食欲を歓迎してくれる反面、見た目が大事な人気商売ゆえダイエットせねばという私たちの気持ちにも理解はある。よって食わせたい、でも食わせたくないという二つの間でご自身も引き裂かれているのだそう。

今年は高座の本数が激減したので、在宅中は新作をたくさん書きました。弟子の中で古典一辺倒でないのは私だけ。かつてはヒップホップなんかに手を染めたりもしたので、おかみさんとは創作という点で分ち合えるものがあります。

ともに大好物の都市伝説で話がはずみ、気づけば三時間を過ごしていたこともありました。入門初日に着てった上着の黄緑色がおかみさんの超贔屓の色だったとかもあるし、でもカードの暗証番号まで偶然同じじゃなくていいと思う。

最近書かれてる詩の中で、私たち弟子はトカゲなんだそうで。おかみさん爬虫類は苦手じゃなかったっけ。託して言いたいことでもあんのか。正直、歌詞じゃない詩は誰のも読まないしわかんねえ。芸の肥やしとかにも出来なさそう。

化けるとしたらきみが抜き手を切るだろうね。おかみさんにはそう言われています。化ける、は、いい意味で芸が生まれ変わることを指します。達者というのと違う私のようなタイプはある時期突然の変容をするのです。ああ化けたい。

真赤な着物は四年前の二ツ目昇進の折に誂えました。そう、クリスマスの色でもあります。今年は硝子のコップの内側から眺めている人の世の、そこかしこに点滅し続ける警告灯の色。そして鮮血、私の中にいつか目覚める鬼の色です。

二番弟子、入舟辰乃助。
病床ひっ迫5都道府県で「ステージ4」。

12月13日（日） 横浜・久保山　四元康祐

アムスの中央駅の
裏から出ている無料の連絡船
シテ島の花市場の手前の
いつもひっそりしている三角形の小さな広場
マクシミリアン橋の袂から川辺に向かって降りてゆく草の斜面
これらはわたしの
大好きな場所のほんの一部です
まるでそこで生まれ育ったような足取りで
我が物顔に歩き回っていた

それでいて瞳孔だけは普段よりも一回り大きく開いて
人類の大半は土地にしがみつくように
生きているという事実には見て見ぬふりで
難民センターの前を通るときだけは
伏目がちになってもみたが

ア・コルーニャの町はずれの高台で吸いこむ潮風
リフトから見下ろす雪原の
翼の輪郭みたいな自分のスキーの陰影
メムリンクの聖母の目の縁の、赤い顔料から滲みでた雫の透
明

オムレツの輝くクレタの砂浜
これらはわたしの
大好きな場所のほんの一部です

どんなにワクチンが行き渡っても
帰ることのできない処がある
同じ町で暮らしていても
二度と会ってはならない人がいるように
自分が自分であることにやり切れなくなったら
大好きな場所を思い出してみるんです
すると少し気分が晴れます

あの石段のあの段の
剥がれかかったペニスの落書き
脱衣場のロッカーの鍵の
まだ奇跡的に濡れていない赤いバンド
地下鉄の座席でタッパーウェアから直接食べる
ツナサラダ……

Oscar Hammerstein II「My Favorite Things」からの引用があります。

12月14日（月） 東京・Amazon・ロサンジェルス・サイバースペース　ジョーダン・A・Y・スミス

朔望
今年の最後の新月
満月のときと同じく
惑星直列
地球　月　太陽
整列している
この時、潮が膨らみ
嵐が激しくなる

ギリシャ喜劇の
ライバル派閥間の対立は
最も大きなもの
戦争　対　セクシュアリティ
死　対　生

現在は
朔望の時代だ

時代とはいえ
その一般的な潮流は
その引っ張り合う巨大な力にて
ピクセル化される

列に並ばない瞬間たちを
征服することができず
明確な強制ルールなんて
天体くらい
これは、社会や精神に
あるように
見えるのと
同じように
物理的な現実にも
当てはまる
ように見えるだけ

殺されている世界では
まだスポーツの旗を振って
殺したりする人もいる
大規模な醜さの時代
皮肉さの時代
人間の中にいる動物の動物性
人間の外にいる動物の人間性

さあ、食べよう

境目を渡るものが疑われてくる
スネークオイルのセールスマン
貧しい人
混血の人
放浪者
泥棒
スパイ

相互関係を治める境界線を再描画し
壁を高く積み上げては
飛び越える
生活を求めて

栄養、友情、家族
超えることは人生そのものを意味するから

月に乗って時間を図ると
次第に現れる
一日の狂いを正すために
十進数とその親戚の頻繁を
抱きしめたシステムの
順序を乱す朔望
どこかで、きっと
それを祝う魔女が残っている

12月15日（火）　神奈川・江の島　　永方佑樹

Go Toトラベルを
止めない、止めない、と言い続けて
やっぱり止めると言い出す[※1]
いつもの法律に
推進をくじかれた我々は
方位を失いながら
やはり
信じてしまう
ワクチンも開発されたし[※2]
あとは供給を待つだけだし
困窮をつぶやき
虐げられたと嘆き合っていれば
神聖を模した
あきらかでない偶像が
その面を上げてくれるのだと
無闇な我々のその信仰が
２０２０年を供物にして
２０２１年を迎え入れてゆく

浜辺には今日も
病み疲れた身体が並んでいる
疲労した私のまなざしは
友人のようなしたしさで
それを見つめている

私たちはいっそこのまま
線のように
たたずんでいると良い

街は私たちを幾度も
よどみのない恨みに感染させる

人との隔たりが
我々をあの従属から
ほどいてくれる

だから病のため
自由のために
私たちはいっそこのまま
冬枯れた景色だけを
まなざしにひたしていると良い

そうして
あたえられた像を
きっぱり忘れ尽くした頃に
私たちはこの浜で
まなざしだけをかわし合いながら
誠実なおとを立て
すずしくなった影を朽ちさせると良い
（だけどみんなすでに感染している）

※1　政府は分科会の提言を踏まえ、12月14日夜、「GoToトラベル」について対応を協議し、28日から1月11日の成人の日までの間、全国一斉に運用を停止することを決めた。当初の地域を限定した対応から、方針を転換した形。それに先駆け、27日までは、札幌市、大阪市、東京都、名古屋市を目的地とする旅行を対象から除外。出発地とする旅行も利用を控えるよう呼びかける。

※2　アメリカの製薬大手ファイザーが、開発中の新型コロナウイルスワクチンについて、正式な承認の前に緊急での使用を可能にする許可を11月20日にFDA＝アメリカ食品医薬品局に申請。続いて同アメリカの製薬会社モデルナも30日に申請を行った。ファイザー社のワクチンについては、12月2日にイギリス政府が世界に先駆けて承認。8日にイギリス各地で接種を始めた。

12月16日（水）　福岡市・薬院　渡辺玄英

「聞こえましたか？
……あなたを死刑に処する
……聞こえましたか？」
はい　聞こえました
と答えて証言台からゆっくりと席に戻りました

「もうここにくることは二度とありません
あなたは揺れる麦畑の案山子　あなたは陽の当る白いだけの
　切り紙
階段のない二階から
やがて底なしの青空へ飛ぶのです無限の」

でも、ぼくの机にはむかしからいつも
逃げなさい　生きなさい、と落書きされているのです
だから保健室のあまのセンセに相談してもいいですか

「いいえ　もうここに二度ときてはなりません
あなたと　鹹　手首　踝
あなたのものでない長くてつややかな黒髪がゆるやかに渦巻
　いています
ばらばらに彼女たちが植えられた鉢やクーラーボックスがあ
　る
あなたのためだけの遠いお部屋
そこへ行くのですよ」

（私に気づいてくれたのは彼だけでした
（私に気づいてくれたのは彼だけでした
（私に気づいてくれたのは彼だけでした
（これまでだれ一人私に気づかなかったのに
（私に気づいてくれたのは彼だけでした

ぼくが殺してあげる　ぼくが殺してあげるぼくが殺してあげ
　る
ぼくが殺してあげるよぼくが殺してあげるぼくが殺してあげ
　る
ちからが抜けたあと　ふと視線をあげました
空があることに初めて気づいたのはそのときだった
（空には見たことのない形の雲がありました

「さようなら。
次の学校へ行くのです。どこでもないところへ。
句読点を忘れてはなりません。
あなたのロッカーに
隠されていた青空の欠片は不要でした。
誰にとっても不要だから。」

ぼくは揺れるだけの案山子
いくら切られても白いだけの切り紙

2017年の座間9人殺害事件に判決。被告Sは死刑。
なぜ被害者たちは、自殺願望があったとはいえ、易々と
Sに引き寄せられたのか？　死にいざなわれる者たち。
Sという冥界の扉の如き存在。双方の心の闇。Sは控訴
セズ。

12月17日（木）　東京・つつじが丘　河野聡子

読み終わっていない本があるのに新しく本を積んでしまう。今年読み残している根性の必要な本はあと3冊。来年早々までに読まなければならない本があと1冊。そのほか気楽に読むために買った本が何冊か、本棚の「これから読む本」に置いてある。それでもまた本を借りる。ハヤブサ、雨、運動生理学、雪崩、気象、山岳地図、鳥の感覚世界について。今年は残り二週間になった。やれなかったことはあるが、やりのこしたことはほとんどない。過去数年でリストマニアになったわたしは「今日やったこと」リストを連日Google Keepに積み上げている。たとえ息をするだけでもひとはそこそこの偉業を成し遂げている。わたしの呼吸はわたしだけのものだ。

12月18日（金）　東京・世田谷　松田朋春

関越道は激しい積雪で
もう30時間以上もクルマが立ち往生している
予報もあるはずなのに何故だろう

昨日東京は新規感染者が８００人を越して
節目があっけなく１０００人にきり上がった
それでも今日の忘年会は予定どおり
家内も食事にでていた
娘はイルミネーションを見にでかけていた
警報ということばも
医療崩壊ということばも
用心への集中力を喚起できなくなっている
酒場ではあちこちで
話し笑い触れ合う享楽が
背徳的な空気さえ帯びていた
戦時ってこんな感じなのだろうか
前回の日記も飲んだ帰りだった
私はなんで感染しないのだろう
出張帰りの同僚から地方の歓楽街の様子をきいた
休業補償を得るためにまちのあかりが消えているという
東京にはもうその警戒感はない
あきらめた店はたくさんあるけれど

この夜景はさびしいのか
それとも十分ににぎやかなのか

12月19日（土）　東京都・下北沢　鈴木一平

なまけがイギリスに移住することになったので、送る会を開く。午前中は原稿。午後になって作者となまけ、同期、後輩の4人で集まって要町へ。整理券をもらう。時間までリサイクルショップに行って服を見る。外に出て散歩していると、大学の後輩と数年ぶりに会う。おなじ店のカレーを食べにきたという。

カレーを食べて池袋へ。服屋でなまけがマフラー、後輩がダウンジャケットを買う。同期が本屋で本を買う。同期の家に行く。買い出しの途中で古着屋を見つける。なまけがニット、同期がスニーカーを買う。スラックスを買おうか悩んでやめる。タラとマグロと鶏肉を買う。後輩2が合流。鍋。テーブルを拭いたティッシュを捨てる。ゴミ箱を開けようとして、同期に止められる。

後輩1が帰る。長渕剛が一部のアナキストに注目されているらしい。日本酒。クイズ。マグロの卵黄漬け。同期がギターを弾く。歌をうたう。ジェスチャーゲーム。テーマ「格言」と「映画」がむずかしい。瓶ごと熱燗。古着屋に戻り、スラックスを買う。魚屋の前で猫が地面をなめている。コンビニの前に人だかりができている。同期の家に戻って、着替えをもらう。なまけに「日記」を書いてみないか提案する。なまけがベッドの脇に座って今日の「日記」を書く。帰り際に送ってもらう。添削する。向こうに行ってもたまに書こうと持ちかける。

退職届を書く。上司に提出する。上司からさらに上のほうに回してもらう。上のほうから退職届ではないと言われたと上司に言われる。退職届と退職願はちがって、退職届は被雇用者から雇用主にたいして一方的に通知されるもので、退職願は被雇用者と雇用主とのあいだでの合意にもとづき被雇用者から雇用主にたいして提出されるもの、ということらしいんだよね、ほんとかよ、っておもうけどね。あと会社の規定上、退職日の一ヶ月前の日付で出さなきゃいけないからそこも修正してもらえると。

退職願を書く。上司に提出する。上司からさらに上のほうに回してもらう。上のほうから文面を修正してほしいと言われたと上司に言われる。退職願は被雇用者と雇用主とのあいだでの合意にもとづき被雇用者から雇用主にたいして提出されるものなので、被雇用者から雇用主にたいして一方的に通知される退職届ではなく、被雇用者と雇用主とのあいだでの合意にもとづき被雇用者から雇用主にたいして提出される退職願という趣旨にのっとって文面を修正してくれ、ということなので、よろしくお願いします。

退職願を書き直す。上司に提出する。上司からさらに上のほうに回してもらう。上のほうから応答はないので受理されたとおもう。別のルートで人事から、退職手続きを進めるにあたって確認事項があるとメールが届く。退職手続き書類の送付先、社会保険料と事前支給された通勤費の精算方法、住民税の徴収方法、転職先の有無（転職先がある場合は転職先への入社日）、引越し予定の有無（引越しする場合は転居日と転居先の住所）を聞かれる。退職手続きは書類の授受でおこなうため、書類の準備ができたら送ります。

メールの返信で確認事項に回答する。回答結果を受けてまたメールが来る。引越しされるとのことなので住所変更の申請をお願いいたします。会社と健康保険組合にたいしては書類の提出、労働組合にたいしてはメールでの連絡となります。提出先及び連絡先は以下です。書類の様式を添付いたします。添付された書類の様式を確認すると、ハンコを押す欄が設けられている。セキュリティ上、添付ファイル付きの社内メールを個人メールアドレス宛てに転送することは許可されていないため、書類の印刷のために出社する必要が出てくる。

最終出社日も決める必要がある。返却するものは、会社貸与のＰＣ、会社が入っているビルの入館カード、社員証、健康保険証、など。処分するものは、自席の書類や文具類。あと引継ぎ資料の作成。いつまでに引継ぎ資料をつくるかを上司に連絡する。会社以外では、家具や家電の処分。不用品回収の業者に頼むつもりでいる。冷蔵庫、電子レンジ、炊飯器、洗濯機、ベッド、など。どれも10年近く使っていてそろそろ買い替えどきだったというのもあり、処分。掃除機も処分。買ってから2年もたっていないのに吸引力が落ちていて使いものにならない。

不用品回収の業者に連絡する。いちど下見にうかがうので、そのさいに回収日を決めさせてください。最終出社日と重なる可能性が出てくる。ＴとＳに連絡する。回収の立ち会いをお願いできますか。２人には出国当日に空港まで車で送ってもらう約束もしている。いけるよ。Ｙ（Ｍさん）が出国するときも車で空港まで送ってもらった（あのとき寝坊して来られなかったＨも今回は来てくれるらしい）。いつもとてもありがたいとおもう。まだ確定ではないけどお願いすることになったらお願いします。

引越しのための荷物を整理する必要もある。本と服。引越し先に持っていくものと持っていかないものを選ぶ。どれも処分できるものではないので、持っていかないものは国内の倉庫を借りる。なんとなく決めているが細かいところで悩むとおもう。書き出してみる。

・『エチカ』
・『スピノザ『エチカ』講義』
・『動いている庭』
・『2666』
・『砂時計』
・『死者の軍隊の将軍』
・『墓地の書』
・パーカー（crepuscule）
・ニット（Yves Saint Laurent）
・半袖シャツ（AMI Alexandre Mattiussi）
・BDUパンツ（STORY mfg）
・ロシアントレーナー（REPRODUCTION OF FOUND）
・オランダ軍のライナーコート

このあいだの服の交換会で手に入れたものが記憶に新しい（うれしい）。酔っ払って書けなくなる。メールが来る。社内で立食パーティをしたときのお酒があまりました。ご自由にお持ちください。数は少ないので先着順とさせていただきます。出社する意欲が高まる。

みんなで酒を飲みながら『激動の昭和史 沖縄決戦』をすこし見る。ガマを見にいったときのことを思い出す。ひめゆりの近くのほう（伊原第一外科壕）。自分がエレベーターや新幹線や高いところが苦手だからということ以上になにかあるとおもう。平和記念公園から見た摩文仁の崖、辺野古ゲート前まで歩いた道の両側をかこんでいるフェンス、嘉手納基地のなかに入れるレストランシーサイド。家に帰ったら続きを見る。ゲップをして昼に食べたカレーをおもいだす。日記を書き終えてぺいちゃん（鈴木一平）に送る。今日も服を買った。

12月20日（日）　埼玉・飯能　宮尾節子

私のことばに、私が隠れないように
と願う。

じゅうせいこそ
きこえないが
ちはいってきも
ながれてないが

いりょうは
ひっぱくし
げんばには
ついに
じえいたいがはけんされた

じゅうしょうしゃの
かずはひび
さいたをくりかえし
ししゃのかずも
ふえるばかり

けいざいは
しんこくなだげきを
うけ
でんしゃでは
じんしんじこが
ひんぱつし

じしゅくに

じじょに
じこせきにん
そう。
きょうせいは
しないが
ようせいはする

ふわっと
せなかをおされ

ころなのししゃ
より　ついに
じさつりつがうわまわった

わるかったのは
わたしです　か。

そう。
せんそうをしないためには
せんそうということばを
ぜったいに
つかわないことです

そう。

ふわっと

国のことばに、国が
隠れないように、と願う。

＊

この冬はラニーニャ現象とかの
影響で厳冬になる予測があたったのか。
大雪で立ち往生する関越道での、白い雪に埋もれて
長々と続く車の列をテレビで観た。

二日間も狭い車内で、人々はどんな思いで過ごしたのだろう。
そんな災難に思いを馳せながら、寒いのでマスクを二枚重ねにして
今夜はあったかい鍋だ、鍋だと食材の買い物に出ると

この大寒波のなか、おまけに寒風吹き荒れる夕暮れ時の
駅前でひとり立って、フォルクローレを演奏する濃い顔の青年が居る。
まじか、と驚いた。
手を震わせながら、ケーナやサンポーニャとアンデスの楽器を

取っ替え引っ換え、演奏している。
アンデスの笛の音色は、吹き渡る風の音色に似ている。
寒い師走のまちで、わたしはたちどまって、
南米からやってきた、風の音色を
聞いた。今を、聞くように。

暖冬のときの、エルニーニョ現象
厳冬のときの、ラニーニャ現象
異常現象とともに、日本にやって来る不思議な響きのことばは
ともに、南米生まれのことばだ。

スペイン語で、エルニーニョ（El Niño）は男の子。
ラニーニャ（La Niña）は女の子。
暖かい冬の男の子と、冷たい冬の女の子。

２０２０年12月20日、すでに第三波を迎えた日本の、新型コロナウイルスの感染拡大の波は、過去最多を日々更新し、東京都の感染者数は三日前に８２２人の最多を出した。重傷者も増え、医療は逼迫している。

日本の埼玉の飯能の駅前の師走の夕暮れの寒風吹きつける駅前で
今夜の鍋の食材費の一枚を目の前のプラスチックの箱に落としてわたしは
南米の青年に、リクエストしていた。
コンドルを、と

コンドルを飛ばせと
高く高く、遠く遠くへ。

どうか
コンドルを飛ばしてくれ
その笛の音で。

12月8日。防衛相は新型コロナウイルスへの対応で、自衛隊に「医療崩壊の瀬戸際にいる」とする北海道・旭川市への災害派遣命令を出す

12月21日（月）東京・神宮前　川口晴美

冬に生まれたからといって
寒さが得意なわけじゃない

それでも今日は
乾ききってガラスのように張りつめた東京の青空のかわりに
暗い湿気をたっぷり含んで垂れ込める日本海側の冬雲が
恋しい
轟くような重さに煽られる体を海辺まで運んで
荒れ狂う波を見つめて立ち尽くせば
いつだって体の奥底から獣じみた力が湧き起こってきた
あの水がほしい
増えたり減ったりする数字に無感覚になっていく自分がゆる
　せない
咳こんだり発熱したり死んでしまったりするひとじゃなくて
数字だけが残っていく日々を洗い流したくて蛇口をひねる
おとなしくやってくる水と
流せない矛盾に
冷えて
なんかさあ冬眠できる獣だったらよかったのにね
みんなで冬眠できたらいいのにね
やっかいな感染症が乗りモノを見失ってあきらめるまで
いまは寒いし
いろんないみで寒いし
今日は冬至
最も死に近づく日なのだから
かたくてやわらかな土に包まれて死のとなりで
眠る

ゆめをみる
週末の詩の講座であるひとが
〈かわいた器を戸棚にしまう〉
〈器の位置はおおむね決まっている〉と
詩の行をつくってくれたこと
思い出す
ゆめのなかで死のとなりで
わたしの位置もきっとおおむね決まっているだろうから
かたくてやわらかいその位置にあてはまっていく
荒れ狂うことだってできる獣じみた力を
球状にまるめて抱き込む姿勢で
やがてあたたかいものになるまで
冬の水のように閉じ込めた呼気を巡らせている

この日、日本医師会など9団体は、このまま新型コロナウイルスの感染拡大が続けば感染症だけではなく通常の医療が受けられなくなり「医療崩壊」を招くとして、「医療緊急事態」を共同で宣言した。

12月22日（火）東京・小平　田野倉康一

新しいアクリル板が配られ
カウンターに設置された
今度のやつは背が高く
下の開いている部分が広い
台帳や図面を囲んで業者さんとの打ち合わせをするための高
　さだ
秋口から不動産がよく動いている
最初はコロナで手放す人が多いのだろうと思っていた
しかし、実際には建て替えが目立つ
相続が多いのはコロナ関連かもしれない
何を考えるにもコロナを考えている自分がいる

仕事を早退して
旧知の若い彫刻家たちのグループ展を見に行く
コロナだから
これで最後だ今年の展覧会は

切れてゆくものを追って
追いきれない自分がいて
切れてゆく自分を切り刻む
ように刻まれた
モデリングされた
接着された撮影された
動かされた
ものたちの間に
ただボーッと「彫刻」を見ている
ボーッと見ている
何も考えることなく
何かを見ていることは難しい
それを可能にする
永畑智大の彫刻は
凄い

永畑さんとマスクごしに語り合い
ツーショットを撮って

ほら穴のような孤独のなかへ
帰ってゆく

「孤独」なんて言葉を当たり前に使うようになるとは思ってもいなかった。「美しい」は意図的に使うけど。このころになると、コロナ下でのアーティストたちのハンパない覚悟が良くみえてくるようになった気がする。もともと覚悟のあった人たちである。その上の覚悟は想像を絶するが、うまく表現できない。

12月23日（水）　千葉・市川　　柏木麻里

新型感染症について見聞きする
頻度の高い言葉は
変わってくる
このところは「曜日最多」という
去年の今ごろ聞いたら
まったく訳がわからなかったであろう言葉
そして「ワクチン」

ワクチン、がどことなく底光りしてこわいのは
ウイルスよりもなによりも
人間たちの気配がするから
持つものと持たざるものという音が
「ワクチン」の語の響きの中に揺れているから
さぁ、またあたらしい闘いがはじまった
そう感じてしまう、耳の中で耳を澄ましている私
光明であり助けの糸であるはずのものなのに

棒グラフの第一波と第二波のスケール感を比べて
こわいと思ったが
今まさにいる第三波は、ちょうど倍々くらいの大きさを現わ
　しつつあり
この、第一波の山が小さく見え、今や第二波の山まで小ぶり
　に見えつつある
大きさよりも、その小ささが
こわい

とはいえ
例年
年末にはすでにあちらこちらに春の色が兆していることに
今年も気づかされている

私の場合、本当に「冬」に打ちのめされるのは
10月の終わりから11月にかけて
冬そのものはまだどこにもいないのに
長い夏がもう終わったことを思い知らされる季節が
いちばんこたえるようだ
紅葉？　そんなさびしいもの何がいいの？　と思っていたが
実際に遅い紅葉がたけなわになると
そのゴージャスさに歓声をあげ
真っ赤な紅葉を見上げて
くるくる回る
ここにはなにも死んでいない
衰えていない
植物に色があることの豪勢さが傲岸なほどにゴージャスにき
　らめいているのだ

夏のほそい残響が長い尾を曳いていた
それがふっと消えた瞬間を
生き延びれば
また私は生命の魔術にやすやすと嵌まり
幸福の肉と光と甘みを噛み締める
そのようにつくられた生きもののひとつであることを
噛み締める

12月24日（木）　東京・杉並　　峯澤典子

よいお年を

そのひとは改札で別れるとき　そう言った
つぎに会えるのはいつだろう

おつかれさま
ありがとう
どうぞお元気で
たくさんの言葉のかわりに
よいお年を
とだけ　わたしも返した

家に帰ってパソコンをひらくと
海外に住むひとから
よいクリスマスを！
たくさんのくちづけをおくります
というメールが届いていた

くちづけを、という言葉から思い出したのは、フランスの詩人、ポール・ヴァレリーの『コロナ』。冠、という名を持つこの詩集には、詩人が六十代の後半から亡くなる直前まで、三十二歳年下の最後の恋人に送りつづけた詩が収められている。
彼は詩のなかで、若い恋人が彼の額にふれるその両手とくちづけで描く輪を「コロナ（冠）」と呼んだ。

「あっ、きみの両手だ。ひんやりとさわやか、花びらのよう、ぼくの額には断然これ、他のどんな冠《コロナ》ももう考えられない。私の精神も明晰だったはずが、さすが「愛」に包まれると、涙のみなもとの優しい影に惑乱するよ

（…）

きみの両手のあいだにあるものにキスを、キス一つのルビーで
ぼくの王冠が完璧になるのだもの、きみを愛する額にキス

を！」
（松田浩則・中井久夫訳「ナルシサへのソネット」より）

二十年という詩作の中断ののちに、愛するひとのために書かれた詩は、読むこちらが戸惑うほどにみずみずしく。このまばゆい花の冠は、その数年後のふたりの破局と詩人の死によって壊れてしまうのだから。かなしいくらい甘い。

いま地球の額を覆う冠がはずれたときに
この地上できっと交されるだろう
無数のくちづけのかわりに
今夜
一通のメールを送るひとのもとへ
たったひとつの
言葉を

どうか
よい年を

『ヴァレリー詩集 コロナ／コロニラ』（松田浩則・中井久夫訳／みすず書房）より引用。

12月25日（金） 神奈川・横浜　新井高子

ふゆは　ふゆ
ふゆ　ふる　ふゆる

よわい　よわい　おひさまが
とうとう　しんで
もういっぺん　うまれる　とき
そうして　ひかりの　ふゆる　とき

きりすとの　たんじょうびは　わからない
ほんとうは　かいてない　ばいぶるに
だから
きょう　なのさ

おひさまの　ふえよう　とき
きたかぜの　うまごやで
おぎゃあ　とさけべば

ふに　おちる
ふゆに　おちる
かみの　こ
ひかりの　こ

ほら　きょう
ちいさい　ちいさい　かみのこが
ふって　ふゆって　きれいだね
かんむり　かがやく　かぜのこたちも
ふって　ふぶいて　きれいだね
せかいじゅう　あらしの　しぶきさ

きれいだよ

まっかっか
のどの　おくまで　まっかっか
よわい　よわい　ひとのこも
ふぶかれ　しわぶき
うまれて　しんだ

たのしいクリスマス
まいにち　たのしいクリスマス

聖誕祭にメルヘンをと思ったが、イヴには、神奈川県知事から一月上旬に医療崩壊というプレゼント。コロナは「かんむり」の意。

12月26日（土）　東京・冬木　　カニエ・ナハ

12日前の引っ越しのとき、見積もりだと１００箱ほどといわれていた段ボールが、実際にやってみたら３００箱になり、作業は朝の9時から22時近くまで及び、引っ越しやさんにたくさんの応援要員と、追加の段ボールを調達させてしまった、その３００個の段ボールがまだ半分以上未開封のままで残っていて、探す本がことごとく見つからない、逆にいうと探している本を見つけることだけが段ボールを開く推進力にはなっていて、昨夜は東京でたぶんいちばん高いところ、というか二番目くらいに高いところ、というのは一番高いところは値段も高いから、（しらべたら、一番高いところが４５０メートルで、二番目が３５０メートル）そこにいて、そこでスマートフォンを落としてしまったのだった、さいわい３５０メートル下に落下させたわけではなく、たかだか1メートルくらいのところから、つまり３５１メートルから３５０メートルのところへ、そんなことはままあるのだけど、今回はうちどころがわるかったのか、あるいは1メートルから0メートルへ落とすよりも、３５１メートルから３５０メートルへ落とすほうがダメージが大きいのだろうか、タッチパネルがうごかなくなってしまった、画面の左から下へきれいに直線に斜めに、一本の亀裂が入って、分断された、その１／４ほどの狭いほうの領土は反応をする、残りは反応しない、別の領土になってしまった。その塔が新しい家の玄関をひらくと目にそびえている、昼間はそんなに変わらないが、夜になると夜ごと光の色が異なる、それだけで街の空気が違ってみえる、こちらからあちらが見えるということは、あちらからもこちらが見えるということだとおもい探してみるが、見つからない。よすがとなるものがない。よすがなのだとおもう。十数年前の展覧会のチラシなどがなんぜんまいとかあるせいでそれもまた段ボールを増やしている。捨てればよいものの捨てがたいのは、一瞥しただけで、多くを思い出すことができる。展示のこと、そこにいたる路。ときには季節。その前後のこと。もはやチラシではなく把手である。失えば抽斗を二度とは開けることができない。それでその対処法などを考えたり調べたりしなければならなくなり、今日の昼過ぎからの仕事までに用意しなければいけない作品の制作が遅れ、睡眠時間が削られ、10時半の開店に合わせてスマホの修理屋へ行くと、部品がないので直したければ同じ機種を中古で手に入れてくださいと言われる、古い身体を新しい身体に入れ替える、それで12時からは遅刻したサンタみたいな仕事をして、そのあと新しい身体を手に入れると、楽しみにしていたこの空気の日記のZoom忘年会が始まってしまっている。帰路の乗り換えの東京駅で途中下車して、丸の内イルミネーションのところ、丸ビルの前の、通りと垂直に置かれているベンチを陣取ると、一時間遅れで参加する。静岡の詩人と大分の詩人が参加していて、東京の詩人は最近三重に行ったといい、東京と静岡と大分と三重の空気の違いについて空気の詩人たちが話をしている。20時になるとイルミネーションが消えて、光が消えると空気が変わり、屋外の私がコロナにならないようにと会はお開きになる。そもそも、家のベランダの前のお気に入りの木がある日突然切り落とされた、なによりそれが気にいらなくて引っ越すことにした。引っ越す直前、家から駅までの道の、高速の高架下の小道の林の木々がある日突然ことごとく伐採された、今日は公園の木も切り落とされてしまい、木々が切られた匂いばかりが夜の空気のなかにひろがり、肺のなかにしみいり。

「全世界からの外国人の新規入国　28日から1月末まで停止　政府」（ＮＨＫ）

12月27日（日）　静岡・用宗　さとう三千魚

昼前に

女は
車で

エアロビに出かけていった

Go Toは停止しても
感染者と重症者の増加が止まらない

ようだ

予約していた笠井叡と
高橋悠治の今日の天使館〝ダンス現在vol.18〟はキャンセル
した

モコとふたり
朝から

ソファーで
録画していた映像を観ていた
イタリア西部劇のメイキングと
阿部定のドキュメンタリーだったか
クリント・イーストウッドと阿部定は生きようとしたのだろ
う

ＴＶは消して

居間と仏間と寝室に

掃除機をかけた
年賀状をプリントした

夕方
モコと散歩した

西の山際は明るくて群青色の空に月はにじんでいた

もうすぐ
今年

終わる

この世は終末に見えるがまだ終わらないのだろう

ひとびと
生きようとしている

二階の書斎の窓の障子を細く開けて西の山やその上の青
空や白い雲を見ている。
こんなことばかりしている。

12月28日（月）　北海道・札幌　三角みづ紀

ずいぶん長く眠っていた
雪が降りつづいていた
行為として胃におさめた

眺めていた
しらじらしく声をだした
希望を摂取したらすぐに消えた

受けとめたら走った
横にわたすものは
わたしの景色になった

増えていく水滴
乾いていく部屋
窓枠を額縁にして
そとでおきることは
映画になって流れた
エンドロールに名前がない
どちらかにしてほしい

きみが毎日
わらうから
なんとなく
過ごせていたよね

ふるえる指が
降りつづいていた

12月29日（火）　沖縄・那覇　白井明大

四月四日に書きはじめたとき
こんな年の暮れを
想像していたっけ？
と思い出そうとしても
うまく思い出せない

秋冬に第二波が予想される
というのは春から聞いていた気がする

どれほどのことが起こるのだろう
と思ってみてもうまく想像できなかったけれど
じっさいその場にいま身を置いてみると
今日は

新しい詩集の
いくつか先にできあがった分を
予約してくれたひとや
秋に世話になったひとや
親しく付き合っている知己や
実家の父母に送った

昼は
米粉とトウモロコシ粉をまぜた
パンケーキ?トルティーヤ?を
きみがホットプレートで焼いてくれて
家族三人で食べた
なかなか焼くのに時間がかかって
焼き上がったら固い生地で
シーチキンやアボカドやキノコやレタスをのせて

どれほどのことが起ころうと
できる仕事があればしたいし
食事時にはちゃんと食事をしたい

郵便局まで出しに行った帰り道
近所にある泡盛の蔵元で
これは正月用にと
十五年ものの甕仕込みの古酒《くーす》に
二十年ものをブレンドしたという触れ込みの
ここでしか買えないとっておきの小瓶を一本買って
細長の紙袋にぶら提げて帰った

夜は
香川に住む友人と
久しぶりに電話で話した
ぼくが吉祥寺に住んでいた十年前は
向こうも国分寺に住んでいて
そういえばいまごろは
よく公園口の飲み屋で飲んでいたっけ

今年の春にだって
この冬の状況をうまく想像できなかったのに
まして十年前のぼくなんて
ほんのこれっぽっちでも今日の日のことが脳裏を掠めたはず
　ないのだけれど
２０１０年と２０２０年とじゃ
ほとんど何もかも変わったんじゃないかって思うぐらいだけ
ど
電話でちょっとしゃべっただけでも
やっと話してるときの心持ち、て
あのときもいまもあんまり変わんないなあ

（近くの　目の前の
理不尽なことばかりを見ていると
だんだん心が縮こまってしまいそうなときは
うっかりすると忘れてそうな
たいせつな　場所や　時間に
思い馳せてみても　いいのかもしれない
心の平衡感覚をとりもどせるように
じぶんがどんなのんきな場所に
ほんらい居られるはずなのか
ちゃんと思い起こせるように）

そういえば
四月じゃないけど
三月になら沖縄の新聞に書いたっけ

――検査が不十分では無自覚の市中感染者による見えない感染拡大を招きかねませんし、感染の実態すら把握できません。

とか

――私たち自身が人間の価値を低めることが、いまの日本社会の人命軽視を許しているように思います。

とか
食卓でこれを書いていたら
子がやってきて
ぼくのノートパソコンの
右手のひらを乗せるところに
バーバパパのシールを貼ってった

「時評２０２０　詩」（『琉球新報』３月24日）より

12月30日（水）　東京・西荻窪　田中庸介

年の瀬はパンデミックにもかかわらず
例年通り年賀状を出すことになっているのですが
思いもよらなかった後悔のはじまりをこれが生みだすのである。
名簿というのがいまは京大式カードではなく
コンピュータに入っている、
マイクロソフトエクセルのどうということもないブックである
それをチェックすることが一苦労。

まずはモチューのはがきを全部チェックして
もももももも
と、ことしの列に書いていく。折角おことわりをいただいた
　方に出したら大変だから。
次に、是非出したい人をセレクションする。これがさらに一
　苦労。
1という字を打ち込んだ行の方々だけに出す。
すなわち足し算すれば一瞬で、いま出した枚数が自動計算で
　きるようになっている。
まあ大体この年齢になると人間関係が固まってくるから
去年に出したヒトの列をコピーして
それをもとに若干を出し入れするだけでもおそらく間違いが
　ない
住所変更はすでに記入済み（ということになっている）ので
宛名リストを印刷して打ち出す

さあここからが大変で
はがきの裏面は印刷で妻が仕上げてくれているのだが
表面は手書きを旨とするので
一日三時間ずつ四日間かけて住所を書きます
実にまだるっこしいがそういうことになっている

日本全国の丘や谷にお住いの
方々の住所。
札幌や京都のような碁盤の目になっているところはめずらし
く
たいていは
町や村やニュータウン
のどこか、そして枝番。
マンションの名前まで書いたほうがよいかについては議論が
あるが
レイアウトの難しさを別にすれば
確実に届けてもらうためには書いた方がよいに決まっている
しかし難しい。

そしてこのひどい文字を何としよう——。
手書きでこんなにたくさん文字を書くのは
一年にこの一回のことだから
何年繰り返しても上手にならない。ごまかし方が多少うまく
　なるだけだ。
ペン習字の草書体を念頭においているのだろうということは
　わかるけれど
何かそれとは似ても似つかない。みみずがのたくっている。
あきらかにカタギの人の字でないことがこれでばれてしまう。
　ような文字。
間違えたら間違えたなりに白い修正テープで修正。
さらに思いついたご挨拶を左にぐじゃぐじゃと書くのだが、

これもほとんど読めない文字になってしまうことが多い。
読めない。
しかしそれでも、手書きで書きたい。
年賀状は手書きにこだわる。
手書きで相手の名を書かなければ伝わらない。
という意識にとらわれているのである。
肉声の朗読にこだわるように。

それで、
そういうことで、
数百枚の賀状をまあなんとか出したとしましょうよ。
ほっとするのもつかの間、
明けまして、つまり正月を明けるとすぐ、五月雨式に
今度はきちんとそれと同じだけの枚数の賀状が到着するのである。
賀状や賀状のご返事をいただくのは大変うれしい。だから
どんどんいただければと思うけれども
名簿の整理。お年玉くじの当選確認。
出さなかった方に
早々のお賀状有難うございました。の返礼。
だがこれらに使える時間が日に日に取れなくなってくる。一月は
年末年始休暇でたっぷりお休みになった方々が
その間にさまざまな問題を考えあぐねて投げまくってくる。
だから当然忙しくなる。
個人の事務に使える時間がほとんどなくなる。

そういうことで
中途半端に整理された
賀状の束が、便利なはずのつやつやした
壁掛け整理ポケットに
人知れず
忘れられる。

だが、それでもなお——。
収納されたはがきは、永遠にそこにあり続ける。
静かにこの部屋の壁で存在感を失ったまま、
われわれと一緒にめでたく一年を
過ごすのである。

日本政府の大臣は、年末年始は家族とだけ過ごすよう、この日ツイッターで国民に呼びかけた。創作ケータリングおせちを注文してみたが、ほぼすべての料理にスパイスがすごくきいていて圧倒された。

12月31日（木）　東京・調布　　山田亮太

深大寺まで徒歩で行く。
分散初詣を推奨するこの寺は2月14日（旧暦1月3日）まで
を三が日と同様のご利益がある期間としているらしい。
おみくじを引くと「生死《いきしに》は十に八九死《し》すべし」と出る。
2020年が終わる。

例年は正月三が日に約二十万人が深大寺を訪れている。

1月1日（金） 福岡・博多

石松佳

夜、雪が降った

ひとりで
6階の自室の窓から見ていると
風が強いから
時折、
雪は下から上に
地面ではなく
夜の空の方へと
あるいはもっと上へ
舞い上がった
その光景は
美しいが
何かに抗っているようであり
何かに届こうとしているようにも見えた

この雪を正視しながら
新しい年を迎えようと思った

1月2日（土） 大分・耶馬溪

藤倉めぐみ

大つごもりとともに
冬の空気が適切に訪れて
雪の降る山の中で
積み重なった松葉を掃いた

我が家の墓は山の中にある
落葉を整えて
吐くだけで吸ってもらうから
墓は嫌いではない

健全な寒さがやってきて冬支度に勤しみ
ぬくまった布団から出た頭だけが冷える

闇に白い呼吸が浮かぶ冬を
冷気にさらせば血がうごめく冬を
嫌だと思ったことがないから
きっと好きなんだろう

密という字が広く擦りつけられたのは
年が切り替わる前の昨年で
密接の字が飛び交っても

手垢にまみれていることのように思うのに
密やかさが広まったのであれば
面白さを感じている

密の字の由来は霊廟に武器を置き
安寧をひそかに祈っている姿から来ているらしい

密やかさを武器に
つなぎたい手をつなぐ術を覚えて
つきたてのおもちを食べたがる君の手を握る

手足を縮こませることが適応することで
誰かの為すことに喜ぶ範囲も狭まる
全ての後に
しかたがないとつきそうになるが

鳥が眠るように
花が落ちるように
道が凍るように
その通りになることを見つけることなんだろう

唇の前に指を立てる
縮こまった手足は失われていないし
キャッチボールの陣地もなくなっていない

春に小学校に上がる男の子が
「緊急事態宣言が発令されました」と元気よく言い
黄色の折り紙で作ったメダルを配っていた

東京都、埼玉県、千葉県、神奈川県の1都3県の知事は政府に緊急事態宣言の発出を速やかに検討するよう要請した。

1月3日（日）　東京・目黒　覚 和歌子

グレゴリオ暦というヒトに不調和な太陽暦が
元旦を連れてきても
わたしたちの身体は まだ
去年にぶら下がっている

感染がピークをむかえる中を
夫が初席に出かけていく
　観客は集まらなくていいんだ
　誰も出かけないに越したことはないんだから

寄席には年中無休という矜持があるらしい
（3・11の時すら休まなかったのだから夏の中止は前代未聞）
緊急事態宣言も再発出かというのに

高座があるならそこに座るよ
辞するという選択があってもしない
遣わされた地点で
そのときできることを

縁起ものという言葉では足りない
笑いを祓いにしたいひとたちが
不安じゃないものでむすびつく
とどこおる息がマスクの中で爆ぜる時
そのつかの間にやどる
予言通りの
あたらしい青空

紋付袴にインバネス
ひるがえす裾が
風を起こした
不穏の包囲を
散り散りにするための

1／2 一都三県が政府に緊急事態宣言発出検討を要請。
初席は正月十日までの寄席。

1月4日（月） 横浜・久保山　四元康祐

知事らは政府に
宣言の検討を要請したのだそうだ。
政府は専門家の
意見を踏まえるのだそうだ。
一方で政府は知事らに
要請前倒しの対策を要請していて
各知事も応じる構えを見せているという。

不思議の国の日本へようこそ。

誰が誰に
何を求めているのか、
求めた者と応じた者のどっちが
決めたことになるのか、なぜ宣言ではなく
宣言の「検討」なのか？

いや、そもそも強制力のない「宣言」って何なのだろう？

「人間宣言」
のようなものだろうか。
それとも「春の交通安全宣言」の方が近いか。

どちらにしても「法律」ではないという点では同じで
強制力がない代わりにそれを拒否したり
承認したりする術もない。

歌のように、空に向かってただ詠みあげられるだけの言葉た
ち。

ひらひら、はらはらと
舞い散ってくる暗黙の花びらの下で
男と女が
生まれたまんまの
白無垢の無名性にくるまれて抱き合っている。

ウイルス一粒すら
もぐりこむ余地もないと言わんばかりに
肌と肌をぴったり重ねて。
肋を軋ませ。

男の胸に顔をうずめて
うっとりと抱かれているのが知事で
仰向きに薄ら笑いを浮かべて
小鼻をひくつかせているのが政府だなんて想像するだに
身の毛がよだつが

案外、そのどちらかが
（ことによっては両方ともが）自分だったりするのかもしれ
ない。
汝、自身を知れ、は難しい。まして、
しっかりと目を見開いて
自分で自分の寝顔を眺めることは誰にもできない。

花びらに打たれるごとに
ふたりの柔肌に真紅の痣が咲いてゆく。

床の間で、死は、
冷たい汗をかいている、
去年の売れ残りの柿の実みたいに。

愛欲と腐食の入り混じった
なんとも言えない匂いが胎児のように育ってゆくが

障子を開けても、窓は嵌め殺しだ。

1月5日（火） 東京・神楽坂

ジョーダン・A・Y・スミス

昨年の間に溜まった静電気は
バチバチッと
世界規模の摩擦が立てた轟音に

それで聞こえなかった真実は
パンデミックのせいにした虚脱感

避雷針になってくれた一月一日
と
睡眠の天才にしてくれた
二日、三日、四日、そして五日

1月6日（水） 神奈川・江の島

永方佑樹

月日を病に射抜かれた2020年
希望の2021年へと
人々が座を移す年末年始に
東京では感染者が
1000人を幾度も超えて[※1]
今日は過去最高の1591人
だから明日
2度目の緊急事態宣言が出る[※2]

私たちは知っている
きっとふたたび
あらゆる言語の強権が
私たちの不屈を
手ひどく挫いてゆくのだろう
剪定されてゆく
とぼしいラングの中で
私たちはふたたび無口に還ってゆくのだろう
そうしていつしか諦めを
うつくしいと詐称するのだろう

（幾度も見た
それらは波のように
とおいところからやってきて
冷笑に出迎えられては
音もなく姿を崩していった）

私たちはこれからも
生き続けなければならない

生存のために
家にこもらなければならない
だけど私たちは
労働しなくてはならない
家賃を払うため
食費をまかなうために
明日も明後日も来週も
ひそひそ外に出なくてはならない

※1　東京都は大みそかの12月31日、都内で新たに１３３７人の新型コロナウイルスの感染を確認したと発表。はじめて１０００人を超え、これまで最も多かった26日の９４９人を一気に３８８人上回った。

※2　菅総理大臣は1月5日、東京、埼玉、千葉、神奈川の1都3県を対象にした、特別措置法に基づく緊急事態宣言を7日に発出する方針を明らかにした。

1月7日（木）　福岡市・薬院

渡辺玄英

もうすぐ雪が降る
わたしの
半分は嘘で　他の二割は信じられない
そして残りは
自分にも（わからない　ことばかり

それを聞く　あなたにとって
わたしは　あたることのない天気予報
声は　三分後には　忘れられている（だろう
未来はいつも　雪が降るか　降らないかに　分かれていき
あとは　震えて　遠い夕陽や　無機質なＬＥＤの
光に（かくれてしまう
もうすぐ雪が降る

北の国では
いま　猛烈に雪が降っている
という　知らない人の声
けれどここでは　そんなことは（わからない
わかっているのは
もうすぐ雪が降る　と呟いているわたしが
もうすぐ降る雪を　まっているのか　まっていないのか
と　いうことだけ（うそだけど

もうすぐ雪が降る

マスクで顔を半分隠して
肺からの　呼気で　声帯を震わせている
（五秒に一、二度　まばたきして
自分の声の　波長がいつも　よそよそしくて
だからもう一度　ちいさく呟いて
もうすぐ雪が降る　の間の
不連続の隙間にだけ
わたしはいる

頑張れないよね　これ以上
ずっと窮地を　耐えてきたのに
逃げたくても逃げる所が　地球上にはないのだから
やっぱり通過する　列車に引き寄せられるのって　怖いよね
死ぬつもり　なんかないのに　引き寄せられて
勝手にからだが　前にすすんでいくの

もうすぐ雪が降る
だれも聞く人はいない
もうすぐ雪だけど

大寒波が来た。福岡も大雪になる。一方、国内のコロナ新規感染者は過去最多を更新。今日にも二度目の緊急事態宣言が発令される。大寒波とコロナ禍、二重の包囲の中、〈私〉も〈未来〉も不定形に揺れるばかり。

1月8日（金）　東京・つつじが丘　河野聡子

TOLTA『新しい手洗いのために』（２０２０年11月22日発行）の特設サイト
https://spark.adobe.com/page/Pga8Tqgk03Ajt/
記載の文章（２０２０年11月記）に修正と追記を施す。

新しい手洗いのために

２０２０年1月以来、世界史に残る全人類的出来事となった新型コロナウイルス感染症によるパンデミックは私たちの生活を大きく変えました。２０２０年4月から5月の「緊急事態宣言」の直前から、私たちは仕事や生活のありかたを変えざるをえなくなり、今ではこの感染症に適応した「新しい生活」を呼びかける言葉があちこちに掲示されるようになっています。

移動の自粛、在宅ワークの推進、三密を避ける環境をつくる、大勢が密集する場所ではできるだけ話をしない、大声を出さない。不特定多数の人に会う時はマスクをつけ、触ったものは消毒をする。感染症に対応するためのさまざまな方策がとられると同時に、日々、経済的・文化的な影響が積み重なっていきます。音楽フェスティバルや演劇、芸術祭、同人誌即売会、スポーツイベントなど、人と人が直接顔をあわせ、空間を共有することが前提となる祝祭が長期にわたり中止や延期となり、再開されても以前と同じようにはいかない。家の中からウェブの画面を通じて世界と向きあう時間がいやおうなく増えていく。全体的な変化（外出の際のマスクの装着といったこと）が、個人のレベルにおける変化（トイレットペーパーの数を気にするといった小さなことから、失業などで収入や身分を失うといった大きなことまで）と平行して起きていく。

これらの変化は同時に、２０２０年までに「できあがっていた」日本社会のさまざまな仕組みを目に見える形であらわにしたように思います。

私たちの暮らし――会社や学校や家庭や趣味の暮らし、そこにはもともとうまく機能していないことがいくつもあります。逆にとてもいい感じに働いて、私たちを豊かに、幸福な気持ちにさせていることもあります。生きるというのは、多かれ少なかれ、自分がおかれた環境に適応し慣れてしまう、ということです。豊かさにも貧しさにも便利さにも不便さにも私たちはすぐに適応し、自分がどんな仕組みによって生きているのか、生かされているのかに鈍感になります。

ところが「新しい感染症」は良くも悪くもこのような従来の仕組みを日々の生活で実感させるものでした。インターネットを通じたコミュニケーションや情報共有はこの感染症の影響で加速したとはいえ、私たちはまだ、新型コロナウイルス感染症によって生まれた「新しい社会」に適応できていません。

２０２１年１月、政治家の出席する会食には制限が加えられることが検討されましたが、政治家は政治家のあいだではルールを決められないと結論を出しました。会食を制限するルールを決めるなど、たとえこの感染症で急死した現職議員がいたとしても、できるわけがない。政治家には新しい生活様式など不可能だ。この社会では、政治家の判断する、人々の生活をまもるためのもっとも重要な決定は、夜子供のそばにいる父親や母親、ダブルワークで一日中働いている人々、介護のために家から離れられない人々が、参加することはおろか見ることも聴くこともできない、閉ざされた「夜の会食」で行われているのだから。夜の会食ができなくなれば、政治家は政治家の本分を達成できない。政治家は夜に生きる。政治家はけっして感染症にかからない。リーダーシップ！　リーダーシップ！

さて、私たちはこの状況のなかで、誰も否定しない本をつくりたいと思いました。

肩こりにはシップを貼るとよい。感染症対策には手洗いをするとよい。感染症および公衆衛生対策の基本は「接触の管理」にあります。そのための基本的な方法は「手を洗うこと」です。新型コロナウイルスCovid-19においては飛沫感染を防ぐためのマスクが重要とされていますが、はっきり目にみえる一方で顔の大部分を隠してしまうマスクの装着は、文化や体質によってなかなか受け入れられないこともあります。一方で、手洗いはほとんどの場合、目にみえません。手洗いは他人にアピールする行為ではなく、自分自身で完結する行動です。

多くの場合視覚優位な生き物である人間は、とかく、目に見えるものから問題にしがちです。しかし私たちの目は顕微鏡ではない。多くの場合洗った手も洗っていない手も私たちには区別がつきません。だからこそ私たちは、手洗いについて考えることにしました。

『新しい手洗いのために』は、手を洗うという行為についての叙事詩です。手を洗うためのハウツーであり、手を洗うことの歴史であり、手を洗うことの物語です。

1月9日（土）　東京・世田谷　　松田朋春

10月18日のメモに
「悲観には祈りがあり　楽観には黙殺がある」
と書いてあった
もう思い出しにくい
Go Toキャンペーンは大盛況で
人と会うにも気楽さがあった

年明けからあっけなく陽性者２０００人中盤
２０２１年がどんな年になるかを誰もが理解した

トランプがけしかけたとされる議会への乱入は
何度聴いても驚きがある
警官1名もなくなっていて死亡は5名となった
今日、トランプはTwitterから永久追放された
他方、すべて謀略だとしてこれを擁護する声を
知り合いがＳＮＳであげている
愛と自由と世界平和のために勇気をもって

コロナから回復した医師が
病状急変の恐怖と医療現場の逼迫を語り
また別の医師は

データを背景にコロナへの社会の過剰反応と
医療のミスマッチを説いている

緊急事態宣言のテロップはＮＨＫだけ
日経平均は発熱したように上がり続けている
責任を問われる立場の人が危機を叫ぶが
STAY HOMEという言葉は使われなくなった
もう家に閉じこもっていることはできないのではないか

緊急事態宣言の延長と東京五輪の断念が伝えられるころ
社会のあちこちで諦めが解禁されるだろう
その時の空気は何色だろう

瞼を押さえたときに現れる
明暗の幾何学模様のように
地と図が入れ替わり続けている
たえまなく
醒めない夢のよう
黙殺はもはや悲観のなかにあり
楽観は祈りの産物

1月10日（日）　東京都・高田馬場　鈴木一平

昼まで月曜締め切りの原稿と、三野新・いぬのせなか座写真／演劇プロジェクト「クバへ／クバから」の座談会の手直し。昨日の夜に久しぶりに偏頭痛を起こした。前兆があったので薬を探したものの、見つからなかったので近所の薬局に行った。飲みかけのコーヒーで薬を飲んで、部屋の電気を消す。じっとしていると、会社の先輩から仕事の指示が入る。作業を終えて、原稿も手直しもせずにそのまま寝た。

洗濯と昼食（富士そば・ビール・日本酒）。洗い終えて、体で乾かす。高校の同期から凧あげに誘われて、三鷹へ。三鷹SCOOLのビルの1階にあるおもちゃ屋でポケモンの凧を購入。近くの居酒屋で酒を飲む。前に行った武蔵野の森公園では凧あげが禁止されていたので、ワインとスナック菓子を買ってバスに乗り、武蔵野中央公園へ。凧をあげている子どもたちが何人かいる。凧を持って全力で走り、呼吸器が破壊される。ワインを飲んでいるうちに頭が痛くなってくる。

夕方には解散し、高田馬場へ。本屋で文芸誌を立ち読みしていると、隣にいた二人組（？）が、――来月の特集マーサ・ナカムラじゃん、という。驚いてふり向くと、今月の現代詩手帖を読んでいた。月曜締め切りの原稿を思い出して、暗い気持ちになる。夜に、イギリスに行ったなまけとMさんの二人と電話する。遅れて山本が参加。なまけは家でひたすら料理をつくっているらしい。向こうの時間は、午前10時を回ったところ。昨日は在留カードを取りに行った帰りに酒を買って年齢確認をされたという。昔から未成年に見られることが多かったけれど、29歳にもなって確認が入るとはおもわなかった。

――（作者）どこに住んでるの？

――（なまけ）ロンドンを馬場だとしたら、三鷹みたいなところ。

――（作者）マジかよ！

酒を買いに行って戻ると、なまけのうしろで、Mさんが椅子の上に立ってサックスを吹いていた。音量が大きすぎてなまけの声が聞こえない。向こうでも気になったらしく、しばらくしてフルートを吹き始めた。どちらもMさんの持ち物で、東京の部屋にサックスを置いて先にイギリスに行った。年末に羽田空港までなまけを見送りに行ったとき、なまけは荷物といっしょにサックスを持っていて、明らかに海外公演に行くサックス奏者にしか見えなかった。搭乗便のクルーにもサックスを持った男がいることが事前に共有されたらしく、ほかの乗客よりも優先して飛行機に乗せてもらって、――ふだんはどこで活動されているんですか、と聞かれたらしい。

1月11日（月）　埼玉・飯能　宮尾節子

花がなくなると
葉が赤くなって
葉っぱが散ると
赤い実をつけて

きびしいなかにも
少しずつでも
うれしいを絶やさない

草木の
自然に学ぶことは
多い

うつむいて歩く
冬枯れの小道に

ぽつぽつ
ともる
藪柑子の赤い実

ちらちら
のぞく
龍の髭の青い実

あ

と見つけた瞬間の
我を忘れる、たのしさ

ひと
と会わないほうが
いいから、できるだけ
ひとの道を避けて、歩く

あのひと
と会わないほうが
いいから、できるだけ
恋の道も避けて？　歩く

この道は
だれの道だろう

一都三県に
二度目の緊急事態宣言が出た
東京の感染者は３日連続２０００人を超えて
埼玉も５００オーバーになった

ときどき吐きそうになる
はねあがる数字の向こうに人がいる
そのことに想像が間に合わなくて

涙とか嘔吐は
きっと
からだの緊急事態宣言なのだろう

緊急事態にはことばも間に合わなくて
白いマスクに隠れて、おとなしく
春を待っている

＊

最多を更新する感染拡大・寒波による積雪被害と
重苦しいニュースが繰り広げられるテレビで
ひとところ、春の光が射すように
コロナ対策に成功している国として台湾
のことが紹介されていた

最年少で台湾初のトランスジェンダーの大臣
オードリー・タン氏の
ほっこりした笑顔を、画面いっぱいに広げて
ニュースキャスターにも笑顔は感染して
「台湾の政治家のことばには
血が通っている」と感想をのべた

日本と台湾のちがいは
なんだろう、と考えた

わたしを助けようとしたひと
と
あなたを助けようとしたひと
の
差ではないかしら

それとも、あなたの中に
わたしを見出せるひとと
そうでない、ひとの差かな

そうそう
タン氏が講演の最後に「わたしのだいすきな詩」として
紹介されていたレナード・コーエンのことばを
わたしの
新年のあいさつにかえて、ここに

「すべてのものには割れ目がある
　そこから光が差す」

分断をつなぐのは
ことばのひかり

＊

今年もよろしく。

1月12日（火）　東京・神宮前　　川口晴美

今日
東京に初雪が降ったらしいけれど
わたしは見ていない

おとといの日曜日はわたしの誕生日で
昨日の祝日は成人の日だった
コロナ感染者が急増している状況で成人式を開くのか、とか
出席して大丈夫なのか欠席すべきではないか、とか
せっかくの晴着を着る機会が、とか
論争もあったみたいだけど今朝の新聞にはマスクで着物姿の
　女の子たち
おめでとう
39年前のわたしは成人式に出席するという発想がなかったか
ら

少し不思議な気持ちです
役所が主催する式におとなしく招かれて並んで祝われるなんて
従順な工業製品として完成させられるみたいでいやだと思っていました
着物を纏うのは古くさい伝統に幾重にも体を縛られることそのもので
息苦しいと勝手に思って憧れたことは一度もありませんでした
遠いあの日
ふつうに大学のレポートのことを考えながら
午後の光射す西武線にゆられていた青くさいわたしを思い出します
――もしもあそこから何かをやり直したら
たどり着く今はこの今とは違っている？

そのわたしは今日の初雪を見るだろうか

おそろしい量の雪が積もっている映像が
ここ何日かＳＮＳを開くたびたくさん流れてくる
子どもの頃わたしも何度かそんな雪を見た
福井県小浜市で
朝起きると父が屋根の雪下ろしをしていて
道の両側に除けられた雪が積みあげられ白い壁のように迫っていました
学校へ向かうわたしは眩しくて寒くて何も考えていませんでした
――あそこまで戻って少しずつすべてをやり直した方がいい？
この今はあまりにも間違っている気がするから

初雪を見たかったわけじゃない

感染者数が１０００人単位で増えていくのなんて見たくなかった
間違っても謝らず責任を取らない政治家たちの跳梁跋扈も見たくなかった
言葉を雑に扱って歪ませる大人たちを見たくなかった
医療を受けられないまま死んでいく人を見たくない
――どこからやり直せばいいのだろう
1年あったのにほとんど何も対策されていないみたいだから
もっとずっと遡らないとたぶん無理だし
時間は巻き戻せないし
歴史改変はやっちゃいけない
知ってる
たとえループできたって今日のわたしは初雪を見ない
おめでとう
59歳のわたし

ここは緩やかな地獄です
いつか見たかったものを見るためにここから
やり直していけますように

この日、東京都医師会の会長が記者会見を開き「医療体制はほとんど限界」と強い危機感を示した。

1月13日（水）　東京・小平　田野倉康一

つり革にも
握り棒にも
つかまっていない
ＯＬ
サラリーマン
学生
おばさんもおじさんも
電車が揺れるたびにあっちへよろよろ
こっちへよろよろ
時にうっかり咳でもすれば
刺すような眼差しがいくつも
冷たい空気の中を
束になって貫いてゆく

振り向くな
振り向くな
死んでゆくのは皆他人
だったはず

二回目の緊急事態宣言発令後
役所はいまだフル出勤で
通勤電車は今日も密
保健所業務の応援に
定年退職再任用の職員までも駆り出される
すなわち僕も駆り出される
きっとたくさんの感染者、
感染不安の人たちの
刺すような視線をあびるのだろう
検査技師不足はすこしは改善されたか
感染経路は追えているのか

杉並区は成人式を挙行した
4回に分けて、感染対策をして
それを某プロ野球元監督が上から目線で
「なぜ成人式を強行するのかと問いたい」と反論できないところから罵る

だからお前が監督の時にチームは弱かったんだ
と、思わず呟く
役人に降り注ぐ
罵詈雑言には慣れている
だがキチンと議論しているところは見たことがない
罵詈雑言の人には議論する気は最初からなく
謝罪だけを求めるからだ
一方役人は議論が苦手
罵詈雑言には答えようがなく
答えれば火に油を注ぐだけ
そんな日々が今日も続く

このごろ増えた
カウンターでの怒鳴り声
「課長を出せ！」

久々の愚痴のポエジー。つまり2度目の緊急事態宣言下で、増えてきた役人への罵詈雑言。通勤電車の乗客は一回目の宣言下のようには減っていない。

1月14日（木）　千葉・市川　柏木麻里

昼間散歩に行った
時々立ちどまっては、スマホに空気の日記を書きつけた
そこには
家の石鹸で洗うマスクの中にふわっとみちている
甘い許しの匂いのことや
視界に広がる春の光と
マスクを外すと冬という現実を告げてくる枯れ葉の匂い
枯れ葉と土を、その下から楽し気に動かす
見えない生きものの誰かさんのことや
ブロック塀の上で出会った
誇り高い王様のような猫の
生きている、そこにいる
気配の強さが書きとめられていた

でも
さっき、迷った末、その文章を今日の日記にするのをやめた

東京の新規感染者が１０００人を超えた日も
それがほどなく二倍以上に膨れ上がって２０００人を超えた
　日も
今夜のようには感じなかった

逼迫しているという医療
なにかよくなる要素はなにも見えない、今日の社会

ひたひたと
それがどんなにおそろしいことかが
口の中に遠くから、味になってやって来る
閉じた扉が限界まで膨らんでいるのを見る

足元まで水が来ている
日常のままの光景で水が進んでくる
だれも教えてくれなかった、その日、その時をどう感じれば
　よいのか
どう対処したらよいのか
その光景が、甦える

親や親戚から伝え聞いた、
身内の人が、どんなふうに戦争に行ったか

思い出す資格が私にあるのかどうかもわからない
いくつものことが
映像になって押し寄せる

今日はそんなおそろしさを感じた
いつだったか、この禍いのはじめ頃に
ニュースに釘づけで、これでは保たないと思った
あの頃以来の
胸がずっしり塞がる夜を迎えている

たぶん決壊する
夜全体からそう告げられている気がする

そしておそらく
個人の希望というものは
それとは無関係なのだと知らされる
春の兆しの光のように
猫のように
今日の私たちひとりひとりのように
そうは言っても、
それぞれの人生をその日
あるいはその日まで生きるのだと
知らされる

東京の新規感染者一五〇二人。病床逼迫により、救急搬送の困難事例が十二月の二倍に。自宅療養中に悪化し死亡する事例が相次ぐ。政府は入院勧告拒否に対して懲役や罰則などの刑事罰を検討。ＷＨＯ調査団、武漢入り。

1月15日（金）　東京・杉並　峯澤典子

必要なものだけを手早く買う
ひとと会わずにメールですます
朝から顔をマスクで覆う
そんな暮らしが長くつづけば　息ぐるしい

だからきょうは花屋に寄った
ことしも春の花が並びはじめていたから
そういえば　もう何か月も
だれかのために
花束を作ってもらっていない

以前　チューリップがいちばん好き　と言ったひとがいた
この花は家に持ち帰ったあとも
太陽をさがして　茎をのばしつづけ
明るくひらき　日暮れには眠り
そうするうちに
花びらが零れ落ちそうなほどに　おおきくひらきはじめ
からだが色をなくし　透きとおるまで
たっぷりとひかりを吸い
ぞんぶんに生きたあと
いちどに散ってゆく

花びらが燃えあがるようにひらききるまでを
見守るこちらも
きのう　きょう　あした　あさって　と
移り変わる姿をじゅうぶんに味わいながら
終わりにむかって　心をすこしずつ整えてゆく
散ることもその花の豊かさ　と信じられるように

年が明けて
緊急事態宣言がふたたび発令されたあと
子どもの通う小学校でも
この週末に予定されていたマラソン大会の中止が決まった

中止が知らされた日
帰宅した子は
たのしみにしてたのに　とだけ言って
だまってしまった

去年の夏からこの日のために朝と夜に走る練習をしていた
ともだちのＭくんは
帰り道　泣いていたという

じゅうぶんに咲ききる前に
とつぜん　むしられたら
花だって
いたい
つらい

かなしい
さびしい
くやしい　だろう
ちぎられた茎からは
見えない血が流れているかもしれない

ちいさなひとたちが
きゅうにむしられた花びらのために
泣けないひとのかわりに
泣いてくれたから

わたしは思い出す
だまったままで
泣かないままで
失った花のことを忘れたふりをした
たくさんの夜を

そして
おおきくひらききったあとの花びらを
見送った朝の
すがすがしいほどの
かなしいうつくしさを

1月16日（土）　神奈川・横浜

新井高子

飲み込みなさい
咳も、くしゃみも、
　貧乏ゆすりも、椅子を引きずる音も、
絶対静粛の三〇分、
日本じゅうの受験生が
一斉にイヤホンをつっ込むとき

よそのくにでは考えられないだろう
なぜスピーカーで放送しないのか
　全国で設備がちがうから
　教室で音量が変わるから
　　席によってリスクが出るから

　　それだけか
　五〇万台のＩＣプレーヤーは
　生産される
　廃棄される
毎年、金が動くのだ
あの懐かしき日本発、
小型カセットプレーヤーが

一斉を風靡したのは何十年前だろう
いまや
世界じゅうから忘れられたその技術、
　なれの果てなのさ
　吹きだまりなのさ
このリスニングテストは

凄まじき、
地産地消

さもしいね、
試験監督のわたしも
おこぼれの一滴、
まして
コロナ下では、

許されない
咳が、くしゃみが、
咳も、くしゃみも、

コウモリは聴きとっているだろう
若いからだのそのおののきを
五〇万のマスクの底の、
夕闇で

大学入学共通テスト。その初日には英語リスニングテストがある。試験監督の日に詩の当番があたったのはどんな運なのだろうか。

1月17日（日）東京・冬木　カニエ・ナハ

ほんとはね、きのうはけいおうで西脇にかんするイベントに出て、今日は京都でぶんがくフリマに出店する予定だったんだけど、ふたつとも流れちゃって、なんて、とつぜんにぽっかり予定が空いちゃってみると、みょうにちからが入らなくて、起き上がることができなくって、ごぜんちゅう、ずっとふとんでよこになってた。なにするでもなく。からだがだるくって、どこか熱っぽくって、これってもしや、よもやよもや、とかおもって、体温はかってみたんだけど、ぎゃくに35度8分しかないのね。体温計の故障かもっておもって、べつの、もうひとつの体温計でも計ってみたんだけど、むしろ35度7分に下がっちゃって。ふあんになってしらべたら、低体温だと免疫力が弱くなったりびょうきになりやすくなったりうんぬんてかいてあって、いろいろ困りそうだし、かかっちゃう確率も高くなりそうだから、まずは体温を上げなくちゃっておもって、体温を上げるには辛いものをたべるのがいちばんっしょ、とかおもって、キッチンであまってるやさいてきとうにざくざくきって鍋にぶっこんで煮込みつつ、先週号のアンアンのつづき読みつつ、しあげにカレー粉とあとチリペッパーとかコリアンダーとかターメリックとか香辛料だばだばふりかけて食べたのね。じきに汗がだばだば吹きでてきて。食後、いまいちど体温を計ってみると、35度6分に下がってて。汗で熱が出てっちゃったのかもしれない。くたびれちゃって横になって、ビートルズの、というかジョン・レノンのI'm so tiredをくちずさんでるうちに、I don't know what to doのあたりでもう落ちちゃってたのね。2時間くらい。で、起きぬけに、また体温はかってみたんだけど、こんどは35度5分になってて。このまま体温が下がってったらしんじゃうんじゃないかってちょっとふあんになって、体温を上げるほうほうとか、よこになったままスマホでいろいろ調べてるうちに、なんだか妊活してるみたいなきもちになってきて、でもすぐに、じぶんがもともと妊娠できないからだであったことをおもいだして、ちょっとかなしいきもちになって。

「京都 入院先見つからず80代女性が自宅で死亡　知事が再発防止へ」（ＮＨＫ）

1月18日（月）　静岡・用宗　　さとう三千魚

もう
数えない

朝刊の
一面に
国内の感染者数と死者数と増加数と
世界の
それらの数が
掲載されている
33万696人（＋5760）＊
4525人（＋49）＊
9450万1892人（＋63万2703）＊
202万2279人（＋1万2684）＊
国内の14都道府県が感染爆発の段階とされている

もう
数えないが
すでに国内に
イギリスからの変異種の感染者が
自宅療養している
という

朝
女が
出掛けるのを
見送った

モコを抱いて
白い車の後ろを消えるまで見ていた
西の山の上の青空に白い雲がぽかりと浮かんで
いた

202万2279人

世界の死者たちの
顔を
ひとりひとりを
思い浮かべている

人が
いる

白い雲は青空の中に形を変えていつか消えていく

＊「朝日新聞」1月18日朝刊より引用しました。

わたしはほぼ出かけないが、女は仕事に行ったり、エアロビに行ったりしている。
そこで会う友人たちとの会話が楽しいのだという。感染者は1億人、死者215万人という記事を見た。

1月19日（火）北海道・札幌　三角みづ紀

明け方からの

おもさで
僕はたわんでいく

すべて通行止めだから
だれも　これないね
おはよう

おやすみ
ニュースの声も
届かなくなった

暖房をつけたままの部屋は
空気が記憶をはらんでいて
あたらしく産む支度をして

罅が、生じても
おもさで
僕には見えなくなっていく

腕も足も枝葉もぜんぶ
うばわれて
深い眠りのまま過ごしていた。

木箱に詰まった林檎が
すこしずつ　なくなる
皮ごと食していく

1月20日（水）　沖縄・那覇　白井明大

県芸で芸学専攻の学生たちとの
詩作の実技研究が先週と今週に連日あり、
六日目の今日は柄にもなくこの十年の現代詩について話そうと
昨夜どうにか資料を作り、今日の午前中に原稿にまとめていた。

いつもの年なら歩いて五分ほどの当蔵キャンパスで
おたがいの顔を見合わせて話すはずがオンラインでするのは
ちょうど今日から沖縄が県独自の緊急事態宣言を出すと
何の冗談なのか布マスクをつけた県知事が昨夕会見した通りで
昨日も今日も島嶼県で感染者が百人を超える状況ではほかにしようがなく
ちょっと重たい話にもなるから学生の様子が気になったけれど
間にインターバルを入れつつ二時間ほど話したことを

学生たちはよく聴いてくれていた、気
　がする。

午後一時に始まった実技研究は夕方五時半に終わり、
きみが作ってくれた夕食を食べて七時半過ぎくらいだっただ
　ろうか
エネルギーが空っぽでスイッチが切れたように眠気に誘われ
　て、
まだ今日じゅうにやることがあるからすまないけど九時に起
　こしてと
頼みながら布団にもぐり込むなり眠ってしまった。

「＊＊＊が来てるよ」
きみの声が眠りの向こうから聞こえて目を覚ましたのは
ちょうど九時だった。誰だろう？　とぼんやりと思いながら、
訪ねてきたのは親しく付き合っている詩の仲間で、
「さっきから電話も鳴ってたよ」
そう教えてくれるきみに促されるように
パジャマの上にウィンドブレーカーを羽織り、
窓辺に干していた不織布マスクを付けて玄関のドアを開けた
　ら
彼は廊下に立っていて、人とこんなふうに対面するのはいつ
　以来だろう、
街ですれ違うとかでなく久しぶりに人と対面で会った驚きに
半ば勘の戻り切らないもどかしさで挨拶をすると、
これをと差し出されたのはムーチーだった。

「……ハチムーチー……」
相手の言葉も寝起きの頭で聞き取れた単語がそのひとつあれ
　ば十分で、
ああ、今日はムーチーだったんだと思い出した。
旧暦十二月八日は沖縄では月桃の葉に包んだ餅をいただく日。
甘くて月桃の薫りのする餅をムーチーと言うのだけれど、と
　くに、
その一年に生まれた子の健康を願う（ついでに大人たちの健
　康も願う）
初餅がハチムーチーという縁起ものだ。

先日きみとスーパーに行ったときムーチーがあったから、
「買う？」
と訊いてくれたのに、ううん、と買わずにいたムーチー。
店で買うのは味気なくて、叔母がたくさん作って持ってきて
　くれたり、
町内会のムーチー作りできみとうたがこしらえた年もあった
　りして、
そこから遠ざかってはますます店で買う気になれなかった今
　年だったのを
ハチムーチーだなんて晴れやかな祝福のお裾分けが舞い込ん

できて、
ぼんやりした頭で受け取った袋を手にぶらさげたまま、

「おめでとう。ありがとう」

うれしさをぎこちなくしか伝えられなかったつかのまの後で、

「ハチムーチーをいただいたよ」

きみとうたに見せたら二人ともうれしそうに声をあげた。

1月21日（木）　東京・西荻窪　田中庸介

再度の緊急事態宣言発令に向けて
文学フリマが中止になった
詩集の刊行を見越して申し込んだ文学フリマ
よくわからないが大きなホール
机の上に詩集や同人誌を並べてサインしながら売るのだろう

京都にいけないから
徳正寺さんに会えないし
詩人の西田さんにもお目にかかれなかった
手伝ってくれると言っていた瓜生さんにも会えません
じつは詩集が間に合わず
どうしようと言っていたから
まあ良しとしよう

そしてまた
1月31日のトークショーも無観客ライブになりました
オンラインの無観客ライブですが観客募集中
でもでもでも
詩集刊行記念と銘打ってあるので
こんどこそ、こんどこそ間に合わないと困ります
すると奥から百人力のスタッフさんが新登場
魔法のように夜12時までかかりきり
するとめでたく印刷所に入稿してもらえました

ありがとうありがとう
さあさあこれで安心安心
だーっはっはっはっはっ
と子供がわらいます
だーっはっはっはっはっ
と赤ん坊が叫びます

めざめる希望を朝に抱いて
もろもろの事情でしばらく会えない方々
深夜、ひそやかに
おまえの雪はぴかぴかと降るだろう
おまえの星はざらざらと光るだろう

と、書いてはみたものの、こんどは印刷所の都合で製本が間に合わず、トークショーは2月28日に延期になってしまった。やっと見本が届いたのが2月6日。コロナは都市生活を果てしなくスローにさせている。

1月22日（金）　東京・調布　山田亮太

悼むよりも先に声高に叫ぶ克服の証としてわずか二ヶ月後に人間そのものの悪が語られる科学的に論理的に考えてありえた事実を見ないようにして安全な場所へ移動する祈るしかないのだと言ってもよい具体的な作業の積み重ねだけが希望になる。

1月23日（土）　福岡・博多　石松佳

朝から昼にかけて
小雨が降っていた
このような日は
街が少し静かになる
雨音の方が前景化されて
人々が出す音は目立たなくなる
そうなると
軒先に出されたまま濡れている花とか
雨を走る自転車とか
自分自身の
小さく変動する体温とか
微細なものに気づく
明日はどんな天気になるのだろう

1月24日（日）　大分・耶馬溪　藤倉めぐみ

痛みなく上滑る今日は曇天で
手にするもの目にするものがつるつると滑っていく
制限をかけて素直に減っているらしき数字を追っても
ぽたぽたと滴っていく
そういえば数字ばかりを観察する習慣ができた
これはもしかしたら
悲しさなんじゃないだろうか
悲しさは
悲しいと思う私がいて

悲しさになってしまうのだけれど
今日の私は軽やかさでも楽しさでもなく
悲しさを選んでいるのだと思う

曇天を見上げて歩けば
頭の重みに沈んで湾曲していた首が驚いて
歩くごとに反対側の軌道になじんでいく

涙がこぼれないことよりも
知らない筋道に気づくこと
解放をたぐることの方が
ずっと大事だ

空の雨は止んでも
山が水を含ませて
湧き出てくること
湿り気のある土を
踏みかためること

何にもない場所にある何でもあることが
今日もまた囁いているのに
遠ざかる約束の音が
ずっと大きい

1月25日（月）　東京・目黒

覚 和歌子

濃厚接触はどこからが濃厚な接触なんだろう
クラスターはなぜ6人じゃなくて7人からを言うんだろう
長い綿棒を舌の上にあてながら考えた
もしも陽性だったら何が変わるんだろう

わたしの後ろに並んだ鰐は
必要以上に口を大きく開けて検査員をまごつかせている
それでもぎょっとされたりしないのは
三人あとに行儀よく並ぶ小柄な鰐を見てもわかるように
鰐化する向きがここへきて
もうそれほど珍しくないからだろう

空いたテーブルをてきぱきと消毒している検査員は
「検査結果は今日時点だけのことです」と
おしえてくれた　つまり
潜伏期間に関しては諸説あって正しい知見はない　つまり
明日陰性の結果が出ても
明日はもうあてにならないということ
検査の意味あんのかな

でもまあね

陽性を今わかっておくだけでも
余分な迷惑をかけないですむ

検査場に来る途中
水の流れの両脇に薄い氷を張る川の
小さな橋を鰐と渡った

わたしと濃厚にかかわるひとたちは
感染しちゃった親しいひとも
それぞれ厄介ごとの圧倒的な闇を抱えながら
同じだけ大きくて強い光を育てている
そのことはいつでもわたしの誇りで
それを眩しすぎると感じない自分にも本当は胸を張りたい

身体は弱いしＨＳＰだし
そのせいでむかし鬱にもなったし母は認知症だし
不安も執着もあるけれど
ただひとつ
死ぬことの恐怖だけは手放せている
きっと死んだからといって終わるものはなくて
いのちというエネルギーは
途切れないだけの意味を宿している
その意味を考えることは面白いから
面白い方をわたしは選ぶ

死んでも死なないその先が
本当にもう楽しみでしかないせいで
日々はそれまでの手強くて甲斐のあるダンスフィールドだ
なんてことは誰にも言えずに
細長い綿棒で舌をそっと押さえつけている

検査場からの帰り道
小さな橋のたもとの薄氷は溶けてしまって
流れの音が浅すぎる春をうたっていた
いつでも本当のわたしは向こう岸にいると思う
そこから自分とこの世を見ているわたしは
ひとのかたちをしていない

ややこしいのは鰐が陰性でわたしだけが陽性だった場合だな
もし入院できなかったら
鰐を感染させないために生活空間をどう分けようか
いくつか高座がある鰐の方を
八ヶ岳に行かせることは現実的ではなくて
かと言ってわたしは移動できないわけだから
しばしの間　家の中でマスクをして
黙食して黙動するんだな　筆談とかも
おしゃべりなのはわたしの方で
鰐はそれほど不具合がなさそうだけど
いつでも少し緊張し続けているのはかわいそうだな

というほとんど同じことを鰐も考えていたと
二人ともに（今日限定の）陰性結果が出たあと知って
わたしたちはマスクの中で吹き出した

「誰もがそれぞれの葡萄の樹の下に　無花果の樹の下に座り
何にも恐れたりしていないところを思い描きなさい」
アマンダ・ゴーマンが引用した聖句を
わたしは別の解釈で引用したい

それぞれの数だけ　それぞれの選択の数だけ宇宙があって
わたしたちは自らのそれを豊かにも荒ませることもできる
心を尽くした具体的な想像は
現実を動かせる物理的な力であると知りなさい

1／20米国詩人アマンダ・ゴーマンがバイデン米国大統領就任式で自作詩を朗読。

1月26日（火）　横浜・久保山　四元康祐

年明け早々、古代のイギリスへ攻め入ったバイキングか
それより何万年か前、氷河のなかで
マンモスを取り囲んで叫んでいた原始人よりも
もっと野蛮な男や女が
壮麗な建物の扉や窓を打ち破って闖入してゆくのを観た。

かと思ったら今度は、奴隷の末裔で、
シングルマザーに育てられたという痩せっぽちの黒人少女が、
長じて、かつてその座に就くことを夢見た場所で、
今その座に就いた男を寿ぐために
詩を読み上げるのを聴いた。

そのふたつは、正反対の光景だったが、
どちらも「we」という主語で話していた。英語の「I」には
誰がなんと云おうと私は私、という強烈な自己主張が感じられるが、
「we」と云った途端、共同体の意識が立ち上がる。
「we」はそれを構成する「I」とも、他の「we」とも対立的な緊張を孕んでいる。

私が住んでいる島国には「we」がない。あるのはただ「私たち」とか
「我々」で、どちらも「I」の寄せ集めに過ぎないが、
その「I」もえてして省略される。自ら「みんな」のなかへ
隠れてしまうのだ。

「みんな」は一人称複数のように見えるけど、実は三人称単数で
時に王となり神と化して「私」を圧し潰す。

戦争が始まった時だけは、この島国にも
敵という「外部」が出来て、お陰で「we」が生まれた。
「日本人」とか
「天皇の赤子」とか名乗る「we」が。それまで不遇をかこっていた詩人たちは、
「we」の口舌と化す機会を授かって大喜びだった、『辻詩集』。
戦争が終わったら、みな知らんぷりだったけど。

コロナも「敵」ではある。だが人類全体の敵なので、
「we」の方でも身に余るのか、今のところ立ち上がる気配はない。
「I」と「I」の間はスカスカで「不安しかない」し、「頭のなかは真っ白」らしい。
富裕層と貧困層、都市部と田舎、資本と労働力の「分断」は
巧妙に隠蔽されていて、「対立」もない代わりに「団結」もない。
それでも箱のなかのアマオウたちは一糸乱れず整列している。
ガラスの密室に監禁したペットの仔猫の世話をするお姉さんは慈愛の眼差しだし、
アベノマスクで口を塞がれ、Go Toのはした金で横ッ面を張られても
国会議事堂へ殴りこみをかける者はひとりもいない。
猫も杓子も「おうち」でほっこり。

パンはひたすら甘い菓子と化してゆき、
「〜させていただきます」の連発で語尾は長くなるばかり。
コロナで死ぬより、生き延びて「人に」迷惑をかける方がずっと怖い。
画面越しなら笑顔でメッチャいいを連発しても、
リアルで目と目は合わさない。

組織への所属や所得の階層や消費行動のセグメントはあっても
この島に鬩ぎ合う部族たちの形が見えない。
闘いと祝祭の雄叫びが聞こえない。
そのことが平和の証なのか閉塞なのか、進歩なのか頽廃なのかは知らないが、
「we」のない人生はコロナが何十年も続くに等しいのではあるまいか。

夕方、道路沿いの公園で、大勢の子供たちが飛び跳ねていた。
まるで目には見えない巨きな波が、未来から

打ち寄せてきたかのように、息を合わせて。ただ一つの歌の調べに
身を委ねるように、ある者は笑いながら、また別の者は生真面目に前を睨んで、
同じリズムで跳び上がっては、一斉に屈みこんでいた。

車の中までは届かなかったが、
きっと誰かが、どこかで、数を数えていたのだ
青でも赤でも、白でも黒でも黄色でもない透明な波長を響かせて。
私は、いかなる種類であれ、「we」を主語として詩を書こうとは思わない。
でもその声になら、喜んで私の「I」の弦を共振させよう。

1月27日（水）　東京・竹橋

ジョーダン・A・Y・スミス

いにしえの
呂律が回らないけど
脂肪が完全に燃焼するまで
羽ばたきするよ
約束
通りかかる隕石が
羽に火をつける
焼き尽くすまで
　　　滑　翔　す　る
天に日没のデザート

日付変更線が何と言っても
いつも
夜を先に試してくれた大陸で
黄泉の水に生きていた
親友という生き物
この次元で干からびる

蕾が
一個
一個
空に
どんだけ萎んでいっても
地下茎の格子の上に立ち
蛇足で不要な記号を
ただただ
あおぎたい

あおがない

1月28日（木）　神奈川・江の島

永方佑樹

なじまない宣言[※1]
法規にうやむやに手渡された
再びの自粛に我々は
乗り方を忘れた自転車のように
日常をひと月まごつかせている

とはいえ
私のいる神奈川県は
病床率が逼迫してるし[※2]
全国のあちこちで
どこの病院にも受け入れられなくて
自宅療養中に亡くなる人が[※3]
日々増えてしまっているのだし
ＥＵは昨日
入域許可リストから
日本の除外を決めたというから[※4]
やはり私たちは
事態の中にいる

家の近所の道を歩く
観光通りの「すばな通り」
駅から江ノ島へと向かうこの道で
長く続いた古い店が
ここ一年でいくつも閉店した
昨年、オリンピックを当て込んで[※5]
満を辞して出来上がった
ひそかに最後の日に集まった
大工の人々や関係者が
錨のオブジェを誇らしげに置いた
モールはテナントが集まらなくて
今年マンションに建て替えられる

そうした閉店の張り紙や
工事予定の看板の行に
少しも明記されることのない
堪え難い困窮や
おびやかされる生存の無数を
ささいな疲労と批評とで
見過ごしかけている一年が
今年もまたこの国で
足をそろえてはじまってゆく

※1　菅総理大臣は1月7日、政府の新型コロナウイルス対策本部で、東京、埼玉、千葉、神奈川の1都3県を対象に、新型コロナウイルス対策の特別措置法に基づく緊急事態宣言を出した。

※2　神奈川県は27日、コロナ患者を受け入れられる「最大確保病床数」を1939床から1555床に変更。26日の病床使用率は60・13％で、4段階の感染状況で「ステージ4（爆発的感染拡大）」の指標（50％）を超えた。

※3　12月25日に、京都市で感染が確認された80代の女性が、入院先が見つからずその後、容体が悪化して自宅で死亡していたことが明らかになった。このように、新型コロナウイルスへの感染について、陽性が確認されても入院先や療養先が決まらない人が急増。入院が必要な人でも自宅で待機したり、当初は入院の必要がないと判断され、自宅で療養していて、急に症状が悪化し死亡する例が相次いだ。

※4　欧州連合（EU）は27日、日本で新型コロナウイルスの感染が拡大しているとして、日本から域内への渡航を、原則禁止する方針を決めた。EUは新型コロナウイルスの感染拡大を受け、2020年より、域外からの渡航を制限したが、日本など一部の国については、感染状況が落ち着いているとして去年7月以降、制限の対象から除外していた。しかし今回の決定により、日本からEU域内への渡航は、必要不可欠な場合を除き、再び禁止となる。

※5　東京オリンピック2020開催につき、江ノ島ヨットハーバーでもセーリング競技が行われる予定だったが、コロナ禍により開催延期が決定。ハーバーを使用していた約700艇の移動費用約11億円や、シラス漁の漁業権問題等、延期に伴う数々の問題が巻き起こっている。

1月29日（金）　福岡市・薬院　　渡辺玄英

西の風　強く
海上　では　西の風　非常に強く
くもり　所により　雨か雪　で　雷を伴う
波　4メートル　後　3メートル
1月29日　満月
空気に　見えないウイルスがひそんで　いる
それに　セシウム137や　トリチウムだって

おそろしい　から
口　鼻　目を　ふさぐ
見えないものは　わからない
魂も　見えないけど　あるの？

ここから　魂が　見えないように
ここから　満月は　見えない
玄界灘の　荒い波のうえ　冷たい空に月は　あるはず
人は　都合よく　想像力を使う

だけど　天気も　ウイルスも　月や星も
人の都合では　存在しないはず
文明は　しょせん人の玩具
魂は　玩具にはふさわしくない
西風が強い　月は　白いか青いか　不明だが
ぼくは招かれざる客　だろうから　文句は言わない

爆弾低気圧との天気予報。ぶっそうな名前だ。一年前は感染拡大なんて考えていなかった。十年前の今日は大震災が起こるとは思っていなかった。人は勝手に想像力を使うが、〈世界〉は一切に頓着せず変化し続ける。

1月30日（土）　東京・つつじが丘　河野聡子

標準的な無煙ロースターを設置した焼肉屋では3分ほどで店内の空気がすべて入れ替わるらしい。入店前に両手をアルコール消毒し、検温を行う。顔を映してピッとやるタイプの検温装置はわたしをなかなか認識してくれない。たまに、飛んだり跳ねたり両手をあげないと通してくれない自動ドアがあるが、検温装置はもっと頑固だ。無視されたわたしは近づいたり遠のいたりしてみるが、画面は緑にも赤にもならないので、すこし悲しくなってしまう。そういえば、最近すっかりみかけなくなったペッパー君はどうしてこの役目を担っていないのだろうか。労働ロボットの役割としてはぴったりだと思うのだけど、いまごろはみんなどこかの倉庫でうなだれて眠っているのだろうか。新型コロナのことも何も知らずに。ペッパー君を街のいたるところでみかけた頃は、その姿と疲れを知らぬ表情に労働ロボットのみじめさを感じていささかぞっとしたものだった。でもいま、こうして彼がいればいいのにと思う時には、もうどこにもいないのだ。わたしたちみんなもペッパー君みたいなものだったらどうしよう。焼肉ランチはとてもおいしかった。一日遅れの肉の日だった。

1月31日（日）東京・世田谷

松田朋春

へんに早朝に起きてしまうか、いつまでも寝てしまうかのどちらかになっている。今日は起きられない日だった。からだを使った規則正しい仕事がしたい。冬が遠ざかりつつあって草木が小さく芽吹いている。妻が家の不要物をがさがさとまとめている。ちょっとした模様替えのために妻とIKEAに行くことにして、珍しく娘もついてきて、買い物の後に50円のソフトクリームをマスクをめくりながら三人で食べた。店内は不安を感じるほどの混雑でこれで緊急事態なのかと思う。しかし日毎の感染者数は順調に減少している。予定通り2月7日で解除になるのではないかという淡い期待も湧いてくる。政治家が銀座で夜遊びしていることがバレて謝罪している。謝り方が気に入らない。放置されるならすべての議員は同罪だと思う。

何を考えるにもあと一年は続く、それまではもっとひどくなる、自分も家族も感染する、その想定で予定を考えるということを自分に念押しして、これまでマスクはあくまで今だけだという気持ちもあり使い捨てを使ってきたが、もうメガネが曇らないような洗って使うしっかりしたものにしようかと考えている。

なんでも慣れるものだと感心してしまう。戦時中の暮らしはフィクションのようにしか感じられなかったが、そうか慣れるんだなと思うようになった。

気がつくと抱えている案件が溢れはじめていて、すべてが止まった半年前とは違ってきている。適切な間で発言して誘導すべき会議がどれもリモートなのがすごく苦痛で、リモートでなければこんな結論ではないのにと思うケースが増えて無力感がある。

長男がUber Eatsで配達をはじめた。分散する配達員を破綻なくオペレーションするシステムが完全にゲーム感覚で感心する。ほぼはじめてのバイトに出かけていく息子の様子をていると10代の頃の気持ちが一瞬蘇ってくる。そこから40年後の疫病の年を眺め直すと驚くことができる。

2月1日（月）　東京都・高田馬場　　鈴木一平

先月の実績資料の作成。原稿の締め切りが立て込んでいるため、片手間で案を考える。そのせいで午前中の仕事があまり進まず、気が沈んでくる。海苔巻き。Kさんから連絡が来る。

――鈴木さんの探していた本を見つけた、今日でよければ渡しに行ける、とのこと。夜に中野駅で待ち合わせをする。午後になって部屋に宗教の勧誘が来る。20分ほど対応したあと、チラシを渡してきたので断る。代わりに名刺を求めると、これが名刺代わりだといって、チラシをもう一度渡そうとしてきた。

――いやちょっともらえないです。

――じゃあここで読み上げますから聞いてください。

――寒いですよ……。

――ドアを閉めてください！　いわれたとおりに閉めると、ドア越しに声が聞こえてきた。内容はうまく聞き取れなかったが、チラシに書かれた文章を読み上げて、その解説？　をしているようだった。入浴。忌引きで休んだ会社の先輩のことを考えているうちに、祖母の死が母にとっては親の死であることを、3年たって唐突に気がつく。髪を乾かしてドライヤーの電源を落とすと、声が聞こえなくなっていた。

21時過ぎに中野駅へ。改札を出て右手にKさんがいた。本の入った紙袋を手渡される

――おつかれ〜。なんか来てもらってわるいね。

――助かりました！　こんなタイミングじゃなければごちそうしたいんですけど。

――やってないからね。

コンビニで缶ビールを買って、今書いている原稿の話をする。Kさんが、――そしたら他にもっといい本あるかも、というので、Kさんの家に行く。中野ブロードウェイを過ぎて左に曲がり、住宅街の方へ。

――あ〜そういえばさ、このあいだ前に住んでたやつが家に来たんだよ。

――え！

――ふつうに怖かったよね。Kさんよりすこし年上（35くらい）の男で、五年前に会社をやめて地元へ戻ったという。東京へ行く用事ができたから寄ってみると、入り口の脇に好きな小説家の本がまとめて置いてあったので、おもわず鳴らしてしまったらしい。

――申し訳なかったな、捨てるやつだったから。

――来たついでに寄るって発想がヤバいですね。

――実家が本屋やってるらしいんだけど、今度あなたの本を注文します！　っていわれた。

部屋に入ると、玄関に解かれたビニール紐と、その上に本が積まれてあった。Kさんが本棚から何冊か取り出して、紙袋の中に入れてもらう。手洗いを促されたものの、水を張ったままの食器の上で手を洗うのは気が引けた。ケチャップ系の

料理をつくって食べた形跡がある。Kさんの部屋に住んでいた頃、男もここで手を洗っていたのだとおもう。

Kさんと原稿を書きながら酒を飲んで、0時過ぎに帰る。家まで歩いて帰ろうとして、新宿にたどり着いてしまう。Kさんの家を出てから、2時間かかって家に着く。途中でコンビニを見つけるたびに酒を買って飲んでいたせいで、横になったとたんに吐き気がした。

2月2日（火）　埼玉・飯能　宮尾節子

コロナの時代
という詩を書いた。

＊最初はこう書いた。

コロナの時代

敵に打ち勝つ戦いは
ある意味簡単だ
武器を持って
隣人を倒せばいいから

過去に打ち勝つ戦いは
そう簡単ではないが
武器は要らない
隣人を許せばいいから

コロナに打ち勝つ戦いは
結構やっかいだ
戦いをやめて
一つになれるかと問うから

戦いに戦いをやめて
愛にかわれるかと
人類の
知恵が試されているから

＊次はこう変えた。

コロナの時代

敵に打ち勝つ戦いは
ある意味簡単だ
武器を持って
隣人を倒せばいいから

過去に打ち勝つ戦いは
そう簡単ではないが
武器は要らない
隣人を許せばいいから

コロナに打ち勝つ戦いは
一番やっかいだ
戦いをやめて
一つになれるかと問うから

戦いに打ち勝つ戦いだから
戦いをやめて
愛にかわれるかと
人類が試されている戦いだから

＊最後にこうなった。

コロナの時代

敵に打ち勝つ戦いは
ある意味簡単だ
武器を持って
隣人を倒せばいいから

過去に打ち勝つ戦いは
そう簡単ではないが
武器は要らない
隣人を許せばいいから

コロナに打ち勝つ戦いが
一番やっかいだ
戦いをやめて
一つになれるかと問う

戦いに打ち勝つ戦いだから
戦いをやめて
人類が一つになれるかと
愛が試されている戦いだから

＊＊＊

思ったことが、詩になったかな
と思って、ツイッターにアップしたら
「人類が一つになるのは、こわいですね」
とコメントが入った。

ツレは「戦い」が多すぎるね

と言った。
私は
ハリウッド映画の見過ぎかな
と舌を出した。

＊＊＊

多様性が
いつの間にか
分断を生み

一つにの願いは
即
全体主義に
向かうのだろうか。

なら
いったい
愛はどこに
棲めばいいのだろう。

クリスマス休戦が
あったように
コロナ休戦が
あれば

と願ったが
甘かったか。

ミャンマーでは
国軍によるクーデターが起きて
スーチーさんが拘束される

分断や戦いを超えるのは
どんな言葉だろうね

ミスター、ローレンス。

今日は節分。
南南東を向いて
恵方巻きにかぶりついたら

菅さんがテレビで
ぺこりと頭を下げて
「素直に」国民におわびして

ミスター、
栃木を除く10都府県の
緊急事態宣言を3月7日まで
延長すると告げた。

2月3日（水）東京・神宮前

川口晴美

煉獄さんに会いたい
名前は杏寿郎
声がくっきり大きくてウソやごまかしがなくて強くてやさし
　くてよく食べる
漫画『鬼滅の刃』に登場する〈柱〉の1人だ
主人公は竈門炭治郎だけど
映画『劇場版「鬼滅の刃」無限列車篇』の後半の主役はほぼ
　煉獄さんで
去年10月の公開から1ヶ月後ようやく映画館で観たとき
原作は読んでいるからどうなるかわかっているのに
マスクの内側で泣きそうになりながら
煉獄さん……！　と炭治郎といっしょに祈るように呼びかけ
　ていた
現実にはそんなふうに
心の底から何かに抗うように祈ることはめったにない
流されていくばかり
3週間ほど前
大阪で独居中の母が蜂窩織炎という皮膚感染症を再発させた
ケアマネさんからの連絡を受けて弟と相談し
年末から見つからなくなっていた母の保険証を
近所に住んでいる叔母に電話で頼み込んで再発行しに行って
　もらい
以前かかった皮膚科へ連れて行ってもらったけれど
母は自分では薬を塗ることも飲むことも忘れてしまうので
体内の炎症反応を示す数値がかなり高くなり
仕方なくわたしが大阪日帰りを強行して
入院させた
点滴治療は2週間から1ヶ月
コロナ対策で面会できないけどそれも仕方ない
と
思っていたのに
1週間ほどで連絡がきて
病院内でコロナのクラスターが発生したから
母のＰＣＲ検査は陰性で症状も安定しているので明日退院し
　てください
と
仕方なく今度は弟が大阪行きを強行
完治はしていない母を連れ帰り

ケアマネさんやヘルパーさんと今後のことを相談してきてく
れた
母は自分が入院していたこともすぐに曖昧になって
いろんな文句を言い続けている
今週末からはわたしがしばらく大阪へ行く
流されていく
溺れてしまわないように息をするだけでせいいっぱい
煉獄さんに会いたい
鬼との戦いのなかで致命傷を負いながら煉獄さんは
俺は俺の責務を全うする!!　ここにいる者は誰も死なせな
い!!　と言った
勝負に勝つことよりも敵を倒すことよりも
煉獄さんにはそのことが大事だった
揺るがなかった
わたしはそこにはいなかったけどうれしかったよ
だってわたしのいる国の中心で政治家たちはそんなこと言わ
ない
たぶん全然そんなふうには考えてない
治療も施されず自宅療養のまま亡くなっていく人のいる街で
緊急事態宣言が延長されて閉店するお店の増える街で
病気になったら謝らなければならないような街で
だからせめて非実在の
燃えるような髪の
たった20歳くらいの
煉獄さんの面影を反芻している
一昨日の発表によれば
『劇場版「鬼滅の刃」無限列車篇』の興行収入は３６８億円
を突破した

東京オリンピック・パラリンピック大会組織委員会の森善朗会長（83）が３日のＪＯＣ臨時評議員会で、「女性がたくさん入っている理事会の会議は時間がかかります」「私どもの組織委員会に女性は７人くらいか。７人くらいおりますが、みなさん、わきまえておられて」などと話した。この女性蔑視発言に抗議が殺到し、ツイッターではハッシュタグを付けた〈わきまえない女〉がトレンドワードに。森善朗会長は12日に辞任を表明した。

2月4日（木）　東京・小平　田野倉康一

光の中の光
闇の中の闇
光と闇が等質の
影の無い時間が透けて見える
たまには座れるようにもなった通勤電車の中で
たわわに実っている不信と

目と目があえば
素早く逸らす

ＰＣＲ検査を故意に抑制し
感染者数や重症者数や死者数を操作していると
信じている人たちがいる
保健所の主査も
統計も担当した経験からしても
そんなことはどうやったらできるのかわからない

保健所業務への応援派遣が決まった
定年後の再任用職員まで駆り出されそうな事態に驚く
そこまで逼迫している保健所の職員が
不信の眼にさらされているのがあまりにもつらい

派遣はもう少し先だけど
古巣へ戻ったら光も闇も
しっかりと見届けてくる

今回の緊急事態宣言では、役所は出勤制限を行っていない。通勤電車の混雑も変わらない。仕事はむしろ増えている。それでも感染者数が減ってるとすれば、やはり会食ということなのだろうか。

2月5日（金）　千葉・市川　　柏木麻里

夕陽が、ほおずき飴のように
つやつやと、蕩々とオレンジ色に輝いて
向こうがわへ沈んでゆく
真ん丸なその姿は
それ自体の照りによって輪郭が定かではない
今日の夕陽の
それが意志

なのだとしたら
わたしたちは
そのオレンジ色の飴のような意志を
どう受けとればよいのだろう

大人になってから時折
今日が
春へ向かってゆくのか
冬へ向かっているのか
わからなくなることがある

世界はいずれにしても
太陽のフレアのようにして
いやたぶん
まさしく太陽フレアの一部として
その意味において正確に
咲いてゆく

たいせつな人が、ひとり、またひとり増えた
そう思う今日

2月6日（土）　東京・杉並　峯澤典子

週末の夜だけれど
家の前の通りを歩くひとがいない
車の音もしない
外の世界が存在しないかのように

きょうの午後は
窓をひらいて
本や手紙の整理をしていた
なんど整理しても
数十年間捨てられないものは
自分の内側にあるのか
外側にあるのか　もうわからない

幼いころ
山道を歩いたとき
けものや　けものめいたものたちが
招く場所へは入ってはいけないよ、と言われた
それはわたしたちの外の世界だから

でも
けものや　けものめいたものたちから見たら
わたしこそが　恐ろしい外の世界だっただろう

もう一年ものあいだ
ずっと内にこもって
仕事をし　食事をし　生きている
けれど
外を歩く人から眺めれば　わたしは
少し距離をとらなくてはならない
外の世界の人でしかない

きょう

ひらいた窓から
昨日よりもあたたかい風が入ってきた
この風はどこまでゆくのだろう

わたしの内と外を溶かす
明るい風は
玄関を通りぬけ
けものや　けものめいたものたちの山へと
流れてゆけばいい

もう数十年ものあいだ
わたしの内側でひそかに眠っていた彼らに
あたらしい春を告げるように

2月7日（日）　神奈川・横浜　新井高子

おもいだせない、はんとしまえが
いえ、さんかげつ
へたをすると、みっかまえも
ざるであった、
あたまは

いろんなひと、こえ、もじ、ふうけいが
はいってくる
まいにち　すべりこんでくる
それぞれ、びみょうな「かげ」になって、

だが、
「あみ」がなければ、
とおりすぎるだけなのですよ

みえるもの、「かげ」は
がめんごしでも、ビニールごしでも
マスクごしでも、
やってくる
おしよせてくる
コロナのなかだって、

だが、
「あみ」は
においやはだざわり、
てのあくりょく、むねのだんりょく、
ねっき、ためいき、
そんな「いぶき」が
すくって
のこす、

チカラ
だったのではないか
　　きゅうきょくてきには、
　だえきの「しぶき」かもしれませんよ
　　ひとの「いぶき」は

シュッーと、
ふきつける
こすりあわせる
どこか、きずつくようなきがしていました
こころが、きずつくようなきがしていました
たったひとつを
しょうどく　しようとして、
あたまとこころの
あなたを
けして

いたのだっけ?

わたしだって

コロナ暮らしは、宙に浮かぶ「無時間」のよう。記憶喪失が慢性化している。人間は、いわば雑菌などのかたまり。出会いをそのにおいでも覚え、思い出してきたことを逆に自覚する。

2月8日（月）東京・冬木　カニエ・ナハ

今日こそ円盤に乗る派の公演に行けるとおもって千秋楽、チケット予約しようとおもったら昨日、前日の24時迄だったのだった。

あきらめて、昨日スパイラルでやってた「無言に耳をすますパフォーマンスフェスティバル『ZIPPED』」リアルタイムで見られなかったのでストリーミングでみる。

冒頭アナウンスで「できれば部屋を暗くして見てください」とあるが朝なので暗くすることができない。

百瀬文さんのは去年葛西の展示で見たやつだ。それの新バージョンとのこと。あれももう一年くらい前だ。まだコロナがあれじゃなかった。

石川佳奈さんのは石川さんが能をおもわせる無表情のお面かぶってどこからともなく聞こえてくる言い差しの声たちに反応するともなく反応している。

彼女から声が発せられることはなくどこからともなく聞こえてくる言い差しの顔のない女らや顔のない男らのいくつもの

声たちを聴いている彼女が私であるような心持にもあるいは言い差している顔のない声の主（のひとり）が私であるような心持にも次第になってくる。

村社祐太朗さんの無言劇ではひとりの女性がもくもくとテーブルのようなものを組み立てている。

無言であるためにそれを観ている私のあたまのなかの声ばかりがあたまのなかで聴こえてくる。

テーブル面にあたるところが透明なアクリル板のようである。

テーブルとおもいこんでいたがパーテーションだったのかもしれない。

いずれにせよ、組み立てられたそばから解体されてしまう。

水平にされることなく垂直のまま。

それでたいそう宙ぶらりんなきもちになる。

そうしている間にあたまのなかで声にならない、なにかが組み立てられ解体されたのだった。

あれらはいったいなんだったのだろう。

よくわからなかったのだけど、いずれもいまの空気の一断面を鮮明に舞台化しているように感じた。

ナマで見たかった気もするが、モニター越しであることもまたいまの空気の一断面であり、モニターというのがそもそも空気の一断面であるのかもしれない。

依頼された帯文の執筆のためゲラを3周目にメモしながら読む。

ちょうどひと月前、デヴィッド・ボウイの誕生日（1月8日、その二日後（1月10日）には5周忌をひかえていた）からボウイのスタジオアルバムを1枚目から順にすべて聴きなおす、ここに合わせて最近出た「ロッキング・オン」と亡くなったころ出た２０１６年の「Pen」と「ユリイカ」のボウイ特集等をかたわらに置いて、というのが2周目のベルリンまで来て、今日は山本寛斎さんの誕生日で、亡くなって初めての誕生日で、「ユリイカ」で寛斎さんがボウイについて語っている声を聴く。おなじくボウイを手がけられたスタイリストの高橋靖子さんとの対談。

寛斎さんと高橋さんのボウイをめぐる対談の中で、鋤田さんによるボウイの写真をめぐっての、高橋さんのこんな発言がある（「ユリイカ」２０１６年4月号）。

「鋤田さんのお写真で仮縫いしている風景が残っていたりしますけど、本当は三人で写っているのにさ、大抵の場合、端のほうにいたわたしが切られているのよ（笑）。わたし用の写真にしか写っていない（笑）。」

その見開きに載っている写真には、ちゃんと三人で写っている。

これを書いているいま、ふと、先日スパイラルで鋤田さんによるボウイの写真展を見たことを思い出して、いつだったかネットで調べてみたら、２０１４年12月4日〜12月9日とあった、つい先日のこととおもったが、まだ生きていたころであった。

そのウェブページに添えられた「ヒーローズ」のジャケット

の写真の手のかたちを真似してみる。

すると、いつか国立近代美術館で高村光太郎の手の彫刻のかたちを真似してみたときのことをおもいだした。

その手に、手のかたちにいざなわれるように、わたしはこんどは庭園美術館にいて、有元利夫の絵画を見ている。

その手を凝視している。

「有元利夫の絵の手がすきなの。」と言った。

言ったのではなかった、そうファックスに書いて送って寄こしたのだった。

「手って、絵のなかで、もっとも描くのがむずかしいの。」

「有元の手、すごく好き。」

彼女は耳が聞こえないので手話をつかっている。絵を描いている。

ふだん手話をつかう、そして絵を描くひとが、手を描くのはむずかしいといい、有元の絵の手が好きだという。

有元の絵の人たちの、身体にくらべてずいぶんと小さい手が、ぼやけている。

それは手が能面をつけている、とでもいうようにみえる。

それを書きつけたファックスの文字もまた、ぼやけてしまった。

葛原妙子の全歌集が欲しいのだが手に入らない。近くの図書館にあったのでさっき借りてきた。

おりしも、何か趣味が欲しいとおもっていたところだったので、全歌集掲載の妙子歌を全て写経することを目下の趣味とすることにする。

予約しておいた「新潮」3月号を丸善に受け取りにいく。

「創る人52人の「２０２０コロナ禍」日記リレー」。永久保存大特集とある。ほかのひとたちがどんな日記を書いているのか参考にしようとおもう。

「永久」という言葉にいざなわれて、人類が滅びたあとに、どこか暗所にて、二度と頁をめくられることのない「新潮」２０２１年3月号の姿を想像する。

ひとの日記を読んでいると、書かれていることよりも書かれていないことによりひかれてしまう。

また、日記を書いていると、わたしが日記を、ではなくて、日記がわたしを書いているようなきもちになってくる。

帰りに日本橋高島屋の画廊で重野克明さんの銅版画の展示を見る。椅子に座っている女の人の手から鳥が飛びたっていく。

つかまえていた鳥を放っているように見える。

その絵は昔、重野さんが高校生だかのころはじめて書いた画をもとにしているという。

他の絵でも、いくつかおなじモチーフが時を経てリフレインされたりしている。

見入っていると重野さんと思しき方に声をかけられるが、ひとに話しかけられることにすっかりなまってしまって、とっさにうまく反応ができず、申し訳ないきもちになる。

そういえば、前回この空気の日記を書いてから今回までの間にスパイラルの向田邦子展を二回訪れたのだが、今日の話ではないので記さない。

しかしそんなことをいったらさきほど記した有元の手の話もボウイの鋤田さんの話も今日の話ではないので削除しなければいけないのかもしれない。

禍のせいかあたまのなかで起こることの比重が大きくなっている。

現在のなかに占める過去が。

「今日」というのがいったいどこからどこまでなのか、わからなくなっている。


「国内で新たに1216人が感染　大阪では死者1千人超え」（朝日新聞デジタル）

2月9日（火）　静岡・用宗　さとう三千魚

朝
女は
〝寝てなさいよ！〟と言って
出かけて
いった
モコを抱いて
白い車の後ろを見ていた

青い空の下に
西の山がいた

それから
浜風文庫に

“The door opened of itself.”*
という詩を
書いた

今日は
松田朋春さんの詩の公開日だったことに気づいて
松田さんにメッセージを送った
広瀬勉さんのブロック塀の写真〝塀402：190910〟と
工藤冬里さんの詩“Sphygmomanometer”を

浜風文庫に載せた
昼前
保健所の女性から電話があって
体温と
血中酸素濃度を伝えた
微熱があり
右耳で高音が二重に響いていると
伝えた

空気の日記の最初の頃
谷川さんの〝からっぽ〟という詩を新聞で読んで

〝詩は
　からっぽの
　平らな皿にのせた
　空気か〟
と書いた

いま
詩は
生のまんなかにある空気だと
言いたい

夕方
松田さんから〝猫〟という詩が届いた
猫も
空気のまんなかにいる

＊　Twitterの「楽しい例文」さんから引用しました

2月10日（水）　北海道・札幌　　三角みづ紀

喉を通過したものたちの
なきがらを
つぶして
からっぽに満たす

凍結した道に
うっすらと染まる白は
もっとも滑りやすいから
気をつけて　乗り遅れないように。

しずかなまま
原稿を送って
ぬくもりに代わる
ことばを探している

宿り木かとおもえば
鳥があつまっていく巣を
ひたすらに傍観者として
ゆびさして、

次第にひかりがあふれて
綿毛として雪が舞っていて
めんどうな出来事を
まきとっていく昼過ぎには

きみを育てるきみが
世界中で　ゆびをさされる

2月11日（木）　沖縄・那覇　白井明大

今朝
詩集を詰めた箱を渡した
相手は
この町で二年以上の間
詩のワークショップに参加してくれた人で
みんなで読んでね
、て本棚から選りすぐりの
おすすめ詰め合わせにしたんだった

古いマンションの
玄関の傍らには
ヒカンザクラの木が
毎年一月に花を咲かせて
この島では
スミレもイチハツも
年明けには会えて

咲いたら
散っても
ほのかな名残りが感じられて

引っ越しはからだがくたびれるから
ビタミンをと
柑橘や
向こうでよかったらと
この町で作っている辣油や
そして小さな手紙を添えた
クッキーの入った紙袋を受け取り

マンションの一階の窓ごしに
車で走り去るところを
見送った

これが
この詩が
沖縄に暮らしながら書いて
この島にいる間に発表する
最後の詩になるなんて

別れ方というのは
むつかしい
また来るから、て
いくら思ってもそう言っても
いなくなる

さよなら　沖縄

十年も住んだ
この詩が空気の日記のページの一隅に載る日に
ちょうど機上だ

2月12日（金）　東京・本郷　　田中庸介

あと締め切りまで7分しかないというのに
今日の詩を書かなければならないなんて信じられる？

今朝は8時に出かけて
9：15の最初の〆切
それは院生の実験の手伝い

次に12：00までに
研究費の経理の書類を出して

14：00までに
他の研究室の院生の学位審査の準備、
そしてそれを2時間かけて
Zoomで無事審査した

それで17：00までに
助成金の申請を無事出したとたんに
研究室見学の学生たちと17：00のZoom、それをこなす
細胞をうえつぎ脳のサンプルの電気泳動、
それをフィルターに写して抗体をかける

一番のポイントは今晩中しめきりの院生の
学位論文の直し、それはあと4分で出来るはず

なんてこった
中央線の終電まで
あと10分！

駅までは1キロ
タクシーはつかまるか？

コロナ対策を名目にJR東日本は終電の繰り上げを行なった。無人の回送列車が何本も、深夜の駅を走り抜けていく。

2月13日（土）東京・調布　山田亮太

今日のホームルームでは学級委員長を決めます。学級委員長とは、このクラスの代表、みなさんの代表ですから、みなさんと議論をして決めていきたいと思います。どんな人が学級委員長にふさわしいと思いますか。

教師からの問いかけに教室は静まりかえった。自らが指されることを避けたい一心の生徒たちは一様に目を伏せている。その様子をにやにやしながら教師が眺めている。その顔が腹立たしかった。廊下側、いちばん後ろの席にいた私は、手を挙げて発言した。

女子がいいと思います。

なぜそんなことを言ったのだろう。学級委員長の仕事とは、クラスの代表とは名ばかりで、教師からの頼まれごとを引き受けたり、学校行事で生じる面倒ごとを差配したりといった雑務が大半である。そんなつまらない役割は女に押し付けてしまえばいいと思ったから？　いや当時の私にそこまで巡らせた考えがあったはずはなく、ただ単に、誰かが何かを言わなければ議論が進まないと思ったから。仮に自分の発言によって候補が女子に絞られてしまえば、自分が選ばれることもなくなるだろう。その程度の思惑だったのだろう。私の発言の直後、窓側のいちばん前に座っていた西村さんが、私の方を振り返ってぎろりと睨み、それから手を挙げた。

男子がいいと思います。

私と西村さんの発言をきっかけに、学級委員長にふさわしいのは女子か、男子か、喧々諤々の議論が巻き起こった、はずもなく、教室は再び静まりかえった。ここまでに出揃った意見はただ二つ。女子がいい。男子がいい。何も進展していない。しばし重い沈黙の時間が流れたのち、私の二つ前の席にいる湯本くんがおそるおそる手を挙げた。今度はなんだ。みんなが湯本くんに注目した。

ぼくがやります。ぼくがやってもいいでしょうか。

教室中が無言の歓喜の声で満たされた。湯本くんすごい！　是非湯本くんを学級委員長に！　このクラスをまとめられるのは湯本くんしかいない！

こうして無事に学級委員長は湯本くんに決まり、その後、どういう経緯だったかは忘れたが、私と西村さんが副委員長を務めることになった。

以上は二〇年以上前のエピソードだが、ふと思い出したので書いておく。

2月14日（日）　福岡・博多　石松佳

昨日ＳＮＳで見かけた
「世界が元気になったら会いましょう」という言葉
あの日から
わたしたちは
世界の熱を計り
手指を洗ってあげ
世界を静かに寝かせようとする
そんな日々を送っているのかもしれない
もう1年が経とうとしている
わたしたちは
あの日から
少しだけ髪が伸びた

2月15日（月）　大分・耶馬溪　藤倉めぐみ

洗面所の透かしガラスから
ウグイス色の鳥が梅を啄んでいるのを見た
ずっと花びらを啄んでいると思っていたけれど
芯にくちばしをよせて蜜を吸っていた
ウグイス色の鳥はウグイスではなくメジロだった
ウグイスはもっと薄茶色の鳥で

ウグイス色はメジロのものだった

一昨日、大きな揺れが福島を中心に起こって
あちらこちらにぽつぽつと声をかけた

そういえば10年前には声をかけられる側だったのに
今は別の岸にいる
どの岸にも心は置いておきたくて
書くということも
ひとかけらの心を置いていくことのように思う

そういえば昨年はオリンピックをやる予定で
そういえば今年は東日本大震災から10年で
そういえばオリンピックは東日本大震災の復興という名目で
ゆがみにゆがんで埋もれていった

東京で一人
家のテレビをつけて見た
あの赤さを
あれはなんなのだろうと思っているし
まだ何も許していない

日々のひずみが皮膚のひずみに変わって
皮膚という皮膚にありったけ爪を立てて
神話から遠ざかって白ませた

震えが届けば
どこだって地続きなのだから
等しくのしかかる
何も何も何も許してはいないと
ガジリガジリと歯を立てている

見つめるという時間が私にはある

私と同じ髪型をした10歳のあの子が
ピンクのはさみを手首に当てて
ちりちりと皮膚を削ろうとしていた

「だめだよ、そんなことしたら悲しいよ」

「なんで。私は悲しくないよ」

「あなたがあなたを大事にしなかったら私が悲しいんだよ」

そんなことを言って
とても消極的にかるた遊びをした

2月16日（火）　八ヶ岳　　覚 和歌子

ひとつの雲もない空の奥へ
鰐がのそりと出かけていき
温まった尻尾で戻ってくる

すこし前から山にいる
鰐は端末に小説を仕込んで
わたしは〆切を二つ持って

木づくりのベッドの居心地
腹ばいと壁の光跡と蓮花香
ときどき音を立てる膝関節

検温計に前髪を上げるたび
35度しか出せない体からも
詞《ことば》の蒸気はうっすらと立つ

輪郭が霞む冬枯れの山から
春の方角へ寝返りをうつと
窓いっぱいに広がる野焼き

またひとつの冬が終わって
焼き払われた地面の下から
じき新芽たちは立ち上がる

ひとつの詞も
旋律さえ持たない
ただ光がふるえるばかりの
うたを
やしないとして

2月17日（水）　横浜・曙町　　四元康祐

家族以外との身体的接触を断たれて約一年、ヨーロッパと違ってもともとこの国にはハグやらキスの習慣がないので大勢に変化はないが、どこかスースーする気がする。接触だけでなく、マスクに隠されて顔まで見えないという状況は、ブルカを纏った女たちのいるイスラム世界のようだ……などと考えていると、なんと目と鼻の先に、過剰な身体的接触の解放区が拓けているではないか。

＊

からだとからだが

無理矢理
切れ字されて

こころはここに有らず
字余りだ。

海が
ざわついている。こころとからだを
分け隔てる、ひとすじの
髪の向こうで

溢れる
雲の、句跨り。

女性は
何人いますか？
五人？　十人くらいいるのかと思った。
五人います。

（笑いが起こる）

私共の
恥。悪口。ご出身。競争
意識。女性は。

いますか？

あの夏、
沸騰するスクランブル交差点の真ん中で
絡み合っていた、舌と
舌……

ディープ・キスは
基本料金に入っている。オプション（三千円）で
即尺。
ごっくん

わたし猿。
になり
たい風に啼き、
たい

苦から空へと跨りながら、まだ
擦ってる

無季の如月。

令和3年2月3日JOC臨時評議員会での森元会長の発言からの引用があります

2月18日（木）　東京・神楽坂

ジョーダン・A・Y・スミス

石の男は
水の男になるとき
形容詞の神様を追いかける

煩雑な手続きの向こうまで川が流れている
簡単な皮肉に鳥が鳴いている
印鑑の花が咲いている
一般社団法人が設立されるまで

アプリの瓦瓦、一歩一歩を飛んでいる
三種類の封筒に265gの龍を詰め込ませている
小形包装物の最近珍しい乗り物にのせている
『Tokyo Poetry Journal』の2020年夏号が
やっと拡散されるまで

・。・○・。patient
・。・●・。positive
・。・○・。present
・。・●・。versatile
・。・○・。exquisite
・。・●・…………funky

ピザ

2月19日（金）　神奈川・江の島

永方佑樹

いよいよはじまったワクチンの接種
まずは医療従事者からで
その次は高齢者で
喘息は基礎疾患に加えられるのか
とにかく順番はまだまだだから
今日もマスクをして外に出かける

今週はじめに地震があった
揺れは強くて長くて
十年前の
東日本大震災の余震だった
世界はそんな風に

いつも唐突に気づかせる
私たちは仮住まいをしている
せわしなく疑い
労働したり批判したり
楽しんだりしながらも
いっときただ過ごしている
単なるひとつの環境だ

地震の後は強風が続いて
海辺に行くとゴミが打ち上げられている
缶にペットボトル、プラスチック
今年はそこに
マスクが一枚増えている

2月20日（土）　福岡市・薬院　渡辺玄英

たぬきの耳はまるい
すこしうつむきかげん　に肩をおとして
ホトホトと歩いていく
尻尾はふさふさと　たらし気味に
きみはさびしいのか？

そんなに短い足で　夜明の縫い目の草叢から
こんな住宅地に　迷い込んできたのか
明六つの空がぼんやりした雲に覆われている
ここには　たぬきしかいない
たぬきは背を向けて　ぼくの過去の方角に
見えない足跡をのこして消えていった

だれも知らないことで
ぼくだけが知っている　ことがある
そしてだれにも記憶されず　消えていく

あのたぬきは　いまどこにいるのだろう
ここにいる人は　空の下に　まだ佇んでいる
そしてやがていなくなるけれど（たとえば昨日まで生きてい
　たのに
それまで　たぬきとすれ違った夜明をわすれない　はず
この思いもまた　だれにも知られはしない　けど

だれも知らない足跡が　目を合わせることなく
今朝の地上に上書きされていく　ことをぼくは思う
むろんだれにも記憶されないで
いずれそれも消えて　その上に次の朝がくる

結構な市街地なのだが、二百坪程の緑地があって狸が棲息している。狐はいない。野鳥と猫はいる。時折、狸と遭遇する。しかしそんな事は誰にも知られず消えていく。どうでもいい事だが、どうでもいい事ほどよく覚えている。

2月21日（日）　東京・つつじが丘　　河野聡子

サイコロステーキの食べ方

今回は二人対戦方式とする。

フライパンで焼いたサイコロステーキを参加者の前にある皿に平等に分ける。

この皿を手皿という。

テーブルの中央には対戦場となる皿を置く。

この皿は大きめがのぞましく、対戦皿と呼ばれる。

自分の皿からサイコロステーキをふたつ、箸で取り、二人同時に対戦皿で転がす。

サイコロステーキを箸でうまくつかめず、ひとつしか転がせなかった場合も、やり直しは不可。

人生は偶然に満ちている。

技術がものをいうときもある。

さあ、対戦皿の上に転がった、自分のサイコロステーキの出目を足そう。

多い方が勝ちである。

勝った方は、自分が転がしたサイコロステーキと、相手の、自分よりも小さい目のサイコロステーキ（1つだけの場合は1つ、そうでない場合はすべて）を取り、茶碗に盛った炊きたてご飯の上にのせる。

以上を手皿にサイコロステーキがなくなるまで繰り返す。

完成したサイコロステーキ丼を「いい勝負だった」といいながら食べる。

2月22日（月）　東京・世田谷　　松田朋春

五月のようにあたたかい
様々なことが曖昧に感じる
ウイルスの広がりも減ってきた
みんな息の止め方がわかったのかな
よかった
でも
いつかもこんな時期があった
だから自分の喜怒哀楽を信じない
これもある種の潜水

そのことも
あたたかいと忘れる

2月23日（火）東京都・下北沢

鈴木一平

朝起きて、大学の同期に連絡を取る。今日の芋煮会についての確認。洗濯。後輩（添削担当）に今日の「日記」についてのやり取り。駅前のドン・キホーテで安いランタンを購入。昼前に目白へ。Oさんの個展を観に行く（二回目）。通りを左に曲がって地下の階段をおりると、開いていなかった。よくよく調べると休廊日だったので、前に観に行ったときの回想を行う。地下へと続く階段をおりて、備えつけの消毒液で手を洗いながら、ガラス張りのドアを開けて中に入る。外光だけの薄暗いエントランスを通って奥のドアを開けて、展示スペースに入ると、明かりのない真っ暗な空間が広がっていた。そういうものかとおもいながらじっとしていると、壁の向こうから定期的に不穏な音が聞こえてくる。あとから入ってきた人がスマートフォンを懐中電灯にして、あたりを見渡している。部屋の隅に字が書かれているのが一瞬見えたので、スマートフォンを懐中電灯設定にして、空間が見えるようにする。光で炙り出された視界は、見えるようになること自体でそれらしい意味を与えてくる（気がする）。四方の白い壁それぞれに姿見のような鏡が向かい合せに立っていて、部屋の四隅すべてにテキストが書かれている。テキストは一つの壁につき二つ、部屋の角を蝶番にして配置されていて、それぞれに番号が振られている。しかし、「①」の横に「⑥」、「②」の横には「⑤」のテキストが置かれ、（一見すると）対になってはおらず、番号は読むべき順序の指示であるようにおもわれる。

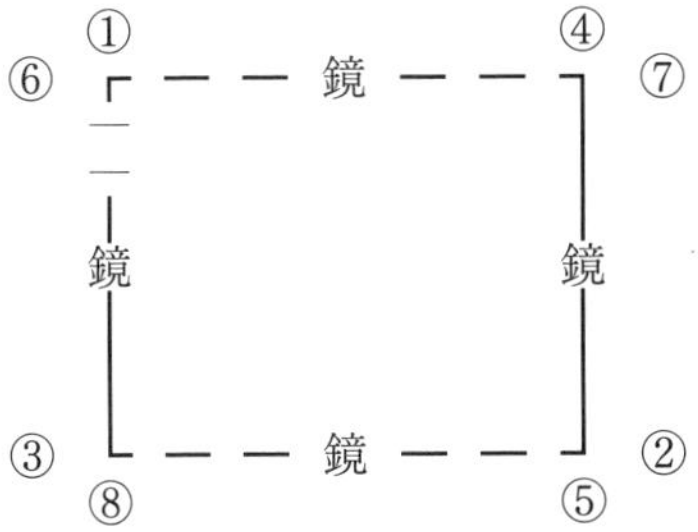

記憶なので間違っている可能性がある（「一一」は出入り口）。番号にしたがって読んでいくと、（1）対角線側に移る、（2）壁沿いに進む、の動きを反復的にくり返すことになり、プレスリリースで言及されていた怪談『スクエア』や

サミュエル・ベケット『クワッド』の参照を感じる。テキストに関しては前者をもとにしたものであるようにおもう（《1　大丈夫ですか。凍えるほど寒い。／眠るとまずい。いますかみなさん。／（首肯）（首肯）（首肯）／見えません暗くて。》）。反復を意識しながら体を動かしているうちに、その身動きがゆるやかなダンスの気配を帯びてくるように感じられる瞬間がある。鏡が懐中電灯の光を反射しながら、軌道について意識する体を（軌道そのものへの意識を構成する視野に介入するかたちで）映し出す。ときおり聞こえるうめき声のような物音。なにかに反応している？　わからない。ひととおり動き回り、隠された細部がないか探しているあいだに、あとから来た人が部屋を出ていく。懐中電灯を切る。光に慣れた目が闇に包まれて、しだいに闇そのものがグニャグニャとゆらめいてくる。なにも見えない視界を見つめ続けることに目が耐えかねて、なにかを見ていることにしようと錯覚をつくりだしているのだとおもう。あたらしい人が入ってくると、その人もしばらくじっとしたあとで、スマートフォンの明かりをつけた。壁に沿ってテキストを読んでいるのがわかる。明かりをつけられると、電気をつけずにじっとしている自分が異様な人間であるように感じて、スマートフォンを操作してなにか考えに没頭しているふりをしなければいけない気持ちになる。

外に出て、消毒液が置かれた台の下に真空パックで詰められた灰色の塊が並べてあるのに気がつく。手に取ると今回の展示の概要展示のDMらしく、塊はスポンジかなにかのよう。これはもらっていいものなのか悩む。思い返せば、今回の展示は鑑賞者の行為を促す指示が明示されておらず、部屋の中で照明を使用するべきかどうかも鑑賞者の判断に委ねられていた。階段をのぼり、横の駐車場にある喫煙スペースで煙草を吸っていると、奥のドアからOさんが出てきた。

——（Oさん）あれっ、久しぶりですね。電気つけました？

——（作者）最初、闇を感じながら表現を受け止めていました。

——指示しなかったんですよね。暗かったら電気つけるでしょ、って。最近なにかされてます？

——このあいだ久しぶりに「日記」じゃない詩を書きました。インスタレーションじゃないですけど、最近は詩も空間を立ち上げるというか、演劇に近いようなイメージを感じてて。

——ああ「ルビ詩」。空間なんてはじめから立ち上がってるのに、なんか立ち上げるって感じがしますよね。

また何回か行くと伝えたものの、今回は行ったうちに数えられないとおもった。大学の同期と待ち合わせて移動し、川へ。メンバーは同期、同期のバンド仲間の先輩、後輩二人（遅れて参加）。同期に以前「日記」の話をして盛り上がり、担当日に合わせてなにかやろう、ということになっていた。「日記」のために意図的に現実を改変する機会がなかったので、会議の結果、河川敷で鍋をすることになった。

――（作者）鍋？

――（同期）何回か鍋やったとこがあるのよ。芋煮会しようぜ。

――いいね！

同期の町（秋田）の芋は鶏肉・醤油がベースらしい。それは芋煮ではなくべつの料理だというと、芋煮の複数性について説明された。地元にいたときは豚肉・味噌（＝宮城式）の芋煮しか知らず、牛肉・醤油でつくる山形式を最初に知ったときは、味の想像がつかなかった。

夕方に河川敷に到着。買い出し。同期が集合場所を二転三転したせいで、買い出しに参加する予定だった人が現地にいた。家を出るときはあたたかかったが、人気のない河川敷は異様に冷え込んでいて寒い。謎の鳥が鳴いている。まさか鍋を食べるためにここまで遠出するとはおもわなかった。夜まで長引く可能性を加味して、同期からランタンを持ってくるようにいわれていた。同期が鍋とガスコンロ、先輩が材料と調理器具を持ってきた。途中のスーパーで買ったゴミ袋を取り出して、河川敷に並べる。風で飛ばないようにゴミ袋の端や継ぎ目を石や荷物、鍋、酒で固定する。草が生えていないので、座っていると尻が痛くなる。先輩がスピーカーを取り出して、最近聞いた曲やオリジナルの曲を流しはじめる。同期が料理をはじめる。

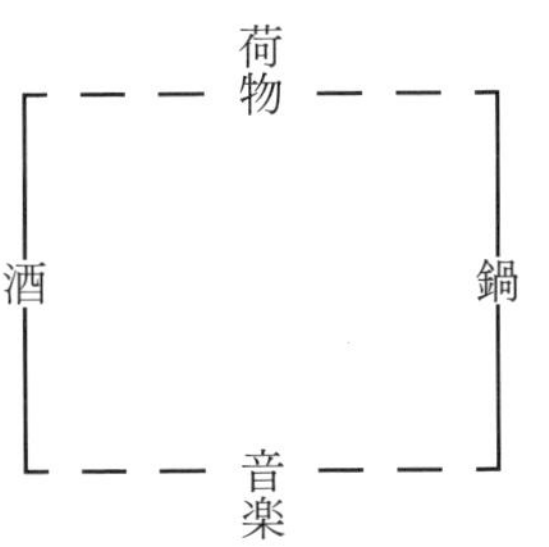

同期が後輩を迎えに行っているあいだ、しらたきを下茹でしながら先輩と話す。

――（作者）こういうとこで鍋って許可とかいらないんですか？

――（先輩）場所とかによるけど、ここは直火じゃなければ。年末やったとき役所に電話したけど、問題ないっていわれた。

――今日は確認してないんですか。

――法学部出てるから大丈夫。

――え？

後輩を連れてきた同期と調理を代わり、しばらくして芋煮が完成する。食べながらお互いの近況を話す。前に家族でオンライン飲み会をしたときに、両親から結婚の話をされた。

――（作者）子ども早くつくれ、みたいにいわれて。妹とかそのうち結婚するでしょっていったら、それは鈴木家じゃないっていいわれて。そういうものなのかもしれないけど、なんともいえませんね。

――（先輩）オレの妹が結婚するけど、姓が鈴木になるよ。

――（作者）解決しました！

――（同期）なにが？

夜になるとあたりが真っ暗になる。ランタンの明かりをつける。芋煮の複数性から秋田弁と仙台弁のちがいについての話になり、同期とお互いの方言で話すゲームをする。ちがいがわからないといわれる。後輩が寒がりだしたので、相撲を取ったりあたりを走り回ったりする。薄暗い視界の奥で川岸に積まれた石を見つけて、フラッシュを焚いて写真を取ると、キャベツの切れ端が乗っていた。遠くで人が笑っているような鶏の鳴き声がして、不穏な物音がした。空を見上げるとオリオン座が光っていた。

――（同期）うどん入れるぞ！

――（先輩）いいよ！

――（同期）最近はカレー粉も入れて、カレーうどんにするらしいですよ。なんか、最初からカレーライスつくる芋煮会もあるって。

気になって調べてみると、芋煮の具でカレーライスをつくるということらしい。最寄り駅まで歩いて、終電に間に合うタイミングで解散する。地面に敷いたゴミ袋にゴミを入れて、余ったゴミ袋を後輩に渡す。代わりに文旦をもらう。電車に乗り込むと、座席の隅に水筒が置かれていて、中のにおいをかぐと酒の匂いがした。乗り換えを続けるうちに高田馬場まで帰るのが面倒になり、同期の家に泊まることにした。小腹が空いたので、大量のニンニクを入れたラーメンをつくって食べる。

2月24日（水）　埼玉・飯能　宮尾節子

昼間になると
にこにこ笑ってるような
暖かい日差しがあたりいっぱいに
こぼれて

春はもうそこまで来ていると
告げてくれている

義母が倒れて二週間になる
このところのきびしい寒暖差が
老齢には響いたか

脳出血だった

行かない日だったので
悔いが残った

覚えて置け
という詩を書いた

覚えて置け

＊

行かない日があった
一日だけ行かない日があった

覚えて置け
そんな日に、必ず
愛は倒れるのだ

＊

コロナ禍なので、面会ができない。
ナースセンターに問い合わせると
名前は言えるように
なったとのこと、かおがみたい

今日は留守宅の
植木鉢の水遣りに行った。
テレビをつけると音量が大きくて飛び上がった

少女の頃には
「桜貝すみれ」というペンネームで
小説を書いたのよと前に打ち明けられたことがあった

噴き出すのをこらえた乙女な名前だけど
本名は「皿海すみこ」なのでまんざら
嘘っぱちでもなかった桜貝の
（ずいぶん耳が遠くなった――）

すみれさん、すみれさん、
すみれさん、すみれさん、

もうすぐ春の、すみれさん

お家に戻って、咲かせておくれ
（明るい春の縁側で――あははとわらう）
花の笑顔を、もう一度。

2月25日（木） 東京・神宮前

川口晴美

蒼空がきれいだ
それだけをおもって歩いた
日々の生活に困難が山盛り押し寄せてきて
現実的に対処しなきゃならないから考えたり調べたり
動いているけれど
こころが散らばっていく
持ちこたえられなくなりそうで
できるだけ顔をあげて遠くを見ながら歩いた
昨日は
とてもいいお天気だった
だけど帰宅後は
体中の力が抜け落ちるみたいに起き上がれなくなる
指先から奪われて冷えて
つめたい瞼をぎゅっと閉じる
眠れないまま
染み込んだはずの蒼空をかきあつめ
夜のなかへ潜り込むと
女ともだちからのLINEの言葉がときどき灯って
散らばっていたところをかすめるたび
少しずつ整えられていく
朝になれば
空気の日記の当番日だから
こんな今をいったいどう書けるのだろうと
手探りをする
わたしの暗闇はわたしだけのもの
説明はできないし
わかってもらいたいというのではない
それでもわたしのなかで言葉はまだ生きていて
動いて
どこかへ届こうとする
そのことがわたしを支える
蒼空がきれい
きれいだったよ
重なりあう建物に遮られ暗い機影に切断されても
広々とひかりはそこにある
滅びていくときもきっと蒼ざめてそこに
あかるんでいる
誰もがそれぞれの暗闇と蒼空を抱えて昼と夜を漂い
どこかわからないそこへ
いつかたどり着く

首都圏などが緊急事態宣言下にあるなか国公立大学の二次試験が始まる。海外渡航歴のない変異株ウイルス感染者も見つかり始めたが、政府は首都圏を除く6府県で緊急事態宣言を2月28日に解除する方針。

2月26日（金）　東京・小平　　田野倉康一

青空が欠片となって
バラバラと落ちてくる
朝の西武国分寺線はいつになく密で
天井にわだかまっている
吐息のような未来に
何かと何かの境は
急速にあいまいになってゆく

このごろ高校生が増えた
スーツ姿の男女がすくない
マスクを二重にしている人も増えた
現場へ行く途中の倉庫の前で
マスク50枚が２００円で叩き売り
されていた
路地に猫がいない空き地が目立つ住宅地
なんにもない毎日は何かがあふれている毎日
そんな時間には尾がない
あらゆる影を欠いた
光のように

2月27日（土）　千葉・市川　　柏木麻里

食べずに古くなったキウイがいくつかあったので、
4個を選び、2個を薄くスライスして2個は賽の目切り
さらに皮の黒くなったバナナ１本も細かく切って
ホットケーキミックスに混ぜて
ケーキを作った
炊飯器で焼いて、まだ焼きが足りないのでフライパンに移し
　て焼いた
焼いたら
果物は元来た場所を語り始めた
甘酸っぱくなったキウイは、典雅な川をさかのぼり始め
バナナは、私は芋のように食べてもらっていいです、と話し
　始めた
それを聞いていると
猿のことを思った
頌めという名の小さな猿のことを

それは高い木にのぼって

遠くの平らな山が見たくて見たくて
海から陸へ上がった

海から上がったのは
見たいものがあったから
したいことがあったから
けっして捨てられたり、もぎとられたのではなかった

そして海から来たものだから
猿も
海の生きものを名乗ってよい

さいごの一人が
壮麗な夕陽
海に沈む夕陽を
頌める
その
頌めだけが
もはや体のない頌めこそが
地球に残る
われわれの子孫

という歌を
未来を見てきた歌を
温かいキウイが歌って聞かせてくれた

2月28日（日）　東京・杉並　　峯澤典子

もうすぐピアノの発表会
きょうは
町の児童館の一室を借りて
リハーサルが行われた

でも教室のみんないっしょに　ではなくて
ひとりずつ　時間差で入場したから
子どもは
どのともだちのピアノも
聞かなかった

でかけるなら少人数で
それと
遠くへはいかないこと

もう数か月　いえ、一年ものあいだ
恐ろしい呪文のように
子どもに

自分に
言い聞かせてきたことは
見えない足枷になっているのだろうか

廊下でじゅんばんを待つあいだ
換気のためにおおきく開かれた窓から
明るすぎるひかりが差しても
まだ
ここにいなくてはいけない　と
思おうとしている

小さなホールが一瞬
しずかになったあと
ドアの隙間から
上級生の弾くマズルカが流れてきた

音符と音符は
じゃれあう蝶たちのように
廊下の窓から抜けだし
通りを歩くひとの肩や髪にとまり
知らない電車にのって
知らない海や山へと辿りつくのかもしれない

明るい日差しのなかに
おとなたちを置いて
子どもたちはじゅんばんに
なにももたずに
ピアノの前にすわる

わたしたちが
まだ見ることのできない
先へ　遠くへと
たったひとりで
向かうために

3月1日（月）　神奈川・横浜　　新井高子

詰めものがとれた虫歯か
あったはずのもの、あるべきところが、
がらんどう
傷んだ神経のなま臭さよ
黒ずんだ底には、ミュータンス菌がはびこって
酸っぱい舌が
エナメル質のコーティングを溶かし、
剥き出しにするのだった、
穴だらけの
コンクリートの壁を

行き先が消えた
　給水管と排水管、
照らす当てのない
　電球と蛍光灯、
温める相手のいない
　空調の吹出し口、
天井板がはずされたモヌケの上部から
ただ、ぶら下がる
ただ、揺れている

不安と不安定のアートだよ
作意のないホンモノだよ

何日もそのままだから
やりかけの工事ではない
これが完成なのだ

――死んでなお
　じぶんを持てあます、
　電線のたわみ

いまや
マンション一階のはんぶんが、
半年前までは美容院だった
年末までは整体治療院だった
あの奥の工房がいつ消えたか、気付きもしなかった

人口減の日本列島にコロナが吹き荒れて一年。都心の老舗の居酒屋が閉店したことなどを寂しく聞いていたが、いつのまにかじぶんが住むマンションも廃墟だらけだ。

3月2日（火）　東京・冬木　　カニエ・ナハ

すごい雨で沈丁花や、やっと咲き始めた木蓮が散ってしまわないか心配。

いつもは自転車でいく駅までの道を歩くと、街路樹の根もとにいつのまに、ナズナやヒメオドリコソウが咲いていたことに気づく。タンポポも一輪、咲いている。

帰りに渋谷に寄ってaikoの新しいアルバムを買う。特典でノートがついてくる。レコード店ごとにそのデザインが異なり6種類ある。タワレコでBlue-rayつきの初回限定盤を買って、TSUTAYAでCDのみの通常盤を買う。ノートを2冊入手する。良い詩を書きたいとおもう。

20年以上のながきにわたってaikoのうたを聴いている。変わらずほぼほぼ恋愛のうたのみを、その機微を、微に入り細を穿ち描きうたいつづけている。

西脇順三郎の詩集『旅人かへらず』の「はしがき」にこんな一節がある。

「自然界としての人間の存在の目的は人間の種の存続である。随つてめしべは女であり、種を育てる果実も女であるから、この意味で人間の自然界では女が中心であるべきである。男は単にをしべであり、蜂であり、恋風にすぎない。」

引用部分だけだと時代遅れな二項対立ととられかねないが、西脇は自らの（そして人類のだれしもの）内に女性と男性とがあり、この詩集は（というかおそらくどの詩集も）自らのうちなる女性による、詩のことばによる生の記録である、というようなことをいっているのだとおもう。

aikoのうたもまたここでいう「恋風」のようなもので、「必然的に無や消滅を認める永遠の思念」（同じく西脇の「はしがき」より）をはらんだ、人類の存在の普遍的な寂しさにふれた、うたたちなのだとおもう。

西脇の「はしがき」の、先に引用した部分の前には、

「路ばたに結ぶ草の実に無限な思ひ出の如きものを感じさせるものは、自分の中にひそむこの「幻影の人」のしわざと思はれる。」とある。

道ばたの花のように、あるいは花をゆらす恋風のように、われわれの日常のかたすみに寄り添い彩る、aikoのうたたちである。

3月3日（水）　静岡・用宗　さとう三千魚

夕方
帰った

モコが
待っていた

車を停めると吠えた

ドアを開けると
ソファーから駆け降りてきた

おしっこをさせる

TVニュースで
首都圏は2週間延長という

女
帰ってきた

コールスローサラダと
焼肉と

作ってくれた

ごはん
食べた

熱いお風呂に眼の下まで沈んでいた
お湯の水面を見てた

パジャマを着て
ドライヤーで髪を乾かした

クリームを塗った
歯を磨いた

ソファーでモコと眠ってしまった

空気の日記……

空気の……
空気

目覚めた
昼に見た

メジロの白い縁どりと
緑の体と

ヒヨドリの影と

あの女の人のふいに横を向いた一瞬の顔のこわばりと

光景が
思い出された

空気

吸っていた
吐いてた

3月4日（木）　北海道・札幌　　三角みづ紀

子供のいない
わたしたちには
はまぐりのお吸い物も菱餅も
用意する理由がない昨日を過ぎて

キンセンカの茎を
斜めに切りおとした

ひとつが枯れて
ふたつが咲いて
残酷だと思う

不規則なねむりの意味や
首を揺らしつづける過程や
おなじページをめくっては
赤字で書き込んでいく
わたしの日々は、

にんじんを薄くうすく切り
いつかパリで食べたサラダを
つくりはじめる夜に

カーテンのそとは
断絶された世界で満ちていた

降りすぎた雪が
覚悟のないまま溶けていく

3月5日（金）　移動中　　白井明大

明日
と言ってもこれが公開されるのは来週水曜日の予定だから
先週末
琉球新報に
震災から十年に際してという欄に拙文を寄せていて
今日の昼はゲラをやりとりしていた

これは
書きはじめてすぐ
こわばった調子で文章が硬くなっていくのを感じながらいた
そして
まだじぶんのなかのわだかまりが
というか傷が
十年だかなんだか経っても
きえさったというわけでは全然ないことに気づいたんだった

添える写真をと請われ
引っ越し荷物の中から現像済みのフィルムのファイルを漁る
　と
出てきた写真が
二〇一三年の三月にいわきで撮ったものが出てきて
八年前だというのに
ネガをスキャンして見たときは
これ一六年かな
いやもっと最近だな一八年かな
などと思ったけれど

撮った時期をじっさいに訊かれて
同じフィルムに写ってる島での様子から推しはかると
かなり以前のものとわかった
八年か

ずいぶん昔だな

、てそう思って
この
十年という長さより
八年を遠くに感じたのは
たぶん具体的な物が
ぼくと被写体であるその物を日常的に用いる人との関係をと
　もなって
そこに写っていたからだと思う

ねぇ
でも　これ、て　詩なの

ほんとうは
いま　詩から遠いのかな
、てちょっと不安になる

新しい場所へ来て
不慣れな生活を一からはじめて
まだ足下がおぼつかない
だけじゃなくて
これ　いまこの書いてるこれ
、て

言葉が地に足をつけてない感じする
こんなにも不安定　、ていうか　足が地に届かないの　なん
　で、て

島にいるときは
島での日々が詩だって
思えてちゃんと
じゃあ　いま　詩は　ねぇ　どこ　、て
なってるの　は　たぶんどことも　ぼくとこころが　どこと
　もつながってない　、て感じてしまう　せい　そのせい

架空の時間で　かりそめの生活を　送ってるわけじゃないの
　にも
そう感じられてしかたなくて

ここは　どこなんだろう
まだ　わかんない　わかんないや　どこか　どこなのか

みんなあたりまえに地名を口にできるしする
ぼくだって言える　どこどこ市なになに町いくついくつの
　て

あ、
でも島にいたときの感覚がすっぽりと抜け落ちちゃって

この宙ぶらりんな感じ　、て
ああ　これは　これは多分　ぼくは島に守られてたんだな
海にかこまれて　ということは　いつでも見回せばどこか
しらに　海が見えて　月だって近かって　そう　いまが何
日月か　部屋の中にいても　月の力で　ぐい、て　感じら
　れた気がした、て

そういうのから
はなれたんだよ

そういうのから遠く　はなれたとき見えてくる島の　ぼくに
　してくれてきたことが　あったんだよ

じゃあ
いまどこか
夜　道を走る車の音がするしてる少しずつきえてって
車の音が静かで　ここの夜がとても静か
ああ　足をつけなくては
こうやってみんな　すぐ浮き上がってしまいそうな足を　か
　らだを　地にくっつけて　懸命にくっつけようとして　や
　ってんだな　そうしないと　すぐ　浮き足立って　いられ
　なくなるから

ふぅ　、て

とんでも　とばされても
いい気がしてしまうくらい
もうここでは軽ぃくて
なんにもない　わけじゃない　のに　どこにもまだ　足
つけなくちゃ
ね　ふぅ　、て
また次　とばされてもいいように

3月6日（土）東京・西荻窪

田中庸介

美しい３５０頁の自分の詩集ができあがるとともに
実家のリフォーム工事も何とか終わり
このタイミングで
20年ぶりに家族４人で引っ越すこととなった
自転車で10分くらい南の街へ

とんでもない数の段ボール箱
二軒分のあれやこれやが詰まっている
もともとあった書籍とそれ以外
西荻から搬入された書籍とそれ以外
部屋がまるまる二つ
天井まで埋まっている

その家をそーっと抜け出して
二人の娘をまた西荻に送り届ける
フレンドリーな暗いカレー屋のマスター
どろっとして甘いバターチキンカレーができるまで
サラダとともに白いラッシーを細い細いストローで吸いこみ
ひたすら待つとしよう

そんな贅沢な時間が
この街にはあった
ぼくのモラトリアム時代、さようならさようなら
懐かしの西荻台マンションよ、さようならさようなら
風景がどんどん加速して遠くなっていく
教会の先には美容室
レンタカー屋ラーメン屋絵本の店
プラタナス並木の甘い香りがあった
洋品屋古道具屋そして古本屋のある街
何冊の画集をぼくはここで求めただろう

ばいばーい
ばいばーい
とアジア系のマスターに送られて
いつもの坂をあがって駅へと急ぐ

ばいばーい、また来てね
どうぞお元気で、また会う日まで

うちの緑色の椅子が
もう古道具屋の店先に出ている

視線がジモティーから
観光客のそれに
変容していく……。
そうしてやっと
西荻窪の駅についた

さあ、ぼくよぼくよ
コーヒーを買って総武線に乗ろう

3月7日（日）　東京・調布　山田亮太

恵比寿まで出て、映画と写真を鑑賞する。模範的東京都民である私は、外出機会の七割減を心がけ、週末のうち少なくとも一日は自宅で過ごす生活をつづけていたのだった。それが、ここに来て二日連続の外出である。事態が異なっていれば、もっと遠くまで行っていただろうか。十年という時間に勝手な意味を見出し行動を起こそうとする心性は愚劣だ。だが模範的東京都民である私は、自らの愚かさを噛みしめるためにきっと足を運ぶのだろう。

この目で見たものを、この耳で聞いたことを、人に伝えようとして、私は私のからだを移動させる。

3月8日（月）　福岡・博多　石松佳

ふだん、夜は外食することもあったが、
最近はずっと家で自炊をしている
野菜を切ったときの新鮮な匂いが好きだ
外ではマスクを着けているから
部屋では本当の呼吸ができる
慣れることはよいことなのか、
そうでないのか分からなくなる
薬缶で麦茶を沸かす
空気に
香ばしいあの匂いが混じる
すると
少しだけ夏を思い出して

今年はどんな夏が来るのか、
などと思ったりした

3月9日（火）　大分・耶馬溪　　藤倉めぐみ

諍いもできない夜が
この地球上でいちばん重たい夜だ

わたしが空気を通すほどあなたは重くなって
あなたが空気を阻むほどわたしが重くなって

頬に涙が垂れるだけで
どれだけ涙を貯めたとしても
あなたがしなかった分だけの重さと
わたしがしてしまった分だけの軽さの
釣り合いがとれない

なすべきことはいくらでもあるのに
縮こまったまま夜を抱えて
曇天が灰色になる頃に必要な場所の扉だけ開けて
また布団に入った

時折通う料理教室から再来月のお誘いが来ていて
すんなりとそのまま快諾する

こうしませんか
そうしましょう

2階の窓に小石をかすめるぐらいの強さが
願い事にいちばんいい

夕方にさしかかる頃に
竹ぼうきをもって山の中に入ろうとしたら
アサヱさんが
なずなや
まだ名前の知らない青い花が広がる畑に
丸くうずくまって
草をむしっていた
とてもきれいだった

「あんた一人でやまんなか入るんか」
「うん」
「おばけが出ることないかい」
「まだ出たことないよ」

山に吸ってもらいにいっているわたしが

おばけなのかもしれない
スギの葉が堆積した墓には
育たなかった子に捧げたネクターが
まだ置いてあって
揺れる杉がきぃ、きぃ、と鳴いていた

3月10日（水）　東京・世田谷　　松田朋春

ひさしぶりのオフィスで資料の片付けをした
いろいろ変化があってレイアウトも変わるので
古いものは処分しなければならない
いろんなもの作ったな
「顕微鏡で読むガラスの詩集」も出てきた
たくさんモノに触って
この一年で手荒れが進んだことに気付く
そう、一年経つのだ
そしてもう一年後も同じだったら
それは想像ができない
今日は東京大空襲があった日だ
両親は下町でなんとか生き延びたのだった
小さい頃、親からも親類からもたくさん話を聞かされた
伝えなければという空気を感じていた
私はそのバトンを家族に手渡すことができていない
２０２０年の日本経済はマイナス４・８％だったという
もう驚かなくなった
経済という人間の
約束事の話だ
経済は空気だろうか
それがウイルスという
生物ですらない空気中の物質によって
変化した
空気と
空気との間で
とじこもるしかない我々は
まぼろしのようだ

3月11日（木）　ドイツ・ミュンヘン　　四元康祐

一年ぶりにミュンヘンに戻ってきた。松田さんから「空気の日記」への誘いのメールが届いたのが２０２０年3月28日、ミュンヘンから着いた羽田空港の検疫で、前日導入されたばかりのＰＣＲ検査の長い行列に並んでいた時だった。当時と同じようなロックダウンが今も行われている。開いてい

る商店はスーパーや食料品店、テイクアウト用のレストラン、理髪店、病院に薬局くらいだ。店内や電車・バスの中では、ＦＦＰ２という高性能規格のマスクの着用が義務付けられている。一年前は誰もマスクなんか付けていなかったから、記憶の中のドイツと比べるとその光景が異様に映る。だが一歩外に出ると、みんな忽ちマスクは外してしまう。屋外で着用しても意味がないという判断が共有されているのだろう。小雪のちらつく野原を、厳密に１・５メートルの距離を取り合いながら、剥き出しの素顔が行き交っている。今度はその光景が妙に刺激的に見えてくる。

*

同じウイルスを相手にしているのに
どうしてもこうも違うのか？

危機を前にした時の
ルールの決め方、説明の仕方
その適用の（ほとんど偏執的な）厳密さと
それゆえの（容赦なき）
明快さ。

受け入れるにせよ
反対するにせよ、赤裸々に迸り出る「個人」の主体性。

対照的に、限りなく曖昧で緩やかなのに
訳もなく重苦しくて
へとへとに疲れ果ててしまう国。

地球規模で襲ってきた災厄は
人類が一蓮托生の身であることを思い知らせ
万国共通のテクノロジーで繋ぎながらも
むしろ暴き出す、

ひとたび「個」が群がって
「国」だの「民族」だの「文化」だのに構造化された暁の
絶望的な隔たりを。

皮肉な話だ、
「換気」と「開窓」が合言葉だったこの一年は
母なる国の「空気」を一層密にし、
内圧を高めてしまった。

どうすれば
風穴を開けることができるのだろう？
またしても、白色矮星のように
ぐしゃりと内部崩壊して
心機一転、ゼロからの再起を図るしかないのだろうか？

1868……1945……
2011……奇しくも今日で十年。

あれほどの恐るべきエネルギーが放出されても
びくともしなかった、
集団幻想。雨降って地固まるの
草の根ファシズム。

「ニッポンは今度こそもうダメかも知れないよ」
「ヨーロッパだって、ボロボロだよ」

雪融けの野を横切りながら、
この一年、一度たりも泥の上を歩いたことがなかったことに
　気付く、
どこもかしこも
安全と衛生と貨幣で塗り固められた郷土の貧困。

冬枯れの樹木の枝のあちこちに
コロナウイルスそっくりの寄生木の毛玉がこびり付いている
靴底に纏わりつくぬかるみの優しい感触だけが
今日の終わりに相応しい。

3月12日（金）　東京・神楽坂

ジョーダン・A・Y・スミス

宇宙で初めて形成された星々
——野獣、巨人
だけど、すべて——若き死　　化学は誘惑
神様が万物で遊ぶ唯一な遊び——
　　隠れん坊
Find Me.
我の巧みを復号化してみろ
我の手
Come kiss Me,
Become One,
Die with Me.
　着地した。
なんでも　すぐに信じてしまう
神話の影を投射する
ハイエナにでも
爵位を授ける

洞窟の壁を通りかかる影の
黒やぎさんから
契約がきた

白やぎさんったら
読まずにサインしたら
影が重さを持った

　ライオンと一緒に
　まろやかな声のきらめきを
　吸い込みながら
　宇宙の始まりに戻る

3月13日（土）　神奈川・江の島　　永方佑樹

一年続けた「空気の日記」が間も無く終わる
緊急事態宣言は延長されたし
楽しみをひた隠ししつつこっそりむさぼる
病の日々は変わらず続いているが
兎にも角にも私たちの一年は終わる
この一年の変化を考える
外に出るのに靴を履くように
外出時につけるようになったマスクや
コンビニやスーパーで息を隔てる透明なビニール
小銭の代わりの電子マネーやZoomのミーティングや
そうやってかしこく肌触りを無くしながら
日常は器用に続いている

今日は雨で
海に行くと
打ち上げられた魚をカラスが食っていた
腹に穴を開けられた魚を思うと哀れだったが
カラスを思えば今日を生き延びられたと安堵する
いよいよとなれば私だってきっと
カラスから魚を奪って食う
あるいはカラスの羽をむしってむさぼる
今はそれを誰かがやってくれる
丁寧に捌き血を抜いた
プラスチックに乗せられた
切り身や手羽のかたまりを
スーパーのカゴに入れるだけで
私はたやすく手に入れる
そうして野蛮や苦痛を
日々誰かに押し付けている

今日までの
日本の感染者の数は約44万7千人
そのうち死者は８５７３人
これまで44万7千の病を誰かが必死に治療し
あるいは治療しようと奔走して

かなわなかった8573の無念さに
目を背ける事も許されず
その人たちが向き合っている間に
私たちは詩を書いてきた
誰かが悪いはずだとか
誰かの努力が足りなかったとか
伝聞の切れ端をかき集めながら
せわしくキーボードを叩いてきた

十年前の一昨日
ちょうど東日本大震災が起こった
あの時も私たちは詩だけを書いていた
そうして十年経った今も
相変わらず詩だけを書いている
だったら次の十年も
私たちは詩だけを書いてゆくのだろうか
誰かに鳥や魚を捌かせて
スーパーで値札に文句をつけたり
見知らぬ人ばかりに病の治療をさせつつ
海で過酷をうたうのだろうか

きっとしかし
そうなってゆくのだろう
私たちは今後も
詩人をやめたりはしないのだろう
うずくまる傷みのもろさを持ち逃げて
持続に囲うのが詩なのだから
鞭打つ資本に忍従したりはしないから
私たちはこれからも書き続けてゆく
古り去るふるえを惜しむ私たちだから
裏返った思想に抗争し
大きいばかりの声に踏みしめられる
息の無数をこそ記すために
私たちはこれからも書き続ける
詩人できっとあり続けてゆく

3月14日（日）　福岡市・薬院　渡辺玄英

分岐した朝から　消えていく星を見送る朝
静謐な　蒔絵の先の世の　文箱をあける
源氏車に桜散る絵柄に　人は描かれておらず
失われた人は
文箱に眠る星の表情を　思い出せずにいる

また異なる世の同時刻に
分岐した朝から　消えていく星を見送る朝
あなたは
源氏車に桜散る蒔絵に　描かれていないあなた自身が
いつどこで　分岐したのかを　思い出せずにいる
わたしらはともに　青史の天に流されていくばかり

おとずれなかった朝に　セキレイが鳴く
地図から失われた　その町を歩くと
凛凛と冷たい　鈴の音をきくだろう
（あれはセシウムの降る音（トリチウムの降る音
どこに落ち延びようとしているのか
静かに眠る星の地表で　あなたの柩は千年前の光みたいだ

（昨夜見た流れる光点は　人工衛星だったかもしれない
あるいは　散る桜　あるいは　書き終えぬ手紙の
その光はいつの　どの時代の光かもわからないが
（あの日の喪失の光景は　空に転写されたままだった
そこにはあなたが　いる

朝　十年ぶりに　あなたが古い文庫本の頁を開いたとき
あの星の　ウイルスは容易に変異していた
本を開くたびに　物語は違う結末を迎えるということだろうか

新型コロナウイルスの変異で大騒ぎだが、そもそもウイルスは変異するもののはず。当然のことで慌てふためくというのは如何なものか。一方これも当然のことだが、未来は予期せぬ方向へ分岐し続けている。

3月15日（月）　東京・つつじが丘　河野聡子

11月3日の日記に、来年の春のためにチューリップの球根を買ったことについての記述がある。植え付け時期を忘れなければいいが、と11月3日の私は書いているが、その後の私はとても偉かった。おととい最初のチューリップが、今日、二番目と三番目のチューリップが咲いた。

チューリップを咲かせたのは数十年ぶりである。数十年前、私の家の庭には花壇があり、春になると赤と黄色のチューリップが咲いた。花がおわった後に地面を掘ると、小さな球根にまじってカブトムシやクワガタの幼虫があらわれた。花壇をみおろす縁側の隅には水槽が置かれ、兄が釣ってきたフナを入れる。夜中にフナは高く跳ね、外に飛び出して、そのまま死ぬ。

縁側には猫もやってきた。小学校の夏休み、知らない猫が網戸の隙間から入ってきて、家の中を悠然と通り抜けていった。一度や二度ではなかった。私の家は猫の通り道だったのだ。母は猫が嫌いだったから、このことは一度も話していないし、母のいるとき猫はけっして現れなかった。猫は玄関の鳥かごを襲い、裏庭のボイラーで暖をとっていた。家の中を通り抜けた猫と、玄関の鳥かごを襲った猫と、ボイラーで暖をとった猫は、すべて異なる猫だ。

庭には金木犀、白木蓮、泰山木、山茶花、薔薇があった。沈丁花の木は私が小学校の五年生のころ、園芸クラブで挿し木をして、家に持って帰ったもの。夏の昼間は泰山木の幹でセミが鳴く。夜は草の中で鈴虫その他の虫が鳴く。どちらもとてもうるさいので、虫とはけっして風流に鳴けない生き物だと学ぶ。

中学校三年生の夏休み、世界で起きているのは私だけだったはずの丑三つ時、窓の外でガサガサと草が鳴り、むらかみさんの手がブラインドのあいだからにゅっと伸びる。すぐ隣で犬がまるい目をみひらき、はねさんが散歩のついでに遊びに来たよ、という。むらかみさんの犬はすこし吠え、すると遠くのどこかでべつの犬が吠えた。

あのころは、あちこちで犬の吠え声が聞こえた。小学校一年生の通学路は貯水池のそばを抜ける山道だ。たまに野良犬が出ると恐怖で足が止まってしまう。うしろ向きにさがって、犬が吠えないうちに、ついてこないことを祈りながら、そうっと、そうっと道をいく。あの頃の恐怖の意味は、もうはっきりと思い出せない。一年前に何を怖がっていたのかすら、今はとてもぼんやりしている。

3月16日（火）　東京・目黒　　覚 和歌子

生き延びるためには変異もするだろう
ヒトも鰐やトカゲに変異して
凌ぐのだから

ナントカ禍なんて言い方には慣れたくねえなと
腰から下を鰐化させた師匠が言うと
手足だけがトカゲの惣領弟子は
悪党征伐の噺はわかりやすいですからね
と応じている

消毒とひとつ飛ばしの客席で落ち着いている現場は
このごろ彼らをもう完全変異させない

わたしは左手に痒いものが治るのを待って
自分だけのためのコーヒーを久しぶりにいれた
がまんしていたから
入念に落としたから
さぞや美味かろうと思っていたのに

気がついたらなくてもいいものばかりだ
靴や上着や本や かかわり
ふるい落とした身からは
何も負っていない皮膚があらわれて
花びらや雨粒と
やわらかくすれちがうことができる

はじめての空気を
吸いながら
吐きながら
詩が書けてよかった

はじめてが拡げる国境
海へと続く川を下ろう
そこに鰐たちと遊ぶ

3月17日（水）　東京都・下北沢　鈴木一平

深夜に山本と異常論文についての最終調整。翌朝、異常論文が完成。夜通し書いていた山本が樋口さんに原稿を送る。歯を磨いて、新宿へ。『シン・エヴァンゲリオン劇場版:||』を観る。意外な結末。門前仲町へ。Yさんとカレーを食べる。お互いに総柄のパンツを履いて来て笑う。バナナの葉の包みを開けて、ライスのまわりに敷き詰められた具を混ぜながら食べる。IさんやSさん、Aさんの近況についての話をする。店内のディスプレイに宇宙空間を背景にした仏像の動画が流れていて、味わい深い気持ちになる。都営大江戸線に乗る。車内の音が大きすぎてYさんの声が聞き取れず、耳だけを顔に近づけると、Yさんが大笑いする。

――（Yさん）所作が完全にジジイなのよ。

初台まで移動して、千葉正也個展を観る。会場の壁に穴を開けて張り巡らされた木製の細い通路のなかに、おが屑のようなものが敷き詰められている。壁から自立して、あちこちの方を向いている絵を眺めているうちに、通路の上でおが屑を掘りながら移動している亀を見つける。Yさん曰く、今日は前に観にきたときよりも元気らしい。亀は赤いランプの近くを行ったり来たりして、ときどき思い出したように地面を掘る。亀の様子を監視するライブ映像が観られるQRコードをモチーフにした絵を見つける。

ギャラリーショップで図録を買いに行くと、入り口でIさんと会う。Sさんと個展を観に来たという。

——(Yさん)さっきIの話してたからびっくりした。引き寄せてしまった……。

——(作者)そのジャケット、KikoとAsicsのやつですか。

——(Iさん)そうなんですよ。

Sさんが向こうからこちらに向かって歩いてくる。はじめはだれがだれなのかわからなかったらしく、足取りが左右に大きくぶれながら近づいてくる。下の階におりて、喫茶店で話をする。

——(Y)亀って美術館のなか歩かせていいの?

——(I)いいんじゃないかな。それより植物とかがむずかしかったとおもう。黴とか虫とか連れてきちゃうから。

解散して、下北沢へ。同期と待ち合わせをして、今回も現実の「加工」を行うための話し合い。塩麹に漬けた豚バラ肉をアボカドといっしょに炒めたものと、醤油で茹でたブリ。エヴァの話をして、あまり乗り気でなかった同期が、結末を聞いて興味を示す。テレビ版と旧劇場版、新劇場版を観て、来週までに「観られる体」をつくることにするという。

——(作者)今日どうする?

——(同期)仮説を提唱したいんだけど、散歩すれば思いつくとおもう。

酒を買って、行き先を決めずに散歩をする。何駅か過ぎて、住宅街が続く。しだいに家のスケールが大きくなってきたので、——資本主義を見せつけられているね、というと、同期がうなずく。とりわけ大きな家を見つけたので、——これこそが資本主義だ、といいながら表札を探すと、コートジボワールの大使館だった。道なりに進んでいくうちに、見覚えのある道に入る。

——(作者)近くに詩とダンスのミュージアムがあるな。

——(同期)何?

——野村(喜和夫)さんの家を美術館にしたやつ。

——行こうぜ!

三十分ほど歩いていると、詩とダンスのミュージアムを見つける。詩の朗読をしながら、日付が変わるまで散歩を続行。次の日が仕事なので、タクシーで同期の家まで帰る。

3月18日(木) 埼玉・飯能 宮尾節子

「きゃりーぱみゅぱみゅ、きゃりーぱみゅぱみゅ、きゃりーぱみゅぱみゅ」
と3回繰り返すのが義母の得意な早口ことば
老齢による滑舌の衰えに備えてのトレーニングだった。
きっと、きゃりーぱみゅぱみゅが誰だか知らないまま
テレビの健康番組で仕入れたのだろう、ぱみゅぱみゅの連呼が

たのしかった。

「じっこうさいせいさんすう、じっこうさいせいさんすう
……」
いま、我が家ではこれが滑舌訓練のトレンドになっている
これがなかなか、難易度が高く、言えない。

じっこうさ、までいうと、さん、か、せん、かに
口が落ち着きたくなって、「じっこうさんせいさんすう」か
「じっこうさいせんさんすう」と間違ったことばの道をはしってしまう。

（やってみてください、アナウンサーさんは本当にえらい）

「実効再生産数」とは、「感染状況を示す指標の1つで、1人の感染者から
何人に感染が広がるかを示す」数のことらしい。

意味を知れば、頭では簡単に理解することだけど、口はそうでもない。
頭で分かっても、体に落とし込むのは、容易ではない。

だあれもいやしない、からすがカアぐらいの
ひろい河川敷や田んぼのあぜ道をひとり歩くときも、
つい、ひとりマスクをしてしまう。

あ、別にとってもいいんだわ、マスクと
気づくけれど、それも何だか、めんどうになって結局
そのままにすることが、多い。

マスクは最初、することがめんどう、だった
ものごとは、だいたいにおいて、するほうがめんどうだ
しないより。

だがしかし、マスク暮らしも、はや一年を過ぎて
マスクするのがすっかり、習慣づいたさっこんは

なんてことだろう。
マスクをしないことが、行為として、するほうになっている
逆転に驚く。ほら。変異はウイルスだけではありませんて。

「そのうち、外せなくなったりして」とムネチカさんがわらった。
「鉢かつぎ姫の、鉢みたいに！」とわたし。
（猿ぐつわ、みたいに――とは怖くてとても言えません）

そうこうしてるうちに、下がりマンボウや上がりマンボウという

妖怪ことばまで、一昨日あたりから出てきて
（へんなことばには、へんな妖怪が、もれなくついてくる）
日本昔ばなしのような、日本今のはなしでした。
おしまい。

＊

今日は、よいお天気でした。

麦畑では
まだ寒い頃に、しっかり踏まれた麦たちが
日を浴びて黄金色に茎を輝かせながら、健やかに立ち上がっ
ていいます。

風に乗って、鼻を突くほど香るのは、黄色い菜花《なばな》です。
花のまわりでは何匹もの、モンシロチョウがうれしくて、う
れしくて
たまらないように、小さな羽で上へ下へ、花から花へと
飛びまわっていいます。

元気な春の景色をぽかんとながめていると
何があっても、大丈夫な気がします。
どうぞ、ごきげんよう。

3月19日（金）　東京・神宮前　　川口晴美

夜の湯船に固形入浴剤を入れる
沈む入浴剤は溶けながら静かな音と泡を立ちのぼらせ
薄紅色に滲んで花の香りを記号のように広げてゆく
溶ける、
身体を浸せば
疲れは溶けて消えるだろうか
どうすることもできない不安や気がかりは溶けるだろうか
身体は溶けたりしないまま
今日をゆく
溶ける、
という言いまわしがお金に対して使われることがあって
あっけなく失われたことを意味するのは
ネットで見知っていたけれど
時間に対しても使われているのをさっき目にした
なるほど
何かに夢中になっていつのまにか長い時間が経っていたと気

づくと
数時間前と今とが直接つながって重なったみたいな
あいだにあったはずの時間が溶けてなくなったみたいな
不思議な感じがするよね
認知症になった母の時間感覚も不思議で
5年前のことも5分前のことも妄想の出来事も「２、３日
　前」と話す
時間は線状に流れているのではなく
身体のなかで層を成していて
レイヤーが薄くなったり剝がれなくなったりすると
それぞれの時間が重なって見えて区別できなくなるというこ
　とだろうか
それともこの世界ができたのが２、３日前なのか
入院した母の
冷蔵庫を片付けておこうと開けたら
スーパーで買ったきり忘れられた様子の節分の豆と雛あられ
　が
いくつもいくつも仕舞われていた
仕方なく何袋か持ち帰って2月と3月を交互に
ぼりぼり食らうわたしのなかで
時間は渦巻く
この1年は
何だったのだろうね
わたしたち、

手洗いとマスクと消毒に慣れて
誰かに会いたいのもどこかへ行きたいのもガマンするのに慣
　れて
イベントが中止になったりチケットを払い戻したりする悲し
　みに慣れて
それなのにコロナは相変わらず
何ほどかを溶かして出現した小さな布のマスク２枚は
使われずに仕舞われたきり
何だったのだろうね
時間は
なにもない虚空へと絶えずわたしを押し出す
押し出されるにつれそこが〈今〉になってゆくけれど
いつか必ず押し出された先にはなにもなくて終わりになる
無慈悲でやさしい
4月から先はどんな〈今〉になるのか
今年のお気に入りの手帳に予定（仮）を書き込みながら
確かなものなどないってわたしはもう知っていて
でもたぶんまた花は咲く
1年前の花と同じではない花ができたてのこの世界に咲く
と、
そんな言葉を夜の船に入れ
溶けてゆくものを抱えたままわたしは
明日へ
渡ってゆく

3月20日（土）　東京・小平

田野倉康一

娘のスーツを買いに行った
四人兄弟の最後だ
そしてこの
洋服の青山の店舗も
これが最後だ
これが最後、がこの街道に重なっている
コイデカメラも無くなった
和菓子屋も無くなった
焼肉の安楽亭も無くなった

「完全閉店」の看板を前に
新しい旅立ちもある
その向こう

終末の日々を
ゆっくりと歩いている私もいる
コロナの日々だからではない
孤独は
コロナの日々だからある孤独に
すこしづつ塗りつぶされてゆく
遠く
見えているもの
見えないもの

3月21日（日）　千葉・市川

柏木麻里

今日はWorld Poetry Day
世界詩歌記念日
この日を祝して世界中でオンライン朗読会が開かれている
私は二つの朗読会に参加して、別の一つに、事前に録画した朗読動画を送った
朗読会の一つは、この空気の日記を共に書いてきた新井高子さん、田中庸介さんも一緒だ
フランスの詩人からは、24時間ポエトリー・マラソンに参加するので、朝3時から朗読する、というメッセージが来た
イタリアの詩人からは、夕方5時からライブ配信で朗読会をするから見てね、とメッセージをもらうが、指折り時差を数えて、ああむりかなぁ、と思う
今頃、新井さんは望遠鏡を携えて気球に乗っているかのように、なにしろ世界各国３００人の詩人が70の言語で参加するというユネスコ主催朗読会の、われわれ東アジアの会の続きを旅して、サハラ砂漠をきっと越えた頃

田中さんからはインドの英語の話、そしてインドの農業大臣の話を聞いた
まるで私も大臣に会ったような気がする

すべてはバーチャルで、でもそれは確かに、ほんとうに確かにあったのよ

昨春、私のバーチャル詩祭はマケドニア詩人からの誘いで始まった
おそるおそる、というよりも、おそろしい状況下で
一気に地球がウイルスの霧に覆われて、私たちみんなは出会った
大事なおもちゃと毛布だけを持って、こわごわ集まってきた子どものように私たちは出会った

それを繰り返して、世界各地にオンライン朗読の輪が広がり、遠くではじまったものが
最近はヨーロッパの詩人たちで、アジアの詩人たちでと、というふうに輪の数がふえ、そして少し小ぶりに、近づいてきた

もしかしたら歴史上初めて、ありえないほど広い地域の人々が手を握り合った
その情熱が、大きな覚束ない輪から、次第に小さな渦になるにつれて
思い知らされるのは、情熱は人々をつなぎもすれば、おなじ情熱のままで小さな輪を閉じさせもする、その予感

ありえないほどに、夢のように、差を超えた

どうかそのまま
どうかその、知らない言葉の、知らない顔の人を
初めて出会った子ども同士のように愛せた
そのままでいたい

告白するならば詩ほど、この一年、私を励まし、何度も何度も地球の上に軽々と放り投げ、世界を見せ、惜しみなく友を与えてくれたものはない
それは言語でできている
言語を私たちがどれほど愛しているかは、意味のわからない外国語の詩の朗読を聴くときに、よくわかる
自国の言葉だけでは、それをありありと見ることは、もしかしたらむずかしい
人がどれほどの愛情をこめて、地球にしっかりつかまるようにして、母国語を話しているか
その横顔、横姿を、
どれほどに背中を向けて何をうそぶいても、言語を愛しているかを何度も見た

文学としてではなく、そっと、内緒で差し出された、生きる
力として

3月22日（月）　東京・杉並

峯澤典子

昨日　二度目の緊急事態宣言が解除され
近くの公園の
さくらもひらきはじめた

去年とおなじように
今年も

だれかと集まることはなく
満開の花のしたに
ひとりで
ほんのすこし立ちどまるのだろう

二十数年まえの三月のおわりに
うまれてはじめて
東京で
ひとりで
暮らしはじめるまえに
家の近くの
さくらを見あげた

そのとき
手のひらのなかに
花びらがいちまい　落ちてきた

さよなら
げんきでね

聞こえなかったことばだけが
いつまでも
耳にのこるから

わたしは
今年も
通りすぎるだろう

ひとりきりの
だれかの
手のひらへと
無数のことばが
降りはじめる
まあたらしい

この
春のなかを

3月23日（火）　神奈川・横浜　新井高子

床下浸水になってどのくらいたつのだろう
引き潮がきたと思う日もあったが、
いつしか沼地になっていた
乾くことは
もうない

「波」と呼んだっけ
「いまが瀬戸際」とも言ったっけ

比喩とは、
そうだと思う喩えとは
本質だから
自然現象だったのだ、
ウイルスも

　ある日、0.1㎛が生まれた
極小の苔といってよかった

　　　繁茂し、
　　変異し、
　狂熱し、
たちまち、
地球規模の湿原が生まれていました

　　地べたに
　　大気に
　呼吸に
　肌に
　爪の垢に

その苔が
その根っこが
馴染むまで
しっかりと根付くまで
わたしたちはいのちがけだが、

特別なことではないのですよ
波だった
波打ち際だった
花だった
花の湿原だった
なんども見てきた景色だった

窓辺のいちりんも
ふるえ、
いのちがけで咲いている

おなじ土を
吸おうとしている、
その苔が
そして、
わたしが

感染者の多い場所に暮らすわたしが、この一年、そのウイルスに全く触れなかったとは思えない。少しずつからだは受け入れているのかもしれない。

3月24日（水）東京・冬木　カニエ・ナハ

今週金曜と日曜に横浜で、展覧会会場エントランス横の駐車スペースにてワーク・イン・プログレス（進行中の作品）を制作・発表する、そのタイトルを「オープンマイク パーキングロット」と「トラベローグ パーキングロット」に定める。パーキングロットには「（1）駐車場のこと。」の他に、「（2）議論において、今すぐには話し合うべきではないと判断される話題などを一旦保留しておくために、机やホワイトボードの隅などに設けられるスペースを意味する語。議論の混乱や、無駄な議論を避ける効果があると言われる。テーマから外れた話題を隔離するために用いられるが、議論が進むとパーキングロットに保留しておいた話題が役に立つ場合もあるとされる。」（「実用日本語表現辞典」より）の意味があり、展示の（実空間の）余白としての「駐車場」にて、何か展開（あるいは保留）できないか。

土曜には、1月から延期になった西脇順三郎のイベントが控えていて、その準備もあわせて進めないといけない。西脇が日本語での第1詩集『Ambarvalia』を発表したのが39歳で、次の『旅人かへらず』は戦争を挟んで52歳。これら初期の詩集に比べるとあまり読まれていない感のある、西脇70代80代の詩集『禮記』『壤歌』『鹿門』『人類』あたりこそが最高峰なのではとわたしは感じていて、そのあたりについて話そうとおもっている。

家の近くの、いま満開の桜の木の横の駐車場の隅に、ナズナ、タンポポ、ホトケノザといった雑草のちいさな花たちが、こぼれそうに咲いている。うれしい。

3月25日（木） 静岡・用宗　さとう三千魚

帰ると
待っていた

ソファーの
上の

クリーム色の
毛布の上から見上げた

モコ
待ってた

待っていてくれた
おしっこをさせた

19時の
TVニュースで

非常事態宣言解除後に増加しているといった

オリンピックの聖火ランナーが
福島から出発したという

なでしこたち走ってた
なでしこたち福島で笑ってた

逃げるほかなかった
逃げるほかなかった

この一年
毎日

吸ってた
吐いてた

この
空気

一月と二月は途方に暮れた

吸ってた
吐いてた

空気を吸っていた
空気を吐いていた

わたし呼気だけになる
わたしたち呼気だけになる

茄子が光ってた
イイイイイイ

3月26日（金）　北海道・札幌　三角みづ紀

水が雨のように降って、
まるで春みたいだと思った。

ざんざんと窓を濡らしていく
いつも置き去りなのだ

明日はこなくて
昨日も手をはなれて

わたしたちには今日しかないと
知るとき、

世界は変わらず
そしらぬ顔をしている

これは春じゃない
ほんとうはもっと厳しい

自室の椅子に座ったまま
さいごの読書会へ向かう

ヤドリギが輪郭を明確にして
はげしい雨は止んで

緑が増えはじめ
狂わずに壊れていく日々を
きみが撫でつづけている

3月27日（土）　鳥取・砂丘　白井明大

砂丘きてみた

ひさしぶりに海みたな

自転車に乗るのもひさしぶりなのに

ひと山越えたり
道まちがえて戻ったり

ここに来てみたかった
来たことあった
初めて詩集を出した年に
詩学社と幹くん主催の

夜の鳥取砂丘の中心で詩を叫ぶ

、てイベントが
たしかにここであった
いろんな詩人がいて
明け方まで宿でのんだっけ

ここへ来たかった
見失いそうだったから
詩が
ぼくを
どこからどこまで運んできてくれたのか
確かめたい
気がして来てみた

いったい
ここで何がわかるのか
波の音がする
風の音
時々ひばりの鳴き声

何かに会って
何かを見つけて
わかるというよりか

ああ　おんなじ場所にいまいるんだ
、て思えること
そこから静かに湧いてくるあたたかみがあるのを
いま感じている

詩集を出したかった気持ち
たくさんの詩人と会い
やさしい心根の人々の輪に入れた幸運
じぶんがどんな道の上に立ったかということ

大事なものは
もう持っていたよ
最初からあったんだ
なくしてもいない

そりゃあ　いい詩が書けたり
誰かに読まれりゃ　うれしいけども

そりゃあ　あったさ　あったよ　色んなこと
傷つくことだって
消耗することだって
ちっぽけな自尊心がぐらつくことなんていっつもだし

ひばりが鳴きながら降りてきた
砂地に生えた短い草の間をあるいてる

あんなでいいんだ
歌いたいから歌って
さっぷうけいな場所をあるいてる
そんでいい

帰りも
坂道を自転車乗って帰んなくちゃいけない
まだ昼過ぎだから
がんばって漕いでくか

おなかすいたな
うまいラーメン屋でも
寄って帰ろう

3月28日（日）　東京・久我山　　田中庸介

Zoom で始まって Zoom で終わった今年度の最後に
ユネスコ詩の日の国際朗読会の司会を頼まれてしまった
70言語で三百人が読むという、その一角
12名の詩人、
日本、韓国、ベトナム、カンボジア、タイ、
この2時間にぼくの Zoom に登場する彼ら

セッションは柏木麻里さんの蝶の詩から穏やかにはじまり
新井高子さんの上州弁、上田假奈代さんの大阪弁、
さらさらと英語で進行する
「方言」を主題とした朗読会は好調に進む
青い壁の新しい書斎から
Zoom での司会は続く

めちゃくちゃ説得力を持った韓国の若手詩人
クールに落ち着いて人生の苦楽を歌う
東南アジアに入ると
のどかな旋律に載せた唄がはじまり
しかし
どの詩人の経歴にも
苛烈な政治の歴史がにじむ

メコン河の流れのように
あまりにも辛い人生の物語が押し流されますように
詩人たちの涙、息遣い、真実、
それらが遠い国から
ひとつの画面をよぎっていく

世界って何なんだろうね
朗読会がはけて
遠い遠い地域のセッションをザッピングしよう

このフィンランドの女性詩人すてきですねー遠い国でも太陽
　神経叢に夢中になっている人がいるんですね
イタリアーノベラポエジアーセラポエティカーといってます
もめんとーのすたるじかー
パゾリーニの話がほんとにうれしそう。
イタリアのおばさまの声をきいて幸せになりました

アフリカの
静かな書斎

巨大な
帝国の
知識人たりえた詩人の
諦念のこもった笑み

それを今、この青い書斎に友人のタカさんを迎え
ビデオを YouTube で振り返っている
コロナがもたらした
空気の日記、
Zoom の国際朗読会、
講義のグッドプラクティスに対して大学から賞状が届いた、

詩の激しい静けさ、

子どもたち、

ことばの光は
いつ射すのだろう、と

静々と、
静々と、

3月29日（月）　東京・調布　　山田亮太

わずかな別れを対面にうごめいて春には迷いがなく再びの覆

われた道にすばらしく長い一日を生きている道具として衛生観念を盾に遠隔で縮尺が混乱してどこにいるかはどうでもいいとしてもどこかにはいなくてはならない気が遠くなるほど長い一日の終わり視察のために外出する陶器をあつかう店のメインの経路は通信販売で要望があるときにのみ開くテーブルを囲んで話す向かいの喫煙所に見覚えのある人が立っている構えたばかりのアトリエがすぐ近くにありこれから稽古だという自家用車とタクシーに乗り移動するジャージャー麺と餃子を食べる肩を並べていま新しい場所を持ち維持するのはとても手間のかかる行為でどこにいるかの意味が変わってしまった世界でもどこかにはいなくてはならない。

3月30日（火）　福岡・博多

石松佳

夕方
髪を切って
その帰りに冷泉公園に立ち寄った
たしか1年前にも見た
桜が咲いていた
満開を数日過ぎているから
花びらは少し散り始めており
幹はその輪郭をあらわにしつつある

そういえばずっと前に観た
〈時〉がテーマのSF映画で
登場人物が「我々が経験しているのはtempoだ」
と言っていて、はっとした
tempoは、「ある速さ、リズム、調子」を示す音楽に関する
　用語である
ただ漫然と過ぎる抽象的な「時間」とは異なり、
濃淡があり、緩急があり、
それゆえ私たちに経験として、または記憶として残るもので
ある

眼前の光景に対して
そして
これまでやこれからの
あらゆる経験に対して
あらためてわななく感情※とは
いったいどういうものになるだろう

公園で
マスクを外し
花びらに
夜の空気に
わたしは呼吸を

重ね合わせて

※犬塚堯『河畔の書』収録作品「石油」より引用

3月31日（水）　大分・耶馬溪　藤倉めぐみ

桜の開花が10日ほど早まり
いつもならそろそろ盛りの桜が
もう名残の葉桜になります

季節外れ、と思い描いた季節は
ますます手が届かなくなりました

日々が緊迫し弛緩し
思惑と軽薄に揺さぶられ
魂も身体もこわばらせたこと
すべてに
よく生きたのだと
口笛を吹きます

机の上にある盆口説きの歌詞を眺めて

今夜良い晩　嵐も吹かず　ウ
梅の小枝は　なんとおりよかろ
月夜月夜に　わしゅつれだして
今は捨てるか　闇の夜に※

と見つけました

待って
月が
見えますか？
すごい

と明け方のような月あかりを
それだけに出来なかったことも
春だったと、ことさらに頷いて

せりあがる地面に
よろけることそのものが
わたしたちで
生きることで
今なのだから
全てのミステイクの中で
わたしも過ちを抱えているのだなと

小唄を唄うのです

名前がやってきて
名前が過ぎて
また新しい名前が訪れて
同じ石でつまづくのが
人ではありますが

つまづいた先の空中ブランコに乗ることも
転げ落ちた先のガレキの屑をとりはらえるのも
そのまま人なので、ね

※大分県中津市耶馬渓町の盆口説きから引用

執筆者よりひとこと

校了間際の二〇二二年六月、詩祭でロッテルダムへ行くと、九割以上がマスクをしていない。「わたしたちが生きるために、顔と顔で話すのも何より大事だ」。キリッと語った当地の詩人の表情が忘れられない。

新井高子

微小なものによって私達の生活や価値観、そして世界が大きく変化しました。見えないもの、言葉にならないものの影響を受けながら私達は生きているのかもしれません。「空気」についてこれからも考えていきたいです。

石松佳

松田さんの一年間のご苦労と、書肆侃侃房の田島さん、藤枝さんに心から感謝します。コロナ騒動と報道にはずっと疑問を持ったまま、世界を覆う恐怖を共有できずにいました。自身は未接種で今年二月に感染するも、二日間の軽い喉痛だけでした。

覚和歌子

「その日」に出会い、自分を通して「その日」の新しい、思わぬ姿に出会いながら過ごした日々が、この日記を振り返ると、一番大きな驚きをもって感じられる。感染症のことが触れられていない日々の意味を考えた。

柏木麻里

松田さんからの呼びかけメールをちゃんと読めてなくて「詩のかたちで」のところを読み落として、日記のかたちで日記を書いてしまいました。空気を読まない空気の日記になってしまいました。日記って空気なんですね！

カニエ・ナハ

ウェブ連載時は写真つきＯＫだったから、日記のように写真を撮って詩と組み合わせるのが楽しく、他のひとの頁で写真を眺めるのも楽しかった。本になった文字の日々の向こうに、今はもう無いいろいろがよぎる。

川口晴美

二〇二〇年も二〇二一年も私の身辺はあまり変わらなかったが、感染症対策でひきこもりが正当化された結果、楽にすごせる二年間でもあった。街に人が戻った今、嬉しいと思う一方で、素早く風化する記憶が恐ろしいとも感じている。

河野聡子

コロナ終息の時期がまだみえない。ウクライナでの戦争がいつ終わるのかわからない。短い梅雨が終わって灼熱の日々が続いている。今朝、庭の生ゴミ用のポリバケツの青い蓋の上に二匹の蛞蝓が金色に光るのをみた。

さとう三千魚

まだ終わりが見えない。状況を矮小化したがるのは、目が眩んでいるのだろうか。しわ寄せを弱い者に押しつけてためらわない優生思想はこわい。人間が先に諦めませんように。どうか健康でありますように、心身ともに。

白井明大

ほとんどの原稿には〆切があり、ほとんどの〆切は日付を持つ……そのことにあらためて気が付かされた一年でした。日付がなければ書かれなかった詩ばかりです。

鈴木一平

乱れた世界で時勢を逆らうような空気を作っていただいた松田朋春様、「SPINNER」チーム、詩人達、書肆侃侃房の編集チームの皆様へ心より感謝を申し上げます。

ジョーダン・A・Y・スミス

高円寺の裏通りの行き当たりばったりのイタリア酒場に入る。みずみずしい大ぶりのハーブチキンや、生ハムとルッコラのピザとともに、よく冷えたシェリーを一杯。この瞬間、ティオ・ペペは世界で最も幸福な酒だ。

田中庸介

保健所OBとしてコロナ初期に世間で言われていたことには大いにがっかりしました。知性も教養もあると思っていた人たちがこぞってマスコミに踊らされていたのですから。日々目をそむけていたことに直面する二年半でした。

田野倉康一

感染者が数百人出ただけで戦々恐々としたかつての空気を、この日記を見て思い出している。最近は感染者数自体、ことさら速報もされない。ここ数日は記録的な暑さで、政府曰く屋外ではもうマスクを外して良いそうだ。

永方佑樹

変えられなさと堆積していく重さに挟まれてあがいた日々でした。無関係に動く土地のリズムと書く約束に救われていました。約束ができたこと、果たせたこと、形となったことに心から感謝しています。

藤倉めぐみ

実を言えば当初、執筆は一回限りと勘違いして参加を決めたのでした。結局離脱、ごめんなさい。久々に読み返し、コロナ禍によって自分の言葉がいかに破壊されたかよくわかり、唖然とした。無事に回復できてホッとした。

文月悠光

本は作らないつもりのオブラートから、いよいよ本ができる。本が嫌いなわけではないからうれしい。オブラートの活動としてもここがひと区切り。

松田朋春

わたしは、わたしに起きる出来事にしか興味がわかない。その冷たさが嫌になるときがあるけれど、この世界には、いっさい関係のない事象はないのだ。過去の自分も現在の自分も大差なく、あいかわらず眠りが浅い。

三角みづ紀

書き留めるそばから過去になり、フィクションめいてしまうとしても。あのときの「今」のゆらぎを日付だけは覚えていて。詩に日付をつける。日付に詩をつける。この試みから生まれたものを今、感じたいと思います。

峯澤典子

未知との遭遇だった。コロナ禍でたくさんのものを見た。人々の助け合う姿や排除し合う姿。先の見えない状況下で毎日届く詩人たちのことば。ことばが支えになることを肌で感じた。二十三人の詩人が乗り合わせた「ことばの船」の一年間を忘れない。

宮尾節子

いろんなことがあったはずなのにこの日々のことはうまく思い出せない。きっと感染症かリモート生活の副作用で記憶力が減衰しているにちがいない。だから私たち人類は書いたものを分かちあう必要があるのだろう。

山田亮太

三十四年ぶりに日本へ帰って来て、義理の母と同居しながら、父を見舞い、そして看取った。いつの間にか時代は令和とやらで、人々はヘトヘト、地球はボロボロ、まったくもう詩どころではないのであった。

四元康祐

コロナ禍で在宅時間が増えた。歩数計の数値が減り、ネコと過ごす時間が増えた。仕事と読書時間は変わらない。ゲームは『Ghost of Tsushima』と『ELDEN RING』で何度も死んだ。で、生きている。

渡辺玄英

執筆者プロフィール（五十音順）

新井高子（あらい・たかこ）
神奈川県横浜市在住。詩集に『タマシイ・ダンス』（小熊秀雄賞、未知谷）、『ベットと織機』（未知谷）など。編著に『東北おんば訳　石川啄木のうた』（未來社）。企画制作した映画に『東北おんばのうた　――つなみの浜辺で』（監督・鈴木余位、山形国際ドキュメンタリー映画祭二〇二一アジア千波万波部門入選）。評論に『唐十郎のせりふ――二〇〇〇年代戯曲をひらく』（幻戯書房）。アイオワ大学国際創作プログラム二〇一九招待参加。詩誌『ミて』編集人。

石松佳（いしまつ・けい）
一九八四年生。二〇一九年第57回現代詩手帖賞受賞。二〇二一年第71回H氏賞受賞、同年第57回福岡県詩人賞受賞。二〇二二年第46回福岡市文化賞受賞。

覚和歌子（かく・わかこ）
作詞家。ポップス、合唱曲、校歌などこれまでに数百編を作詞。二〇〇一年映画「千と千尋の神隠し」主題歌の作詞でレコード大賞金賞、第25回日本アカデミー賞協会特別賞（主題歌賞）。詩集「ゼロになるからだ」、自唱ＣＤ「ベジタル」など著作多数。脚本、舞台演出、映画監督、絵本創作、翻訳など、活動は多岐。米国ミドルベリー大学で教鞭をとる。都内目黒、山梨県北杜市にて執筆。

柏木麻里（かしわぎ・まり）
詩人。第33回現代詩手帖賞。日英二ヵ国語詩集『蝶』（思潮社）の詩により国際微詩賞銀賞（中国）、ナジ・ナーマン文学賞名誉賞（レバノン）。詩集『音楽、日の』『蜜の根のひびくかぎりに』、美術書『もっと知りたいやきもの』『かわいいやきもの』などの著書がある。二〇二〇年まで、出光美術館学芸員として板谷波山展など多くの展覧会を企画。ストルガ国際詩祭、プリンストン・フェスティバルなど国際芸術祭への招待参加多数。

カニエ・ナハ
詩人。二〇一〇年「ユリイカの新人」としてデビュー、二〇一五年エルスール財団新人賞〈現代詩部門〉、二〇一六年詩集『用意された食卓』（二〇一五）で第21回中原中也賞。近年の詩集に『メノト』（二〇二一）、『九月十月十一月』（二〇二〇）、『ＣＴ』（二〇二〇）等、主な参加展に「謳う建築」（WHAT、二〇二〇）、「さいたま国際芸術祭２０２０」（さいたま市、二〇二〇）、「ＭＯＴサテライト２０１７春　往来往来」（東京都現代美術館、二〇一七）等。詩を軸にさまざまな活動を行っている。

川口晴美（かわぐち・はるみ）
福井県小浜市出身、東京在住。最新詩集『やがて魔女の森になる』（思潮社）。他に、詩集『半島の地図』（第10回山本健吉文学賞）、『Tiger is here.』（第46回高見順賞）など。いくつかの大学で非常勤講師をつとめているので、二〇二〇年度春いきなり遠隔授業をしなければならなくなって大変だった。大学によって方針もシステムも微妙に違うのがしんどい。「空気の日記」の頃は渋谷区神宮前に住んでいた。二〇二一年一月世田谷区に転居。

河野聡子（こうの・さとこ）
詩人、書評家。ヴァーバル・アート・ユニットTOLTA代表。「実験音楽とシアターのためのアンサンブル」メンバー。詩集に『時計一族』（思潮社）『やねとふね』（マイナビ出版）『地上で起きた出来事はぜんぶここからみている』（いぬのせなか座）。

さとう三千魚（さとう・みちお）
秋田県出身、静岡市在住。Webサイト「浜風文庫」運営。https://beachwind-lib.net
詩集「はなとゆめ」二〇一四年無明舎出版、「浜辺にて」二〇一七年らんか社、「貨幣について」二〇一八年書肆山田、「山崎方代に捧げる歌」二〇二〇年らんか社。

白井明大（しらい・あけひろ）
沖縄→山陰。二〇〇四年、第一詩集『心を縫う』（詩学社）を上梓。『生きようと生きるほうへ』（思潮社）で丸山豊記念現代詩賞。『日本の七十二候を楽しむ　―旧暦のある暮らし―』（増補新装版、絵・有賀一広、角川書店）が静かな旧暦ブームを呼び、三〇万部超のベストセラーに。『いまきみがきみであることを』（画・カシワイ、書肆侃侃房）、『希望はいつも当たり前の言葉で語られる』（草思社）ほか著書多数。近著『着雪する小葉となって』（思潮社）。

鈴木一平（すずき・いっぺい）
一九九一年、宮城県生まれ。「いぬのせなか座」「Ａａ」参加。二〇一六年に第一詩集『灰と家』（いぬのせなか座）を刊行、同書で第6回エルスール財団新人賞受賞、第35回現代詩花椿賞最終候補。新宿区・高田馬場の自宅にて制作した。

ジョーダン・A・Y・スミス

主に神楽坂で執筆する詩人、翻訳家、文学・翻訳の研究者（元准教授）。代表作『SYZYGY・朔望』二〇二〇年出版。詩歌xテクノロジー集団「コエム」の創始者。BBCラジオの詩作冒険番組に出演とプロデュース（二〇一九年共著詩集『樹海詩集：森の入口』として出版）。共著チャップブック詩集『√IC: Redux』（共著者：カニエ・ナハ、永方佑樹）。「Tokyo Poetry Journal」編集長。翻訳者として吉増剛造、古川日出男、三木悠莉、三角みづ紀、文月悠光などの英訳も行う。UCLA、城西、上智、早稲田などで教鞭を執った経験を持つ。

田中庸介（たなか・ようすけ）

詩人、細胞生物学者。一九六九年東京生、詩誌「妃」主宰。詩集に『山が見える日に、』『スウィートな群青の夢』『モン・サン・ミシェルに行きたいな』『ぴんくの砂袋』（詩歌文学館賞）。本作は東京・西荻窪から東京・久我山へと、家族とともに転居する前後に書かれた。京都やヴァーチャル空間への出張も多数。細切れの時間をめまぐるしく生きているが、コロナ対応によって多数の社会的役割が一つに統合されていく不思議さを感じた。

田野倉康一（たのくら・こういち）

一九六〇年東京生まれ。二〇〇二年、詩集『流記』にて第13回歴程新鋭賞受賞。単行詩集五冊、現代詩文庫、共著四冊、編書一冊、その他展覧会図録多数。「洗濯船」同人。

永方佑樹（ながえ・ゆうき）

藤沢市片瀬在住。二〇一九年詩集『不在都市』で歴程新鋭賞、二〇二一年詩と思想新人賞を受賞。執筆活動の他、水等の自然物やテクノロジーを使用し、詩を立体的に立ち上げる立体詩を国内外で展開（仏サン・レミ美術館、SCOOL等）。近年ではサウンドアートプロジェクト「GeoPossession 声のトポス」のキュレーション等、環境や社会を詩の眼差しで解体し、詩的思考で操作したテクノロジーで体感可能な形に再構築する、詩表現の新たな形態・方法を提案している。

藤倉めぐみ（ふじくら・めぐみ）

俳優、詩人。神奈川県藤沢市出身。大分県耶馬渓町在住。ラジオ等の声を使った表現を中心に活動した後、舞台演劇に活動の場を移しダンス作品にも出演。ソ・ヒョンソク、ハイネ・アヴダル&篠崎由紀子、ユン・ハンソルら海外アーティストのサイトスペシフィック作品に多く出演。二〇一七年に耶馬渓町に移住後、本格的に詩作を行う。「第18回全国障害者芸術・文化祭おおいた大会」にて詩を提供し朗読のパフォーマンスも行う。

文月悠光（ふづき・ゆみ）

詩人。一九九一年北海道生まれ。16歳で現代詩手帖賞を受賞。第一詩集『適切な世界の適切ならざる私』（ちくま文庫）で、中原中也賞、丸山豊記念現代詩賞を最年少18歳で受賞。詩集に『わたしたちの猫』（ナナロク社）など。エッセイ集に『洗礼ダイアリー』（ポプラ社）、『臆病な詩人、街へ出る。』（立東舎）。「空気の日記」を執筆した場所は東京。当時の恋人のアパート／自宅マンションで書きました。

松田朋春（まつだ・ともはる）

プランナー。詩人。グッドアイデア株式会社代表取締役。多摩美術大学、東京理科大学非常勤講師。株式会社ワコールアートセンター／スパイラル シニアプランナー。グッドデザイン賞審査委員歴任。ポエトリーコレクティブ「oblaat」代表世話人。著書に『ワークショップ―偶然をデザインする技術』（共著、宣伝会議）、『わたしの犬退治』『エアリアル』（ポエムピース）など。

三角みづ紀（みすみ・みづき）

北海道札幌市在住。一九八一年鹿児島生まれ。大学在学中に現代詩手帖賞、第一詩集で中原中也賞を受賞。第二詩集で南日本文学賞を受賞。執筆の他、朗読活動も精力的に行い、多くの国際詩祭に招聘される。一カ月の間、欧州を旅して執筆した第五詩集『隣人のいない部屋』で萩原朔太郎賞を受賞。代表詩篇は翻訳されアメリカ、メキシコ、フランスをはじめ他国でも紹介されている。二〇二〇年に第八詩集『どこにでもあるケーキ』をナナロク社より刊行。

峯澤典子（みねさわ・のりこ）

一九七四年茨城県生まれ。二〇〇八年、月刊誌「ユリイカ」の詩の投稿欄の新人に選ばれる。二〇一四年、第二詩集『ひかりの途上で』でH氏賞受賞。そのほかの詩集に『水版画』（二〇〇八年）、『あのとき冬の子どもたち』（二〇一七年）、『微熱期』（二〇二二年）。翻訳書に『ヌーヌーとフローレンス』『ヌーヌーサーカスへいく』など。「空気の日記」の執筆場所は東京都杉並区。

宮尾節子（みやお・せつこ）
高知県出身。飯能市在住。二〇一四年、SNSで公開した詩「明日戦争がはじまる」の拡散で各種メディアで話題になる。既刊詩集『かぐや姫の開封』『妖精戦争』『ドストエフスキーの青空』『恋文病』『宮尾節子アンソロジー 明日戦争がはじまる』など。各所で朗読・講演・ワークショップを行う。また国会前や野外ロックフェス、ライブハウス等で音楽家とのコラボによるポエトリーライブも展開中。近刊詩集『女に聞け』が話題に。新刊に切り絵詩集『牛乳岳』がある。第10回現代詩ラ・メール賞を受賞。

山田亮太（やまだ・りょうた）
東京都在住。詩集に『ジャイアントフィールド』（思潮社）、『オバマ・グーグル』（思潮社、小熊秀雄賞）、『誕生祭』（七月堂）。共著に『猫と一緒に外国へ行く』（TOLTA）、『新しい手洗いのために』（素粒社）など。TOLTAメンバー。模範的東京都民なので「空気の日記」期間中は都道府県をまたぐ移動は自粛しほぼ東京にいたが、一度だけ北海道へ行った。十二月九日の日記はそのときの記。

四元康祐（よつもと・やすひろ）
一九五九年生まれ。詩集に『フリーソロ日録』、小説に『偽詩人の世にも奇妙な栄光』、翻訳に『月の光がクジラの背中を洗うとき 四十八か国一〇八名の詩人によるパンデミック時代の連歌』など。最新刊は詩文集『龍に呑まれる、龍を呑む―詩人のヨーロッパ体験』（港の人）。

渡辺玄英（わたなべ・げんえい）
福岡市中央区在住。サブカルチャーの「弱い、呟きのコトバ」を用いた詩集『海の上のコンビニ』（二〇〇〇年）で注目された。詩集『火曜日になったら戦争に行く』（二〇〇五）は〈セカイ系詩〉として現代詩の外部でも話題になり、吉本隆明に「「無」の状態から意味論的に脱出しようという意図が感じられる」と評価される。この他『現代詩文庫 渡辺玄英詩集』（二〇一六年）や『星の（半減期 』（二〇一九）等。「現代詩手帖」や読売新聞（西部版）の詩時評を担当した。

あとがき

谷川俊太郎さんを囲んで仲間とはじめたoblaat（オブラート）の活動は、かれこれ12年になります。当初は詩のデザインレーベルといって製品開発をしていましたが、現在はアートプロジェクトに参加して作品発表することが多くなって、ポエトリーコレクティヴと自称するようになっています。

『空気の日記』は、オブラートの活動として2015年にはじまり通算28回開催された詩のイベント「Support Your Local Poet Meeting」で出会った詩人たちが、主たる執筆者になっています。『空気の日記』が成立するにはこの活動が不可欠でしたから、この本がまとまるまでには7年の歳月が必要だったということになります。

日記の1年間は、土日も正月もなく原稿催告のメールを送るのが私の日課になり、でも時々忘れ、詩人の原稿が落ちればその日を自分で埋め、媒体からNGが出れば詩人との間に立って調整しと、元々根気の欠けた人間である私にとっては修行のような1年になりました。

詩人のみなさんには「詩のかたちで」とお願いしてよかったと思います。それぞれの詩人が考える詩の方法が現れていて面白い。決して簡潔ではない仔細な観察録や切実なSOSと受け取れる作品など、そう書くしかなかった、詩でしかできなかった方法で、日々の空気が記述され続けました。コロナ禍の不安や恐怖が生みだす心理が、これほど克明に残っている記録は稀有かもしれません。連載中の反響も大きく、新聞各紙が報道し、福岡のラジオ局は朗読パフォーマンスに仕立ててくれました。

読み返して思うのは、喉元すぎれば熱さ忘れる、のひとことです。怖いものです。

1年間お付き合いいただき、書籍化に際しても様々にご協力いただいた詩人のみなさんには感謝に堪えません。電池切れで動けなかった私をサポートしてくれた編集者の藤井一乃さん、そして難しい出版を引き受けてくれた書肆侃侃房の田島安江さん、藤枝大さん、本当にありがとうございました。

松田朋春